魔道祖師

마도조사

묵향동후 장편소설

3

BLab

목차

제12장

삼독

제12장 삼독

2

작은 배는 물길을 따라 떠내려갔다.

얼마나 갔을까. 자전(紫電)이 풀리면서 은색 반지로 변해 강징의 손에 끼워졌다.

소년들은 떠내려오는 내내 소리를 지른 탓에 목소리가 다 쉰 상태였다. 자전이 풀리자 그들은 한 마디도 하지 않고 연화오를 향해 배를 돌렸다. 노가 없어 손으로 저으며 물길을 거슬러 되돌아갔다.

우 부인은 자전으로 맞으면 한 달 안에 낫지 않을 것이라고 했지만, 지금 위무선은 맞은 부위가 화끈거리고 쑤시는 것만 제외하면 움직이는 것이 크게 불편하지 않았다. 소년들은 온 힘을 다해 물살을 헤쳐 나갔다. 한 시진 정도 뒤에야 마침내 연화오에 도착했다.

이미 깊은 밤이었다.

연화오의 대문은 굳게 닫혀 있었다. 대문을 제외한 다른 곳은 등불이 환하게 밝혀져 있었다. 잔잔한 수면에 달빛이 부서지고 구판연(九瓣蓮) 모양의 꽃등 수십 개가 부둣가에 조용히 떠 있었다.

모든 것이 예전과 똑같았다. 하지만 너무 똑같아 불안한 마음이 더 아프게 다가왔다.

호수 한가운데서 멈춘 두 사람은 심장이 미친 듯이 뛰었다. 도저히 부두에 배를 대고 뛰어 올라가 안에서 도대체 무슨 일이 벌어지고 있는지 볼 엄두가 나지 않았다.

강징은 눈물을 머금은 채 두 팔과 다리를 덜덜 떨었다. 잠시 뒤 위무선이 입을 열었다.

"……일단 문으로 들어가지는 말자."

강징이 경황없이 고개를 끄덕였다. 두 사람은 호수 한쪽에 조용히 배를 댔다. 그곳에는 물가에 뿌리를 내리고 두꺼운 몸통이 호수 쪽으로 뻗어 나뭇가지가 호수 면에 드리워진 오래된 버드나무가 있었다. 연화오의 소년들은 버드나무 가지를 따라 나무 꼭대기까지 올라가 낚시를 하곤 했었다.

두 사람은 버드나무 가지 뒤에 배를 대고 어둠을 틈타 몰래 물가로 올라갔다. 위무선은 늘 담을 넘어 다녔지만, 이번에는 담 아래에 멈춘 채 강징의 옷자락을 잡고 작은 소리로 말했다.

"이쪽."

두렵고 놀란 마음에 동서남북 방향을 거의 구분하지 못했던 강징은 위무선을 따라 벽에 바짝 붙어 움직였다. 두 사람은 한참 동안 숨어 있다가 조심스럽게 담장으로 기어 올라갔다. 이쪽 담장에는 귀면(鬼面) 기와가 줄지어 있어 엿보기 좋았다. 예전에는 외부 사람이 몰래 담을 기어 올라와 그들을 엿봤는데, 오늘은 반대로 그들이 안쪽을 엿보고 있었다.

고개를 쑥 들이밀어 안쪽을 살피던 위무선은 심장이 내려앉는 듯한 느낌이 들었다.

연화오 연무장에 사람들이 줄지어 서 있었다.

그들은 모두 염양열염포(炎陽烈焰袍)를 입고 있었다. 옷깃, 옷자락, 소매에 있는 붉은색 화염 문양이 붉은 피처럼 눈을 찔렀다.

서 있는 사람 외에 누워 있는 사람도 있었다. 바닥에 쓰러진 사람은 전부 연무장 북서쪽 구석에 어수선하게 널려 있었다. 누군가 위무선과 강징이 있는 쪽을 등진 채로, 고개를 숙여 생사를 알 수 없는 강씨 가문 사람들을 살펴보고 있었다.

강징은 정신없이 시선을 돌리며 우자연과 강풍면을 찾았다. 위무선은 눈시울이 뜨거워졌다.

그 사람들 속에 낯익은 얼굴이 많았기 때문이다.

목이 욱신거리며 바짝 타들어 갔다. 누군가에게 망치로 관자놀이를 얻어맞은 것처럼 온몸이 차갑게 식었다. 위무선이 시체 더미 제일 위에 있는 마른 소년이 육사제가 맞는지 자세히 보려는 순간이었다. 돌연, 북서쪽에서 그들을 등지고 서 있던 사람이 무슨 낌새를 느꼈는지 몸을 돌렸다.

위무선은 잽싸게 강징의 머리를 눌러 내렸다.

그리고 재빨리 피하면서 그 사람의 모습을 똑똑히 봤다.

그는 그들과 비슷한 나이의 소년으로, 키가 크고 말랐으며 또렷한 오관(五官)에 눈동자가 검고 얼굴은 창백했다. 염양열염포를 입었지만 강경한 느낌 대신 우아하고 고상한 느낌이 강했다. 태양 문양의 등급으로 봐서 온가의 공자가 분명했다.

위무선은 심장이 덜컹 내려앉아 '들켰나? 당장 도망가야 하나? 말아야 하나?' 하고 생각했다.

그때 벽 안쪽에서 희미한 울음소리가 들렸다. 이어서 발소리와 함께 부드러운 남자의 목소리도 들렸다.

"울지 말거라. 그러다 얼굴 붓는다."

위무선과 강징 모두가 잘 아는 목소리, 온조였다.

이어서 왕영교의 앵앵거리는 소리가 들렸다.

"얼굴이 부으면 저 싫어하실 거예요?"

"그럴 리가. 교교가 어떻든 나는 다 좋지."

"정말 무서웠어요, 정말 무서웠다고요……. 오늘 정말 그 나쁜 년 손에 죽어서 다시는 공자님을 못 보는 줄 알았어요……. 온 공자님…… 저는……."

왕영교가 한껏 불쌍한 척하며 애교를 부렸다.

"그만 말해라, 교교. 이렇게 무사하지 않으냐. 다행히 온축류가 너를 보호했고."

온조가 그녀를 끌어안으며 위로했다.

"그 사람 얘기는 왜 하세요! 온축류 정말 싫어. 오늘도 그가 제때만 왔어도 제가 이런 일을 당하진 않았을 거라고요. 지금도 얼굴이 아파요, 너무 아파요……."

왕영교가 징징거리며 온축류를 탓했다.

분명 자기가 온축류에게 눈앞에서 알짱거리지 말라고 해서 화를 자초해 놓고 거짓말을 늘어놓았다. 온조는 그녀가 억울해하면서 애교 부리는 것을 무척 좋아했다.

"이리 오너라, 내가 쓰다듬어 줄 테니……. 네가 그를 싫어하는 건 어쩔 수 없지만, 그의 화를 돋우지는 말아라. 그는 수련 경지가 높고 아버지께서도 그를 보기 드문 인재라고 말씀하셨다. 나도 그를 몇 년 더 쓰고 싶구나."

"인재라고요? 인재가 뭐 어쨌다고요? 온 종주님 수하에 뛰어난 명사며 인재가 천 명, 만 명도 넘는데 그 사람 하나 없다고 큰일이라도 난대요?"

왕영교가 납득할 수 없다는 듯이 말했다.

왕영교가 온축류를 처벌해 자신의 화를 풀어 달라고 계속 신호를 보내도 온조는 허허, 하고 웃을 뿐이었다. 온조는 왕영교를 총애했지만 그녀를 위해서 자기 호위 무사를 처벌할 정도는 아니었다. 온축류는 암살을 여러 번 막아 주었고 말수도 적고 입이 무거웠다. 또한 아버지를 배신할 리가 절대 없으니 자신도 배신하지 않을 것이었다. 이렇게 충성스럽고 강한 호위 무사는 얻기 힘들었다. 왕영교는 온조에게 온축류를 처벌할 마음이 없다는 것을 알고 다시 앵앵거렸다.

"그는 공자님의 졸병에 불과한데 너무 방자하잖아요. 제가 우 씨 그 나쁜 년의 따귀를 갈겨 주려고 했더니 그가 막았다고요. 겨우 시체인데 말이에요! 저를 무시하는 건 공자님을 무시하는 거 아니겠어요?"

순간 강징은 온몸의 힘이 풀려 담에서 미끄러졌다. 위무선은 재빨리 강징의 뒷덜미를 잡았다.

두 사람 모두 눈시울이 붉어졌다. 뺨을 타고 흘러내린 뜨거운 눈물이 손등을 적시고 바닥으로 떨어졌다.

위무선은 오늘 아침 강풍면이 집을 나설 때 우 부인과 말다툼을 했고, 서로에게 남긴 마지막 한마디가 결코 따뜻한 말이 아니었다는 게 생각났다. 그들이 마지막으로 얼굴을 보았는지, 강풍면이 우 부인에게 다른 말을 할 기회가 있었는지조차 알 수 없었다.

"그 사람 성격이 그래. 이상하지, 선비를 죽일 수는 있지만 욕보여서는 안 된다나. 다 자기가 죽여 놓고 그건 또 무슨 말이래."

온조가 아무렇지 않게 말했다.

"그러니까요. 위선이죠!"

왕영교가 맞장구쳤다.

온조는 왕영교가 자기 말에 맞장구치자 매우 흡족해 "하하." 하고 웃었다. 왕영교는 남의 불행이 즐거운지 말을 보탰다.

"그 우 씨 나쁜 년은 동정할 가치도 없어요. 집안 세력만 믿고 남자를 몰아붙여 혼인을 하더니 결과가 어때요. 혼인이 다 무슨 소용이람, 상대가 좋아하지 않았는걸. 십수 년 동안 버려져 사람들이 뒤에서 다 비웃었잖아요. 그런 것도 모르고 잘난 척하며 다니더라니. 이렇게 된 것도 다 인과응보예요."

"그래? 꽤 곱게 생겼던데, 강풍면은 왜 그녀를 싫어했을까?"

온조는 예쁘기만 하면 싫어할 이유가 없다고 생각했다. 외모가 평범하거나 자신과 자지 않는 여자만 버려진다는 사고방식을 가지고 있었다.

"조금만 생각하면 알 수 있어요. 우 씨 그 여자 성격이 장난이 아니잖아요. 여자가 온종일 채찍이나 휘두르고 따귀나 갈기고, 교양이라곤 전혀 없다고요. 강풍면이 그런 여자를 부인으로 맞아 엮이

다니, 정말 재수도 더럽게 없었죠.”

“맞아! 자고로 여자란 우리 교교처럼 영리하고 말 잘 듣고 부드럽고 사랑스럽고 일편단심 나만 바라봐야지.”

왕영교가 깔깔거리며 웃었다. 들어주기 힘든 저속한 말을 듣자니 위무선은 슬픔과 분노가 교차해 온몸이 덜덜 떨렸다. 위무선은 강징이 폭발할까 걱정했지만 강징은 과도한 슬픔에 기절한 것처럼 꼼짝도 하지 않았다.

“저한텐 당연히 공자님뿐이지요……. 또 누가 있겠어요?”

왕영교가 그윽한 목소리로 말했다.

그때, 다른 목소리가 끼어들었다.

“온 공자님! 집 안을 전부 수색해 법보(法寶)를 다 찾아냈습니다. 총 2천4백여 개로, 지금 분류하고 있습니다.”

그것은 연화오의 것이며, 강씨 가문의 것이었다.

“좋아, 좋아! 성대하게 축하를 해야지. 오늘 밤 이곳에서 잔치를 벌이겠다. 찾은 것들을 충분히 써먹어야지 않겠느냐!”

온조가 웃음을 터트리며 말했다.

“연화오를 차지하신 것을 감축드립니다.”

왕영교가 애교스럽게 말했다.

“연화오는 무슨, 이름부터 바꿔야겠다. 구판연 표시가 된 문은 다 뜯어내고 기산 온씨의 태양 문양으로 바꿔라! 교교, 어서 네가 잘하는 가무를 보여다오!”

위무선과 강징은 그들의 말을 계속 들을 수가 없었다. 두 사람은 담에서 내려와 비틀거리며 연화오를 떠났다. 한참을 뛰어도 온씨 오합지졸들이 연무장에서 웃고 떠드는 소리가 떨쳐지지 않았다.

연화오 하늘에 울려 퍼지는 유쾌하고 간드러진 여자의 노랫소리가 마치 맹독이 묻은 칼처럼 위무선과 강징의 귀와 심장을 후벼팠다.

단숨에 몇 리(里)를 뛰다가, 강징이 갑자기 멈췄다.

위무선도 같이 멈췄다. 강징이 몸을 돌려 돌아가려고 하자 위무선이 다급히 그를 붙잡았다.

"강징, 뭐 하려고! 돌아가면 안 돼!"

"돌아가면 안 된다고? 그게 사람이 할 소리야? 나더러 돌아가지 말라고? 내 아버지와 어머니의 시신이 연화오에 있는데, 내가 어떻게 이렇게 떠나? 안 돌아가면 내가 어딜 갈 수 있겠어!"

강징이 손을 뿌리치며 악을 썼다.

"지금 돌아가면 네가 뭘 할 수 있는데? 그들은 강 숙부와 우 부인까지 죽였다고. 돌아가면 죽음뿐이야!"

위무선이 강징을 더 꽉 잡으며 말했다.

"죽으면 죽는 거지! 죽음이 두려우면 너 혼자 가. 나를 막지 말고!"

강징이 소리쳤다.

"군자의 복수는 10년 뒤에도 늦지 않아. 시신은 반드시 찾아야지. 하지만 지금은 아니야!"

위무선이 강징을 제압하며 말했다.

"지금이 아니면 언제? 이제 됐어. 놔, 놓으라고!"

강징이 재빨리 비켜서더니 반격하며 소리를 질러 댔다.

"강 숙부와 우 부인께서 나더러 너를 잘 돌보라고 하셨잖아!"

위무선이 외쳤다.

"입 닥쳐!"

강징이 위무선을 세차게 밀어내며 고함쳤다.

"왜!"

위무선은 강징에게 떠밀려 숲으로 넘어졌다. 강징이 달려들어 위무선의 멱살을 잡고 흔들었다.

"왜? 왜? 왜! 좋아? 이제 만족해?!"

위무선의 목을 누르는 강징의 두 눈에 핏발이 섰다.

"왜 남망기를 구하려고 했어!"

슬픔과 분노로 이성을 잃은 강징은 자제력을 상실한 지 오래였다.

"강징……."

위무선이 강징의 손목을 잡으며 말을 맺지 못했다.

"왜 남망기를 구하려고 했냐고! 왜 앞장섰어! 내가 시비에 말려들지 말라고 몇 번을 말했어! 나서지 말라고 했잖아! 그렇게 영웅이 되고 싶었어? 영웅의 마지막이 어떤지 보긴 했어? 응? 이제 만족해?!"

강징이 위무선을 바닥으로 짓누르며 포효했다.

"남망기나 금자헌이 죽으면 죽는 거지! 그냥 죽게 내버려두지! 걔네가 죽는 게 나랑 무슨 상관이야! 우리 집이랑 무슨 상관이냐고?! 왜?! 대체 왜! 죽어, 죽어, 다 죽어버려! 다 죽어버리라고!"

"강징!"

목이 졸린 위무선이 새빨개진 얼굴로 소리쳤다.

위무선의 목을 조르던 손에서 갑자기 힘이 빠졌다.

위무선을 죽일 듯이 노려보는 강징의 뺨을 따라 눈물이 흘러내렸다. 목구멍 깊숙한 곳에서 숨이 끊길 것 같은 비명과 흐느낌이 새어 나왔다.

"……내 부모님 돌려줘, 내 부모님……."

강징이 울면서 애원했다.

강징은 위무선에게 자신의 아버지와 어머니를 돌려 달라고 했다. 하지만 누구에게 부탁한들 부모님은 돌아올 수 없었다.

위무선도 울었다. 두 사람은 수풀에 주저앉아 서로 마주 본 채 통곡했다.

강징도 잘 알고 있었다. 모계산 도륙 현무 동굴에서 위무선이 남망기를 구하지 않았어도, 온씨 가문은 언제가 되었든 작은 꼬투리라도 잡아 들이닥쳤을 것이다. 그러나 강징은 위무선의 일이 없었으면 이렇게 빨리 사건이 터지지 않았을 것이고, 어쩌면 만회할 기회가 있었을지도 모른다는 생각이 들었다.

이런 생각 때문에 강징은 어디에도 쏟아 낼 수 없는 회한과 분노로 가슴이 찢어질 것만 같았다. 날이 밝아 오자 강징은 거의 넋이 나간 듯했다.

그날 밤, 강징은 너무 피곤하고 기운이 다 빠질 정도로 울어 저도 모르게 잠이 들어 버렸다. 강징은 이건 악몽일 뿐이고, 자고 일어나면 연화오의 자신의 방에서 누워 있을 것이라 희망했다. 아버지는 청당에 앉아 책을 읽고 검을 닦고 계시고, 어머니는 또 분노에 이를 갈면서 곁눈질하는 위무선을 야단치시며, 주방에 있던 누님은 오늘은 또 무슨 음식을 할까 고민하고, 사제(師弟)들은 아침 수업을 농땡이 치며 여기저기 뛰어다니는 그런 일상을 생각했다.

그러나 밤새 차가운 바람을 맞고 깨질 것 같은 두통에 눈을 뜨니, 황량하고 구석진 산기슭의 수풀 속에 누워 있었다.

먼저 움직인 것은 위무선이었다.

위무선은 두 다리를 짚고 겨우 일어나 쉰 목소리로 말했다.

"가자."

강징은 꼼짝도 하지 않았다.

위무선이 손을 뻗어 강징을 끌면서 다시 말했다.

"가자고."

"어디로?"

강징의 목소리 또한 쉬어 있었다.

"미산 우씨에 가서 사저(師姐)를 찾아야지."

강징이 위무선의 손을 치웠다. 그는 잠시 뒤에야 스스로 앉더니, 이윽고 천천히 일어났다.

두 사람은 미산 방향으로 출발했다.

가는 내내 두 사람은 가까스로 정신을 붙잡았다. 발이 천근만근처럼 무거웠다.

강징은 고개를 푹 숙인 채 오른손을 감싸 집게손가락에 낀 자전을 품에 안았다. 부모님이 남겨 주신 유일한 유산을 만지고 또 만졌다. 그러고는 연화오 방향을 계속 돌아보며 이젠 악마의 소굴이 되어 버린 자기 집을 응시했다. 한 번, 또 한 번, 봐도 봐도 질리지 않았고 마지막 실낱같은 희망이 있을 것 같았다. 눈물이 영원히 마르지 않을 것처럼 계속 차올랐다.

그들은 황급히 떠나느라 먹을 것이 하나도 없었다. 게다가 어제부터 오늘까지 체력을 많이 소모해, 한나절 걸으니 정신이 혼미해지고 눈앞이 어질어질했다. 두 사람은 인적이 드문 곳을 지나 작은 성(城)으로 들어갔다. 위무선은 강징이 극도로 피곤해 더는 움직이지 못할 것 같자 말했다.

"앉아 있어. 내가 먹을 것 좀 구해 올게."

강징은 대답하지도, 그렇다고 고개를 끄덕이지도 않았다. 여기까지 오는 중에도 강징은 위무선에게 몇 마디 하지 않았다.

위무선은 이곳에 가만히 앉아 움직이지 말라고 몇 번이나 당부한 다음에야 자리를 떠났다. 평소 돈을 지니고 다녔던 것이 이런 때 유용하게 쓰였다. 마을을 한 바퀴 돌며 이것저것 먹을 것을 사고, 가면서 먹을 건량[#1]도 샀다. 그는 한 주향(炷香)도 안 돼서 강징이 있는 곳으로 돌아왔다.

그러나 강징이 보이지 않았다.

찐빵과 전병, 과일을 사 들고 온 위무선은 가슴이 철렁 내려앉았다. 가까스로 진정하고 근처 길을 다 돌아봤지만, 어디에도 강징은 없었다. 위무선은 당황을 감추지 못하고 길 한쪽에서 신발을 수선하고 있던 주피장에게 물었다.

"저기, 방금 여기에 앉아 있던 제 또래의 공자가 어디로 갔는지 보셨습니까?"

"좀 전에 자네와 같이 있던 사람 말인가?"

주피장이 두꺼운 실을 문지르며 물었다.

"맞아요!"

위무선이 대답했다.

"일하고 있어서 잘 못 봤지. 근데 거리를 지나는 사람들을 멍하니 쳐다보다가 나중에 내가 고개를 들어 보니 없었어. 갔겠지."

주피장이 말했다.

"……갔다, ……갔다고……."

위무선이 중얼거렸다.

#1 건량(乾糧) 먼 길을 가는 데 지니고 다니기 쉽게 만든 양식.

시신을 빼내려 연화오로 돌아간 게 틀림없었다.

미친 것처럼, 위무선은 왔던 방향으로 뛰어갔다.

그는 방금 산 먹거리를 손에 든 채 무거운 다리를 끌면서 한참을 달렸다. 그러다 거추장스러워 그것들을 던져 버렸다. 하지만 계속 뛰니 머리가 어지럽고 눈앞이 핑 돌았다. 체력이 모두 소진된 데다가 마음만 급해 순간적으로 두 무릎이 휘청했다. 위무선은 바닥으로 엎어졌다.

얼굴이 온통 흙투성이로 변했다. 입에서도 흙 맛이 느껴졌다.

참을 수 없는 무력감과 분노가 치솟았다. 위무선은 주먹으로 바닥을 내리치며 울분 섞인 소리를 토해내듯 지른 다음에야 일어났다. 그리고 왔던 길을 되돌아갔다. 내던진 찐빵을 집어 들었다. 옷에 대충 닦고 두 입 만에 한 개를 다 삼켜 버렸다. 날고기를 뜯는 것처럼 험악하게 씹어 삼키자 가슴에 걸려 묵직한 통증이 느껴졌다. 찐빵 몇 개를 더 집어 품에 넣고 먹으며 달리면서, 길에서 강징을 만나 막을 수 있기를 바랐다.

하지만 연화오에 도착했을 때는 이미 밤하늘에 달과 별이 빛나고 있었다. 오는 도중에 강징은 그림자도 보이지 않았다.

위무선은 등불이 환하게 켜진 연화오를 먼발치에서 바라보며 손으로 무릎을 짚고 숨을 몰아쉬었다. 가슴과 목구멍에서 오랫동안 달린 다음에 느껴지는 특유의 피비린내가 올라왔다. 입에선 쇳내가 났으며 눈앞이 캄캄해졌다.

위무선은 '왜 강징을 못 따라잡았지? 요기도 하고 이렇게 빨리 뛰어왔는데. 분명 강징이 나보다 더 힘들고 충격도 더 컸을 텐데 어떻게 나보다 더 빨리 뛰어온단 말이야? 강징이 정말 연화오로 돌아왔을까? 하지만 여기가 아니면 어디로 가겠어? 나를 떼놓고 혼자 미산으로 갔나?' 하고 생각했다.

잠시 숨을 고른 위무선은 일단 연화오로 가서 확인해 보기로 했다. 담장에 꼭 붙어 가면서 위무선은 절망적으로 기도했다.

'제발 강징의 시체 어쩌고 하는 소리가 들리지 않기를. 그렇지 않으면, 그렇지 않으면 난…….'

그렇지 않으면?

그렇지 않으면 뭘 어쩐단 말인가?

뭘 어쩔 수도 없었다. 위무선은 아무 힘이 없었다. 연화오는 이미 파괴됐고 강풍면과 우 부인도 없으며 강징도 보이지 않았다. 위무선 자신뿐이고, 혼자였다. 검도 없고 아무것도 모르고 아무것도 할 수 없었다.

위무선은 처음으로 자신의 힘이 참으로 미약하다는 것을 느꼈다. 기산 온씨라는 거대한 벽 앞에서 자신은 그저 하룻강아지에 불과했다.

눈가가 뜨거워지면서 눈물이 쏟아지려고 했다. 위무선이 벽을 돌아서는 순간, 염양열염포를 입은 사람의 그림자가 다가왔다.

위무선은 전광석화처럼 그를 붙잡아, 왼손으로 그의 두 손을 꽉 잡고 오른손으로 목을 눌러 소리를 못 내게 했다. 그리고 자신이 낼 수 있는 가장 잔인하고 독한 어조로 위협했다.

"조용히 해! 아니면 네 목을 부러뜨리겠어!"

"위, 위 공자, 저, 저예요!"

위무선에게 제압당한 사람이 다급하게 말했다.

소년의 목소리였다. 그의 말에 위무선은 순간 '설마 내가 아는 사람이 온가에서 첩자로 일하고 있는 건가?'라고 생각했다.

하지만 이 목소리는 매우 낯설었다. 위무선은 손에 힘을 더 주었다.

"허튼짓하지 마!"

"저…… 저는 허튼짓 안 해요. 위 공자, 공, 공자, 제 얼굴을 좀 보세요."

위무선은 '자기 얼굴을 보라고? 입에 뭘 물고 있다가 내뿜으려는 거 아니야?' 하고 생각했다. 그리고 단단히 경계한 채로 소년의 얼굴을 돌렸다. 이목구비가 단정하고 온몸에서 풋풋한 분위기를 풍겼다. 어제 위무선과 강징이 엿봤을 때 봤던 기산 온씨의 작은 공자였다.

모르는 자였다.

위무선은 소년의 얼굴을 원래대로 되돌리곤 그의 목을 계속 조르며 낮게 으르렁댔다.

"넌 누구냐!"

"저…… 저 온녕이에요."

소년이 조금 실망한 듯이 대답했다.

"온녕이 누구야?"

위무선이 미간을 찌푸리며 되물었다.

'누구든 계급이 높아 보이니 잡고 있으면 쓸모가 있겠지!'

그리고 속으로 생각했다.

"저…… 몇 년 전, 기산의 백가 청담성회에서, 제…… 제가…… 활쏘기에서……."

온녕이 더듬더듬 말하자 위무선은 답답하고 화가 치밀었다.

"너 뭐야? 말더듬이야?"

온녕이 화들짝 놀라 움츠러들었다. 겁을 먹었는지, 머리를 감싸고 쭈그려 앉으려는 것 같았다.

"네……."

온녕이 작은 소리로 대답했다.

"……."

위무선은 할 말이 없었다.

소심하고 버벅거리는 모습을 보니 위무선은 그제야 뭔가가 떠올랐다.

'재작년 기산 백가 청담성회…… 백가 청담성회…… 활쏘기……. 아, 그 사람!'

"네가 그…… 온…… 온 뭐였더라, 활 잘 쐈던 그?"

위무선이 슬쩍 떠봤다.

"네, 저예요! 어제…… 위 공자와 강 공자를 보고 다시 올 거라고 생각했어요……."

온녕이 세차게 고개를 끄덕이며 기쁜 듯이 말했다.

"어제 나를 봤다고?"

"네, 봐, 봤어요."

"나를 봤는데 다른 사람에게 말하지 않았다고?"

"그럴 리가요! 다른 사람한테 말 안 해요!"

온녕은 이 말은 더듬지 않고 맹세하듯 결연하게 외쳤다. 위무선이 의아해하며 안 믿자 온녕이 다시 말했다.

"위 공자, 강 공자를 찾으러 오셨죠?"

"강징이 안에 있어?"

"네……."

온녕이 사실대로 대답했다.

온녕의 말에 위무선은 재빨리 머리를 굴렸다.

'강징이 안에 있다면 연화오로 들어가야 돼. 온녕을 인질로 삼을까? 온조가 온녕을 싫어하면 인질도 소용이 없어! 온녕이 거짓말하고 있는 거라면? 그는 온가 사람이잖아? 하지만 어제 우리를 보고도 보고하지 않았잖아. 그를 풀어 주면 나를 온가에 넘기지 않을까? 온씨 개들 중에 이렇게 착한 사람이 있을 리가? 한 치의 실수도 하지 않으려면…….'

위무선의 마음속에 살기가 스쳤다. 그는 살생을 좋아하는 사람은 아니었다. 그러나 집안이 큰 화를 당하자 분노가 쌓였고 상황도 심각해 자비를 베풀 여지가 없었다. 오른손에 힘을 주면 바로 온녕의 목을 부러뜨릴 수 있었다.

머릿속이 뒤엉켜 복잡하기만 했다. 그때 온녕이 말했다.

"위 공자는, 강 공자를 구하러 돌아오셨죠?"

"아니면?"

위무선이 손가락을 조금 구부리며 차갑게 말했다.

"알았어요. 제…… 제가 강 공자를 구해 올 수 있어요."

온녕이 긴장한 상태로 웃으며 말했다.

순간, 위무선은 자신이 잘못 들은 게 아닌가 의심했다.

"……네가? 네가 나를 돕겠다고?"

"네. 바, 바로 지금, 지금 그를 데리고 나올 수 있어요. 마침, 온조가 외출했거든요!"

"정말 가능해?!"

위무선이 온녕을 꽉 붙잡고 물었다.

"가능해요! 저, 저도 온가의 자제고 수하에 제 말을 듣는 문하생도 있어요."

"말을 듣는다고? 네 말대로 사람을 죽여?"

위무선이 질책하듯 말했다.

"아아아니요! 제 문하생들은 함부로 사람을 죽이지 않아요! 전 강씨 사람들을 죽이지 않았어요. 저는 연화오에 일이 생겼다는 말을 듣고 나중에 왔어요. 정말이에요!"

온녕이 다급하게 말했다.

'무슨 꿍꿍이지? 거짓말인가? 친절한 척하는 건가? 하지만 너무 황당한 거짓말이잖아! 날 바보로 아는 건가?'

위무선은 온녕을 뚫어지게 쳐다보며 고민에 빠졌다.

무서운 것은, 뜻밖에도 막다른 골목에서 다시 활로를 찾았다는 기쁨이 마음속에 피어올랐다는 점이다.

위무선은 속으로 자기가 멍청하고, 쓸모없으며, 황당하고, 이상한 생각을 하고 있다고 욕설을 퍼부었다. 지금 위무선은 혼자고 선검이나 법보도 없었다. 하지만 담장 안에는 수천 명의 온가 수사(修士)가 있고 아마 온축류도 있을 터였다.

위무선은 죽음은 두렵지 않았다. 그저 자기가 죽으면 강징을 구하지 못해 강풍면과 우 부인의 당부를 지키지 못할까 봐 두려울 뿐이었다. 이런 상황에서 위무선이 희망을 걸 수 있는 상대가 다 합쳐도 세 번밖에 본 적이 없는 온가 사람이라니!

위무선은 말라 버린 입술을 핥으며 마른 목소리로 말했다.

"그러면…… 네가…… 나 대신…… 강 종주와 강 부인의 시신을……."

자신도 모르게 위무선은 말도 더듬었다. 그러다 자기가 아직도 위협적인 자세로 온녕을 꽉 붙잡고 있다는 것을 깨닫고 황급히 그를 놔주었다. 그래도 혹시 모를 상황에 대비해, 온녕이 도망가거나 소리를 지르면 즉시 머리를 날려 버릴 태세는 갖추었다. 그러나 온녕은 몸을 돌려 진지하게 말했다.

"저…… 최선을 다할게요."

온녕이 다시 안으로 들어가고, 위무선은 멍청하게 기다렸다. 다시 머릿속이 복잡해졌다. 그 자리에서 뱅뱅 돌면서 '내가 왜 그랬지? 미쳤나? 온녕이 왜 나를 도와주겠어? 왜 그를 믿었지? 그가 나를 속였다면? 강징이 안에 없다면? 아니다, 강징이 안에 없는 게 낫지!' 하고 생각했다.

한 주향도 안 돼서 온녕이 정말 누군가를 업고 조용히 나왔다.

온몸이 피투성이에 얼굴이 창백한 그 사람은 두 눈을 꼭 감고 온녕의 등에 업혀 꼼짝도 하지 않았다. 강징이었다.

"강징? 강징!"

위무선이 낮은 소리로 불렀다. 손을 뻗어 살피니 아직 숨을 쉬고 있었다.

온녕은 위무선의 손바닥에 무엇인가를 건넸다.

"강, 강 공자의 자전입니다. 가지고 왔어요."

위무선은 무슨 말을 해야 할지 알 수 없었다. 방금 온녕을 죽이려고 했던 게 생각나 더듬거리며 말했다.

"……고마워!"

"괜찮습니다……. 강 선생님과 강 부인의 시신은 이미 옮겨 두라고 했으니 나중에 전해 드리겠습니다. 여, 여기에서 오래 머물면 좋지 않으니, 일단 가시죠……."

온녕이 더 말할 필요도 없이 위무선은 강징을 건네받아 등에 업었다. 그런데 제일 먼저 눈에 띈 것은 강징의 가슴에 난 피 묻은 채찍 자국이었다.

"계편?"

"네. 온조가, 강가의 계편으로……. 강 공자 몸에 다른 상처도 있을 겁니다."

대충 만져 봐도 강징은 갈비뼈 세 대가 부러져 있었다. 보이지 않는 상처가 얼마나 더 있을지 알 수 없었다.

"온조가 돌아오면 분명 운몽 일대를 샅샅이 뒤질 겁니다……. 위 공자, 저를 믿으신다면, 제가 숨을 곳으로 안내하겠습니다."

강징은 중상을 입었고 치료와 몸조리가 시급해 이리저리 떠돌아다닐 수 없었다. 그들은 어려운 처지에 놓였고 갈 만한 곳이 없었다. 온녕에게 의탁하는 것 말고는 다른 방법이 전혀 떠오르지 않았다.

전날까지만 해도 위무선은 자신과 강징이 온가 자제의 도움을 받아 탈출할 줄은 꿈에도 몰랐다. 그러느니 죽는 게 낫다고 생각했을 터였다. 하지만 지금, 위무선은 그저 "고맙다!"라는 말밖에 할 수 없었다.

"아…… 아닙니다. 위 공자, 이쪽으로 가시죠. 저, 저한테 배가 있어요……."

온녕이 손을 저으며 말했다.

위무선은 강징을 업고 온녕이 미리 숨겨 놓은 배로 갔다. 강징을 배에 잘 눕히자 온녕이 강징의 상처를 닦고 약을 바른 다음 붕대로 감아 주었다. 숙련된 동작을 보니 위무선은 예전에 기산 백가 청담성회에서 봤던 온녕의 모습이 떠올랐다.

그 청담성회는 위무선과 남망기, 남희신과 금자헌이 활쏘기에서 1위에서 4위까지 차지했던 해였다.

그날 활쏘기 대회가 시작되기 전, 위무선은 혼자 불야천성을 여기저기 돌아다녔다. 작은 화원을 지나다 활시위가 떨리는 소리를 들었다.

수풀을 헤치고 들어갔다. 흰색 비단옷을 입은 소년이 앞에 있는 과녁을 향해 활시위를 당겼다 놓은 모습이 보였다.

소년은 옆모습이 준수했고 활을 당기는 자세가 정확하면서도 깔끔했다. 과녁의 붉은색 정중앙에 화살이 빽빽하게 꽂혀 있었다. 이번 화살도 명중이었다.

빗나간 게 하나도 없었다.

"대단한 궁술인데!"

위무선이 칭찬했다.

등에 멘 화살통에서 새 화살을 꺼내 활시위에 걸던 소년은 갑작스러운 낯선 목소리에 깜짝 놀라 화살을 떨어뜨렸다. 위무선은 화단에서 걸어 나와 웃으며 말했다.

"온가의 공자신가? 좋아, 좋아, 아주 좋아. 활 정말 잘 쏘네. 너희 가문에서 너처럼 활을 잘 쏘는 사람은 본 적이 없는데……."

말이 끝나기도 전에 소년이 활과 화살을 내던지고 종적을 감췄다.

위무선은 할 말을 잃어 턱을 쓰다듬었다.

'내가 그렇게 준수한가? 놀라 도망갈 정도로?'

위무선은 이 일을 마음에 담아 두지 않고 그냥 이상하다고 생각하면서 광장으로 돌아왔다. 대회가 막 시작되려는데 온가 쪽이 시끄러웠다.

"여기 청담회는 왜 이렇게 시끄러워. 오늘은 또 무슨 일이야?"

위무선이 강징에게 물었다.

"무슨 일이겠어. 정원은 한정돼 있으니 누가 나갈지 다투는 거지."

강징이 말했다.

"온가의 활쏘기 실력은 거기서 거긴데 누가 나간들 마찬가지 아니야? 저렇게 다투는 게 무슨 소용이람."

잠시 뒤 강징이 무시하며 덧붙였다.

"한 명 더! 한 명 더, 한 명이 모자라! 마지막 한 명!"

저쪽에서 온조가 외쳤다.

온조 옆에 아까 그 흰옷을 입은 소년도 있었다. 그는 두리번거리며 망설이다가 용기 내 손을 들었다. 하지만 너무 낮게 들기도 했고, 옆에 있는 사람들처럼 자기 이름을 크게 외치지도 못한 채 이리저리 떠밀렸다. 옆 사람이 그를 발견하고 신기하다는 듯이 물었다.

"경림? 너도 참가하려고?"

'경림'이라는 소년이 고개를 끄덕이자 누군가 하하 웃었다.

"네가 활 잡는 걸 한 번도 본 적이 없는데 무슨 대회야! 괜히 정원 낭비하지 마라."

온경림이 반박하려는 기색을 보이자 그 사람이 다시 빈정댔다.

"됐어, 됐어. 괜히 새로운 거 하려고 덤비지 마. 이건 성적을 겨루는 경기라고. 괜히 나갔다가 체면 구겨도 난 모른다."

위무선은 속으로 '체면을 구긴다고? 너희 온씨 사람 중에 그나마 체면을 세워 줄 사람은 바로 쟤야.' 하고 말했다.

너무 당연하다는 듯이 무시하자, 듣고 있던 위무선의 기분이 다 나빠졌다.

"그가 활을 잡아 본 적이 없다고 누가 그래? 활도 잡아 봤고, 게다가 아주 잘 쏴!"

위무선이 목소리를 높이며 말했다.

위무선의 말에 놀란 사람들이 그를 보고 다시 소년을 쳐다봤다. 사람들의 눈길이 갑자기 자신에게 쏟아지자 원래 흰 편이었던 온경림의 얼굴이 순식간에 붉어졌다. 그가 새까만 눈동자에 힘을 주며 위무선을 쳐다봤다. 위무선은 뒷짐을 쥐고 다가가며 말했다.

"방금 화원에서 아주 잘 쐈잖아?"

온조도 다가와 못 믿겠다는 듯이 물었다

"정말? 네가 정말 활을 잘 쏜다고? 어떻게 한 번도 못 들었지?"

"……저…… 저 최근에야 시작해서……."

온경림이 기어드는 목소리로 말했다.

온경림은 목소리가 너무 작고 더듬더듬 말해 중간에 누군가 끼어들기 쉬웠다. 아닌 게 아니라 늘 누군가 끼어들어 말을 끊었다. 온조는 못 참겠다는 듯이 말을 잘랐다.

"좋아, 저기 과녁이 있으니 한번 쏴 봐. 잘 쏘면 참가하고 못 쏘면 물러가."

사람들이 순식간에 온경림 곁에서 비켜섰다. 온경림은 활을 꽉 쥐고 도움을 청하듯 이리저리 살폈다. 자신 없는 온경림의 모습에 위무선은 그의 어깨를 토닥이며 격려했다.

"긴장 풀어. 아까 쏜 것처럼만 하면 돼."

온경림이 감격스러운 듯이 위무선을 한 번 보더니 숨을 깊이 들이마시고 활시위를 당겼다.

그러나 안타깝게도, 활시위를 당기는 자세를 본 위무선은 속으로 고개를 절레절레 저었다.

'망했군.'

온경림은 사람이 있는 곳에서 활을 쏴 본 적이 없는지 손가락 끝에서 팔뚝까지 덜덜 떨었다. 화살은 과녁을 맞히지도 못했다. 옆에서 보던 온가 사람들이 "뭐가 잘한다는 거야!" 하며 비웃었다.

"내가 눈 감고 쏴도 더 잘 쏘겠다."

"됐어, 시간 낭비야. 어서 다른 사람 골라서 나가자고!"

온경림은 귀 끝까지 빨개져 다른 사람이 비키라고 하기도 전에 도망가 버렸다.

"이봐, 도망가지 마! 그…… 경림 맞지? 왜 도망가?"

위무선이 쫓아가며 말했다.

위무선이 뒤에서 자신을 부르자 온경림은 걸음을 멈추고 고개를 푹 숙인 채 돌아보았다. 창피함이 머리서 발끝까지 묻어났다.

"……미안합니다."

"나한테 미안할 게 뭐 있어?"

위무선은 이상하다는 듯 물었다.

"저…… 저를 추천해 주셨는데, 체면을 구기게 해서……."

온경림이 자책하며 말했다.

"체면 구길 게 뭐가 있어? 다른 사람 앞에서 활 쏴 본 적 별로 없었지. 방금은 긴장한 거고?"

온경림이 고개를 끄덕였다.

"자신감을 가져. 솔직하게 말하는데 너희 가문 사람 중에서 네가 제일 잘 쏴. 내가 본 세가 자제 중에 활 쏘는 자세가 너보다 좋은 사람은 세 명이 채 안 될걸."

"너 또 뭐 해? 세 명이 뭐?"

강징이 다가오며 물었다.

"아, 예를 들어 쟤, 쟤보다 네가 훨씬 잘 쏴."

위무선이 강징을 가리키며 말했다.

"죽고 싶어!"

강징이 소리쳤다.

위무선은 강징에게 한 대 얻어맞고도 얼굴색 하나 안 바꾸고 말했다.

"정말이야. 긴장할 거 없어. 사람들 앞에서 자주 연습하면 다음에는 훨씬 괜찮을 거야."

온경림은 온가의 먼 방계[#2] 친척 세가 자제로, 지위가 높지도 낮지도 않은 듯했다. 부끄러움이 많고 소심하며 말도 더듬거려 평소엔 잘 나서지 않았다. 이번엔 열심히 연습하고 용기를 내서 도전했지만, 너무 긴장한 나머지 실수한 것 같았다. 지금 잘 지도해 주지 않으면 그는 더 폐쇄적으로 변해, 다시는 사람들 앞에 나서지 않을 것이었다. 위무선은 온경림에게 격려의 말을 건네면서 방금 화원에서 활을 쐈을 때 봤던 미세한 단점을 교정해 주었다. 온경림은 눈 한 번 깜박이지 않고 경청하면서 연신 고개를 끄덕였다.

"무슨 헛소리가 그렇게 많아. 곧 시합 시작되는데 빨리 입장 안 하고 뭐 해!"

강징이 말했다.

"난 이제 대회에 나가야 해. 이따가 대회장에서 내가 어떻게 쏘는지……."

#2 방계(旁系) 시조가 같은 혈족 가운데 직계에서 갈라져 나간 친족 관계.

위무선이 진지하게 말하는데 강징이 더는 못 참겠다는 듯이 위무선을 끌고 갔다.

"보긴 뭘 봐. 네가 모범이라도 된다는 말이야?"

위무선이 잠시 생각하더니 이상하다는 듯이 되받아쳤다.

"그럼. 당연한 거 아니야?"

"위무선! 너처럼 뻔뻔한 놈은 처음 본다!"

…….

그때가 기억이 난 위무선은 온녕에게서 피투성이가 된 채 눈을 꼭 감고 있는 강징에게로 눈길을 옮기며 주먹을 꽉 쥐었다.

그들은 우선 배를 타고 물길을 따라 내려갔다가 육지로 올라왔다. 그리고 온녕이 미리 준비해 둔 마차로 옮겨 탔다. 다음 날 이릉에 도착했다.

온녕은 문하생 수십 명을 소집해 위무선과 강징을 화려한 저택까지 직접 데리고 갔다. 후문으로 몰래 들어간 다음 작은 집으로 안내했다.

온녕이 문을 닫고 숨을 돌리기도 전에 위무선이 다시 그의 목을 조르며 낮은 소리로 물었다.

"여긴 어디야!"

온녕 덕분에 강징을 구했지만 그래도 위무선은 온가 사람에 대한 경계를 늦출 수가 없었다. 온녕을 따라 이 저택에 들어와 많은 방을 지나는 동안 안에서 들려오는 대화는 모두 기산 말씨였다. 게다가 문틈과 창틈으로 새어 나오는 단편적인 말과 사소한 대화에서 '감찰소'라는 말이 포착되었기에, 불안함이 증폭했다.

온녕이 황급하게 손을 내저었다.

"아니…… 저는……."

"뭐가 아니야? 여긴 이릉에 설치한 감찰소잖아! 또 어떤 세가의 지역을 점령한 거지? 우릴 이곳으로 데리고 와서 어쩔 셈이야!"

"위 공자, 저, 저 제 말을 좀 들어 보세요. 여긴 감찰소가 맞아요. 하지만…… 전 절대 당신들을 해칠 생각이 없어요. 해칠 생각이 있었으면 어젯밤 연화오에 들어갔을 때 마음을 바꿨지, 당, 당신들을 여기까지 데리고 오지도 않았을 겁니다."

온녕이 열심히 해명했다.

요 며칠 위무선은 신경을 곤두세우고 잠시도 긴장을 늦추지 않아 조금만 건드려도 발끈했다. 머릿속도 복잡해 온녕의 말에도 반신반의했다.

"감찰소가 맞지만, 온가 사람이 수색하지 않을 곳은 여기뿐이에요. 여기에 머물러도 됩니다. 하지만 다른 사람에게 들키면 절대 안 돼요……."

온녕이 다시 말했다.

잠시 뒤에야 위무선은 마침내 손을 치우고 낮은 목소리로 고맙고 미안하다고 말했다. 그러곤 강징을 방 안의 나무 침상에 눕혔다.

그러나 바로 그때, 나무 문이 확 열리면서 여자 목소리가 들렸다.

"마침 널 찾고 있었어! 너 나한테 제대로 설명해……."

다른 사람에게 들키면 안 된다고 말하자마자 들켜 버렸다!

위무선은 온몸에서 식은땀이 쭉 났지만, 재빨리 침상 앞을 가리고 섰다. 온녕은 너무 놀라 아무 말도 하지 못했다.

두 사람은 뻣뻣하게 굳은 채로 문 앞에 선 여인을 쳐다봤다. 아니, 그 낭자를 쳐다봤다. 약간 검은 피부에 아름다운 얼굴이었으나 눈가에는 거만함이 묻어났다. 그녀가 입은 염양열염포에 새겨진 불꽃이 유난히 선명해 소매와 옷깃이 일렁이는 것 같았다.

지위가 매우 높은, 온조와 같은 계급이었다.

세 사람이 잠시 멈춰 대치하던 그때, 밖에서 다급한 발소리가 들렸다. 위무선은 가슴이 철렁 내려앉았다. 그가 경계의 동작을 취하려는데, 그녀가 위무선보다 한발 앞서 '탁' 하고 문을 닫았다.

"무슨 일입니까?"

문밖에서 말소리가 들렸다.

"별일 아니다. 동생이 돌아왔다. 기운이 없어 보이니 그냥 놔두거라. 가자. 가서 계속 이야기하자."

그녀가 냉담하게 말했다.

문밖의 소리가 그녀와 함께 멀어졌다. 온녕은 한숨 돌리고 위무선에게 설명했다.

"제…… 제 누님이에요."

"온정이 네 누님이라고?"

위무선이 놀라서 되물었다.

온녕이 조금 부끄럽다는 듯이 고개를 끄덕였다.

"제 누님은, 대단한 사람이에요."

확실히 대단했다.

온정은 기산 온씨 가문에서 유명인이라고 할 수 있었다. 그녀는 온씨 가주 온약한의 친자식은 아니고 온약한의 외사촌 형의 자식이었다. 먼 외사촌 형이었지만 어려서부터 관계가 좋았던 데다가, 온정이 문장에 출중하고 의술에도 정통해 온약한은 그녀를 각별하게 아꼈다. 그래서 기산 온씨가 개최하는 각종 연회에 데리고 다녔다. 위무선은 그녀가 꽤 미인이라는 인상을 받았었다. 온정에게 오빠나 남동생이 있다는 말은 얼핏 들었지만, 그녀에게 훨씬 못 미쳐 거론하는 사람이 없었다.

"네가 정말 온정 동생이라고?"

위무선은 뜻밖이라는 듯이 물었다.

온녕은 그렇게 우수하고 유명한 누이에게 이런 변변찮은 동생이 있어서 위무선이 놀란 줄 알았다.

"네. 제 누님 대단하시죠. 전…… 틀려먹었어요."

"아니, 아니. 너도 아주 대단해. 내가 놀란 건 네 누나가 온정이고 이곳 책임자인데 네가 우리를……."

바로 그때, 침상에 누워 있던 강징이 움직이면서 미간을 약간 찡그렸다. 위무선은 즉시 몸을 돌려 강징을 살폈다.

"강징?"

"깼나 봐요. 약 먹어야 하니 제가 가져올게요."

온녕이 재빨리 말했다. 그리고 밖으로 나가며 문을 닫았다.

한참 동안 정신을 잃었던 강징이 조금씩 깨어났다. 위무선은 매우 기뻤지만, 금세 뭔가 이상하다는 것을 발견했다.

강징의 표정이 이상하리만치 담담했다. 너무나도 담담했다.

천장을 바라보는 강징은 지금 자신의 상황이나 여기가 어딘지 따위는 전혀 관심이 없어 보였다.

강징이 이렇게 희로애락이라곤 전혀 없는 반응을 보일 것이라고, 위무선은 상상도 못 했다. 그는 심장이 덜컥 내려앉았다.

"강징, 보여? 들려? 내가 누군지 알아보겠어?"

강징은 위무선을 보고도 아무 말도 하지 않았다. 위무선이 몇 마디 더 묻자 강징은 마침내 팔로 침상을 짚고 일어나 앉았다. 그리고 고개를 숙여 자기 가슴에 난 계편 상처를 보고 냉소를 지었다.

한번 생긴 계편 자국은 영원히 지워지지 않아 평생 치욕의 흔적을 안고 살아야 했다.

"보지 마. 없앨 방법이 있을 거야."

위무선은 가능성이 희박한 말을 했다.

강징이 위무선을 내리쳤다. 그러나 손에 힘이 하나도 없어 위무선은 흔들리지도 않았다.

"때려. 그래서 네 속이 풀리면."

"느껴졌어?"

강징이 물었다.

"뭐가? 뭘 느껴?"

위무선이 의아한 표정으로 물었다.

"내 영력이 느껴졌냐고?"

"무슨 영력? 너 영력을 전혀 사용하지 않았잖아."

"사용했어."

"도대체…… 무슨 소리야?"

"사용했다고. 방금 내가 영력을 전부 사용해서 쳤다고. 다시 물을게. 느껴졌어?"

강징이 한 자 한 자 반복했다.

위무선은 강징을 쳐다보며 한참 침묵하다가 입을 열었다.

"한 번 더 쳐 봐."

"칠 필요 없어. 아무리 쳐도 같으니까. 위무선, 너 화단수를 왜 화단수라고 하는 줄 알아?"

심장이 덜컥 내려앉았다.

"그의 두 손은 상대의 금단(金丹)을 부숴 다시는 단(丹)을 맺지 못하게 하고, 영력을 흩어지게 해서 평범한 사람으로 만들어 버리기 때문이야. 평범한 선문 자제는 쓸모가 없지. 평생 평범하게 살면서 정상에 오를 꿈은 절대로 못 꾼다고."

강징이 계속 말했다.

"온축류가 어머니와 아버지의 금단을 부숴 반격할 힘을 빼앗은 다음 죽였어."

위무선은 혼란스럽고 망연자실해 중얼거렸다.

"……화단수…… 화단수……."

"온축류, 온축류. 복수하고 싶어, 복수하고 싶다고. 하지만 어떻게 복수하지? 금단도 사라졌는데, 이젠 금단을 맺을 수가 없는데, 뭘로 복수해? 하하하하하하, 하하하하하하하하하……."

위무선은 바닥에 털썩 주저앉아 강징을 쳐다봤다. 미친 것 같은 강징을 보면서 한 마디도 하지 못했다.

강징이 승부욕이 강하고 자신의 수련 수준과 영력을 매우 중요시한다는 것을 위무선은 누구보다 잘 알았다. 그런데 화단수의 공격에 그동안의 수련과 자존심, 복수의 희망이 다 부서져 버렸다.

강징은 미친 사람처럼 한바탕 웃더니 도로 침상에 누웠다. 그가 두 팔을 벌리고 자기 자신을 경멸하는 투로 말했다.

"위무선, 뭐 하러 날 구했어? 날 구해 봐야 무슨 소용이 있어? 나더러 온씨 개들이 판치고 다니는 꼴을 보면서 아무것도 할 수 없는 스스로나 보면서 살라고?"

마침 그때 온녕이 들어왔다. 온녕은 어색한 미소를 지으며 탕약을 들고 있었다. 그가 말을 하기도 전에 염양열염포가 먼저 눈에 띄자, 강징의 동공이 순식간에 수축했다.

강징이 온녕을 발로 차버렸다. 탕약 그릇이 엎어지면서 온녕의 몸에 검은색 탕약이 튀었다. 위무선은 약사발을 받아 들려고 손을 뻗었다가 놀란 온녕을 잡았다.

"뭐가 어떻게 된 거야!"

강징이 소리쳤다.

온녕은 깜짝 놀라 연신 뒤로 물러났다. 강징이 위무선의 옷깃을 잡고 소리쳤다.

"온씨 개를 보고도 안 죽여? 죽이기는커녕 그를 잡아 줘? 너 죽고 싶어!"

강징이 온 힘을 다해 잡았지만, 두 손에 힘이 없어 위무선은 금방 빠져나왔다. 강징은 그제야 자신이 있는 곳을 의식했는지 주위를 훑어보고는 경계하며 말했다.

"여기가 어디야?"

"이릉의 감찰소입니다. 하지만 안……."

온녕이 멀찌감치 서서 말했다.

"감찰소?! 자진해서 항복했어?"

강징이 위무선에게 고개를 휙 돌리며 물었다.

"아니야!"

"아니라고? 그럼 감찰소에서 지금 뭐 하는 거야? 어떻게 여기로 올 수가 있는데? 온씨 개에게 도움을 청했다고는 말하지 마!"

강징이 가차 없이 말했다.

"강징, 일단 진정해. 여긴 안전해! 너 정신 좀 차려. 화단수가 꼭

네…….”

위무선이 강징을 잡으며 그를 달랬다.

강징은 위무선의 말이 들리지 않았다. 강징은 정신이 반은 나간 상태로 위무선의 목을 조르며 미친 듯이 웃었다.

“위무선, 하하하하하하하! 위무선! 너! 네가…….”

그때 갑자기 붉은 그림자 하나가 문을 박차고 들어와 강징을 밀쳤다. 이윽고 은빛이 공중을 스치더니 강징의 머리에 침이 꽂혔다. 강징은 그대로 침상으로 쓰러졌다. 온정이 몸을 돌려 문을 닫고는 낮은 목소리로 꾸짖었다.

“온녕, 너 바보야? 저렇게 큰 소리로 고함치고 웃게 하면 어떻게 해! 들키고 싶어?”

“누님!”

온녕은 구세주라도 만난 것처럼 외쳤다.

“누님은 무슨 누님! 너 언제부터 이렇게 간이 컸어? 사람을 숨겨 줄 생각을 다 하게! 사람들에게 물어보고 오는 길이야. 네가 갑자기 운몽에 가겠다고 했다면서! 대체 무슨 배짱인지, 어디서 이런 용기가 났어? 온조가 네가 한 일을 알고도 가만있을 것 같아? 그가 정말 누군가를 없애려고 마음먹으면 내가 막을 수 있을 것 같아?”

온정이 이를 악물고 낮게 쏘아붙였다.

그녀의 말은 매우 빠르고 조리가 있었다. 또한 말투에 힘이 있고 말대꾸를 허용하지 않아 위무선은 끼어들 기회를 찾지 못했다. 온녕이 하얗게 질린 얼굴로 말했다.

“누님, 하지만 위 공자가…….”

“네가 고마운 마음에 그랬다는 건 말하지 않아도 잘 알아. 하지만 저 두 사람은 절대 여기 오래 머물면 안 돼! 네가 갑자기 나타났다가 또 갑자기 사라졌으니 온조 쪽에서도 사람이 없어진 걸 금방 눈치채겠지. 온조가 그렇게 멍청한 줄 아니? 그들이 조만간 수색하러 올 거야. 이곳은 내가 관장하는 감찰소고, 게다가 여긴 네 집이야. 네가 누구를 숨겨 줬다는 게 발각되면 죄명이 뭐일 것 같아? 잘 생각해 봐!"

온정이 이렇게 조목조목 상황을 설명하는 것은 위무선에게 대놓고 여기서 썩 꺼져서 자신들을 연루시키지 말라고 경고하는 것이나 다름없었다. 부상을 당한 게 자기였거나 구해 준 게 다른 사람이었다면 위무선은 호기롭게 '다음에 또 만납시다.'라고 말하고 당장 떠났을 것이다. 하지만 부상당한 사람은 강징이었고, 금단도 잃었으며, 정신 상태도 지극히 불안정해 위무선은 호기를 부릴 수가 없었다. 그리고 온가가 자신들을 이 지경으로 만들었으니 내키지 않기도 했다. 위무선은 그저 이를 악물고 입 다물고 있을 수밖에 없었다.

"하지만, 하지만, 온가 사람이……."

온녕이 달리 설명하려고 하자 온정이 말을 끊었다.

"온가가 한 일이 우리를 대표하는 건 아니고, 온가가 저지른 죄를 우리가 다 감당할 필요는 없어. 위영, 그런 눈으로 날 보지 마. 적인지 아군인지 분명히 보라고. 나는 이릉의 감찰소 책임자고 명령을 받아 부임했어. 나는 의사이자 약사고 그 누구도 죽여 본 적이 없어. 내 손에 너희 강가 사람의 피를 묻힌 적도 없고!"

확실히, 온정의 수하가 사람을 죽였다거나 학살했다는 말은 들어본 적이 없었다. 그녀가 와서 일 처리를 해주길 바라는 곳도 많았다. 온정은 온가 사람 중에서 정상적으로 일을 처리하는 몇 안 되는 사람이었고, 때로는 온약한 앞에서 좋게 말해 주기도 해서 평판이 좋았다.

방 안에 침묵이 흘렀다.

잠시 뒤 온정이 입을 열었다.

"저 침은 뽑지 마. 깨면 다시 소리쳐서 밖에서도 다 들릴 테니까. 상처가 나으면 뽑고 바로 떠나. 난 온조 상대하기 싫어. 특히 옆에 있는 그 여자, 보기만 해도 구역질이 난다고!"

말을 마치자마자 온정은 밖으로 나갔다.

"그녀 말은…… 우리가 오래 머물 수는 없지만 며칠은 괜찮다는 뜻……이지?"

위무선이 물었다.

온녕이 재빨리 고개를 끄덕였다.

"감사합니다, 누님!"

문밖에서 약재가 날아 들어왔다. 멀리서 온정의 목소리가 들렸다.

"나한테 정말 고마우면 좀 잘해! 방금 가져온 약은 왜 그 모양이야? 다시 달여!"

온녕은 약재에 정통으로 맞았으면서도 기뻐하며 말했다.

"우리 누님께서 조제한 약이니 분명 좋을 거예요. 제가 한 것보다 수백 배, 아니, 수천 배 훨씬 좋을 겁니다."

위무선은 마침내 안심했다.

"고마워."

위무선은 이 남매가 먼저 도움의 손길을 내민 것이 아주 큰 위험을 무릅쓴 것이라는 사실을 잘 알았다. 온정의 말처럼 온조가 누군가를 제거하겠다고 마음먹으면 온정이 막을 수 있다고 장담할 수 없었고, 그녀도 연루될지 몰랐다. 어쨌든 다른 사람 자식은 친자식에 비할 수 없기 때문이다.

강징은 머리에 침을 꽂고 3일 내내 깊이 잤다. 몸에 난 상처는 대부분은 아물었다. 하지만 영원히 지워지지 않을 계편 자국이 남았고 금단이 사라졌으니 온전히 치유될 수는 없었다.

3일 동안 위무선도 생각했다.

3일이 지나자 위무선은 온녕에게 작별을 고하고 강징을 업고 길을 나섰다. 한참을 이동해 숲에 도착해서 숲지기에게 작은 방을 한 칸 빌렸다.

위무선은 문을 닫고 강징의 머리에 꽂힌 은침을 뽑았다. 강징은 한참 뒤에야 눈을 떴다.

깨어나기는 했지만, 전혀 움직이지 않았다. 몸을 돌리지도, '여기는 또 어디냐.'고 묻지도 않았다. 물 한 모금 마시지 않고 음식도 먹지 않는 게, 죽으려고 작정한 사람처럼 굴었다.

"정말 죽을 작정이야?"

"살아서 복수도 못 하는데 죽는 게 낫지. 어쩌면 여귀(厲鬼)로 변할 수도 있잖아."

"넌 어려서부터 안혼례[#3]를 받아서 죽어도 여귀는 못 돼."

"살아서도 죽어서도 복수할 수 없다면 사나 죽으나 아무 차이도 없어."

그걸 끝으로, 강징은 아무 말도 하지 않았다.

위무선은 침상 옆에 앉아서 강징을 한참 쳐다봤다. 그러곤 다리

#3 안혼례(安魂禮) 망자의 혼백이 악귀가 되지 않도록 어릴 때부터 치루는 혼백을 안정시키는 의식.

를 탁탁 치면서 일어나 분주하게 움직이기 시작했다.

저녁 무렵, 위무선은 밥을 다 지어 탁자 위에 내려놓았다.

"일어나, 밥 먹어."

강징은 알은척도 하지 않았다. 위무선은 탁자 옆에 앉아 젓가락을 들며 말했다.

"체력 보충도 안 하고 어떻게 금단을 되돌려."

'금단'이라는 말에 마침내 강징이 눈을 떴다.

"그래, 의심할 필요 없어. 잘못 들은 거 아니야. 분명히 '금단을 되돌린다'고 말했어."

"……방법이 있어?"

강징이 입술을 움직이자 갈라진 목소리가 나왔다.

"있어."

위무선이 여유롭게 말했다.

"너 내 어머니 장색산인이 포산산인의 제자라는 거 알지?"

위무선이 강징을 향해 몸을 돌리며 말했다.

짧은 한마디에 생기 없던 강징의 두 눈에 불이 붙었다.

포산산인은 수백 년을 산 선사(仙師)로 죽은 사람도 살려 내고 백골에 살이 돋게 한다는, 속세를 초월한 신선이라고 알려졌다.

"네 말은…… 네 말은……."

강징이 떨리는 목소리로 말했다.

"내 말은, 내가 '포산'이 어느 산인지 안다는 거야. 그러니까, 내가 널 포산산인한테 데리고 갈 수 있다고."

위무선이 분명하게 말했다.

"……하지만, 하지만 너 어릴 때 일 기억 못 하잖아?"

"전혀 못 하는 건 아니야. 여러 번 반복한 것들은 안 잊었어. 어떤 여자 목소리가 어떤 위치와 일에 대해 반복적으로 말해 준 건 기억이 나. 그 목소리가 앞으로 피치 못할 사정이 생기면 그 산에 가서 신선에게 도움을 청하라고 했어."

위무선의 말에 강징이 재빨리 침상에서 내려왔다.

강징이 탁자로 오자 위무선은 밥공기와 젓가락을 그의 앞으로 밀어 주었다.

"밥 먹어."

"나는……."

강징이 탁자로 달려들며 흥분해서 말했다.

"밥이나 먹어. 먹으면서 말해. 아니면 말 안 할 거야."

강징은 의자에 앉아 젓가락을 들고 입에 밥을 쑤셔 넣었다. 절망한 도중에 실낱같은 희망이 보이자 강징은 극도로 흥분했다. 온몸이 불에 타는 듯 뜨거웠고 가만히 앉아 있을 수가 없었으며 젓가락을 거꾸로 들었다는 것도 모를 정도였다. 위무선은 강징이 정신을 딴 데 판 채 허겁지겁 먹는 모습을 보자 그제야 입을 열었다.

"며칠 뒤에 내가 데리고 갈게."

"오늘!"

"뭐가 그렇게 급해. 수백 년을 산 신선이 며칠 지난다고 사라질 것 같아? 며칠 더 있어야 한다고 말하는 건 금기가 많아서야. 내가 천천히 다 알려 줄게. 네가 금기를 어겨서 그의 화를 돋우면 끝장이라고, 너나 나나."

강징은 눈을 동그랗게 뜨고 위무선을 쳐다보면서 그가 더 말하기를 기다렸다.

"산에 올라가면 눈을 뜨고 주위를 함부로 둘러보면서 산의 풍경을 기억하거나 다른 사람의 얼굴을 봐선 안 돼. 명심해. 상대가 너에게 무슨 짓을 하든 넌 반드시 하라는 대로 따라야 해."

"알았어!"

"그리고 제일 중요한 거. 네가 누구냐고 물으면 반드시 장색산인의 아들이라고 말해. 절대 네 진짜 신분을 드러내선 안 돼."

"알았어!"

위무선이 어떤 요구를 하든 지금 강징은 두 눈이 벌건 채로 다 좋다고 할 터였다.

"됐어. 밥이나 먹어. 체력을 회복하고 정신을 가다듬어야지. 며칠 동안 준비를 해야 한다고."

강징은 마침내 자기가 젓가락을 거꾸로 쥐었다는 것을 깨달았다. 그가 젓가락을 바로 쥐더니 음식을 몇 입 더 먹었다. 너무 매운 탓에 눈가가 붉어졌다. 참다못한 강징이 성질을 냈다.

"……정말 맛없어!"

며칠 동안 포산산인에 관한 세부 사항을 반복적으로 꼼꼼하게 연습한 다음에야 위무선은 강징을 데리고 출발했다. 두 사람은 산 넘고 물 건너 이릉의 깊은 산 아래에 도착했다.

산은 울창했고 정상에는 운무가 감돌아 신성한 기운이 느껴졌다. 그저 세상 사람들이 생각하는 신선의 산과는 조금 차이가 있을 뿐이었다. 강징은 요 며칠 위무선이 자기를 속이는 게 아닐까, 위무선이 어릴 적에 잘못 들었거나 기억이 틀린 게 아닐까, 아니면 찾을 수 있을까, 이것저것 의심했다. 그러다 이 산을 보니 다시 의심이 들었다.

"여기가 정말 포산산인이 사는 곳이야?"

"여기가 분명해. 널 속여서 뭐 하게? 며칠 기쁘고 나면 충격이 더 클 텐데?"

위무선이 확신에 차서 말했다.

두 사람은 비슷한 대화를 이미 여러 번 반복했다. 위무선은 강징을 데리고 산 중턱까지 올라갔다.

"됐어, 여기까지야. 여기서부터는 너 혼자 가야 해."

위무선은 천을 꺼내 강징의 두 눈을 가리고 다시 한번 당부했다.

"절대, 절대 눈 뜨면 안 돼. 이 산에는 맹수가 없으니 천천히 가다가 혹시 넘어져도 이 천을 절대 풀지 마. 호기심을 가져서도 안 돼. 죽인다고 해도 너는 위무선이라고 말해야 해. 어떤 질문에도 대답할 준비 됐지?"

다시 금단을 맺고, 피맺힌 원한을 갚을 수 있는지가 달린 일이었다. 강징은 그 어느 것 하나도 소홀히 하지 않고 긴장된 표정으로 고개를 끄덕였다.

강징이 몸을 돌려 천천히 산 위를 향해 걸어갔다.

"난 지난번 그 마을에서 기다릴게!"

천천히 움직이는 강징의 뒷모습을 잠시 바라보다 위무선은 몸을 돌려 다른 길로 걸어갔다.

강징이 산에 들어간 지 7일이 지났다.

그들이 만나기로 한 마을은 산과 산 사이에 있는 외지고 황량한 곳이었다. 주민도 몇 명 없고 길도 좁고 울퉁불퉁했으며 길가에 행상도 없었다.

위무선은 길가에 앉아 산 쪽을 바라봤지만, 강징의 그림자는 여전히 보이지 않았다. 위무선은 두 무릎을 짚고 일어났다. 머리가 띵하니 흔들거렸다. 그는 겨우 추스르고 마을에서 유일한 다루(茶樓)로 들어갔다.

다루는 이 마을에서 유일하게 제대로 된 건물이라고 할 수 있었다. 위무선이 들어가자 점원이 웃으며 맞이했다.

"뭐 드시겠습니까?"

위무선은 심장이 덜컥 튀어 올랐다.

요 며칠 분주히 뛰어다니느라 잔뜩 지친 그는 옷차림이나 용모에 신경을 쓸 틈이 없어 얼굴이 꾀죄죄하고 머리도 흐트러진 상태였다. 보통 다루의 점원이라면 그의 차림새를 보자마자 얼굴을 찌푸리며 쫓아내기만 해도 다행이었다. 그런데 이렇게 열정적으로 나와 맞이하다니, 너무나도 어색했다.

위무선은 재빨리 다루 안을 살펴보았다. 다른 점원 한 명이 계산대 뒤에 서서 장부에 머리를 박고 있었고, 탁자 열 개에 예닐곱 명이 드문드문 앉아 있었다. 그중 몇 명은 망토를 입고 고개를 숙인 채 차를 마시고 있었다. 왠지 그 모습이 뭔가를 감추는 것처럼 보였다.

위무선은 즉시 몸을 돌려 빠져나왔다. 그러나 다루 문을 나서는 순간, 검고 큰 그림자가 덮치며 가슴을 세차게 쳤다.

위무선은 붕 날아가 탁자 두 개에 부딪쳤다. 차를 나르고 계산을 하던 점원들이 황급히 밖으로 도망쳤다. 다루 안에 있던 사내들이 망토 안에 입은 염양열염포를 드러냈다. 온축류가 문턱을 넘어와 위무선 앞에 섰다. 그는 일어나려고 애쓰는 위무선을 보고 다시 자기 손바닥을 보며 뭔가 골똘히 생각했다. 누군가 위무선의 오금을 걷어차, 두 무릎이 바닥으로 무겁게 떨어졌다. 위무선의 시선 위로 온조의 얼굴이 나타났다. 흥분한 얼굴에 잔인한 기운이 넘쳤다.

“이제 쓰러졌네? 이 버릇없는 새끼, 도륙 현무 동굴에서는 잘도 날뛰더니 지금은 한 방에 나가떨어졌잖아? 하하하, 또 날뛰어봐! 제멋대로 날뛰어보라고!”

다급한 왕영교의 목소리도 들렸다.

“어서요! 온 공자님, 어서 저자의 손을 자르세요! 저자는 우리에게 팔을 빚지고 있다고요!”

“아니, 아니, 서두를 것 없다. 어렵게 찾아냈는데 손을 자르면 피가 너무 많이 흘러. 또 금방 죽어버리면 재미없잖아. 먼저 저자의 금단을 없애야지. 지난번 강징 새끼처럼 처참하게 절규하는 소릴 들어야겠어!”

“그러면 먼저 금단을 제거하고 그다음에 손을 자르세요!”

그들이 한쪽에서 즐겁게 논의하고 있는 사이, 위무선이 갑자기 피를 토했다.

“좋아! 어떤 고문이든지 달게 받지!”

위무선이 말했다.

“네가 한 말이다!”

왕영교가 웃으며 기뻐 날뛰었다.

“곧 죽게 생겼는데도 영웅 행세냐!”

온조가 경멸하듯 말했다.

“죽을 때가 되니 기뻐서 그러지! 못 죽을까 봐 걱정이었거든. 죽일 수 있으면 죽여 봐. 잔혹할수록 좋아. 내가 죽으면 반드시 흉살 여귀(凶煞厲鬼)가 돼서 기산 온씨 사람들을 밤낮으로 괴롭히고 너희를 저주할 테니!"

위무선이 냉소하며 내뱉었다.

온조는 위무선의 말이 신경 쓰였다. 명문 세가의 자제들은, 예를 들어 강풍면과 우자연 같은 사람은 태어날 때부터 가문과 법기의 영향을 받고, 자라면서 안혼례를 수없이 치르기 때문에 죽어서 여귀가 될 가능성이 매우 적었다. 그러나 위무선은 달랐다. 그는 하인의 자식이고 어릴 때부터 강가에서 자란 게 아니라 안혼례를 받을 기회가 적었다. 위무선이 죽어 원기가 충천해 음혼이 흩어지지 않고 여귀로 변해 괴롭힌다면 골칫거리가 아닐 수 없었다. 게다가 생전에 고통을 많이 당할수록, 시신이 잘게 부서질수록, 참혹할수록 여귀가 잔인해져 상대하기 어려웠다.

"온 공자님, 저자의 허튼소리에 신경 쓰지 마세요. 죽는다고 다 여귀가 되는 것은 아니잖아요. 때와 장소, 조건이 다 맞아떨어져야 한다고요! 그리고 정말 여귀가 된다고 해도 기산 온씨가 그런 귀신 하나 처리 못 하겠어요? 우리가 이렇게 오랫동안 찾아다닌 것도 다 벌을 주기 위해서잖아요. 그런데 저자의 말 몇 마디에 놓아주시려고요?"

상황을 지켜보던 왕영교가 다급하게 말했다.

"당연히 안 되지!"

죽음이 확실해지자 위무선은 오히려 냉정해졌다. 뼛속 깊이 새겨진 분노는 강철같이 차가운 결심으로 변했다. 위무선의 표정을 본 온조는 심기가 불편하고 오싹해 그의 배를 걷어찼다.

"어디서 잘난 척이야! 누굴 겁주려고! 아직도 영웅 행세냐!"

문하생들이 온조를 따라 위무선을 때리기 시작했다. 한참 뒤에야 온조가 외쳤다.

"됐어!"

위무선은 피를 흘리며 마음을 굳게 먹었다.

'이제 죽는 건가? 죽이면 죽이라지. 이렇게 사는 것보단 낫겠지. 여귀로 변해 복수할 기회가 생길 수도 있잖아!'

이렇게 생각하니 몹시 흥분됐다.

"위영, 넌 네가 하늘도 땅도 두렵지 않고 용감하고 위대하다고 생각하지?"

온조가 비아냥거렸다.

"어, 온씨 개가 사람 말을 할 때도 다 있네?"

위무선이 화들짝 놀란 듯 말했다.

"계속 그렇게 입을 놀려 봐. 언제까지 그렇게 영웅 행세를 할 수 있을지 지켜볼 테니!"

온조가 주먹을 날리며 섬뜩하게 웃었다.

온조가 수하에게 위무선을 잡으라고 명령하자 온축류가 다가와 그를 바닥에서 끌어 올렸다. 위무선은 가까스로 고개를 들어 강풍면과 우 부인을 죽이고 강징의 금단을 부숴 버린 자를 노려봤다. 그리고 그의 얼굴과 냉담한 표정을 머릿속에 똑똑히 새겼다.

온가 일당이 위무선을 끌고 어검(禦劍)해서 올라가자 마을과 산이 점점 멀어졌다. 위무선은 '강징이 내려와도 날 못 찾겠네……. 이렇게 높은 곳까지 날 끌고 와서 대체 뭘 하려는 거지? 높은 곳에서 던져 죽이려는 건가?' 하고 생각했다.

어검으로 한참 날아오르자 하얀 구름층을 뚫고 돌연 검푸른 산이 나타났다.

무겁고 불길한 죽음의 기운을 풍기는 산은 천년 묵은 거대한 시체 같았다. 멀리서 보는 것만으로도 간담이 서늘해졌다.

온조가 이 산 위에서 멈췄다.

"위영, 여기가 어딘 줄 아느냐?"

온조가 기괴하게 웃으며 말했다.

"이곳은, '난장강'이라고 해."

이름을 듣는 순간, 위무선은 한기가 등줄기를 따라 목덜미로 올라오는 게 느껴졌다.

"난장강이 이릉에 있다는 건, 운몽에서도 들어봤겠지. 이건 시체로 된 산이야. 옛날 전쟁터였지. 산 어디를 파도 시체가 나와. 요즘은 가족이 없는 시체도 멍석에 말아 여기에 던지지."

검진(劍陣)이 천천히 하강해 산으로 다가갔다.

"저 검은 기운 보이지? 쯧쯧쯧, 잔혹한 기운이 넘치지 않느냐? 원기가 강하게 느껴지지? 우리 온가도 여긴 어쩌지 못해서 그냥 둘러싸고 사람의 출입을 금지하기만 하지. 낮에도 이러니 밤이 되면 정말 별게 다 나올 테고. 산 사람이 들어가면 사람이든 혼백이든 절대 못 나와. 영원히 나올 생각은 말아야지."

온조가 위무선의 머리채를 잡고 섬뜩하게 웃으며 한 자 한 자 또박또박 말했다.

"너도, 영원히 나올 생각 하지 마!"

말이 끝나자, 그는 위무선을 던져 버렸다.

"아아아아아아아아악—!"

제13장
사악한 기운

제13장 사악한 기운

“아아아아아아아아아악—!”

왕영교가 비명을 지르며 침상에서 벌떡 일어나 앉았다. 편지를 읽고 있던 온조가 탁자를 치며 화를 냈다.

“한밤중에 웬 비명이야!”

“꿈…… 꿈에서 그 위 씨를 봤어요. 그가 또 꿈에 나타났다고요!”

왕영교는 놀란 가슴이 진정되지 않는지 숨을 헐떡이며 울먹거렸다.

“난장강에 버린 지 벌써 3개월도 더 지났어. 그런데 아직도 꿈에서 그를 봐? 벌써 몇 번째야!”

“저…… 저도 왜 그런지 모르겠지만, 요즘 꿈에 그가 자주 나타나요.”

편지를 읽던 온조는 심란해서 그녀를 상대하고 싶지 않았다. 예전처럼 그녀를 안고 위로할 생각은 더더욱 없었다. 그가 귀찮다는 듯이 말했다.

"그럼 잠을 자지 말든가!"

왕영교는 침상에서 내려와 온조 곁으로 달려갔다.

"온 공자님, 저…… 생각할수록 무서워요. 제 생각에…… 그때 우리가 큰 잘못을 한 게 아닌가…… 난장강에 버려진 그가 안 죽었을지도 모르잖아요? 어쩌면 그가……."

"그럴 리가? 우리 가문이 난장강을 소탕하라고 보낸 수사들 가운데 하나라도 돌아온 자가 있었어? 거기에 던졌으니 지금쯤 시체도 다 썩었을 테지."

온조의 관자놀이 쪽 핏줄이 불뚝 솟았다.

"죽어도 무섭지요! 정말 그의 말대로 여귀가 되어 우리를 찾아온다면……."

왕영교의 말에 두 사람은 그날, 위영이 떨어질 때 지었던 얼굴과 표정이 떠올라 동시에 진저리를 쳤다.

"죽었어도 불가능해! 난장강에서 죽은 자는 혼백도 그곳에 갇힌다고. 괜히 겁먹지 마라. 나 지금 골치 아픈 거 안 보여?!"

온조가 즉시 반박하며 소리쳤다.

온조는 손에 들고 있던 편지를 뭉쳐 던져 버렸다.

"무슨 사일지정이야. 사일(射日) 같은 개소리하고 자빠졌네. 태양을 쏴 떨어뜨리겠다고? 꿈 깨시지!"

온조가 사납게 말했다.

왕영교가 일어나 온조에게 조심스럽게 차를 따랐다. 그녀는 듣기 좋은 말을 고른 다음 콧소리를 내며 말했다.

"온 공자님, 가문 몇이 난리를 쳐봐야 얼마나 가겠어요. 온 종주님께서 즉시……."

"입 다물어! 네가 뭘 안다고! 정신 사납게 굴지 말고, 나가!"

온조가 야단을 쳤다.

왕영교는 민망하기도 하고 원망스럽기도 해서, 찻잔을 내려놓고 머리와 매무새를 가다듬은 다음 웃는 얼굴을 하고 밖으로 나갔다.

문을 나서자마자 왕영교는 표정을 싹 바꾸며 손에 들고 있던 편지 뭉치를 펼쳤다. 도대체 무슨 소식이길래 온조가 저렇게 화를 내나 싶어서 온조가 내던진 편지를 몰래 주워 들고 나온 것이다. 왕영교는 아는 글자가 적어 한참 동안 여러 번 되풀이해서 읽은 다음에야 편지의 내용을 이해할 수 있었다. 온가 종주의 장자이자 온조의 큰형 온욱이 반란 주동자의 가주 중 한 명에게 목이 잘려 진영 앞에 내걸렸다는 내용이었다.

왕영교는 어안이 벙벙했다.

고소 남씨는 불에 탔고 운몽 강씨는 멸망했으며 다른 크고 작은 가문은 진압됐다. 반항의 목소리가 없던 것은 아니었지만 기산 온씨가 재빠르게 진압해왔다. 그래서 3개월 전 금씨, 섭씨, 남씨, 강씨 네 가문이 동맹을 맺고 '사일지정(射日之征)' 따위의 명분을 내걸면서 반란을 일으켰을 때도 그들은 크게 신경 쓰지 않았다.

당시 온 종주는 다음과 같은 의견을 밝혔었다. 네 가문 중 난릉 금씨는 기회주의자여서, 지금 당장은 각 가문이 노기충천해 무슨 토벌이다 떠드는 통에 휩쓸려 참여한 것이지만, 번번이 패하면 사서 고생하고 있다는 것을 깨닫고 다시 돌아와 온가의 다리를 잡고 울며불며 사정할 것이다. 청하 섭씨 가주는 너무 강직해 쉽게 부러지니 오래가지 못할 것이라, 다른 사람이 손을 쓸 필요도 없이 조만간 자기 사람 손에 죽을 것이다. 고소 남씨는 하나도 남김없이

다 타버렸고, 남희신이 장서각을 옮기고 돌아와 가주 자리를 이어받았다고는 하지만 아직 어려서 큰일을 감당할 수 없을 것이다. 가장 우스운 건 운몽 강씨다. 가문 전체가 풍비박산돼 죽을 놈은 죽고 흩어질 놈은 다 흩어져 남은 건 남희신보다 더 어린 강징 하나뿐인데, 아직 젖내도 채 가시지 않은 어린놈이 수하에 사람도 없는 게 스스로 가주라고 칭하고 토벌의 기치를 내걸면서 새로운 문하생을 모집하니 가소롭기 그지없다.

간결하게 요약하자면 이렇다. 어림도 없으며, 주제를 모르는구나!

온가 쪽에 있던 사람들은 사일지정을 농담으로 여겼다. 그러나 3개월 뒤, 상황은 그들이 생각하는 대로 흘러가지 않았다.

하간, 운몽 등 여러 요지를 실수로 뺏긴 것은 그렇다고 해도, 온 종주의 장자가 참수를 당했다.

왕영교는 복도에서 한참 불안에 떨다가 편치 않은 마음으로 자기 방으로 돌아왔다. 눈꺼풀이 미친 듯이 떨리며 멈추지 않았다. 왕영교는 한 손으로 눈꺼풀을 문지르고 다른 한 손으로는 명치를 누르며 자기의 뒷일을 생각했다.

왕영교가 온조 곁에 있은 지 6개월이 다 돼갔다. 6개월은 온조가 한 여인을 좋아하고 싫증 내는 데 충분한 시간이었다. 왕영교는 자기가 다른 여자들과는 달리 온조의 마지막 여자가 될 수 있다고 생각했다. 그러나 최근 점점 귀찮아하는 온조의 태도에서 자기도 다른 여자들과 다를 게 없다는 것을 깨달았다.

왕영교는 입술을 깨물며 생각하다가 웅크리고 앉아 침상 아래에서 작은 상자를 꺼냈다.

이 상자엔 지난 6개월 동안 온조 곁에 있으면서 온갖 방법으로 모은 재물과 보기(寶器)가 있었다. 재물은 팔아 쓸 수 있고 보기는 호신용으로 쓸 수 있었다. 내키지는 않지만, 마침내 이날이 왔다.

왕영교는 자기가 모아둔 것들을 살펴보려고 허리띠에서 작은 열쇠를 꺼냈다. 그녀는 상자를 열면서 중얼거렸다.

"나쁜 놈, 느끼한 두꺼비 같은 새끼, 너도 조만간 죽을 거다. 네 시중들 필요가 없으니 나야말로 감지덕지라고……. 헉!"

왕영교가 바닥에 풀썩 주저앉았다.

방금 상자를 연 순간, 안에 이상한 것이 보였다.

그것은 그녀가 아끼는 보물이 아니었다. 웬 피부가 창백한 아이가 상자에 웅크리고 있는 것이 아닌가!

왕영교는 깜짝 놀라 비명을 지르고 두 다리를 버둥거리며 뒤로 물러났다. 상자는 늘 열쇠로 잠그고 하나뿐인 열쇠는 항상 지니고 다니는데, 어떻게 아이가 안에 있을 수 있단 말인가? 게다가 한 달에 한 번 열까 말까 하는데, 아이가 숨어 있었다면 어떻게 모를 수가 있단 말인가? 저 아이는 어떻게 살 수 있단 말인가!

그녀가 발버둥 치는 바람에 상자가 뒤집히면서 상자 바닥이 그녀를 향했다. 한참 동안 아무런 움직임이 없었다.

왕영교는 두 다리를 덜덜 떨면서 바닥을 기었다. 다가가 다시 보고 싶었지만 그러지 못하고 속으로 '귀신이다, 귀신이 있어!' 하고 외쳤다.

왕영교는 수련 수준이 매우 낮았기 때문에 귀신도 대적하지 못했다. 문득 여긴 감찰소라 대문과 모든 방 앞에 부적이 붙어 있다는 게 생각났다. 귀신이 있다면 부적이 자신을 보호해 줄 수 있을 터였다. 왕영교는 밖으로 뛰어나가 자기 방 앞에 붙어 있던 부적을 떼 가슴에 붙였다.

부적을 가슴에 붙이자 안정제라도 먹은 것 같았다. 살금살금 방으로 들어와 옷을 거는 막대기를 찾아들고 멀찍이 서서 상자를 뒤집었다. 안에는 자신이 모아 놓은 보물들이 가지런히 놓여 있었다. 아이 같은 건 없었다.

왕영교는 한숨을 내쉬면서 막대를 들고 주저앉았다. 그런데 그녀가 상자를 정리하려는 순간, 침상 아래에서 하얀빛 두 개가 반짝였다.

그것은 한 쌍의 눈이었다.

창백한 아이가 침상 아래에 엎드린 채 그녀를 쳐다보고 있었다.

온조는 오늘 밤만 벌써 세 번째로 왕영교의 비명이 들리자 화가 잔뜩 나서 소리쳤다.

"멍청한 년! 맨날 호들갑이야. 그만 좀 할 수 없어?"

최근에는 심란한 소식만 들려 새로운 미녀를 물색할 시간이 없었고, 물색한다고 해도 별 볼 일 없는 가문이 보낸 자객일지 몰라 안심할 수가 없었다. 하지만 잠 시중을 드는 사람은 필요했다. 때문에 왕영교를 곁에 두었지, 그렇지 않았으면 진작에 멀리했을 것이다.

"누구 없느냐! 입 좀 다물라고 해라!"

아무 반응이 없었다. 온조는 더 화가 치밀어 발로 의자를 걷어찼다.

"다 죽었어?!"

갑자기 방문이 열렸다.

"내가 가서 저 여자 입 좀 다물게 하라고 했지, 언제 들어오라고 했……!"

하지만 고개를 돌린 순간, 다음 말이 목에 걸려 나오지 않았다. 한 여자가 문 앞에 서 있었다.

여자는 코가 휘고 눈이 삐뚤어져 있었다. 마치 눈, 코, 입을 얻어맞아 다 부서져 다시 맞춘 것 같았다. 두 눈동자는 각각 다른 방향을 향했는데 왼쪽 눈은 대각선 위쪽을, 오른쪽 눈은 대각선 아래쪽을 보고 있어 얼굴이 일그러진 것 같았다.

온조는 한참 애쓰다 옷을 보고서야 알아봤다. 왕영교였다.

왕영교는 그르렁대며 온조에게 다가오면서 손을 뻗었다.

"……살려 주세요…… 살려 주세요……. 나 좀 살려……."

온조는 소리를 꽥 지르며 새로 장만한 패검을 뽑아 내리쳤다.

"비켜! 비키라고!"

온조의 검이 어깨를 찌르자 왕영교는 얼굴을 더 심하게 일그러뜨리며 소리쳤다.

"아아아아아악, 아파— 아파!"

온조는 검을 뽑을 엄두도 내지 못하고 의자를 들어 그녀를 향해 던졌다. 의자가 그녀에게 명중하자 왕영교가 휘청하면서 주저앉아 바닥에 엎드렸다. 그 모양새가 마치 누군가에게 이마를 조아리는 것 같았다.

"……미안합니다…… 미안합니다……. 용서해 주세요, 살려 주세요……."

왕영교가 덜덜 떨며 중얼거렸다.

머리를 조아린 그녀의 눈, 코, 입, 귀의 일곱 구멍에서 새빨간 피가 흘러나왔다. 그녀가 문을 가로막고 있어 뛰어나갈 수가 없자 온조는 창문을 열고 목청껏 외쳤다.

"온축류! 온축류!"

바닥에 있던 왕영교가 의자 다리를 들더니 미친 듯이 자기 입으로 쑤셔 넣으며 웃었다.

"알았어, 알았어. 먹어, 내가 먹는다고! 하하, 내가 먹어!"

의자 다리 하나가 그렇게 그녀의 입 속으로 들어갔다.

혼비백산한 온조가 창문으로 뛰어내리려는 순간, 달빛이 가득한 정원에 서 있는 검은 그림자가 보였다.

같은 시간.

숲 앞에 서 있던 강징은 누군가 다가오는 기척을 느끼고 살짝 고개를 돌렸다. 그는 백옥처럼 하얀 얼굴에 백의를 입고 머리에 두른 말액(抹額)을 가볍게 날리면서 준수하고 우아한 자태로 다가왔다. 달빛 아래에 서니 그에게서 후광이 비치는 것 같았다.

"남가 둘째 공자."

강징이 차갑게 말했다.

"강 종주."

남망기가 정중한 표정으로 고개를 숙이며 말했다.

인사를 한 두 사람은 아무 말 없이 각자의 수사들과 함께 어검해 출발했다.

두 달 전, 남씨 쌍벽과 강징은 온조의 '교화사'를 기습해 빼앗겼던 선검을 회수하여 주인들에게 돌려주었다. 그제야 삼독(三毒)과 피진(避塵)도 제 주인의 손으로 돌아왔다.

남망기의 옅은 눈동자가 강징이 허리에 찬 다른 검을 훑고 지나갔다.

한참 뒤 남망기가 전방을 바라보며 말했다.

"위영은 아직 안 나타났습니까?"

"네."

강징은 갑자기 위영은 왜 묻느냐는 듯이 남망기를 흘끗 쳐다보고 대답했다.

"제 쪽 사람들이 아직 그의 행방을 못 찾았지만, 돌아오면 반드시 저를 찾아올 것입니다. 나타나면 그의 검을 돌려줘야지요."

강징이 허리에 찬 수편(隨便)을 보며 말했다.

얼마 뒤 두 사람은 수사들과 함께 온조가 숨어 있는 감찰소에 도착해 야습을 준비했다. 문으로 들어가기 전, 남망기는 눈빛이 굳어졌고 강징은 미간을 찌푸렸다.

음기가 넘치고 원기가 가득했다.

대문 양옆에 붙어 있는 부적은 전혀 손상되지 않은 상태였다. 강징이 손짓하자 수사들이 흩어져 담장 아래에 잠복했다. 강징이 삼독을 휘두르자 검기(劍氣)가 대문을 열어젖혔다.

남망기는 대문 양옆의 부적을 훑어보며 들어갔다.

감찰소 안 광경은 처참하기 이를 데 없었다.

정원에는 온통 시체 천지였다. 정원뿐 아니라 꽃밭, 복도, 나무 울타리, 심지어 지붕에도 시체가 쌓여 있었다.

모두 염양열염포를 입은 온가 문하생이었다. 강징은 삼독으로 시체 한 구를 뒤집어 살폈다. 그가 창백한 얼굴에 어수선하게 퍼진 혈흔을 보며 말했다.

"칠규유혈(七竅流血)."

얼굴의 일곱 구멍에서 피가 흘렀다.

"이건 아닙니다."

다른 쪽에 있던 남망기가 말했다.

강징이 다가가 시체를 살폈다. 두 눈을 까뒤집고 있어 원래 모습을 알아볼 수 없었다. 하지만 입가에 누런 담즙이 흐르는 것을 보니 놀라서 죽은 것 같았다.

"종주, 다 살펴봤는데 전부 죽었습니다. 게다가 시체들이 모두 다른 방법으로 죽었습니다."

강징 수하의 한 문하생이 말했다.

교살, 익사, 독사, 동사, 태워 죽이고, 목을 그어 죽이고, 머리를 찔러 죽이고……. 다 들은 강징이 스산하게 말했다.

"오늘 밤 임무는 우리 대신 딴 사람이 완수한 것 같군."

남망기는 아무 말도 하지 않고 먼저 집 안으로 들어갔다.

온조의 방문이 활짝 열려 있고 안에는 여자 시체 한 구만 남아 있었다. 여자 시체는 홑옷만 입고 입에 의자 다리가 반 정도 박혀 있었다. 의자 다리를 억지로 삼키려다 죽은 것 같았다.

강징은 일그러진 시체 얼굴을 돌려서 한참 쳐다보다가 차갑게 웃고는, 의자 다리를 잡아 입으로 확 쑤셔 넣었다. 입 밖에 남아 있던 부분도 다 박아 넣은 것이다.

강징은 눈이 벌게진 채로 일어났다. 그는 무슨 말을 하려다가, 문 앞에 남망기가 미동도 없이 서 있는 것을 보고는 미간을 찡그렸다. 강징은 남망기 쪽으로 다가가 그의 시선이 향한 곳을 보았다. 노란색 바탕에 붉은 글씨로 쓴 부적이 문 앞에 붙어 있었다.

언뜻 보면 이상한 점이 없었지만, 자세히 보면 미묘하게 사람을 불편하게 하는 구석이 있었다.

"획이 늘었습니다."

남망기가 말했다.

"과연."

강징은 눈썹을 치켜세우며 고개를 끄덕였다.

그들은 열대여섯 살 때부터 이런 액막이용 부적의 화법을 익혀서 잘 알고 있었다. 이 부적은 용이 하늘을 오르고 봉황이 춤추는 것 같이 생생한 주사(朱砂)에 몇 획이 더해졌다. 몇 획이 더해져 주문의 방향이 바뀌었다. 지금 보니, 문에 붙은 부적은 사람 얼굴이 무시무시하게 웃고 있는 것 같았다.

감찰소 안에 온조와 온축류의 시체는 없었다. 강징은 그들이 분명 기산 방향으로 도망갔을 것이라고 짐작하고 즉시 감찰소를 떠나 어검해 추격했다. 남망기는 일단 고소로 돌아갔다.

다음 날이 돼서야 남망기가 강징을 쫓아왔다. 남망기가 지난번 그 부적을 내밀며 말했다.

"이 부적은 역전됐습니다."

"역전? 뭐가 역전됐다는 겁니까?"

"일반적인 부적은 악귀를 쫓아냅니다. 그러나 이 부적은 악귀를 부릅니다."

"부적이 악귀를 부를 수도 있습니까? 처음 듣습니다."

강징이 깜짝 놀라 물었다.

"물론 처음 듣는 것이지만, 시험해 보니 정말 음기와 악귀를 부르는 효과가 있었습니다."

남망기가 대답했다.

"몇 획을 더했을 뿐인데 주문 전체의 기능이 바뀐다고요? 인위적인 것입니까?"

강징은 부적을 건네받아 자세히 살폈다.

"총 네 획을 더했고 사람 피로 그렸습니다. 감찰소 내 부적이 모두 바뀌었고, 같은 필적이었습니다."

"그렇다면 누구인 것 같습니까? 세가의 명사 중에 이런 일을 할 수 있다는 사람은 들어 보지 못했습니다."

강징이 계속 말했다.

"하지만 그가 누구든 목적은 우리처럼 온씨 개들을 다 죽이는 겁니다!"

두 사람은 정보를 따라 북으로 향했다. 가는 길마다 현지에서 참사와 이상한 시체가 나타났다는 소식이 들렸다. 시체들은 한결같이 염양열염포를 입은 온가 수사였고, 지위와 수련 경지가 높았다. 그러나 죽은 모습은 모두 처량했고 방법도 다양했으며 사람이 많이 다니는 곳에 버려졌다.

"저들도 그가 죽였다고 생각합니까?"

강징이 물었다.

"사악한 기운이 짙습니다. 분명 한 사람 소행입니다."

남망기가 대답했다.

"사악? 이 세상에서 온씨 개보다 더 사악한 게 있습니까?"

강징이 콧방귀를 뀌었다.

나흘째 되는 날, 깊은 밤이 돼서야 두 사람은 외진 산간 마을 역참 근처에서 온축류의 흔적을 찾았다.

2층짜리 역참 옆에 마구간이 있었다. 남망기와 강징이 도착했을 때 마침 거대한 그림자가 역참으로 들어가 대문을 닫았다. 두 사람은 온축류의 '화단수' 기술을 꺼렸다. 섣불리 상대를 자극하지 않기 위해 문이 아닌 지붕 위로 올라갔다. 강징은 끓어오르는 분노를 간신히 참으며 이를 갈면서 기와 틈으로 아래쪽을 죽일 듯이 노려보았다.

온축류는 온갖 고생을 다 한 모습이었고 품에 누군가를 안고 있는 것 같았다. 다리를 끌며 2층으로 올라가 품에 안은 사람을 탁자 옆에 내려놓았다. 그리고 창문의 휘장을 다 내려 바람 한 점 안 통하게 막고 나서야 탁자로 돌아와 등잔불에 불을 붙였다.

희미한 불빛이 그의 얼굴을 비추었다. 여전히 창백하고 차가운 얼굴이었지만, 눈 아래에 짙은 그늘이 깔려 있었다. 탁자 옆에 있는 또 다른 사람은 온몸을 꽁꽁 싸맨 채였는데, 얼굴까지 망토에 가린 모습이 연약한 누에고치 같았다. 그는 망토 속에 웅크리고 앉아 벌벌 떨면서 거친 숨을 내쉬며 외쳤다.

"불 켜지 마! 그에게 발각되면 어떻게 해!"

남망기가 고개를 들어 강징과 눈을 마주쳤다. 두 사람의 눈에 같은 의심이 떠올랐다.

저 사람은 분명 온조일 것이다. 그러나 온조의 목소리가 어쩌다 저렇게 변했는지, 날카롭고 가느다란 것이 전혀 온조 같지 않았다.

온축류는 고개를 숙이고 소매에서 뭔가를 찾으며 말했다.

"불을 안 켜면 그가 못 발견한답니까?"

"우리…… 이렇게 멀리, 오래 달려왔으니, 그도…… 그도 못 잡겠지!"

온조가 쌕쌕거리며 말했다.

"아마도요."

그러자 온축류가 무심하게 대답했다.

"뭐가 아마도야! 그를 따돌리지도 못했는데 빨리 안 가고 뭐 해!"

온조가 화를 냈다.

"약 바르셔야 합니다. 아니면 죽습니다."

온축류가 말하면서 온조의 망토를 벗겼다. 지붕에 있던 두 사람은 순간 멍해졌다.

망토 아래 온조는, 잘생겼지만 조금 느끼한 얼굴에 시건방지게 날뛰던 모습이 아니라 붕대를 잔뜩 감은 민머리 상태였다.

온축류가 껍질을 벗기는 것처럼 붕대를 풀자 민머리의 피부가 노출됐다. 얼굴에 화상과 상처가 군데군데 있었다. 마치 통째로 삶아진 것처럼 흉측하게 변해, 예전 모습은 전혀 찾아볼 수가 없었다.

온축류는 약병을 꺼내 온조에게 알약을 몇 알 먹인 다음 그의 머리와 얼굴에 고약을 발라주었다. 온조는 아프다고 칭얼거렸지만 온축류는 "눈물 흘리지 마십시오. 눈물은 상처를 덧나게 해서 더 아픕니다." 하고 말했다.

온조는 마음대로 울지도 못하고 간신히 눈물을 참았다. 흔들리는 불빛 옆에서 얼굴에 화상을 입은 민머리 사내가 이를 악물며 이상한 소리를 냈고, 불빛이 꺼질 듯 말 듯 일렁이며 그 모습을 비췄다. 그 광경은 그 무엇과도 비교가 안 될 정도로 괴기스러웠다.

바로 그때, 온조가 날카롭게 소리를 질렀다.

"피리! 피리! 피리 아니야? 또 피리 부는 소리가 들렸어!"

"아닙니다! 바람 소리입니다."

그러나 온조는 놀라 바닥에 넘어져 울부짖었다. 온축류가 다시 그를 안아 올렸다. 온조의 다리에 문제가 있는지 혼자 움직이지 못하는 것 같았다.

온축류는 온조에게 약을 다 발라 주고, 품에서 만두 몇 개를 꺼내 그의 손에 쥐여 주었다.

"드세요. 다 드시면 출발하겠습니다."

온조는 바들바들 떨며 받아 들고는 한 입 베어 물었다. 그들의 모습에 강징은 자신과 위무선이 도망치던 날의 비참한 모습이 떠올랐다. 두 사람은 건량 한 입조차 먹지 못했었다. 이 장면은 그야말로 인과응보였다.

기분이 좋아진 강징은 입꼬리를 올리고 소리 없이 미친 듯이 웃었다.

갑자기 온조가 무엇을 씹었는지 두려운 표정을 지으며 만두를 던져 버렸다.

"나 고기 안 먹어! 안 먹어! 안 먹어! 고기 안 먹는다고!"

온조가 새된 소리로 외쳤다.

"이건 고기 안 들었습니다."

온축류가 다시 하나를 건넸다.

"안 먹어! 치워! 꺼져! 아버지께 가야 해. 아버지 계신 곳엔 언제쯤 도착하는 거야!"

"이 속도라면 이틀은 걸립니다."

온축류는 조금도 과장하지 않고 솔직하게 말했다. 이런 솔직함이 오히려 온조를 더 고통스럽게 했다. 온조가 쉰 소리로 외쳤다.

"이틀? 이틀?! 지금 내 꼴이 어떤지 안 보여? 이틀을 더 기다리면 또 어떤 꼴이 되라고! 무능한 자식!"

그 말에 온축류가 벌떡 일어나자 온조가 깜짝 놀라 쭈그러졌다. 온축류 혼자 도망가려는 줄 알고 무서웠기 때문이다. 호위 무사들은 하나둘 그의 앞에서 처참하게 죽어 나갔다. 온축류만이 가장 강하면서도 마지막으로 남은 의지처였기에 온조는 황급히 말을 바꿨다.

"아니, 아니, 아니, 온축류…… 온 형님! 가지 말아요, 날 버리면 안 돼요. 날 아버지한테 데려다주면 가장 귀한 객경(客卿)으로 높여 줄게요! 아니, 아니, 아니, 나를 구해 주었으니 내 큰형님이지. 내가 당신을 우리 가문 호적에 넣어 줄게요! 오늘부터 당신은 내 큰형이에요!"

"그럴 필요 없습니다."

온축류가 계단 쪽을 응시하며 말했다.

온축류뿐 아니라 남망기와 강징도 들었다. 계단에서 들려오는 발소리를.

지금 누군가 한 걸음, 한 걸음씩 계단을 밟고 2층으로 올라오고 있었다.

화상을 입은 온조의 얼굴에서 붉은 기가 순식간에 사라지며 창백해졌다. 그가 덜덜 떨면서 망토에서 손을 내뻗어 얼굴을 가렸다. 너무 무서워서 눈을 가려 자신을 보호하려는 듯했다. 그의 두 손은 손가락이 하나도 없었다.

쿵, 쿵, 쿵.

그 사람이 천천히 걸어 올라왔다. 마른 체형에 검은 옷을 입고 허리에 피리를 차고 뒷짐을 진 채로 걸어왔다.

지붕 위의 남망기와 강징이 칼자루를 꽉 쥐었다.

그러나 그 사람이 유유히 계단을 올라와 미소를 지으며 뒤를 돌아본 순간, 준수한 그 얼굴을 본 남망기의 눈이 믿을 수 없다는 듯 커다랗게 뜨였다.

남망기는 입술을 떨며 소리 없이 몇 자 읊조렸다. 강징은 그 자리에서 벌떡 일어날 뻔했다.

위무선이었다!

하지만 얼굴을 제외하고, 이 사람은 머리부터 발끝까지 예전의 그 위무선이 아니었다.

위무선은 분명 자신만만하고 총명하며 잘생긴 소년으로, 눈꼬리에 웃음기가 가득하고 천천히 걷는 법이 없었다. 그러나 지금 이 사람은 차갑고 음울한 기운이 온몸을 감쌌고, 준수하지만 창백했으며 웃는 얼굴이 살벌했다.

눈앞에 보이는 광경이 너무 뜻밖이고 상황 파악이 안 된 상태라 경거망동할 수 없었다. 지붕 위에 있던 두 사람은 경악할 정도로 놀랐지만, 섣불리 뛰어나가지 않고 머리를 더 낮게 숙여 기와 틈에 더 가까이 댔다.

검은 옷을 입은 위무선이 천천히 몸을 돌리자 얼굴을 가린 온조의 쇳소리 같은 목소리만 들렸다.

"온축류…… 온축류!"

온조의 목소리에 위무선의 눈과 입꼬리가 천천히 올라갔다.

"아직도 넌 그를 부르는 게 소용이 있다고 생각하나?"

위무선은 온조 쪽으로 몇 걸음 다가가다 발끝에 하얀 것이 걸려 고개를 숙였다. 방금 온조가 버린 만두였다.

위무선이 눈썹을 치켜세우며 말했다.

"어째, 편식을 다 해?"

온조가 의자에서 떨어지며 고통스럽게 외쳤다.

"안 먹어! 안 먹어! 안 먹는다고!"

온조가 처절하게 울부짖으며 손가락이 없는 두 손으로 바닥을 짚고 움직였다. 그러자 바닥에 끌리던 망토가 다리를 따라 흘러내렸다. 두 다리가 드러났다. 쓸데없는 장식품처럼 그의 몸에 붙어 있는 두 다리에는 붕대가 감겨 있었고, 이상하리만치 가늘었다. 온조의 격렬한 동작에 붕대 사이로 틈이 벌어졌다. 그러자 선홍색 핏발과 살이 붙어 있는 백골이 드러났다.

온조의 다리 살은 강제로 뜯긴 흔적이 역력했다. 게다가 아마도…… 온조 자신이 먹어 치운 것 같았다!

텅 빈 역참에 온조의 날카로운 비명만 울렸다. 위무선은 아무것도 못 들었다는 듯이 옷자락을 살짝 들고 다른 탁자에 앉았다.

두 번째 등잔에 불이 붙자 노란색 불꽃에 비친 위무선의 얼굴이 반은 밝고 반은 어두웠다. 위무선이 손을 내리자 탁자 아래 어둠 속에서 창백한 얼굴이 떠올랐다. 탁자 아래에서 '오도독오도독' 씹는 소리가 났다.

하얀 아이가 위무선의 발 옆에 웅크리고 앉아 있었다. 아이는 작은 육식 동물처럼 위무선이 던져 준 뭔가를 씹어 먹고 있었다.

위무선이 손을 거둬 머리털이 듬성듬성 난 하얀 어린 귀신의 머리를 가볍게 툭툭 쳐 주었다. 어린 귀신은 위무선이 준 것을 입에 물고 몸을 돌려 그의 발 옆에 앉아, 위무선의 종아리를 끌어안고 계속 씹으면서 섬뜩하게 빛나는 두 눈으로 온축류를 쳐다봤다.

어린 귀신이 씹고 있는 것은 사람의 손가락 두 개였다.

두말할 필요도 없이 분명 온조의 손가락일 터였다.

남망기는 음기가 가득한 어린 귀신과 마찬가지로 음기가 넘치는 위무선을 뚫어지게 쳐다보며 피진의 칼자루를 꽉 쥐었다.

온축류는 여전히 온조 앞에 서 있었다. 위무선은 고개를 숙여 표정이 드러나지 않았다.

“온축류, 정말 내게서 저 하찮은 목숨을 지킬 수 있을 것 같더냐?”

“목숨을 걸고 한번 해보지.”

“대단히 충성스러운 개군.”

위무선이 차갑게 웃으며 말했다.

“나를 알아봐 준 은혜를 갚는 것뿐이다.”

“웃기는군! 네 은혜를 갚는 데 왜 다른 사람이 대가를 치른단 말이냐!”

위무선은 어조와 표정을 살벌하게 바꾸며 고함쳤다.

말이 채 끝나기도 전에 온축류 뒤에서 온조의 처절한 울음소리가 들렸다. 온조는 구석으로 기어가, 그렇게 하면 틈으로 빠져나갈 수 있을지도 모른다고 생각했는지 온 힘을 다해 나무 판 속으로 몸을 끼워 넣었다. 갑자기 ‘퍽’ 하는 소리와 함께 천장에서 붉은 그림자가 떨어졌다. 붉은 옷을 입은 검푸른 얼굴의 장발 여인이 온조의 몸을 무겁게 짓눌렀다. 검푸른 얼굴과 선명한 붉은 옷, 새카만 장발이 무서울 만큼 자극적인 대비를 이루는 여인이 열 손가락으로 온조의 머리에 감긴 붕대를 잡아 뜯었다.

그 붕대는 방금 약을 바르고 다시 감아 약과 피부, 붕대가 달라붙어 있는 상태였다. 게다가 화상을 입은 피부는 매우 약했다. 강하게 잡아 뜯자, 아직 아물지 않은 상처와 얇아진 피부가 같이 뜯겨 나갔고 입술까지 떨어져나갔다. 울퉁불퉁한 민머리가 순식간에 피와 살갗이 뒤섞여 범벅이 됐다.

온조는 그 자리에서 기절했다. 온조의 절규에 온축류가 즉시 몸을 돌려 구하려 했다. 지붕 위에 있던 남망기와 강징이 검을 꼭 쥐고 공격 준비를 하는 찰나, 날카로운 외침이 들리더니 위무선 발 옆에 있던 어린 귀신이 먼저 달려 나가 덮쳤다. 온축류가 오른손을 날려 어린 귀신의 이마를 쳤지만, 오히려 손바닥에 극심한 통증을 느꼈다. 어린 귀신이 날카로운 이로 온축류를 문 것이었다. 아무리 흔들어도 떨어지지 않자 온축류는 그냥 무시하고 곧장 온조를 구하러 갔다. 어린 귀신은 온축류의 손바닥 살점을 물어뜯어 뱉으면서 손바닥을 먹어 들어갔다. 온축류가 왼손으로 어린 귀신의 머리를 잡아 박살 내려고 하자, 검푸른 얼굴의 여인이 피투성이가 된 붕대를 바닥에 내던지고 사족 보행하는 생물처럼 순식간에 온축류 근처까지 기어와 손을 휘둘렀다. 그러자 온축류의 몸에 열 줄의 피 고랑이 파였다. 크고 작은 두 음산하고 사악한 존재가 온축류를 둘러싸고 물어뜯으며 끈질기게 들러붙자, 그는 사방을 다 신경 쓰느라 정신이 없었다. 온축류가 고개를 돌렸다. 위무선이 차가운 미소를 지으며 쳐다보고 있는 것을 보더니 갑자기 그를 향해 달려들었다.

지붕 위의 두 사람은 동시에 표정이 싸늘해졌다. 남망기가 지붕을 내리치자 기와가 부서지고 지붕이 무너졌다. 지붕에서 역참 2층으로 곧장 떨어진 남망기가 온축류와 위무선 사이를 막아섰다. 온축류가 깜짝 놀라는 사이, 자줏빛이 흐르는 긴 채찍이 온축류를 덮쳐 그의 목을 족히 세 바퀴는 감고 세차게 끌어올렸다. 온축류의 거대하고 무거운 몸이 전기가 도는 긴 채찍에 휘감겨 매달렸다. 허공에서 '찌그덕' 하고 목뼈가 부러지는 소리가 났다. 이와 동시에 위무선의 동공이 수축했다. 그가 허리에서 피리를 꺼내며 몸을 돌려 일어났다. 온축류를 물어뜯던 어린 귀신과 검푸른 얼굴의 여인이 재빨리 위무선 곁으로 물러나 경계의 눈초리로 낯선 두 사람을 쳐다봤다.

그들 뒤에 있는 온축류는 바로 죽지 않았다. 얼굴이 시뻘게지고 온몸에 경련이 일면서 발버둥을 쳐댔다. 크게 뜬 두 눈에선 금방이라도 눈동자가 튀어나올 것 같았다. 어린 귀신이 남망기와 강징에게 이를 드러내며 적의를 보였다. 위무선이 손을 살짝 흔들자 어린 귀신은 입을 다물고 눈빛으로 남망기와 강징 사이를 왔다 갔다 하며 살폈다. 세 사람은 아무도 먼저 입을 열지 않았다.

한참 뒤, 강징이 팔을 들어 뭔가를 던졌다. 위무선은 반사적으로 손을 들어 받았다.

"네 검!"

위무선은 천천히 손을 내렸다.

그가 고개를 숙여 수편을 보더니 잠시 뒤에야 입을 열었다.

"……고마워."

다시 한동안 말이 없었다. 갑자기 강징이 걸어와 위무선을 한 대 치며 말했다.

"이 자식! 3개월 동안 어딜 갔었던 거야!"

책망의 말이었지만 말투에서는 기쁨이 넘쳤다. 남망기는 앞으로 나서지 않았지만, 눈빛은 시종 위무선에게 고정돼 있었다. 위무선은 강징이 한 대 치자 깜짝 놀랐다가 잠시 뒤 자기도 똑같이 한 대 치면서 말했다.

"하하, 한마디로는 다 못 하지. 못 해."

방금까지 위무선에서 풍기던 음산한 기운은 두 사람이 한 대씩 치고받자 많이 사그라들었다. 기쁘면서도 화가 치솟은 강징은 위무선을 힘차게 끌어안았다가 다시 세차게 떼어 내며 소리쳤다.

"산기슭의 그 마을에서 만나기로 했잖아? 대엿새를 기다렸는데 네 그림자도 안 보였다고! 죽어도 내 앞에서 죽어야지! 3개월 동안 정신없이 바빠서 머리가 터질 지경이었다고!"

위무선은 옷자락을 걷고 탁자 옆에 다시 앉으며 손을 휘휘 내저었다.

"한마디로는 다 못 한다고 했잖아. 온씨 개들이 나를 찾으려고 샅샅이 뒤졌어. 거기서 기다리다가 딱 걸려서 괴상한 곳에 버려져 고생을 좀 했지."

위무선이 말하는 사이, 검푸른 얼굴의 여인이 손과 발을 동시에 쓰면서 위무선을 향해 기어왔다. 방금 온축류를 물어뜯을 때의 흉악한 표정과는 달리, 위무선 곁에 오자 검푸른 얼굴을 그의 허벅지에 붙이며 애첩이 주인의 환심을 사기 위해 애교를 부리는 것처럼 깔깔거리며 웃었다. 위무선은 탁자 옆에 비스듬히 앉아 오른손으로 여인의 부드러운 장발을 어루만졌다. 위무선의 행동에 남망기의 표정이 점점 싸늘해졌다. 강징은 그 모습이 조금 거슬렸지만, 그것보다 괴상한 곳이라는 말에 더 놀라 물었다.

"괴상한 곳 어디? 마을 사람들에게 다 물어봤는데 모두 널 못 봤다고 하던데?"

"마을 사람에게 물어봤다고? 모두 세상 물정 모르는 촌사람들이니 분란 일어날까 봐 감히 너에게 사실대로 말했겠어. 게다가 온씨 개들이 분명 손을 써 입을 막았을 테니 날 본 사람이 아무도 없는 게 당연하지."

"이런 멍청이들 같으니라고!"

강징이 욕을 내뱉고 다시 캐물었다.

"괴상한 곳 어디? 기산? 불야천성? 그러면 어떻게 나온 거야? 게다가 이렇게 변해서는. 너 이…… 이것들은 뭐야? 네 명령을 칼같이 따르다니. 요전에 나와 남가 둘째 공자가 온조와 온축류를 야습하려고 했는데 누가 선수를 쳤더라고. 그게 너일 줄은 생각도 못 했어! 그 부적들도 네가 고친 거야?"

위무선은 계속 그들을 지켜보고 있는 남망기를 곁눈질로 흘끗 보더니 살짝 웃었다.

"거의 비슷해. 어느 장소에서 신비한 동굴을 발견했고 그곳에 고수가 남긴 신비한 서적이 있어서 이렇게 변해 사방에서 살육을 벌였다면, 믿을래?"

"정신 차려, 소설을 너무 많이 봤어. 세상에 그런 고수가 얼마나 있다고, 곳곳이 다 신비한 동굴에 신비한 서적이야!"

강징이 콧방귀를 뀌었다.

"거 봐, 말해도 안 믿잖아. 앞으로 기회가 있으면 천천히 말해 줄게."

위무선이 두 손을 양쪽으로 벌리며 으쓱했다.

강징은 남망기를 한 번 쳐다봤다. 다른 가문 사람 앞에서 말하기에는 다소 불편한 내용일 것이다. 그렇게 생각한 그가 기쁜 표정을 거두며 말했다.

"그래, 나중에 다시 얘기해. 돌아왔으니 됐어."

"응. 돌아왔으니 됐지."

위무선이 말했다.

강징이 "돌아왔으니 됐어."를 중얼거리면서 다시 세차게 위무선을 쳤다.

"너 정말……! 온씨 개한테 잡히고도 살아 있다니!"

"그럼. 내가 누군데."

위무선이 잘난 척하며 말했다.

"잘난 척하기는! 살아 있었으면 진작에 돌아왔어야지!"

강징이 못 참고 따졌다.

"나도 막 나온 참이었어. 너와 사저가 모두 무사하다는 소식과, 네가 운몽 강씨 재건에 착수하고 동맹을 조직해 전쟁을 시작했다는 소식을 들었어. 그래서 우선 온씨 개를 몇 마리 죽여 네 부담을 조금 덜고 공도 세우려고 했지. 3개월 동안 수고 많았어."

마지막 말에 강징은 지난 3개월 동안 밤낮이 바뀌도록 고생한 일이 생각나 조금 감동했다. 하지만 즉시 표정을 바꾸고 거친 말투와 태도로 말했다.

"네 검이나 잘 챙겨! 네가 돌아오기를 기다렸으니 빨리 가져가. 검 두 개를 차고 다녀서 사람들에게 질문 세례 받게 하지 말고!"

"위영."

남망기가 갑자기 위무선을 불렀다.

한쪽에서 조용히 서 있던 남망기가 갑자기 입을 열자 위무선과 강징이 돌아봤다. 위무선은 그제야 그와 인사를 해야 한다는 게 생각났다는 듯, 고개를 약간 숙이며 말했다.

"함광군."

"오는 길에 온씨 문하생을 죽인 게 너야?"

"당연하지."

"다 네가 한 거구나. 그런데 왜 힘들게 한 번에 한 명씩 죽였어."

강징이 물었다.

"재밌잖아, 그들을 갖고 노는 거지. 한 번에 다 죽이면 너무 편안하게 죽잖아. 하나씩 죽여 보여 주면서 조금씩 천천히 잘라내야지. 온조는 더 말할 필요도 없고. 아직 충분하지 않아. 온축류는 온약한에게 은혜를 입어서 온씨로 성까지 바꾸고 명에 따라 온약한의 보배인 아들을 보호한 거야."

위무선이 비웃으며 계속 말했다.

"굳이 온조를 보호하겠다면, 온조가 제 손안에서 사람도 귀신도 아닌 모습으로 변해 가는 모습을 그에게 꼭 보여 주고 싶었어."

위무선의 미소는 3할은 음산하고, 3할은 잔인하며, 3할은 유쾌했다. 남망기는 위무선의 얼굴을 똑바로 보며 한 발 앞으로 나섰다.

"어떻게 저 사악한 존재들을 부렸지?"

위무선은 올라갔던 입꼬리를 살짝 내리며 곁눈질로 남망기를 쳐다봤다. 강징도 우호적이지 않은 기색을 눈치채고 말했다.

"남가 둘째 공자, 그 질문은 무슨 뜻입니까?"

"대답해."

남망기가 위무선을 똑바로 보며 말했다.

어린 귀신과 검푸른 얼굴의 여인이 들썩거렸다. 위무선이 고개를 돌려 쳐다보자, 그들은 내키지 않는다는 듯이 뒤로 물러나 어둠 속으로 사라졌다. 그제야 위무선은 남망기에게 몸을 돌렸다. 그가 눈썹을 치켜세우며 말했다.

"대답 안 하면, 어떻게 되는데?"

남망기의 손이 갑자기 날아들었다. 위무선은 그 손을 피해 뒤로 세 보 물러났다.

"남잠, 우리 오랜만에 만났는데 사람을 잡으려고 공격하다니 너무한 거 아니야?"

남망기는 손을 움직이면서도 입은 움직이지 않았고, 위무선은 남망기의 공격을 다 막아 냈다. 두 사람 모두 매우 민첩했다. 세 번째로 남망기의 손을 걷어낸 위무선이 말했다.

"난 그래도 우리가 친한 사이라고 생각했는데. 이렇게 한마디도 안 하고 공격만 하는 걸 보니 조금 몰인정하다는 생각이 드는걸."

"대답해!"

"남가 둘째 공자!"

강징이 두 사람 사이를 막아섰다.

"남가 둘째 공자, 네 질문은 짧은 시간에 다 대답하기가 정말 어려워. 게다가 이상하기도 하고. 내가 너희 고소 남씨의 비기를 물으면 넌 대답해 줄 거야?"

위무선이 되물었다.

남망기가 강징을 제치고 위무선에게 달려들었다. 위무선은 피리를 가로로 쥐며 말했다.

"너무하잖아? 인정사정 안 봐주고 말이야. 남잠 너 도대체 뭘 할 생각이야?"

"나와 고소로 돌아가자."

남망기가 말끝마다 힘을 꾹 주며 말했다.

남망기의 말에 위무선과 강징 모두 깜짝 놀랐다.

잠시 뒤 위무선이 웃으며 말했다.

"고소로 돌아가자고? 운심부지처? 거기 가서 뭐 하게?"

그러나 이내 위무선은 크게 깨달았다는 듯이 말했다.

"아. 내가 깜박했네. 네 숙부 남계인이 제일 싫어하는 게 이런 사도(邪道)였지. 넌 그의 자랑스러운 문하생이니 당연히 그렇겠지,

하하. 그런데, 거절하겠어."

"남가 둘째 공자, 남씨 가풍은 나도 압니다. 하지만 이전 모계산 도륙 현무 동굴에서 위무선은 당신을 구해 준 은혜가 있지 않습니까. 게다가 같이 어려움을 이겨낸 정도 있고요. 그런데 지금 인정머리 없이 그에게 죄를 묻겠다니 이건 도가 지나칩니다."

강징이 경계하는 눈빛으로 남망기를 쳐다보며 말했다.

"좋아. 가주의 품격이 넘치는군."

위무선이 강징을 보며 흡족한 듯 말했다.

"넌 입 다물어."

강징이 말했다.

"죄를 물으려는 게 아니야."

남망기가 말했다.

"그러면 위무선을 고소로 데려가서 뭐 할 겁니까? 남가 둘째 공자, 이런 중요한 시기에 고소 남씨는 힘을 모아 온씨 개들은 안 죽이고 그 케케묵은 가훈이나 들먹이고 있습니까?"

강징이 갑갑하다는 듯 나무랐다.

혼자서 둘을 상대하면서도 남망기는 조금도 물러나지 않았다. 그가 위무선에게서 눈을 떼지 않고 말했다.

"위영, 사도를 수련하면 결국 대가를 치러야 해. 옛날부터 지금까지 예외는 하나도 없었어."

"감당할 수 있어."

아무렇지 않다는 듯한 위무선의 표정에 남망기는 목소리를 낮추며 말했다.

"그 길은 몸은 물론 심성도 상하게 해."

"몸이 상하는지 안 상하는지, 얼마나 상하는지는 내가 제일 잘 알아. 그리고 심성? 내 마음의 주인은 나고, 나도 다 생각이 있어."

"네가 통제할 수 없는 일도 있어."

위무선의 얼굴에 불쾌한 빛이 스쳤다.

"난 당연히 통제할 수 있어."

남망기가 위무선에게 한 발 다가가며 말하려 하자 위무선이 눈을 가늘게 뜨며 말했다.

"사실 내 심성이 어떤지 남들이 뭘 알아? 게다가 남들과 무슨 상관이고?"

남망기는 놀라 멍하니 있다가 돌연 화를 냈다.

"……위무선!"

"남망기! 이런 중요한 시기에 나를 가로막으시겠다? 나더러 운심부지처에 가서 너희 고소 남씨에게 유폐당하라고? 네가 뭔데, 너희 고소 남씨가 대체 뭔데! 내가 정말 저항하지 않을 거라고 생각해?!"

위무선도 화를 냈다.

두 사람 사이에 난폭한 기운이 맴돌았다. 피진을 쥔 남망기의 손마디가 하얗게 질렸다.

"남가 둘째 공자, 아직 온씨들을 다 처치하지 못했고 전력이 시급한 상황입니다. 스스로를 돌볼 겨를도 없는데 고소 남씨는 어째서 남의 일까지 신경을 씁니까? 위무선은 우리 쪽에 서 있는데 당신은 우리 편을 처벌할 생각입니까?"

강징이 차갑게 말했다.

"맞아. 온씨 개를 죽이기만 하면 되지, 왜 내가 어떻게 죽이는지까지 간섭해?"

위무선은 표정을 누그러뜨리며 말했다.

두 사람은 어릴 때부터 말을 주거니 받거니 했기에, 지금 한마디씩 내뱉는 말에도 물 샐 틈이 없었다. 강징이 다시 말했다.

“실례지만 예의 불문하고 한마디 하겠습니다. 솔직히 따지면, 위무선은 그쪽 가문 사람이 아니니 고소 남씨가 나서서 처벌할 게 아니지요. 위무선은 다른 사람과는 가도 당신과는 안 갈 겁니다.”

이 말에 남망기의 얼굴이 굳어졌다. 그가 눈을 들어 위무선을 쳐다봤다.

“나는…….”

남망기가 떨리는 소리로 말하려는 순간, 구석에 있던 온조가 가냘프게 비명을 질렀다. 위무선과 강징의 주의력이 즉시 그쪽으로 쏠렸다. 그들은 약속이나 한 듯이 남망기를 지나 온축류와 온조 앞으로 갔다. 온축류는 자전에 묶여 허공에 매달린 채로 고통스럽게 몸부림치고 있었다. 초주검이 된 온조가 천천히 눈꺼풀을 들어 올리자, 위에서 자신을 내려다보고 있는 두 얼굴이 보였다.

두 얼굴은 젊었고, 낯이 익었다. 한때 자기 앞에서 절망과 고통, 뼈에 사무치는 분노를 보였던 얼굴이었다. 그러나 지금, 높은 곳에서 내려다보고 있는 그들의 얼굴에는 차가운 미소와 살벌한 표정이 어렸고, 눈에는 서늘한 빛이 서려 있었다.

온조는 소리를 지르지도, 도망을 가지도 못하고 바보처럼 손가락이 없는 두 손을 들어 올린 채 침을 흘렸다. 위무선은 그를 발로 차 운몽 방향으로 꿇어앉은 자세를 취하게 만들었다. 훤히 드러난 뼈와 살이 마찰하자 온조는 “아악!” 하면서 처절하게 비명을 질렀다. 그 소리가 텅 빈 역참에 울려 유난히 귀를 찔렀다.

"목소리가 왜 이렇게 날카로워?"

강징이 물었다.

"그게 없으니 당연히 날카롭지."

위무선이 대답했다.

"네가 잘랐어?"

강징이 역겹다는 듯이 물었다.

"그렇게 생각하니 조금 메스껍네. 당연히 내가 자른 건 아니지. 저자가 키운 그 여자가 미쳐 발광해 물었어."

위무선이 대답했다.

남망기는 그들 뒤에 서서 계속 이쪽을 주시하고 있었다. 위무선은 갑자기 남망기의 존재가 생각났는지 몸을 돌려 미소 지으며 말했다.

"남가 둘째 공자, 다음 장면은 네가 보기에 적절하지 않을 것 같은데. 자리를 좀 피해 주면 고맙겠어."

'고맙겠어.'라고 말했지만, 어조는 타협의 여지가 없었다.

"맞습니다. 남가 둘째 공자, 온조와 온축류는 이미 우리 수중에 떨어졌으니 이번 임무는 완료된 것입니다. 그러니 이제 각자의 길로 가야겠지요. 나머지는 우리 가문의 사적인 원한이니 먼저 돌아가십시오."

강징도 조금 냉담하게 말했다.

남망기의 시선은 여전히 위무선에게 고정되어 있었지만, 위무선의 주의력은 이미 간신히 목숨을 부지하고 있는 원수에게 가 있었다. 온조와 온축류를 바라보는 두 눈은 빛이 발했고 흥분이 차올라 잔인하게 웃고 있었다. 강징도 위무선과 똑같은 표정이었다. 두 사람 모두 복수의 쾌감에 빠져 외부인을 상대할 겨를이 없었다.

한참 뒤, 남망기가 몸을 돌려 건물에서 내려왔다.

역참을 나선 그는 문 앞에 한참 동안 서서 떠나지 않았다.

얼마나 지났을까. 고요한 밤공기가 긴 비명에 깨졌다.

남망기가 고개를 들어 돌아보자 백의와 말액이 차가운 바람에 나부꼈다.

어두운 밤이 지나고 하늘에 태양이 곧 떠오를 터였다.

그러나 땅 위의 태양은 떨어지고 있었다.

제14장
우유(優柔)

제14장 우유(優柔)

1

“……남잠.”

위무선이 갑자기 낮은 목소리로 웅얼거리며 손을 뻗어 남망기의 소매를 잡았다. 곁을 지키던 남망기가 즉시 몸을 숙이며 말했다.

“나 여기 있어.”

위무선은 정신이 다 든 건 아닌지 눈을 꼭 감은 채로 남망기를 붙잡고 놓지 않았다. 그리고 꿈이라도 꾸는지 중얼거렸다.

“……화…… 화내지 마…….”

조금 놀란 남망기가 부드럽게 말했다.

“화 안 났어.”

“……아.”

이 말에 안심했는지 위무선이 손가락에서 힘을 뺐다.

남망기는 위무선 곁에 잠시 앉아 있다가 그가 움직이지 않는 것을 보고 몸을 일으키려고 했다. 그러자 위무선이 다른 손으로 남망기의 팔을 잡고 놓지 않았다.

"나 너랑 갈래. 빨리 네 집으로 돌아가자."

남망기의 눈이 커졌다.

위무선은 자기 소리에 깼는지 긴 속눈썹을 파르르 떨더니 천천히 눈을 떴다. 눈동자가 초점 없이 멍했다가 또렷해졌다. 곧 위무선은 물에 빠진 사람이 지푸라기라도 잡는 것처럼 자기가 남망기를 꼭 붙들고 있다는 것을 알아챘다.

위무선은 즉시 손을 거두고 나뒹굴며 비켜났다. 동작이 너무 컸던 탓에 복부의 상처가 욱신거렸다. "아." 하고 소리치며 미간을 찌푸린 그는 그제야 자신이 부상을 입었다는 사실을 떠올렸다. 눈앞에 별이 반짝이면서 금릉, 강징, 강염리, 강풍면, 우 부인 등 수많은 얼굴이 빙글빙글 돌았다. 남망기가 위무선을 지그시 누르면서 말했다.

"복부 상처?"

"상처? 아니야, 안 아파……."

남망기가 위무선을 잡아 옷을 젖혔다. 복부의 붕대는 잘 감겨 있었다. 붕대를 풀어 보니 상처는 이미 다 아물었다. 다리를 살펴보자 악저흔도 사라지고 없었다.

"나 얼마나 누워 있었어?"

위무선의 상처에 별 이상이 없자 남망기는 그제야 입을 열었다.

"나흘."

금릉의 검은 복부를 제대로 꿰뚫어 상처가 얕지 않았다. 나흘 만에 흉터 하나 없이 나은 걸 보면 고소 남씨의 상등품 단약 덕분이라고 할 수 있었다. 위무선은 고맙다고 말하며 스스로를 비웃었다.

"다시 돌아온 세상에서는 이렇게 연약하다니, 검 한 방을 못 버티네."

"검에 맞고 버틸 수 있는 사람은 없어."

남망기가 담담하게 말했다.

"꼭 그렇지는 않아. 전생의 몸이었다면 창자가 반이 나와도 그냥 쑤셔 넣고 전투 3백 번은 나갔을 거야."

위무선이 말했다.

깨어나자마자 헛소리를 하는 위무선에 남망기는 고개를 절레절레 저었다. 위무선은 남망기가 자리를 떠나려는 줄 알고 다급하게 말했다.

"남잠, 남잠! 가지 마. 내가 헛소리했어, 내가 잘못했다고. 나 외면하지 마."

"네가 외면당하는 걸 다 무서워해?"

"무서워, 무섭다고."

위무선은 상처 입고 깨어났는데 옆에서 누군가 지켜 주고 있는 느낌을 오랜만에 받았다.

남망기는 허리에 차고 있던 검 두 개 중 수편을 꺼내 위무선에게 건넸다.

"네 검."

검을 본 위무선은 깜짝 놀랐다가 잠시 뒤에야 입을 열었다.

"고마워."

칼자루를 잡고 살짝 빼니 새하얀 검날에 두 눈이 비쳤다. 위무선은 칼날에 비친 두 눈을 잠시 바라보다 수편을 다시 칼집에 넣었다.

"이게 스스로 봉검(封劍)됐어?"

남망기가 수편의 칼자루를 잡고 뺐다. 하지만 꼼짝도 하지 않았다. 위무선은 한숨을 내쉬며 검신을 탁탁 치면서 생각했다.

'금광요가 헛소리하지 못할 거라고 생각은 했지만…… 정말 봉검이 되다니. 만 번에 한 번 생길까 말까 한 좋은 일이 나한테 다 생겼네. 증거가 확실하잖아. 칼을 뽑는 사람이 분명 위무선이니 부인해도 소용없겠어.'

사방을 둘러보니 깨끗하고 간결한 방이었다. 불빛이 어둑하니 구석에 지등(紙燈) 하나만 켜져 있었다.

"여긴 어디야?"

"운심부지처."

"날 운심부지처로 데리고 왔다고? 네 형님에게 들키면 어쩌려고?"

"이미 들켰습니다."

누군가 말했다.

병풍 뒤에서 백의에 말액을 묶고 백옥같이 하얀 얼굴에 정중한 표정을 한 사람이 걸어 나왔다.

운심부지처에서 나흘 동안 요양하면서 난릉 금씨에게 잡히지 않은 걸 보니 남희신이 위협이 되는 것 같진 않았다. 게다가 남망기가 옆에 있어 위무선은 전혀 경계하지 않았다.

위무선은 갑자기 뭔가 생각이 나, 물었다.

"적봉존 시신은요?"

"큰형님 시신은 각 가문이 직접 봤고 지금은 회상이 보관하고 있습니다. 내가 믿을 만한 사람에게 지키라고 말해 두었습니다."

남희신이 말했다.

위무선은 조금 안심이 되어 다시 물었다.

"금광요 반응은요?"

"완벽해."

남망기가 대답했다.

위무선은 금광요가 분명 대비를 잘했을 것이니 그가 시체를 훼손하고 흔적을 없애지 못한 것만으로도 다행이라고 생각했다. 그러나 남희신이 천천히 말했다.

"그가 이 일은 끝까지 조사해 설명하겠다고 했습니다. 위 공자가 깨어났으니 망기 네가 나에게 설명을 해다오."

"형장(兄長)."

남망기가 일어나며 말했다.

"망기, 뭐라고 해야 할지 모르겠다."

남희신이 한숨을 내쉬었다.

"형장, 적봉존의 머리는 확실히 금광요가 갖고 있습니다."

"네가 직접 봤느냐?"

"그가 직접 봤습니다."

"그를 믿어?"

"믿습니다."

망설임 없는 남망기의 태도에 위무선은 가슴이 뜨거워졌다.

"그러면 금광요는?"

"믿을 수 없습니다."

"망기, 너는 어떤 사람이 믿을 만한지 아닌지 어떻게 판단하느냐?"

남희신이 웃으며 물었다.

"너는 위 공자를 믿지만, 나는, 금광요를 믿는다. 큰형님의 머리가 그에게 있다……. 그건 우리 둘 다 직접 본 게 아니라 자기가 잘 안다고 생각하는 사람의 말을 믿는 것이지."

남희신이 위무선을 쳐다보며 말했다.

"너는 위무선을 잘 알기 때문에 그를 믿는 것이고, 나는 금광요를 잘 안다고 생각하기 때문에 그를 믿는 것이다. 너는 네 판단을 믿는데 나는 내 판단을 믿으면 안 된다는 말이냐?"

위무선은 이 문제로 형제가 싸울까 걱정이 됐다.

"남 종주."

위무선은 남희신을 이해하지 못하는 게 아니었다. 위무선은 섭명결의 시선으로 금광요를 봐서 교활하고 간사한 그의 면모와 야심만만한 모습을 다 알았다. 그러나 금광요가 여러 해 동안 남희신 앞에서 위장했다면, 의형제를 맺은 동생을 믿지 않고 피바람을 몰고 다니기로 악명이 높은 사람을 믿을 이유가 없었다.

"위 공자, 걱정할 필요 없습니다. 진상이 밝혀지기 전까지 어느 쪽도 일방적으로 믿지 않을 것이고, 당신의 행적을 폭로하지도 않을 것입니다. 그렇지 않았으면 당신을 내 한실에 들이지도, 상처를 치료해 주지도 않았을 겁니다."

남희신이 안심하라는 듯 담담하게 말했다.

"기회를 주셔서 감사합니다, 남 종주. 적봉존의 머리는 금광요의 밀실에 있는 게 확실합니다. 제가 직접 봤고, 원기에 침입당해 다른 뭔가를 조금 더 보기도 했습니다. 이게 증명이 될 수 있을까요?"

위무선이 말했다.

"위 공자. 위 공자가 뭔가를 본 게 확실하다고 해도 증명할 수 없을 것입니다. 금린대 밀실에서 본 것이니까요."

남희신이 침착하게 말했다.

"아. 그 말이 맞습니다. 그러면 다른 것을 말하지요. 적봉존의 직접적인 사인은 주화입마가 맞습니다만, 그 시기가 너무 절묘하다는 생각 안 드십니까? 도령(刀靈)의 농간도 원인 중 하나지만, 다른 요인이 있다는 생각은 안 해보셨습니까?"

"요인이 뭐라고 생각합니까?"

"청심현곡."

"위 공자, 그가 연주한 청심현곡은 내가 직접 가르쳐 준 겁니다."

"그렇다면 남 종주, 이 곡에 이상한 부분은 없는지 한번 들어 보십시오."

위무선이 침상에 놓인 피리를 집어 들고는 고개를 숙였다. 그리고 잠시 생각하더니 천천히 불기 시작했다. 한 곡이 끝나자 물었다.

"남 종주. 이 곡, 종주가 금광요에게 알려 준 곡이 확실합니까?"

"그렇습니다."

위무선은 조금 의외라고 생각했지만, 마음을 가라앉히고 다시 물었다.

"이 곡 제목이 뭡니까?"

"이 곡의 제목은 〈세화(洗華)〉입니다. 마음을 안정시키고 편안하게 하는 효과가 있습니다."

"〈세화〉. 저도 현문 명곡은 많이 들어 봤는데 어째서 제목과 선율이 낯설까요?"

"이 곡은 생소하고 배우기가 어려워."

남망기가 말했다.

"그렇습니다."

남희신도 동의했다.

"금광요가 이 곡을 꼭 집어서 배우겠다고 한 겁니까?"

"네."

남희신이 말했다.

"정말 배우기가 그렇게 어렵습니까? 그런데 왜 금광요는 다른 쉬운 곡이 아니라 이 곡을 골랐을까요?"

"그에게 〈세화〉는 배우기는 어렵지만, 효과가 매우 좋다고 말했습니다. 이 곡은 확실히 까다롭긴 하지요. 방금 위 공자도 한 소절을 틀렸거든요."

남희신이 말했다.

그 말에 위무선은 문득, 뭔가 떠올랐다.

"제가 방금 틀렸습니까?"

"중간에 한 소절, 틀렸어."

남망기가 말했다.

"아니요, 제가 틀린 게 아닙니다. 금광요가 틀린 거예요! 원기가 제게 침입했을 때 이렇게 들었거든요. 그는 확실히 이렇게 연주했어요. 한 음도 안 틀리고 다시 연주할 수 있다고 장담할 수 있습니다."

위무선이 웃으며 말했다.

"그가 틀리게 배웠을까요? 그건…… 불가능합니다."

남희신이 이상하다는 듯이 고개를 갸웃거렸다.

"정말 불가능합니다. 염방존은 매우 똑똑하고 기억력도 출중한데 어떻게 곡조를 틀리게 기억하겠어요? 일부러 그랬을까 걱정입니다. 다시 한번 불어 볼 테니 남 종주, 함광군, 이번에는 '틀린' 그 부분을 자세히 들어 주세요."

연주가 두 번째 악절 끝에 다다랐을 때 남망기가 말했다.

"멈춰."

"방금 바로 그 부분입니다."

남희신이 말했다.

"정말 이 소절입니까? 하지만 이질감이 전혀 느껴지지 않는데요."

위무선이 피리를 내려놓으며 말했다.

"확실히 이질감이 안 느껴지네요. 하지만 〈세화〉의 일부분이 절대 아닙니다."

남희신이 단언했다.

그냥 틀린 것이라면 원곡의 다른 부분과 이렇게 완벽하게 조화를 이루지 못할 터였다. 이 부분의 선율은 세심하게 다듬어 끼워 넣은 것이었다. 이 부분은 〈세화〉가 아니지만, 〈세화〉의 선율에 섞여 섭명결의 죽음에 결정적인 역할을 했을 가능성이 컸다.

남희신이 잠깐 생각하더니 말했다.

"두 사람, 나를 따라오세요."

방을 나선 위무선은 조금 놀랐다.

그곳은 외진 곳에 있는 작은 건물이었다. 운심부지처에 이런 은밀한 곳이 있을 줄은 몰랐다. 깊은 산속에 위치한 남씨 선부(仙府)는 적송과 교목이 하늘을 가릴 듯이 우거졌고 푸르른 나무와 난초가 많았다. 꽃이 있지만 대부분 목련, 치자, 하얀 국화 같은 청초하고 우아한 품종뿐이었고, 그것도 간혹 가다 조금씩 있었다. 반면, 이 건물 앞에는 보라색 용담이 가득 피어 있었다. 작고 여린 꽃이

요염한 자태로 사랑스러움을 뽐냈고, 어둠 속에서 은은하게 빛나는 반딧불처럼 꿈과 환상의 분위기를 자아냈다.

위무선은 이곳이 뭔가 다르다고 느꼈지만 급하게 가느라 깊이 생각할 틈이 없었다. 해시가 지나 운심부지처 사람들 대부분이 잠들었기에, 사위가 적막하고 다니는 사람이 한 명도 없었다. 남희신은 그들을 데리고 곧장 장서각으로 향했다.

운심부지처가 화재로 전소된 뒤 장서각은 예전의 장서각이 아니었지만, 원래 구도와 똑같이 재건되었다. 전각 밖에 있던 목련 나무까지 같은 위치에 다시 심었다. 전각에 들어가면서 위무선이 의아한 듯이 물었다.

"남 종주, 이곳에서 그 선율의 원곡을 찾을 수 있습니까?"

"여기는 아닙니다만……."

남희신이 말했다.

남희신이 한 서가 앞에 서더니 무릎을 꿇고 바닥에 깔린 자리를 들춰 아래에 있는 목판을 열었다.

"여기서는 가능합니다."

목판 아래에 암문이 있었다.

"금서실이야."

남망기가 말했다.

암문 아래 비밀 계단 50여 개가 있었다. 계단을 따라 내려가자 눈앞에 건조하고 넓은 지하 석실이 나타났다. 넓은 지하실에 발소리가 울려 퍼졌다. 금서실에는 서가가 한 줄씩 정렬돼 있었으며 각 서가에는 종류별로 책이 놓여 있었다. 먼지가 하얗게 내려앉은 것을 보니 오랫동안 아무도 들춰 보지 않은 것 같았다.

남희신은 그들을 한 서가 앞으로 데리고 갔다.

"여기는 모두 '이보지[#4]'입니다."

금서실에는 긴 탁자가 있었고 탁자 위에는 지등이 놓여 있었다. 남망기는 서가에서 여러 해 동안 손길이 닿지 않은 종이와 붓을 꺼내 아까 위무선이 들려준 선율을 악보로 만들었다. 세 사람은 서안에 앉아 각자 수십 권을 맡아 한 권씩, 한 쪽씩 대조하면서 일치하는 부분을 찾았다.

그러나 두 시진이 지나도 그 선율과 일치하는 악보를 찾지 못했다. 즉, 그 선율의 출처를 찾을 수가 없었다.

위무선은 한눈에 열 줄씩 훑어보며 생각했다.

'남가 장서각 금서실의 이보지에도 수록이 안 됐단 말이야? 그럴 리가. 남가에서 소장하지 않았다면 다른 곳에 있을 리가 없잖아. 금광요가 이런 곡을 작곡할 리는 없을 텐데? 일이 복잡해지겠군. 이 곡에 이상한 부분이 있다는 걸 증명하려면 사람에게 몇 개월 동안 시험해 봐야 하니 말이야. 금광요가 똑똑하다고는 하지만 어쨌든 전문적으로 수련한 게 아니니 창작을 할 수 있을 정도는 아닐 텐데…….'

한참 동안 빽빽하게 쓰여 있는 작은 글자를 보니 눈이 침침해졌다. 아직 몇 권 남아 있어서, 위무선은 조금 뒤에 다시 보기로 했다. 자기 몫을 다 본 남망기가 위무선이 남겨 놓은 책을 가져가 계속 찾았다. 남희신이 천천히 눈을 들어 그 모습을 보고 뭔가 말하려다 참았다.

바로 그때, 남망기가 말했다.

#4 이보지(異譜志) 사곡집과 비곡을 엮은 악보.

"이 책."

남망기가 들고 있던 서책을 건넸다. 위무선은 즉시 정신을 차리고 남망기가 펼쳐 준 두 쪽을 진지하게 보면서 들고 있던 악보와 대조했다.

"전혀 다른데?"

남망기가 일어나 위무선 옆으로 와 앉아 직접 짚어 주며 말했다.

"앞뒤 두 쪽을 봐 봐."

두 사람이 머리를 맞대자 남망기의 낮게 잠긴 목소리가 위무선의 귓가에 울렸다. 위무선은 손이 살짝 떨려 서책을 떨어뜨릴 뻔했다. 간신히 진정한 그는 길고 하얀 남망기의 손가락에서 눈길을 거두고 짚어 주는 곳을 자세히 살폈다.

"아, 앞뒤 두 쪽."

언뜻 보면 이 악보 책에는 이상한 곳이 없는 듯했다. 하지만 음률을 잘 아는 사람이 주의 깊게 살펴보면 중간에 앞장과 뒷장이 연결되지 않는 부분이 있음을 알 수 있었다.

위무선이 피리를 꺼내 악보대로 불었다. 과연, 두 부분의 곡조가 연결되지 않았다. 앞 장의 반과 뒷장의 반이 전혀 달랐다.

누군가 이 두 쪽 중간의 한쪽을 조심스럽게, 흔적을 남기지 않고 찢어 간 것이다.

아주 세심하게 찢어 흔적이 전혀 남지 않아 발견하기 어려웠다. 악보 책을 덮으니 짙은 남색 표지에 책 이름 석 자만 적혀 있었다.

"〈난백초(亂魄抄)〉? 이건 무슨 책이지? 수록된 곡과 가락이 조금 이상한데?"

위무선이 물었다.

"동영비곡집(東瀛祕曲集)이야."

남망기가 말했다.

"동영이 어디야? 어쩐지 가락이 우리 쪽과 다르더라."

위무선이 말했다.

"……〈난백초〉는 고소 남씨의 한 수사가 배를 타고 해외로 나가 여러 해 동안 동해 지역을 유랑하면서 수집해 엮은 사곡집(邪曲集)입니다. 이 서책에 있는 곡조를 연주하면서 영력을 넣으면 사람을 해칠 수가 있습니다. 점점 여위거나 마음이 초조해지거나 기혈이 흐트러지거나 오감이 통제를 잃거나 합니다……. 영력이 강한 사람은 일곱 번 안에 목숨을 앗아갈 수도 있습니다."

남희신이 복잡한 표정으로 말했다.

"바로 이겁니다!"

위무선은 기뻐서 탁자를 탁 내리쳤다. 그 바람에 탁자 위에 놓인 지등이 넘어질 뻔했다. 남망기가 재빨리 등을 잡았다.

"남 종주, 이 〈난백초〉에 정신을 어지럽혀 원신을 자극하고 기혈을 뒤집으며 조급하고 쉽게 화를 내게 하는 곡도 있습니까?"

"……분명 있을 겁니다."

남희신이 대답했다.

"금광요의 영력으로는 일곱 번 만에 목숨을 앗아갈 수 없을 겁니다. 게다가 그렇게 하면 너무 눈에 띌 테니 이렇게 살상력이 강한 곡을 선택하지는 않았을 테고요. 하지만 적봉존의 심신 안정을 이유로 청심현곡을 3개월 동안 계속 연주해주면, 만성 독약을 복용하는 것처럼 적봉존의 발작을 촉발할 가능성이 있지 않을까요?"

위무선이 다시 물었다.

"……있습니다."

남희신이 잠시 멈칫하더니, 이윽고 대답했다.

"그렇다면 일리가 있는 추측이네요. 〈세화〉에 속하지 않는 부분이 바로 이 〈난백초〉에서 사라진 한쪽일 겁니다. 〈난백초〉에 기록된 동영의 사곡은 매우 복잡하고 어려워서 금서실에서 베낄 만한 시간이 없었을 테니 아예 찢어 가져간 거네요. 아니, 아니다. 금광요는 한 번 보면 다 기억하니까 기억하기 위해서가 아니라 증거를 없애려고 한 겁니다. 언젠가 죄가 드러나거나 현장에서 잡혀도 출처를 알아내지 못하게 말입니다."

위무선이 서둘러 말을 이었다.

"금광요는 매우 신중한 자이니 남 종주 앞에서는 완전한 〈세화〉를 연주했을 겁니다. 적봉존은 비록 음악을 잘 모르지만, 남 종주가 연주한 〈세화〉를 자주 들어 대충은 알았을 것입니다. 그러니 금광요가 대놓고 사곡을 연주하진 못하고, 표현 형식도 효과도 전혀 상반된 곡을 정성껏 하나로 붙인 겁니다. 전혀 튀지 않고 잘 맞아떨어지도록 만들었으니 음률에 천부적인 재능이 있는 것은 확실하네요. 금광요는 〈세화〉 소절에는 영력을 조금만 넣고 〈난백초〉 소절에서는 힘을 썼을 겁니다. 적봉존은 이 분야에 정통하지 않으니 한 소절쯤 명을 재촉하는 사곡으로 바뀌었다는 것을 알아채지 못했을 것이고요."

"……그가 운심부지처를 자주 드나들었지만, 장서각 아래에 있는 금서실은 알려 준 적이 없어요."

한참 뒤 남희신이 낮은 소리로 말했다.

"남 종주, 제 말 언짢게 듣지 마세요. 사일지정 때 염방존은 기산 온씨의 불야천성에서 첩자 노릇을 했습니다. 게다가 아주 성공한 첩자였지요. 그는 온약한의 밀실도 찾아내 귀신도 모르게 잠입해서 그 안에 있던 지도와 문서에서 정보를 빼내 금린대로 보냈습니다. 그런 그한테 남가 장서각의 금서실은, 아무것도 아닙니다."

위무선이 조심스럽게 말했다.

남희신은 위무선이 복기한 악보를 손에 쥐고 한참을 쳐다보다가 입을 열었다.

"내가 이 악보를 시험할 방법을 찾아보겠습니다."

"형장?"

남망기가 의아한 눈빛으로 물었다.

"큰형님이 돌아가신 시기는 난장강 토벌도 지난 때라 위 공자가 세상에 없었습니다. 시험을 해 보면 이 단락이 정말 사람의 정신을 어지럽히는지, 거짓이 아닌지, 내가……."

남희신이 말했다.

"택무군, 산 사람을 대상으로 사곡을 시험하는 건 고소 남씨의 가훈을 위반하는 게 아닐까 싶습니다만."

위무선이 걱정스러운 목소리로 말했다.

"나에게 시험해 볼 겁니다."

남희신이 말했다.

고소 남씨 가주가 이런 말을 다 하는 것을 보니 마음이 몹시 혼란한 모양이었다.

"형장!"

남망기가 목소리를 약간 높였다.

"망기, 내가 아는 금광요와 너와 위 공자가 아는 금광요, 그리고 세상 사람들 눈에 비친 금광요는 전혀 다르다! 오랜 세월 동안 내가 본 그는 늘…… 치욕을 참아 가며 중임을 맡고, 백성을 생각하며, 윗사람을 공경하고 아랫사람을 살피는 사람이었어. 나는 그에 대한 세간의 비난이 오해에서 비롯됐고 내가 아는 게 가장 진실하다고 굳게 믿어 왔다. 그런데 내 앞에서 보였던 그의 행동이 다 거짓이고 그가 자기 의형제를 계획적으로 살해했으며, 나도 그 계획의 일환이고, 심지어 내가 그에게 힘을 보탰다는 것을 지금 이 자리에서 당장 믿으라고 하면……. 내가 조금 더 신중하게 생각한 다음 판단하도록 해주겠느냐?"

남희신이 혼란스러움을 참는 듯이 손으로 이마를 짚으며 가라앉은 목소리로 말했다.

남희신은 섭명결과 금광요가 마음의 응어리를 풀고 처음처럼 잘 지내길 바라는 마음에서 금광요에게 청심현곡을 가르쳐 준 것이었다. 자기 대신 섭명결의 심신을 안정시켜주라고 말이다. 그런데 자신의 선의가 오히려 금광요의 음모를 돕는 꼴이 됐으니, 어떻게 해야 한단 말인가?

세 사람은 아무 말도 하지 않았다. 장서각을 나서고 나서야 남망기가 입을 열었다.

"저는 숙부님을 뵙고 오겠습니다."

"위 공자는 내가 데리고 갈 테니 이따가 오너라."

한참 침묵하던 남희신이 말했다.

남희신은 위무선을 데리고 하얀 돌이 깔린 운심부지처의 오솔길을 걸어갔다. 돌아가는 길에 용담이 가득 핀 작은 건물 앞을 다시 지나게 되었다. 문 앞에 서서 위무선이 말했다.

"남 선생님은 함광군 일을 아시는지……."

"숙부님은 깨어난 지 얼마 안 되셨습니다. 내가 사람들에게 입조심하라고 일러두었습니다."

남망기가 금린대에서 자기와 무슨 짓을 했는지 안다면 남계인은 분명 다시 기절할 것이다.

"남 선생님께서 고생이 많으십니다."

"숙부님께서 고생이 정말 많으시죠."

그러다 갑자기 남희신이 물었다.

"위 공자, 이 집이 어떤 곳인지 압니까?"

"택무군, 제가 알 것 같아서 하신 질문입니까?"

"이곳은 예전에 내 어머니의 거처였습니다."

남희신이 위무선을 쳐다보면서 말했다.

남희신의 어머니라면 남망기의 어머니다. 위무선은 이상하다는 생각이 들었다. 고소 남씨 역대 가주의 거처는 '한실'이니 운심부지처 구석에 있는 이 작은 집은 절대 아니었을 것이다. 남망기의 부모님도 강풍면과 우 부인처럼 성격이 안 맞는데 억지로 결혼해서 별거라도 했단 말인가?

가주와 가주 부인의 별거는 아무리 생각해도 좋은 이유는 아니었을 것이다. 게다가 지난 대 가주인 청형군의 부인은 건강이 좋지 않아 1년 내내 요양했고 사람도 잘 만나지 않았다. 아는 사람도 별로 없어서 사람들은 부인의 '병'이 얼굴을 다쳤다거나 장애가 있다거나 하는, 밖에 알리고 싶지 않은 '병'이 아닐까 추측했다. 그래서 위무선도 더 물어보지 않고 입을 다문 채 남희신이 먼저 말하기를 기다렸다.

"위 공자, 제 아버지가 폐관 수련에 들어가 세상과 단절하셔서 고소 남씨는 숙부님이 관장하셨다는 것을 알지요?"

"네, 알고 있습니다."

남희신이 손을 내려 자신의 법기인 퉁소 열빙을 쥔 손을 소맷자락에 넣으며 천천히 말했다.

"제 아버지가 폐관 수련을 한 이유는 어머니 때문입니다. 이곳은 거처라기보다…… 연금 장소라고 하는 게 맞을 것입니다."

위무선은 깜짝 놀랐다.

택무군과 함광군의 아버지인 청형군은 과거 한 시대를 풍미한 명사였다. 어린 나이에 이름을 날렸고 영예로운 일을 한 게 한두 번이 아니었다. 그러나 약관[#5]의 나이에 갑자기 물러나 결혼을 선언한 다음 다시는 세상사에 관여하지 않았다. 말이 폐관 수련이지 사실 은거에 가까웠다. 온갖 추측이 난무했지만 확실한 이유를 아는 사람은 없었다.

남희신이 용담 꽃밭에 몸을 숙이며 여리고 얇은 꽃잎을 부드럽게 어루만졌다.

"제 아버지는 어릴 때 야렵에서 돌아오는 길에 고소성 밖에서 제 어머니를 만났습니다."

남희신이 미소를 지으며 말을 이었다.

"첫눈에 반했다고 하더군요."

"어릴 때는 정이 많은 법이지요."

위무선도 웃으며 말했다.

"하지만 그 여인은 아버지에게 전혀 관심이 없었습니다. 게다가,

#5 약관(弱冠) 스무 살을 달리 이르는 말.

아버지의 은사님을 죽였지요."

이것은 상상을 초월한 이야기였다. 위무선은 더 캐묻는 것이 실례라는 것을 알았지만, 남망기 부모님의 일이라 묻지 않을 수가 없었다.

"왜요?"

"저도 모릅니다. 하지만 '은원시비[#6]' 이 네 글자로 표현할 수 있을 겁니다."

위무선은 더 깊은 뜻을 묻고 싶었지만, 꾹 참았다.

"그…… 그다음은요?"

"그다음은."

남희신이 계속 말했다.

"진실을 알게 된 아버지는 당연히 괴로우셨죠. 아버지는 고민을 거듭하다가 비밀리에 그 여인을 데리고 오셔서 가족들의 반대에도 불구하고 상의 한마디 없이 그녀와 혼례를 올려버렸습니다. 또한 가문 사람들에게 이번 생애에서 자기 부인은 이 여인 한 명뿐이며, 그녀를 건드리려면 먼저 자기를 거쳐야 할 것이라고 선언했습니다."

위무선의 눈이 커졌다.

"혼례가 끝나자 아버지는 집 한 채를 마련해 어머니를 가두고 또 다른 집을 한 채 마련해 자기 자신도 가둬 버렸습니다. 말이 폐관이지 사실은 반성하는 것이었습니다. 위 공자, 제 아버지가 왜 그랬는지 이해하겠습니까?"

"자신의 은사를 죽인 자를 용서할 수도 없고 그렇다고 사랑하는

#6 은원시비(恩怨是非) 은혜와 원한, 옳고 그름.

여인이 죽게 할 수도 없으니, 그녀와 혼인해 그녀의 목숨을 지키면서 자기도 그녀를 보지 못하게 한 것이겠지요."

잠시 뒤 위무선이 대답했다.

"그렇게 하는 게 맞다고 봅니까?"

남희신이 물었다.

"모르겠습니다."

위무선이 대답했다.

"어떻게 하는 게 맞았을까요?"

남희신이 망연한 표정으로 말했다.

"저도 모르겠습니다."

"제 아버지의 결정은 다른 것은 전혀 고려하지 않은 것이었습니다. 가문의 어른들은 몹시 화가 났지만, 그는 이미 성인이고 어쩔 방도가 없었기 때문에 비밀을 지킬 수밖에 없었습니다. 그리고 대외에 고소 남씨 가주의 부인에게 병이 있어 사람을 만나기가 적당하지 않다고 암시했지요. 나와 망기가 태어나자 우리를 친척에게 보살피게 하고, 조금 자라자 숙부님께 교육을 맡겼습니다."

한참 뒤 남희신이 낮은 목소리로 말을 이었다.

"숙부님은…… 원래도 강직한 성정이셨는데 제 어머니 일로 아버지가 인생을 망쳤다고 생각해, 품행이 단정하지 않은 사람을 더 싫어하게 됐습니다. 그래서 나와 망기에게 최선을 다하셨고 또 유난히 엄격하셨습니다. 우리는 한 달에 딱 한 번만 어머니를 만났습니다. 바로 이 작은 집에서요."

어린 두 아이는 하루 종일 단호한 숙부의 엄격한 교육과 산처럼 쌓인 서책을 마주해야 했고, 아무리 피곤하고 힘들어도 어리고 가녀린 허리를 똑바로 세워야 했다. 또한 가문의 자제 가운데 제일 우수해야 했고, 다른 사람의 모범이 되어야만 했다. 부모와 만나지 못하고 아버지의 품에서 장난칠 수도, 어머니에게 안겨 어리광을 피울 수도 없었다.

그들은 분명 한 번도 잘못을 저질러 본 적이 없었을 것이다.

"어머니는 나와 망기에게 꼼짝도 할 수 없는 이곳에 갇혀 있는 것이 얼마나 고통스러운지 원망한 적이 한 번도 없었습니다. 우리의 학업을 묻지도 않았습니다. 어머니는 특히 망기를 놀리는 것을 좋아하셨는데, 망기는 어르고 달랠수록 말을 하지 않고 표정도 나빠졌지요. 어려서부터 그랬습니다. 하지만."

남희신이 웃으며 계속 말했다.

"망기는 한 번도 말한 적이 없지만, 어머니와 만나는 날만을 손꼽아 기다렸다는 것을 저는 잘 압니다. 망기나 나나 마찬가지였으니까요."

위무선은 엄마 품에 안긴 어린 남망기의 하얗고 작은 얼굴이 발그레해지는 모습을 상상해보았다. 절로 웃음이 나왔다. 웃음기가 채 가시기도 전에, 남희신이 다시 말했다.

"하지만 어느 날, 숙부님이 우리에게 이제 가지 않아도 된다고 말씀하셨습니다. 어머니가 안 계신다면서요."

"그때 남잠이 몇 살이었습니까?"

"여섯 살이요."

남희신이 탄식하며 말을 이었다.

"그때는 너무 어려서 '안 계시다'는 말이 무슨 뜻인지 몰랐습니다. 사람들이 아무리 타이르고 숙부님이 꾸짖어도 망기는 매달 이곳으로 와서 복도에 앉아 문이 열리기만 기다렸습니다. 조금 더 커서야 어머니는 오시지 않고 문도 열리지 않을 것이라는 걸 알았지만, 그래도 계속 왔습니다."

남희신이 일어나 짙은 눈동자로 위무선를 쳐다보았다.

"망기는 어려서부터 고집이 셌어요."

사락거리는 나뭇잎 소리가 울렸고 집 앞에 핀 용담화가 바람에 흔들렸다. 위무선은 작은 집 나무 복도에 시선이 갔다. 작은 꼬마가 말액을 두르고 단정하게 앉아, 입을 꾹 다문 채로 문이 열리기를 기다리고 있는 모습이 보이는 것 같았다.

"남 부인은 분명 온유한 분이셨을 겁니다."

"제가 기억하는 어머니는 확실히 그런 분이셨습니다. 어머니가 왜 그런 일을 하셨는지 모르지만, 사실 저도……."

남희신이 숨을 깊이 들이마시며 잠시 뜸을 들이다 속마음을 이야기했다.

"알고 싶지 않습니다."

한참 말이 없던 남희신은 눈을 떨구고 열빙을 꺼내 들었다. 밤바람에 흐느끼는 듯한 퉁소 소리가 전해졌다. 낮고 묵직한 선율이 탄식하는 것 같았다.

예전에는 남희신의 열빙 소리가 택무군 본인처럼 봄에 부는 바람과 비같이 온화하고 따사롭게 느껴졌었다. 그러나 이 순간, 퉁소 소리는 여전한데 듣는 사람의 마음은 서글퍼졌다.

밤바람에 남희신의 검은 머리칼과 말액이 살짝 흐트러졌다. 평소 용모와 자태를 매우 중요하게 여기는 고소 남씨 가주는 이를 전혀 개의치 않고 한 곡이 다 끝나고 나서야 열빙을 내려놓았다. 남희신이 말했다.

“운심부지처에서는 깊은 밤에 악기 연주를 금하는데 오늘은 규범에서 벗어난 일을 많이 하네요. 위 공자가 비웃겠습니다.”

“그럴 리가요. 택무군 앞에 있는 이 사람이 금기를 제일 많이 어긴 사람이라는 걸 잊은 건 아니시죠…….”

“고소 남씨는 저와 망기의 출신을 대외에 한 번도 언급한 적이 없었으니 위 공자에게 말해서는 안 됐습니다. 그런데 오늘 밤에는 문득 누군가에게 말하고 싶었습니다. 일시적인 충동이지요.”

남희신이 웃으며 말했다.

“저는 말이 많은 사람이 아니니 택무군은 안심하세요.”

“망기도 위 공자에게 뭔가를 숨기지 않을 것 같군요.”

“전 그가 원하지 않으면 묻지 않습니다.”

“하지만 망기 성격에 위 공자가 안 물으면 어떻게 말을 하겠습니까? 어떤 것은, 위 공자가 물어도 대답하지 못하는 것도 있을 겁니다.”

위무선이 대답하려는데 뒤에서 발걸음 소리가 들렸다. 고개를 돌려 보니 남망기가 달빛을 받으며 걸어오고 있었다. 남망기의 손엔 붉은색 종이로 입구를 막은 둥근 술 단지 두 병이 들려 있었다.

“함광군, 내 마음을 정말 잘 안다니까!”

위무선은 눈을 반짝이며 반겼다.

남망기가 다가와 위무선에게 천자소를 건넸다. 위무선이 단지를 안고 문으로 들어가자 남망기가 그의 뒷모습을 보면서 고개를 절레절레 저었다. 그러나 눈빛은 부드러웠다. 남희신이 남망기를 보며 말했다.

“네 방에서 가져온 거냐?”

남망기가 고개를 끄덕였다.

"넌…… 최대한 술에 손대지 않는 게 좋아. 그때처럼 그러지 않도록 조심해라."

남희신의 시선이 남망기의 쇄골 근처에 닿았다. 남망기도 고개를 숙여 자기 명치 쪽을 쳐다보며 말했다.

"다시는 그런 일 없습니다."

남희신은 억지로 웃으며 한숨을 내쉬었다.

남희신이 떠나자 남망기는 그제야 방으로 들어와 문을 닫았다. 위무선은 술 뚜껑을 열면서 고소 남씨를 세운 선조 남안과, 청형군의 이야기를 곰곰이 생각했다.

'고소 남씨는 정말 현묘한 가문이야. 조상은 스님이고 가풍은 융통성이 없는데, 또…… 정은 많단 말이야.'

이런 생각을 하면서 위무선은 방 안에 있는 또 다른 고소 남씨의 후손을 쳐다봤다.

남망기는 고개를 숙이고 서책을 보고 있었다. 서안에 놓인 지등의 잔잔한 불빛에 비친 남망기의 얼굴은 더 준수해 보였다. 냉담한 표정과 옅은 눈동자에 따뜻한 빛이 더해져 진짜 사람이 아닌 듯 곱고 우아했다. 순간 위무선은 분위기에 취해 자기도 모르게 남망기 쪽으로 다가갔다.

"왜?"

남망기가 눈을 들며 물었다.

"아니야. 책갈피가 예뻐서."

위무선이 재빨리 정신을 차리고 대답했다.

남망기의 책갈피는 색이 옅은 마른 꽃이었다. 보관이 아주 잘 되어 색깔이 선명했고 꽃잎의 잎맥까지 보일 정도였다. 서책에 꽂아 두면 은은한 향기가 났다. 위무선은 책갈피를 빼 들며 물었다.

"작약?"

"응."

위무선은 책갈피를 요리조리 살핀 다음 돌려주며 말했다.

"네 형님이 충격이 꽤 컸나 봐."

남망기는 마른 작약을 서책에 조심스럽게 꽂고 덮으며 말했다.

"증거를 찾으면 형장께선 관용을 베풀지 않을 거야."

"그럼. 네 형인데."

남희신과 금광요의 관계가 아무리 좋아도 그 역시 고소 남씨 사람이었고 자신만의 원칙이 있었다.

위무선은 술 단지 뚜껑을 따며 생각했다.

'지지난번 남잠이 취했을 때 내 질문에 솔직하게 대답하면서 방안의 천자소를 몰래 마신 적이 없다고 했는데, 그러면 왜 천자소를 숨겨 둔 거지? 설마 나 주려고 숨겨 뒀다고 생각하면 너무 뻔뻔한가. 그리고 말액 일을 사과해야 하나? 그렇게 여러 번 장난쳤는데 말이야. 남잠이 부끄럽고 분한 나머지 날 쫓아내면 어쩌지? 하지만 내가 그렇게 장난을 쳤어도 한 번도 화를 안 낸 걸 보면, 수양을 잘한 게 분명하니 한 번 더 소란을 피운다고 화내진 않겠지. 아니다, 물어볼 게 아니라 아예 말액이 무슨 뜻인지 모르는 척하는 게 낫겠다. 그래야 다음에 또 잡아당겨서 그가 화내면 무고한 표정으로 모른다고 할 수 있잖아. 모르는 사람은 죄가 없지…….'

"왜 그래?"

위무선이 사뭇 뻔뻔한 표정으로 그런 생각을 하고 있는데, 남망기가 의아한 얼굴로 물었다.

"아무것도 아니야. 그냥 좋아서."

위무선은 정색하며 답하곤 건성으로 술 단지를 열었다. 그리고 고개를 젖히고 한 모금 들이켰다. 그와 동시에 "퓹—." 하고 뿜어버렸다.

"또 왜?"

남망기가 서책을 내려놓으며 물었다.

"아니야! 아니야, 아무것도 아니야!"

위무선이 손을 내저으며 말했다. 위무선은 아무 일도 아니라고 말하고 그 술 단지를 내려놓았다. 그는 운수가 사납다는 표정으로 다른 단지를 잡아 들었다.

지난번 몰래 술을 훔쳐 마시고 남망기를 놀려 줄 생각으로 맹물을 채워 놨었다. 그런데 남망기가 하필 그 술 단지를 가져와서 자기가 도로 마시게 될 줄이야.

위무선은 이 세상에 다시 돌아온 뒤로 남망기에게 장난치면 매번 이렇게 돌로 자기 발등을 찍으면서 끝나는 것을 정말 이해할 수가 없었다.

위무선은 언제 잠들었는지도 모르게 잠에 빠져, 새벽에야 퍼뜩 깼다. 깜짝 놀라 벌떡 일어나 보니, 남망기는 옷도 벗지 않고 검을 멘 채였다. 그가 위무선의 어깨에 놓았던 손을 거두고 손바닥에 있는 물건을 응시했다.

"불청객이 왔어."

남망기가 말했다.

위무선이 눈을 가늘게 뜨고 보니 그것은 고소 남씨의 통행 옥령이었다. 남망기 것은 등급이 높아 외부인이 운심부지처의 결계에 침입하면 경고를 보냈다.

운심부지처에는 지난 십수 년 동안 외부인의 침입이 없었다. 침상에서 뛰어내린 위무선은 제 겉옷이 벗겨진 것을 보고 옷을 입으며 말했다.

"누구야?"

남망기가 고개를 저으며 위무선에게 따라오라고 했다. 두 사람은 대나무에 가려진 거처로 몰래 다가갔다. 종이창에서 등불의 빛이 흘러나왔다. 위무선은 정원 앞에 있는 현판을 봤다.

'한실?'

방 안에는 남희신이 단정하게 앉아 있었다. 그는 두 사람이 들어오는 것을 보고도 놀라지 않았다. 남망기와 눈길을 마주치는 것으로 상황을 파악한 것 같았다. 남망기는 위무선을 데리고 병풍 뒤로 들어가 앉았다.

한참 뒤 누군가 한실의 대나무 발을 젖히고 가벼운 발걸음으로 들어와 남희신 앞에 앉았다.

잠시 뒤 옥이 부딪치는 것 같은 소리가 들렸다. 뭔가를 탁자에 올려놓고 밀어 주는 것 같았다.

"이게 무슨 뜻이지?"

먼저 입을 연 사람은 남희신이었다.

"둘째 형님께 돌려드리려고요."

그 사람이 말했다.

금광요였다.

"이건 내가 네게 준 것이잖느냐."

"그동안 이 통행 옥령은 효력을 잃은 적이 없는데 최근 효력을 잃었으니 마땅히 원주인에게 돌려드려야지요."

위무선은 상황을 파악했다. 택무군과 염방존은 사이가 매우 좋아 운심부지처의 통행 옥령을 금광요에게 하나 준 것이다. 그동안은 금광요가 마음대로 출입할 수 있었지만, 요 며칠 사이 운심부지처의 결계가 바뀌었거나 금광요 옥령의 출입권을 회수해 방금 그가 방문했을 때 예전처럼 그냥 들어오지 못하게 되자 먼저 반납한 것이다.

남망기와 마찬가지로 가식 없는 성정인 남희신은 금광요가 제 발로 굽히고 들어오자 한동안 아무 말도 하지 않았다.

"무슨 일로 왔지?"

"이곳에도 함광군과 이릉노조의 소식은 없지요. 운심부지처만 조사를 하지 않아 의심하고 이의를 제기하는 가문이 많습니다. 둘째 형님이 편하실 때 한 시진만 개방해주시면 제가 사람들을 데리고 와서 형식적으로 조사를 하겠습니다."

위무선은 금광요가 상세한 조사를 요청하러 온 것이라고 생각했다. 그러나 금광요의 말을 들으니 이릉노조의 행방에는 별 관심이 없는 것 같아 조금 이상했다. 병풍 밖에서 금광요가 다시 말했다.

"둘째 형님, 왜 그러십니까?"

"아무것도 아니다."

"망기를 걱정하는 것이라면 그러실 필요 없습니다. 함광군이 올바르고 단정하다는 것이야 오랫동안 백가(百家)가 다 보지 않았습니까. 이번 그의 행동은 속아서 그런 것이고, 게다가 돌이킬 수 없는 일을 한 것도 아니니 때가 되면 밝히면 됩니다. 저는 사람들이 쓸데없는 말을 할 기회를 주지 않을 것입니다."

"때? 어느 때?"

"난장강을 토벌한 다음이요."

순간 위무선은 어리둥절했다.

"난장강?"

남희신이 물었다.

"그날 금린대 난투 이후 말릉, 난릉, 운몽 등지에서 이상한 일이 일어났습니다. 묘지가 파헤쳐지고 시체가 사라졌어요. 조짐들로 보아 시체들이 이릉 방향으로 대거 몰려가고 있는 것 같습니다. 아마 난장강으로 향하는 것 같습니다."

"도대체 뭣 때문에?"

"모르지요. 위무선이 무슨 사진(邪陣)을 발동했거나 음호부(陰虎符)를 사용한 것 같습니다."

"그때 금린대에서 금릉의 검에 찔렸는데 그리할 수 있겠느냐?"

"둘째 형님, 과거 위무선은 운몽 강씨를 배반하고 강 종주와 벌였던 일전에서 심각한 부상을 입었습니다. 그래도 아무렇지도 않게 돌아가 비바람을 부르고 시체 떼를 호령했지요. 이릉노조에게 그게 어디 어려운 일입니까?"

위무선은 턱을 쓰다듬으며 '나를 너무 대단하게 봤어…….' 하고 생각했다.

"그래서 얼마 뒤 2차 난장강 토벌이 있을 겁니다. 제가 다른 가문에게 금린대에서 이 일을 논의하자고 통보했습니다. 형님도 오시겠습니까?"

잠시 뒤, 남희신이 대답했다.

"참가하지. 아실에서 조금만 기다리거라. 잠시 뒤에 너와 함께 가마."

금광요가 떠나자 남희신이 병풍 뒤로 돌아와 남망기를 잠시 쳐다본 다음 말했다.

"나는 금린대로 갈 테니 너희는 난장강으로 가라. 따로 행동하자."

"네."

남망기가 천천히 고개를 끄덕였다.

"그에게 정말 다른 마음이 있다면 나는 결코 관용을 베풀지 않을 것이다."

남희신이 단호한 목소리로 말했다.

"알겠습니다."

남망기가 말했다.

2

두 사람은 오솔길을 따라 운심부지처에서 내려왔다. 하얀 돌이 깔린 오솔길 옆 수풀이 흔들리며 갈라지더니 솜뭉치 같은 작은 머리와 긴 귀가 나타났다.

분홍색 코를 발룽거리던 토끼가 남망기를 보더니 늘어졌던 귀를 쫑긋 세우고 남망기 쪽으로 뛰어왔다. 남망기와 위무선이 풀밭에 도착했다. 풋사과가 나무 옆에 웅크리고 앉아 있고, 그 곁에는 둥글둥글한 하얀 토끼 수십 마리가 있었다. 대부분 눈을 감고 얌전히 자고 있었고 몇 마리만 꼼지락거리고 있었다. 위무선이 나무 옆으로 다가가 풋사과의 머리를 쓰다듬자 풋사과가 깜짝 놀라 콧김을 내뿜으며 깼다. 위무선을 본 풋사과가 큰 소리로 울부짖는 통에 토끼들도 깨버렸다. 토끼들이 긴 귀를 부르르 떨면서 남망기 곁으로 깡충깡충 뛰어갔다. 토끼들은 남망기의 하얀 신발 곁에 옹기종기 모이더니, 흥분했는지 그의 곁을 계속 뛰어다녔다.

위무선은 풋사과의 고삐를 잡아당긴 채 으름장을 놓으며 풋사과를 끌고 갔다. 토끼들은 사람처럼 뒷발로 섰다가 남망기 다리로 엎어져 위로 기어 올라가려 했다. 남망기는 꼼짝도 하지 않고 서 있었다. 두 사람이 움직이자 하얀 토끼들이 하얀 신발을 따라갔다. 위무선이 아무리 쫓아내도 도망가지 않으니, 남망기가 허리를 굽혀 한 마리를 들어 팔에 올려놓았다. 표정은 차가웠지만 아주 부드러운 손길이었다. 이윽고 긴 손가락이 토끼의 턱을 간질였다. 토끼는 기분 좋은 듯 긴 귀를 흔들며 고개를 갸웃대더니 홍옥 같은 눈을 가늘게 떴다. 위무선이 다가가 쓰다듬자 토끼가 고개를 돌렸다.

"나는 싫어하고 너만 좋아하네. 정말 주인을 알아보는군."

위무선이 말했다.

남망기는 위무선을 쳐다보더니 하얀 토끼를 그의 품에 건네주었다. 위무선이 시시덕대며 받아 들었지만, 토끼는 그의 팔에서 버둥거렸다. 위무선이 토끼 귀를 잡아당기며 말했다.

"나 안 좋아? 내가 싫어? 도망가고 싶어도 못 도망가니까 그냥 얌전히 날 좋아해 줘."

위무선은 토끼를 콕콕 누르며 달래면서 운심부지처 대문을 나설 때가 돼서야 하얀 토끼를 내려놓았다. 토끼들은 더 따라올 수 없자 상심했는지 귀를 늘어뜨리고 그 자리에 앉아 주인이 떠나는 것을 눈으로 배웅했다.

위무선이 고개를 돌려 돌아보며 말했다.

"모두 너를 아쉬워하네. 함광군, 네가 저런 작은 동물한테 인기가 많은 줄은 몰랐어. 토끼들을 세심하게 잘 돌봤나 봐. 나는 안 돼."

"안 돼?"

남망기가 물었다.

"응! 하늘을 나는 거, 땅 위를 걷는 거, 물속을 헤엄치는 것들은 다 나만 보면 꽁무니를 빼고 도망간다니까."

위무선이 어깨를 으쓱이며 말했다.

남망기가 고개를 절레절레 저었다. '위무선 네가 먼저 장난쳐서 미움을 받은 거겠지.'라고 생각하는 게 분명했다.

산길을 내려와 은폐된 작은 길을 따라 운심부지처를 떠나, 고소 남씨 문하생들의 활동 범위를 벗어난 다음에야 위무선이 갑자기 입을 열었다.

"아아, 나 배 아파."

"쉬자. 약 갈고."

남망기가 즉시 걸음을 멈추고 말했다.

"됐어. 타고 가면 괜찮아."

"그러면 타고 가."

"하지만 당나귀는 움직임이 너무 커서 상처가 덧날까 걱정돼."

위무선이 울상이 된 얼굴로 말했다.

위무선의 상처는 진작 다 나았기 때문에 분명 억지였다. 자리에 멈춰 선 남망기는 몸을 돌려 그를 잠시 바라보더니, 갑자기 손을 뻗어 상처 입은 곳을 피해 위무선의 허리를 감쌌다. 곧 그는 위무선을 가볍게 들어 풋사과의 등에 앉혀주었다.

두 사람은 한 명은 당나귀 등에 타고 한 명은 길을 거닐었다. 풋사과 위에 앉은 위무선이 두 눈을 반달처럼 접으며 웃었다.

"왜?"

남망기가 물었다.

"아니야."

위무선이 말했다.

뭔가 소소하고 짓궂은 장난이라도 친 양, 위무선은 속으로 조금 우쭐해졌다.

어릴 때 일은 대부분 잊었지만 한 장면만큼은 늘 그의 기억 속에 어렴풋이 남아 있었다.

오솔길, 작은 당나귀 한 마리, 세 사람. 검은 옷을 입은 사내가 흰 옷차림의 여인을 가볍게 안아 올려 당나귀 등에 태우고, 꼬마 아이를 높이 들어 자기 어깨 위에 올려놓았다.

위무선은 키가 어른 다리에도 못 미치는 꼬마였다. 검은 옷을 입은 사내의 어깨에 올라앉자 단숨에 키가 커졌다. 위풍당당해진 꼬마는 남자의 머리칼을 잡았다가 얼굴을 문질렀고, 두 발을 계속 버둥거리며 쉴 새 없이 마구 떠들었다. 하얀 옷을 입은 여인은 당나귀 위에 앉아 흔들거리며 그들을 보면서 웃고 있었다. 사내는 말없이 꼬마를 받쳐 들어 더 높이, 더 안정되게 앉히고 한 손으로는 당나귀의 고삐를 잡았다. 세 사람은 오솔길을 따라 천천히 앞으로 걸어갔다.

이것은 위무선이 간직하고 있는 몇 안 되는 기억이었다.

그들은 바로 위무선의 아버지와 어머니였다.

"남잠, 고삐 한 번만 잡아 줘."

"왜?"

풋사과는 워낙 총명해 사람 뒤를 쫓아올 줄 알았다.

"내 체면을 봐서라도 좀 잡아 봐."

위무선이 왜 저렇게 찬란하게 웃는지 알 수 없었지만, 남망기는 위무선의 말대로 풋사과의 고삐를 받아 들었다.

"음. 아이가 빠졌네."

위무선이 중얼거렸다.

"뭐?"

"아무것도 아니야. 남잠, 넌 정말 좋은 사람이야."

위무선이 기쁜 기색으로 말했다.

이번에 이릉으로 가는 길은 앞날을 예측할 수 없고 위험이 더 많을 것이다. 그럼에도 위무선은 전혀 긴장되지 않았다. 남망기가 앞에서 당나귀를 끌며 길을 안내하고 있으니 구름에 올라 하늘을 나는 듯 마음이 들떴다. 지금 당장 길옆에서 세가 사람들이 튀어나와 공격해 와도 이 흥취를 깨지만 않는다면 그다지 대수롭지 않을 것 같았다. 심지어는 달빛 아래의 논밭을 감상할 기분까지 들었다. 그는 곧 허리춤에서 피리를 꺼내 연주했다. 피리 끝에서 자연스레 한 선율이 울려 퍼졌다.

맑고 그윽한 피리 소리가 울리자 남망기의 발걸음이 조금 느려졌다. 위무선은 갑자기 무언가를 떠올렸다.

"남잠! 있잖아, 예전에 모계산 도륙 현무 동굴에서 네가 나한테 들려주었던 그 노래, 도대체 제목이 뭐야?"

"갑자기 그게 왜 궁금한데."

남망기가 위무선을 쳐다보며 물었다.

"그냥 말해 봐. 제목이 뭐야? 네가 어떻게 나를 알아봤는지 알아낸 것 같아서 그래."

대범산에서의 그날 밤, 위무선이 자기도 모르게 불었던 그 곡조는 과거 모계산 도륙 현무 동굴에서 열에 시달리고 있을 때 남망기가 자신에게 불러 준 노래였다.

남망기가 입을 꾹 다물고 한 마디도 하지 않자 위무선은 재촉했다.

"말해 봐. 무슨 곡이야? 누가 만들었어?"

"내가."

"네가 만들었다고?"

"응."

위무선은 그 곡이 고소 남씨의 전해지지 않은 비밀 곡 같은 것이리라고 생각했지, 이럴 줄은 예상치 못했다. 정말 놀랍고도 기뻤다. 놀란 건 당연하지만 왜 기쁜지는 확실하게 말하기 어려웠다.

"네가 정말 그걸로 나를 알아봤다면…… 이 곡을, 아무에게도 들려주지 않았다는 거네?"

위무선이 슬쩍 떠보듯 말했다.

"응."

위무선은 순간 신나서 풋사과를 냅다 걷어찼다. 화가 난 풋사과가 소리를 지르며 위무선을 떨어뜨리려는 듯이 뒷발질을 해댔다. 남망기가 재빨리 고삐를 잡아당겨 진정시켰다. 위무선이 풋사과의 목을 끌어안으며 말했다.

"괜찮아. 풋사과 성격이면 두 번 날뛰고 말아. 우리 계속 이야기하자. 그 노래 제목이 도대체 뭔데?"

"네 생각은?"

"여기서 내 생각이 왜 나와? 도대체 제목이 있어, 없어?"

위무선은 '설마 남잠도 이름 짓는 취향이 강징과 비슷한 건 아니겠지? 말도 안 돼.' 하고 생각했다.

"지금 내 의견을 묻는 거야? 내 생각에는……."

위무선은 고심해서 80여 개의 이름을 내놓았지만, 남망기가 전부 거절하자 조금씩 흥미가 사그라들었다.

두 사람은 큰길로 가면 수색에 나선 수사들과 마주칠까 봐 외진 오솔길을 택해 걸었다. 하루를 꼬박 걸으니 피곤하고 목이 말랐다. 마침 길옆에 농가가 보였다. 남망기가 풋사과를 멈춰 세웠다.

문을 두드려도 대답이 없었다. 문을 밀었더니 저절로 열렸다. 마당 중앙에 나무 탁자가 있고 탁자 위에 껍질을 까다 만 콩이 놓여 있었다. 흙담 옆에 볏짚이 높게 쌓여 있고 갈퀴가 꽂혀 있었다. 마당에는 삐약거리는 병아리들이 쏘다니고 있었다.

위무선은 마당 한쪽에 수박이 몇 개 놓인 것을 보고 다가가 하나를 집었다. 그가 짐짓 진지하게 말했다.

"주인이 안 계시니, 함광군 우리 일단 먹자."

남망기가 은전을 꺼내 탁자에 놓으려는 순간 담 밖에서 걸음 소리가 들렸다. 앞뒤 두 사람으로, 주인이 돌아온 모양이었다. 위무선은 발소리가 들리자 자기도 모르게 남망기를 끌고 볏짚 속으로 뛰어들었다.

다행히 남망기는 침착해서 위무선의 갑작스러운 행동에도 소리를 내지 않았다. 그러나 왜 숨어야 하는지 알 수 없었다. 위무선도

'맞다, 우리가 왜 숨어야 하지? 이런 촌에 사는 촌민이 우리를 알아볼 리가 없는데. 그냥 솔직하게 먹을 것 좀 사고 싶다고 하면 되잖아? 나쁜 짓을 너무 많이 해서 습관이 됐나 보다.'라고 생각했다.

남망기를 볏짚에 밀어 넣으며 억지로 덮치는 것 같은 자세가 되자 묘한 흥분이 찾아들었다. 차라리 일어나지 말아야겠다고 생각한 위무선은 개의치 않은 척 집게손가락을 들어 소리 내지 말라는 표시를 한 뒤, 어쩔 수 없다는 듯 편안하게 남망기 위로 엎어졌다. 그러자 또다시 형언할 수 없는 기쁜 마음이 들었다.

마당에서 나무 의자 끄는 소리가 나는 게 농가 주인이 앉는 것 같았다.

"둘째 오라버니, 내가 안을게."

여자 목소리였다.

'둘째 오라버니'라는 말에 남망기가 순간 멈칫했다.

그때 남자 목소리가 들렸다.

"당신은 콩이나 까."

이어서 아이가 자면서 웅얼대는 소리가 들렸다.

젊은 부부 같았다. 부인은 저녁밥을 준비하고 남편은 자는 아이를 안고 있는 모양이었다.

위무선은 웃으며 남망기에게 눈을 찡긋하더니 낮은 소리로 말했다.

"이 집 주인도 '둘째 오라버니'네."

말꼬리를 올리며 말하는 것을 보니 놀리려는 의도가 다분했다. 남망기는 무거운 눈빛으로 위무선을 쳐다보곤 고개를 돌렸다. 가슴이 저릿해진 위무선이 남망기의 귀에 대고 속삭였다.

"남가 둘째 오라버니."

순간 남망기의 호흡이 멈춘 듯하더니 경고하는 듯한 눈빛으로 그를 쳐다봤다.

마당에서 부인이 웃었다.

“아직도 애를 못 안아. 조금 있다가 애 깨면 다시 나 찾을 거면서.”

“오늘 신나게 놀아 피곤해서 깨지 않을 거야.”

남편이 말했다.

“둘째 오라버니, 애 단단히 좀 가르쳐. 아직 네 살인데 이 모양이면 커서는 어쩌겠어. 옆집 아이가 화가 나 울길 몇 번이야. 다신 같이 안 놀겠다잖아.”

부인이 콩을 탁탁 까면서 말했다.

“맨날 그러는걸. 말로는 안 놀겠다고 해도 같이 놀고 싶어 하잖아.”

남편이 태연하게 말했다.

위무선이 “푭.” 하고 소리 내며 말했다.

“남가 둘째 오라버니, 넌 저 말을 어떻게 생각해? 동의해?”

“말하지 마.”

그들의 목소리는 일반인에게는 들리지 않았다. 젊은 부부가 마당에서 일상적인 대화를 주고받는 동안, 볏짚 속에서 위무선은 남망기 귀에 대고 가볍고 부드러운 목소리로 ‘남가 둘째 오라버니’를 예닐곱 번은 불렀다. 결국 견디다 못한 남망기가 세차게 몸을 뒤집었다.

남망기의 동작은 빠르고 안정적이어서 볏짚 하나 움직이지 않았지만, 위무선은 남망기의 아래에 눌리게 되었다.

“다시 입 열면, 금언이야.”

남망기가 낮은 목소리로 말했다.

위무선이 남망기의 얼굴을 향해 손을 뻗자 남망기가 단번에 그의 손목을 잡았다.

"함광군, 네 말액에 볏짚이 붙었어."

위무선이 진지하게 말했다.

그제야 남망기가 천천히 손을 풀었다. 위무선은 작은 볏짚을 떼어 남망기 눈앞에 보이며 의기양양하게 말했다.

"봐, 거짓말 아니지."

의기양양함도 잠시, 젊은 부인의 소리가 들려왔다.

"그건 그렇다고 쳐도 친구를 괴롭히게 놔둬선 안 돼."

"그냥 둬도 돼. 남자 아이들은 원래 다 그래. 좋아하는 사람에게 관심받고 싶어서 그러는 거라고."

남편이 여유롭게 말했다.

그 말에 위무선의 웃던 얼굴이 굳어졌다.

아이가 깼는지 앳된 소리로 칭얼대자 부부가 황급히 아이를 달랬다. 한참 달래자 아이는 다시 잠이 들었다.

"둘째 오라버니, 내가 단단히 가르치라고 한 건 꼭 그것 때문만은 아니야. 요즘 시절이 하도 수상하니 아이에게 너무 멀리 다니지 말고 빨리 돌아오라고 당부 좀 하라는 거지."

부인이 말했다.

"알아. 요 며칠 마을 근처 무덤들이 파헤쳐진 일 말이지?"

남편이 말했다.

"우리 마을 근처만 그런 게 아니래. 성안 사람들도 조상 무덤이 파헤쳐진 게 한둘이 아니라더라. 정말 이상하지. 아이한테 하루 종일 밖에서만 놀지 말고 집에서 많이 놀라고 해야겠어."

부인이 말했다.

"응. 그 무슨 이릉노조라도 만나면 큰일이지."

남편이 말했다.

"……."

위무선은 할 말이 없었다.

"어릴 때 어른들이 했던 '말 안 들으면 이릉노조가 잡아가 귀신 먹이로 준다.'라는 말이 아이를 달래려고 장난하는 건 줄 알았는데, 정말 그런 사람이 있고 정말 돌아올 줄 누가 알았겠어."

부인이 가볍게 말했다.

"누가 아니래. 난 무덤이 파헤쳐졌다는 말을 듣자마자 그가 떠올랐어. 과연 맞더라고. 성안이 온통 떠들썩해."

남편이 말했다.

자기를 '무덤 파기'와 한데 엮자 위무선은 달리 할 말이 없었다. 솔직히 말해 과거 위무선은 그런 일을 정말 많이 했기 때문이다. 제일 유명한 일화는 사일지정 중기 때 땅을 3척[#7]이나 파서 기산 온씨 역대 조상의 묘를 다 뒤집어 시체를 죄다 꼭두각시로 만든 일이었다. 위무선은 온가 수사를 죽이면 전부 꼭두각시로 만들어 그들에게 생전의 친척과 친구를 다 죽이도록 했다. 사일지정 때는 그 행동이 사람들을 고무시켰고, 만인의 칭찬이 자자했다. 그러나 사일지정이 끝나고 시간이 지나자 사람들은 그 일에 몸서리를 치면서 언급을 꺼렸다. 다른 사람뿐 아니라 위무선 자신도 나중에 생각하니 도가 지나쳤다는 생각이 들었다. 게다가 며칠 전 신분이 탄로 났으니, 무덤이 파헤쳐졌다는 말만 들리면 이릉노조가 했다고 생각하는 사람들을 탓할 수도 없었다.

#7 척(尺) 길이의 단위. 1척은 약 30.303cm 해당한다.

"그가 문제의 당사자를 찾아가길 바랄 뿐이야. 복수하고 싶으면 그 수선(修仙)하는 사람들을 찾아 복수해야지, 우리 같은 보통 사람에게 해가 미치게 하면 안 돼."

부인이 말했다.

"그걸 누가 장담하겠어? 그가 기산에서 한 번에 3천여 명을 죽였을 때 난 어린아이였지만, 그때 도를 수련한 사람만이 아니라 보통 사람들도 그를 두려워했던 게 아직도 기억이 나. 그는 육친도 못 알아보는 미친 악마였잖아."

남편이 말했다.

위무선의 얼굴에서 웃음기가 점점 사라졌다.

젊은 부부의 일상적인 대화를 들을 때만 해도 위무선은 꽤 흥미가 있었다. 하지만 순식간에 머리가 천근만근이 된 듯 무거워져 고개를 들 수 없었다. 남망기의 표정도 바라볼 수 없었다. 그다음부터는 부부가 무슨 말을 하는지 하나도 들리지 않았다.

바로 그때, 농가 밖에서 갑자기 괴이쩍은 포효가 들렸다. 마당 안에서 대화를 나누며 식사하고 있던 세 식구는 갑자기 들리는 이상한 소리에 깜짝 놀라 그릇을 떨어뜨렸다. 아이가 다시 울기 시작했다. 남편이 갈퀴를 집어 들고 가족에게 외쳤다.

"괜찮아! 무서워하지 마!"

그들만 놀란 게 아니라 남망기와 위무선도 움찔했다. 남망기는 몸을 일으키려 했지만, 위무선이 그의 옷을 잡고 말했다.

"움직이지 마."

남망기의 두 눈이 약간 커졌다. 포효만 들어도 매우 흉악한 것이 틀림없었다. 농가 주인이 혼자 대응하면 목숨을 잃을 게 뻔했다.

하지만 위무선은 다시 한번 말했다.

"가만히 있어."

마당에서 비명이 울리고, 인간이 아닌 것의 포효가 점점 가까워졌다. 그것이 문으로 들어오자 남망기는 더는 누워 있을 수가 없었다. 피진이 번개처럼 칼집에서 나왔다. 농가의 세 식구는 놀라 이미 문을 박차고 달아난 상태였다. 볏짚이 피진에 의해 조각나 사방으로 날렸다. 온몸을 검게 칠하고 산발한 머리에 이를 드러낸 채 몸에 엉성한 뿔이 난 그것은, 끔찍하면서도 우스웠다. 남망기는 이런 괴물은 한 번도 본 적이 없었다. 그가 약간 놀란 듯 멈칫하자, 위무선이 먼저 말했다.

"온녕, 여러 해 동안 말을 안 해서 그런지 소리 지르니까 정말 무섭다."

검게 칠한 괴물의 입에서 사람의 목소리가 흘러나왔다.

"공자…… 어쨌든 저는 흉시인걸요. 흉시가 소리 지르면…… 다 이래요."

온녕이 어쩔 수 없다는 듯이 말했다.

"기세가 아주 사나웠어."

위무선이 온녕의 어깨를 탁탁 치며 말했다.

남망기를 본 온녕은 고소 남씨 사람들은 의관이 단정하지 않은 것을 매우 싫어한다는 게 생각났다. 갑자기 그가 안절부절못하며 머리를 정리했다. 위무선은 온녕의 머리칼과 몸에 꽂혀 있는 나뭇가지를 봐 줄 수가 없어, 빼 주며 말했다.

"왜 갑자기 튀어나온 거야? 이런 꼴을 다 하고. 약탈이라도 당했어? 얼굴엔 또 뭘 칠한 거야?"

"진흙과 재예요……. 두 분이 들어가고 한참이 지났는데 나오지 않아서……."

온녕이 고개를 숙이자 위무선은 이해했다. 온녕은 위무선 외에 다른 사람 앞에는 나설 수가 없어서 그들이 운심부지처에서 나오자 몰래 뒤를 따라왔다. 그들이 농가에 들어가고도 한참 동안 나올 조짐이 없자, 담장 뒤에서 엿들었다. 그런데 젊은 부부가 위무선에 대해 이야기하자 상황이 난처해진 것을 알아챘다. 그래서 위무선과 남망기가 나올 수 있도록 부부를 놀라게 해서 도망가게 한 것이다. 자신의 원래 모습으로는 위협을 줄 수 없다고 생각해 생김새를 엉망으로 꾸미고 나타난 것이었다.

위무선은 온녕 때문에 웃겨 죽는 줄 알았다. 온녕은 창피한지 얼굴의 진흙을 벅벅 닦아 냈다. 순간, 위무선은 온녕의 두 손에 피가 묻어 있는 것을 발견했다.

"무슨 일이야?"

위무선이 물었다.

"아, 아무것도 아니에요……."

온녕이 대답했다.

"피비린내."

남망기가 말했다.

위무선은 그제야 온녕에게서 피비린내가 풍긴다는 것을 깨닫고 깜짝 놀랐다. 온녕이 황급히 손을 내저으며 말했다.

"피비린내 아니에요! 아니, 아니, 피비린내예요. 하지만 산 사람의 피는 아니에요."

"산 사람이 아니라고? 뭐랑 싸우기라도 한 거야?"

위무선이 물었다.

온녕은 위무선과 남망기를 숲으로 데리고 갔다. 숲에는 이삼십여 개의 새 무덤이 있었다. 한쪽에는 절반 정도 판 구덩이가 있었고 구덩이 옆엔 시체 더미가 있었다. 몇 구가 아니라 더미라고 말한 이유는 시체들이 이미 산산조각이 났기 때문이었다. 위무선이 다가가 살펴보았다. 팔이 잘렸는데도 손가락이 움직이고 입을 벌렸다 다물었다 하며 '까드득' 하고 이를 가는 게, 이미 시변(屍變)한 상태였다.

"잘게도 부숴 놨네."

위무선이 말했다.

"이렇게 안 하면 사람을 물려고 덤벼들어 막을 수가 없어요. 오는 길 내내 이런 흉시가 있었어요……."

온녕이 말했다.

"오는 길 내내? 그럼 네가 오는 길 내내 우리 앞에서 다 해치웠단 말이야?"

위무선이 물었다.

온녕이 머뭇거리며 고개를 끄덕였다. 온녕은 산 사람보다 같은 부류를 식별하는 능력이 뛰어났고 범위도 넓었다. 어쩐지 오는 길 내내 아무 일도 없다, 했다. 지금 흉시 떼가 이릉으로 집결한다고 들었는데 왜 하나도 안 보일까 싶었는데, 앞에서 온녕이 다 해치우고 있었던 것이다.

"언제부터 우릴 따라왔어?"

위무선이 물었다.

"금린대."

남망기가 대신 말했다.

위무선이 온녕을 쳐다봤다.

"그날 수사들이 가로막고 덤볐을 때 그가 도와줬어."

남망기가 말했다.

"내가 잘 숨어 있으라고 했잖아. 일단 아무것도 상관하지 말고."

위무선이 한숨을 내쉬며 말했다.

"하지만 공자……. 제가 어디에 숨겠어요."

온녕이 쓴웃음을 지으며 말했다.

과거에 온녕은 돌아갈 곳이 있고 따르는 사람들도 있었지만, 지금 이 세상에서는 위무선 말고는 모두 더없이 낯설었다.

한참 침묵하다가, 위무선이 일어나 옷자락에 묻은 먼지를 털어내며 말했다.

"묻어."

온녕이 연신 고개를 끄덕이며 절반 정도 팠던 구덩이를 계속 팠다. 남망기가 피진을 꺼내자 검기가 몰아치면서 흙이 날아오르고 땅에 틈이 벌어졌다.

"함광군, 너도 무덤을 파려고?"

위무선이 물었다.

남망기는 고개를 돌려 뭔가 말하려다, 위무선 뒤에 서 있던 온녕이 굳어진 입가를 씰룩거리며 미소를 지으려는 모습을 봤다.

"……남 공자, 도와주시게요? 이쪽은 제가 다 팠습니다."

남망기가 온녕의 뒤를 보니 구덩이가 한 줄 한 줄 파여 있고 그 옆에 흙이 높고 가지런하게 쌓여 있었다. 온녕은 '미소'를 유지하면서 설명을 덧붙였다.

"저는 이런 일을 자주 해서 경험이 있고, 빨라요."

도대체 누가 온녕에게 '이런 일을 자주 시켰는지'는 말 안 해도 알 수 있었다.

잠시 침묵이 이어지다가 남망기가 말했다.

"됐습니다. 당신은 가서……."

말이 채 끝나기도 전에 남망기는 문득 위무선이 꿈쩍도 안 하고 옆에 앉아 구경만 하는 것을 발견했다. 위무선은 농가에서 집어 온 수박을 어떻게 쪼갤까 궁리하고 있었다. 남망기의 시선을 느꼈는지 위무선이 말했다.

"함광군, 그렇게 보지 마. 나한텐 지금 아무것도 없고 영력도 낮잖아. 사람마다 다 자기 전문 분야가 있는 거라고. 진짜라니까. 무덤 파는 건 온녕이 제일 빨라. 우린 이걸 어떻게 먹을까 의논이나 하는 게 나을걸. 피진은 무덤을 파고 있으니 당장은 사용하지 못할 테고, 두 사람 중에 남는 칼이나 검 같은 거 없어?"

"죄송합니다. 전 없어요."

온녕이 고개를 저으며 말했다.

"함광군, 그거, 수편 네가 갖고 있지?"

위무선이 물었다.

"……."

남망기는 아무 말도 하지 않았다.

결국 남망기는 소매에서 수편을 꺼내 주었다. 위무선은 수편으로 작은 수박을 여덟 조각으로 자른 다음 수박을 먹으며 남망기와 온녕이 열심히 무덤을 파는 것을 지켜봤다.

저쪽에서 온녕이 한 주향 만에 크기가 똑같은 구덩이를 일렬로 파더니, 자기가 산산조각 낸 시체를 집어넣으며 애도했다.

"여러분, 정말 죄송합니다. 여러분의 시체는 누가 누군지 알아볼 수가 없으니 잘못 묻혔더라도 원망하지 마세요……."

수박을 다 먹고 남은 시체를 다 묻고 나서 위무선과 남망기는 계속 길을 갔다.

며칠 뒤 두 사람은 이릉에 도착했다.

난장강은 바로 이 작은 마을에서 10리[#8]도 안 되는 곳에 있었다. 그곳에서 어떤 것이 그들을 기다리고 있는지 몰라도, 절대 좋은 것은 아닐 것이라는 예감이 들었다.

그러나 위무선 옆에 있는 남망기는 안정된 걸음에 담담한 눈빛이었다. 위무선은 원래 위기감 같은 것을 잘 느끼지 않았지만, 남망기 같은 사람을 보고 있노라니 더더욱 긴장이 안 됐다. 이릉 마을을 걷다 보니 귓가에 울리는 사투리에 기분이 좋아지면서 친근감이 느껴졌다. 그래서 물건을 살 것도 아니면서 현지 사투리로 길가의 노점상과 몇 마디 말을 주고받았다. 만족할 만큼 수다를 떤 다음에야 몸을 돌리며 말했다.

"함광군, 이 마을 기억해?"

"응."

남망기가 살짝 고개를 끄덕이며 답했다.

"네 기억력이 나보다 좋다는 건 알지. 바로 이 마을에서 예전에 우리 한 번 만났었잖아. 네가 이릉으로 야렵(夜獵) 왔을 때 내가 밥 사겠다고 했던 거 기억해?"

위무선이 웃으며 말했다.

#8 리(里) 거리의 단위. 1리는 약 0.393km에 해당한다.

"기억해."

"그런데 부끄럽게도 결국 네가 계산했지, 하하!"

위무선은 당나귀 위에 가부좌를 틀고 앉아 흔들거리면서 아무렇지 않다는 듯이 말을 이었다.

"말하고 보니 함광군, 은거할 계획 없어?"

남망기는 약간 머뭇거리며 뭔가 생각하는 것 같았다. 위무선은 내친김에 계속 말했다.

"은거하면서 뭘 해 보고 싶다는 생각 같은 거 해 본 적 없어?"

"아직 생각해 본 적 없어."

남망기가 위무선을 보며 말했다.

위무선은 남망기 대신 자기가 생각해 주기로 결심하며 속으로 외쳤다.

'아직 생각 안 해 봤다니 다행이다! 내가 대신 다 생각해 놨거든.'

인적이 드문 산 좋고 물 맑은 곳에 큰 집을 짓고, 그 옆에 남망기 집을 지어 날마다 반찬 두 개에 국 하나를 준비할 것이다. 물론 남망기가 요리하는 게 좋겠다. 그렇지 않으면 자기가 만든 음식만 먹어야 하니 말이다. 가계부도 남망기가 관리하도록 하는 게 좋을 것 같았다. 위무선은 남망기가 가슴과 무릎을 기운 거친 옷을 입고 무표정한 얼굴로 탁자 앞에서 돈을 센 다음 곡괭이를 들고 일하러 나가는 모습을 상상했다. 그리고 자신은…… 자신은…… 뭘 하지?

위무선은 자기가 해야 할 일을 열심히 생각했다. 먹고 살려면 베를 짜고 논밭을 갈아야 하는데, 밭은 갈 사람이 있으니 남은 건 베 짜는 일뿐이었다. 베틀 앞에서 다리를 꼬고 앉아 있는 자기 모습을 상상하니 몸서리가 쳐졌다. 그것보다는 자기가 곡괭이를 들고 나가고 남망기더러 베를 짜라고 하는 게 더 나을 것 같았다. 낮에는 물고기를 잡고 밭을 일구고 밤에는 야렵을 나가 요괴와 귀신을 처치하며 살다가, 그런 생활에 싫증이 나면 은거한 적 없었다는 듯이 다시 세상으로 돌아오는 것이다. 하지만 역시 꼬마 하나가 모자라는데…….

"꼬마라니?"

남망기가 갑자기 물었다.

"어?"

그제야 위무선은 자기가 마지막 말을 입 밖으로 내뱉었다는 것을 깨달았다. 그가 재빨리 정색하며 말했다.

"내 말은, 풋사과에게 꼬마 친구가 부족하다고."

풋사과가 고개를 돌리더니 힘껏 침을 뱉었다. 위무선은 풋사과의 머리를 한 대 쥐어박고 긴 두 귀를 잡아당기며 웃다가 갑자기 웃음을 멈췄다.

다른 게 아니라, 그저, 또 생각이 났기 때문이다. 그때 위무선은 정말로 어린아이를 데리고 있었다. 지금까지 잘 살아 있다면 열몇 살이 됐을 것이다.

난장강은 이릉의 산속 깊은 곳에 있었다.

사람들은 난장강을 '시체 산'이라고 불렀다. 산 어디를 파도 죽은 사람이 나왔기 때문에 거짓말은 아니었다. 난장강은 고대 전쟁터였고, 이후 사람들은 이름 없는 시체를 갖다 버렸다. 결국 음기와 원기가 가득해져, 이릉 일대 사람들의 악몽이 되었다.

원념에 깊이 감염된 탓인지 이 산에 있는 나무와 나뭇잎은 모두 검은색이었다. 산기슭에서부터 한 장(丈)이 넘는 높은 담을 세우고 담에 주문을 빽빽하게 새겨 인간이나 인간이 아닌 것의 출입을 막았다. 난장강에 벽을 처음으로 세운 사람은 기산 온씨 3대 가주로, 이곳의 원령(怨靈)이 정화되지 않자 벽을 둘러쳐 격리하는 차선책을 택했다. 이 벽은 위무선이 한 번 무너뜨린 적이 있었고, 지금의 벽은 난릉 금씨가 앞장서 재건하고 새 벽을 더한 것이었다.

하지만 그들이 도착했을 때 높은 벽은 다시 무너져 있었다.

위무선은 당나귀를 산 아래에 놔두고 무너진 돌담을 넘어 산길을 따라 올라갔다. 얼마 뒤, 머리 없는 석수(石獸)가 보였다. 무게가 천 근이 넘는 석수는 수년간 산길을 지켰기에, 온몸을 덩굴이 감싸고 이끼가 가득 껴 있었다. 석수 머리는 도끼에 잘려 시위라도 하듯 멀지 않은 곳에서 나뒹굴고 있었다. 잘린 면이 하얀 것을 보니 잘린 지 얼마 안 된 것 같았다. 더 올라가자 다른 석수도 머리에서 발까지 두 동강이 나 있었다.

위무선은 이것들은 분명 과거 자기가 죽고 난 다음 세가들이 난장강의 풍수 혈맥을 누르기 위해 놓은 석수일 것이라고 생각했다. 이런 석수는 음기를 누르고 사기를 쫓아내는 기능이 있어 만들기가 까다롭고 가격도 매우 비쌌다. 전부 훼손됐다면 정말 자원 낭비가 아닐 수 없었다.

위무선은 남망기와 나란히 걷다가 무심코 돌아보았다. 어느새 온녕이 와 있었다.

온녕은 석수 옆에서 고개를 숙인 채 움직이지 않았다.

“온녕, 뭐 보고 있어?”

온녕이 석수 받침대를 가리켰다.

석수는 굵고 낮은 나무 그루터기 위에 놓여 있었다. 그 옆에는 더 작고 더 낮은 나무 그루터기 세 개가 있었고, 모두 불에 탔는지 검게 그을려 있었다.

온녕은 두 무릎을 꿇고 다섯 손가락을 흙 속으로 깊이 찔러 넣은 다음 검은 흙을 움켜쥐었다. 그러고는 낮은 소리로 말했다.

"……누님."

위무선은 뭐라고 말해야 할지 몰라, 다가가 온녕의 어깨를 탁탁 두드리며 위로해주었다.

위무선은 인생에서 가장 괴로웠던 두 시기를 모두 이곳에서 보냈다. 위무선은 예전에 살았던 곳을 다시 찾을 생각은 없었다.

온녕에게 난장강은 더더욱 영원히 잊을 수 없는 곳이었다.

차가운 바람이 지나가자 작은 소리로 속삭이듯 쏴아, 하는 소리가 났다. 위무선은 정신을 집중하고 귀를 기울였다. 그는 한쪽 무릎을 굽히고 몸을 숙여 땅을 가볍게 두드리면서 뭐라고 말했다. 갑자기, 땅이 미세하게 움직였다.

검은 흙에서 창백한 꽃이 솟아나듯이 해골 팔뚝이 땅을 뚫고 나왔다.

반쯤 나온 해골 팔이 힘없이 흔들리자 위무선이 손을 내밀어 그것을 잡고 몸을 더 낮게 낮췄다. 그러자 긴 머리가 어깨로 흘러내려 얼굴의 반을 가렸다.

위무선은 해골 손에 입을 가까이 대고 작은 소리로 말한 다음 뭔가를 듣는 듯이 잠자코 있었다. 한참 뒤 고개를 끄덕이자, 그 팔이 꽃봉오리처럼 오므라들면서 땅속으로 다시 들어갔다.

위무선이 일어서 옷에 묻은 흙을 털어 내며 말했다.

"요 며칠 약 백 명이 차례로 잡혀 왔대. 산꼭대기에 모두 살아 있고. 하지만 잡아 온 사람은 이미 산에서 내려갔다는군. 그들이 뭘 할 생각인지 모르겠지만 어쨌든 조심해야겠어."

세 사람은 다시 위로 올라가다가 길옆에 다 쓰러져 가는 오두막들을 발견했다.

작은 오두막은 구조가 단순하고 허술해 딱 봐도 급하게 지은 것 같았다. 불에 타 뼈대만 남은 것도 있었고 집 전체가 한쪽으로 무너진 것도 있었다. 보존이 제일 잘된 것도 반은 무너져 있었다. 십수 년 동안 비바람을 맞으며, 돌보는 이가 없어 남루한 옷을 입고 목숨을 겨우 부지하는 유령처럼 서서 올라오는 사람을 묵묵히 내려다보고 있었다.

산에 들어선 이후 온녕은 발걸음이 눈에 띄게 무거워졌고 그 오두막 앞에 도착해서는 발걸음을 떼지 못했다.

그것은 옛날에 온녕이 직접 지은 집이었다. 그가 떠나기 전까지만 해도 그래도 온전했었다. 허술하긴 했지만, 비바람을 잘 막아 주었고 친한 사람과 소중한 사람이 살고 있었다.

'강산은 여전한데 사람은 간 곳 없다.'라는 말에서 좌우간 '강산은 여전한' 셈이었다. 하지만 지금은 사람을 추억할 물건조차 남지 않았다.

"보지 마."

위무선이 말했다.

"……이렇게 됐을 거라고 생각은 했어요. 그냥 아직 남아 있는 게 있을까 보고 싶었어요……."

온녕이 말했다.

말이 채 끝나기도 전에 무너진 집에서 갑자기 사람 같은 것이 비틀거리며 일어났다.

사람 같은 형체가 비틀거리며 집 밖으로 걸어 나왔다. 그러자 희미하게 비치는 햇살에 부패한 얼굴 절반이 드러났다. 위무선이 손뼉을 쳐도 주시는 전혀 느끼지 못했고 계속 그들을 향해 다가왔다. 위무선은 태연하게 뒤로 두 걸음 물러서며 말했다.

"음호부의 통제를 받고 있어."

위무선에게 굴복한 시체는 다른 음호부의 통제를 받지 않는다. 마찬가지로 이미 음호부의 통제를 받는 시체는 위무선의 명령을 듣지 않는다. 규칙은 간단했다. 먼저 잡은 사람이 임자다.

온녕이 한 걸음 다가가 포효하며 주시의 목을 날려 버렸다. 그러자 사방팔방에서 낮게 으르렁거리는 소리가 들리더니 어두운 숲에서 주시 사오십 구가 천천히 걸어 나왔다. 주시들은 남녀노소 다양했고, 대부분 갓 죽었는지 수의를 입고 있었다. 아마도 최근 각지에서 실종된 시체들인 것 같았다. 남망기가 고금(古琴)을 꺼내 들고 한 번 튕기자 현음이 잔잔한 물결처럼 사방으로 퍼졌다. 그들을 포위하던 주시들이 순식간에 무릎을 꿇었다. 온녕이 두 손으로 건장한 남자 시체를 들어 멀리 던지자 날카로운 나뭇가지에 가슴이 박혀 버둥거렸다.

"이런 것에 신경 쓰지 말고 그냥 쭉 올라가자!"

위무선이 말했다.

요 며칠 금광요가 음호부로 얼마나 많은 주시를 소환했는지 모르겠지만, 한 무리가 가면 또 한 무리가 나타났다. 세 사람은 계속 주시를 물리치면서 산꼭대기 쪽으로 올라갔다. 난장강 꼭대기에 가까워질수록 시체들이 더 많아졌다. 하늘 높이 솟은 검은 나무숲 상공에서 고금 소리가 구름을 뚫자 새 떼가 어지럽게 날아올랐다. 두 시진 정도 후에야 그들은 겨우 숨 돌릴 짬이 났다.

위무선은 훼손된 석수에 앉아 한숨을 내쉬며 자조하듯 말했다.

"예전에는 내가 음호부로 사람들을 상대했는데 이젠 내가 당하네. 음호부가 얼마나 가증스러운지 이제야 알겠어. 나라도 그 이상한 물건을 만든 사람을 죽이고 싶었을 거야."

남망기가 고금을 거두고 소매에서 장검을 꺼내 위무선에게 건넸다.

"호신용으로 써."

건네받고 보니, 수편이었다. 수박을 자르고 던져두었던 것을 남망기가 다시 챙긴 것이었다. 위무선은 칼집에서 검을 꺼내 새하얀 검신을 응시했다가 과감하게 다시 넣었다.

"고마워."

그러고 나서는 검을 되는대로 허리춤에 찔러 넣었다. 마치 사용할 뜻이 없는 것처럼 보였다. 남망기가 자기를 응시하고 있는 것을 본 위무선은 머리칼을 만지작대며 변명했다.

"오랫동안 검을 사용하지 않았더니 습관이 안 돼서 그래."

그러고는 한숨을 내쉬며 말을 이었다.

"그래, 사실대로 말할게. 지금 이 몸은 영력이 낮아서 상품 보검이라고 해도 이게 가진 위력을 제대로 발휘하지 못해. 그러니, 함광군이 이 연약한 사내를 보호해 줘야 해."

"……."

남망기는 아무 말도 하지 않았다.

연약한 사내는 잠시 앉아 있다가 무릎을 짚고 일어났다. 세 사람이 다시 한참을 올라가 산길의 끝에 다다르자 검은 동굴 입구가 나타났다.

가로세로 다섯 장 정도 되는 크기의 동굴은 멀리서도 음산한 바람이 몰아쳤고, 사람의 신음이 들리는 듯했다.

전설 속 이릉노조가 사람을 죽이고 시체를 부려 인간으로서는 절대 못 할 짓을 했던 소굴인 복마동(伏魔洞)이었다.

복마동은 높고 둥근 천장에 면적이 넓었다. 세 사람은 정신을 집중하며 동굴로 들어갔다. 아무도 발소리를 내지 않았지만, 동굴 깊은 곳에서 사람 소리가 점점 크게 들렸다.

위무선은 동굴 지형을 손금 보듯 잘 알고 있었다. 그가 제일 앞에서 가다가 어떤 곳에서 멈추라는 손짓을 했다.

벽 하나만 지나면 동굴의 큰 공동이 나왔다. 구멍으로 보니, 천 명은 수용할 수 있을 것 같은 넓은 공간 중앙에 백여 명이 곤선삭(捆仙索)으로 손발이 꽁꽁 묶여 있었다. 그들은 모두 젊었고 복장과 패검을 보니 계급이 매우 높은 문하생이거나 세가의 직계 자제들 같았다.

위무선과 남망기가 눈을 마주치고 작은 소리로 말을 나누려는데, 갑자기 바닥에 앉아 있던 소년이 말했다.

"그때 넌 그를 찌를 게 아니었어. 어째서 아예 목을 베어 버리지 않은 거야?"

그 목소리는 크지 않았지만 복마동이 넓어 소리가 웅웅 울려, 엿들으려고 하지 않아도 똑똑히 들렸다. 왠지 소년의 목소리가 낯이 익었다. 위무선은 한참을 생각하고서야 그가 금린대의 청담성회 때 금릉하고 싸웠던 금천이라는 게 생각이 났다.

다시 보니, 금천 옆에 차갑고 무거운 표정으로 앉아 있는 소년은 금릉이었다.

금릉은 금천에게 눈길 한 번 주지 않고 묵묵히 아무 말도 하지 않았다. 그의 옆에 있던 다른 소년의 배에서 꼬르륵거리는 소리가 났다.

"그들이 떠난 지 벌써 며칠째야. 도대체 어쩔 셈이지? 죽이려면 그냥 확 죽이든가. 야렵에서 괴물에게 물려 죽는 게 낫지 이렇게 굶어 죽긴 싫다고!"

투덜투덜 말이 많은 소년은 남경의였다.

"뭘 어쩌겠어? 사일지정 때 온씨 개들에게 했던 것처럼 우리도 자기의 시체 꼭두각시로 만든 다음…… 그러곤 우리에게 우리 가문 사람들을 처리하도록 해서 그들이 손을 못 쓰게 하고 자기편끼리 서로 죽이게 하겠지."

금천이 말했다.

"악랄한 위씨 개 같으니, 인간성이라는 게 없다니까!"

금천이 이를 악물며 말했다.

"입 닥쳐."

갑자기 금릉이 차갑게 말했다.

"너 지금 나더러 입 닥치라고 했어? 무슨 뜻이야?"

금천이 깜짝 놀라 물었다.

"무슨 뜻이긴! 귀가 먹었어, 아니면 바보야? 사람 말 못 알아들어? 입 닥치라고, 떠들지 말란 얘기야!"

금릉이 말했다.

오랫동안 묶여 있었던 탓에, 그렇지 않아도 화가 잔뜩 나 있던 금천은 버럭 화를 냈다.

"네가 뭔데 나더러 입을 다물래?"

"여기서 그런 쓸데없는 소리 해 봐야 무슨 소용이야. 떠든다고 줄이 끊어져? 사람 정신 사납게."

금릉이 핀잔을 주었다.

"너!"

저쪽에서 젊은 목소리가 들렸다.

"우린 여기 이렇게 묶여 있고 산에 있는 주시들이 언제 달려들지도 모르는데, 이런 때에 싸울 생각이 들어?"

제일 냉정한 목소리의 주인공은 남사추였다.

"재가 먼저 시작했어! 왜 너는 욕해도 되고, 남은 하면 안 돼? 금릉, 이봐, 넌 네가 뭐라고 생각해? 염방존이 선독(仙督)이라고 나중에 너도 그렇게 될 거라고 생각해? 입 안 다물 거다! 내가 보기에 넌……."

금천의 말이 채 끝나기도 전에 '쿵' 하고 금릉이 머리로 금천을 들이받았다.

금천이 꽥 소리를 지르며 화냈다.

"싸우자는 거지? 좋아, 상대해 주지! 나 지금 화가 아주 많이 났거든, 이 어미 없는 후레자식아!"

이 말을 들은 금릉은 폭발해 팔꿈치와 무릎을 동시에 사용해 상대를 가격했다. 하지만 금릉은 혼자고 금천은 늘 패거리를 몰고 다녔던 터였다. 금천이 당하는 것을 보자 소년 몇 명이 "내가 도와줄게!" 하면서 몰려들었다. 남사추는 근처에 앉아 있다가 괜히 패싸움에 말려들었다. 처음에는 "다들 진정해, 진정하라고."를 외치며 말렸지만, 몇 대 잘못 맞자 아파서 연신 미간을 찡그렸다. 그러다 얼굴이 점점 어두워지더니, 결국 소리를 버럭 지르면서 패싸움에 가담했다.

밖에 있던 세 사람은 더 보고 있을 수가 없었다. 위무선이 먼저 복마동 앞에 있는 돌계단으로 뛰어 올라가 외쳤다.

“이봐! 다들 주목!”

위무선의 외침이 복마동에서 울려 퍼지자 귀청이 터질 것 같았다. 한데 뭉쳐 치고받던 소년들이 고개를 들었다. 남사추가 위무선 옆에서 익숙한 그림자를 발견하고 기뻐서 외쳤다.

“함광군!”

“함광구운!”

남경의가 더 크게 외쳤다.

“너희 왜 기뻐해? 저들은…… 저들은 한패라고!”

금천이 놀라 외쳤다.

위무선이 복마동으로 뛰어 들어와 칼집에서 수편을 뽑아 뒤로 던졌다. 그림자가 번쩍하며 검을 잡아 들었다. 온녕이었다. 세가 자제들은 깜짝 놀라 냅다 소리를 질러 댔다.

“귀귀귀귀장군이다!”

온녕이 수편을 들어 금릉을 향해 휘두르자 금릉이 이를 꽉 물고 눈을 꼭 감았다. 그런데 손발이 헐거워졌다. 어느새 곤선삭이 수편의 검광에 의해 잘려 나가 있었다. 이어서 온녕이 동굴을 돌아다니며 곤선삭을 잘랐다. 풀려난 세가 자제들은 도망가지도, 남아 있지도 못했다. 안에는 이릉노조와 귀장군, 정도(正道)를 배반한 함광군이 있고 밖에는 먹이를 찾아 돌아다니는 주시가 가득해 진퇴양난이었다. 그래서 동굴 한쪽에 쭈그리고 앉아 눈알도 굴리지 못한 채로, 무표정한 얼굴로 왔다 갔다 하는 온녕만 노려봤다. 반면 남사추는 오히려 얼굴을 환하게 빛내며 셋을 반겼다.

"모…… 위 선배, 우리 구하러 왔지요? 선배가 우릴 잡아다 놓은 거 아니지요?"

질문이었지만 남사추의 얼굴에는 신뢰와 기쁨으로 가득해 위무선은 가슴이 따뜻해졌다. 위무선은 잡혀 온 지 며칠이 지났어도 전혀 흐트러지지 않은 남사추의 머리칼을 마구 쓰다듬어 엉망으로 만들었다.

"내가? 내가 얼마나 가난한지 너도 잘 알잖아. 어디서 그렇게 많은 돈이 나서 사람을 고용하겠어."

남사추가 연신 고개를 끄덕이며 말했다.

"그럼요. 그건 제가 잘 알죠! 선배가 정말 가난한 거 제가 잘 압니다!"

"……좋아. 상대는 몇 명이지? 이 근처에 매복이 있어?"

위무선이 물었다.

"상대는 수가 많아요! 얼굴을 검은 연기로 가려서 잘 보이지 않았고요. 우리를 묶어 여기에 던져 놓고 상관하지 않는 게, 우리끼리 자생 자멸하라는 것 같았어요. 아아아, 밖에 주시가 엄청 많아요! 계속 울부짖고요!"

남경의가 줄을 내던지며 말했다.

피진이 칼집에서 나와 남사추를 묶고 있던 곤선삭을 잘라 냈다. 남망기는 검을 회수해 칼집에 넣고 남사추에게 말했다.

"잘했다."

이 말은 남사추가 냉정하게 잘 대처하고 그들을 신뢰해서 잘했다는 뜻이었다. 남사추가 재빨리 일어나 남망기 앞에 단정하게 서서 미소를 짓기도 전에 위무선이 시시덕거렸다.

"그러게, 참 잘했어. 사추가 싸움을 다 하고."

남사추가 얼굴을 붉히며 변명했다.

"그…… 그건…… 일시적인 충동으로……."

순간, 그들에게 누군가 다가오는 게 느껴졌다. 위무선이 고개를 돌려 보니 금릉이 경직된 자세로 그들 뒤에 서 있었다.

남망기가 즉시 위무선 앞을 가로막았고 남사추가 다시 남망기 앞에 서며 신중하게 말했다.

"금 공자."

위무선이 두 사람 뒤에서 걸어 나오며 말했다.

"너희 뭐 하는 거야? 인간 탑 쌓기라도 하는 거야."

금릉은 안색이 이상했고, 주먹을 풀었다가 꽉 쥐었다가 다시 풀었다 하는 게 뭔가 말하고 싶은 것처럼 보이기도 했다. 하지만 끝내 말하지 못하고 자기가 칼로 찔렀던 위무선의 복부만 노려봤다. 남경의가 대경실색하며 말했다.

"너너너! 또 찌를 생각은 아니지?"

"경의!"

금릉의 얼굴이 굳어지자 남사추가 재빨리 나섰다.

위무선은 왼팔로는 경의를, 오른팔로는 사추의 목을 두르며 말했다.

"됐어, 어서 나가 봐."

"네!"

남사추가 말했다.

구석에 있던 다른 소년들이 한곳에 모여 선뜻 움직이지 못하자 남경의가 말했다.

"가야지? 여기서 더 뭘 하려고?"

"밖에 주시가 저렇게 많은데 나가라고 하면…… 우리더러 죽으라는 거야!"

한 소년이 목에 힘을 주며 말했다.

"공자, 제가 나가 저것들을 쫓아내겠습니다."

온녕이 말했다.

위무선이 고개를 끄덕이자 온녕이 바람을 일으키며 나갔다.

"곤선삭도 풀렸으니 우리가 힘을 합쳐 뚫고 나가면 돼. 같이 안 나갔다가 우리가 떠나고 난 다음에 주시 떼가 몰려오면, 이 동굴 지형으로 봤을 때 독 안의 쥐가 될 것 같은데?"

남사추가 말을 마치고 남경의를 잡아끌었다. 두 사람은 남가 소년 몇 명과 온녕의 뒤를 따라 밖으로 나갔다. 남은 소년들은 서로 얼굴만 쳐다봤다.

잠시 뒤 누군가 "사추 형, 기다려요!" 하더니 따라갔다.

그 소년은 예전 의성에서 아천에게 지전을 태워 주고 눈물을 흘려주던 '정이 많은 사내'였다. 옆에 있던 소년이 그를 자진이라고 부르는 것을 보니 파릉 구양씨의 외아들인 듯했다. 그 뒤를 따라 나가는 소년들은 지난번 의성에서 본 얼굴들이었다. 남은 소년들은 망설이다가 위무선과 남망기가 자신들을 주시하고 있는 것을 알아채곤 겁이 났는지 눈을 딱 감고 따라 나갔다. 마지막까지 남은 건 금릉이었다.

소년들이 동굴 입구에 다다랐을 때, 갑자기 한 그림자가 확 밀쳐져 들어와 동굴 벽에 부딪쳐 사람 형태의 구덩이를 만들었다.

후드득 돌이 떨어지고 소년들이 놀라는 소리가 들렸다.

"귀장군!"

"온녕? 무슨 일이야?"

위무선이 물었다.

"……아무것도 아닙니다."

온녕이 가까스로 말했다.

온녕은 구덩이에서 일어나면서 묵묵히 잘린 팔뚝을 거칠게 붙여 넣었다. 위무선은 동굴 입구를 주시했다. 자색 옷을 입은 청년이 손을 내려뜨리고 복마동 앞에 서 있었다. 그의 손에서 자전이 신비한 광채를 내뿜고 있었다. 방금 온녕은 그의 채찍에 맞아 동굴로 들어온 것이었다.

강징.

어쩐지 온녕이 반격할 의지가 전혀 없더라니.

"외숙!"

"금릉, 이리 와라."

강징이 차갑게 말했다.

강징의 뒤쪽 검은 숲에서 각양각색의 복장을 한 세가의 수사들이 천천히 걸어 나왔다. 수가 점점 늘어나더니 거의 일이천 명은 되는 것 같은 인원이 복마동을 겹겹이 에워쌌다. 수사들은 강징을 포함해서 온몸이 피투성이였고 피곤한 기색이 역력했다. 세가 소년들은 복마동 밖으로 뛰어나가며 "아버지!", "어머니!", "형!"을 외치며 사람들 속으로 파고들었다.

금릉은 이쪽을 봤다 저쪽을 봤다 하며 주저했다. 왠지 결정을 못하고 망설이는 듯했다.

"금릉, 뭘 망설이고 섰어. 빨리 안 와? 죽고 싶은 게야!"

강징이 호되게 야단쳤다.

사람들 앞에 서 있는 남계인은 귀밑머리가 하얗게 센 게 많이 늙어 보였다.

"망기."

남계인이 말했다.

"숙부님."

남망기가 낮은 소리로 대답했다.

그러나 남망기는 남계인 곁으로 가지 않았다.

남계인은 분명히 깨달았다. 이것이 남망기의 흔들리지 않는 확고한 대답이라는 것을. 남계인은 매우 실망한 표정으로 고개를 저으며 더 회유하지 않았다.

한 여자 수사가 하얀 옷을 나부끼며 걸어 나와 눈물을 머금고 말했다.

"함광군, 도대체 어떻게 된 일입니까? 어째서 당신은…… 당신답지 않게 변하신 겁니까. 과거에는 분명 저자와 물과 불처럼 공존하지 않으셨잖습니까. 이릉노조가 도대체 어떻게 미혹시켰길래 저희의 맞은편에 서 계십니까?"

남망기는 그녀를 상대하지 않았다. 남망기가 대답하지 않자 그 여자 수사는 유감스럽다는 듯이 말했다.

"그렇게 결심했다니 실망입니다."

"또 오셨네들."

위무선이 말했다.

"당연히 와야지."

강징이 차갑게 말했다.

"복위하신 이릉노조가 행여 세상 사람들이 몰라줄까 봐 대대적으로 시체를 일으키고 사람을 잡아들이지 않으셨나. 그렇지 않았으면 우리가 이렇게 빨리 귀하의 소굴에 왕림했으려고."

소섭이 칠현금을 메고 사람들 앞에 서서 여유롭게 말했다.

"저 세가 자제들을 구한 건 난데 어째서 고맙다는 말은 안 하고 도리어 비난하지?"

위무선이 말했다.

적지 않은 사람이 콧방귀를 뀌며 "적반하장!"이라고 말했다. 위무선은 말해 봐야 헛수고이고 서두를 필요가 없다고 생각해 살짝 미소를 지으며 말했다.

"하지만 이번에 오신 분들은 면면이 조금 궁색하네요. 큰 인물 두 분이 안 보입니다. 감히 묻는데, 이런 큰일에 어째 염방존과 택무군이 안 오셨습니까?"

"흥, 염방존은 그제 금린대에서 정체불명의 괴한에게 칼에 찔려 중상을 입었고 택무군은 지금 전력을 다해 치료하고 있다. 뻔히 알면서 일부러 왜 묻는 거지?"

소섭이 냉소를 지으며 물었다.

금광요가 '중상을 입었다'는 말에 위무선은 과거 금광요가 섭명결을 기습할 때 자살한 척한 게 생각나 참지 못하고 "풉." 하고 웃음을 터트렸다.

"왜 웃지?"

소섭이 미간을 찡그리며 말했다.

"아무것도 아니야. 그냥 염방존이 너무 자주 부상을 당하는 것 같아서."

위무선이 말했다.

그때 갑자기 작은 목소리가 들렸다.

"아버지, 제 생각에는 정말 그가 한 짓이 아닌 것 같아요. 지난번 의성에서도 그가 우리를 구해 줬어요. 이번에도 우리를 구하러 온 것 같아요……."

그 목소리를 따라가 보니 또 구양의 자진이었다. 그의 부친이 즉시 아들을 나무랐다.

"함부로 말하지 말아라! 지금 이게 어떤 상황인지 아느냐? 저 사람이 누군 줄이나 알아!"

위무선은 눈길을 거두고 태연하게 말했다.

"알았어."

위무선은 자기가 무슨 말을 해도 사람들이 믿지 않으리라는 것을 처음부터 잘 알고 있었다. 부정하면 뒤집어씌울 것이고, 인정하면 왜곡할 터였다.

예전의 남망기였다면 그의 말에 무게가 실렸을 테지만, 자신과 함께한 뒤로 사람들에게 비난을 받을까 걱정이 됐다. 어쨌든 세가 쪽에 남희신이 있으면 중재라도 했을 텐데, 남희신과 금광요가 오지 않을 것이라고는 예상하지 못했다.

과거 1차 난장강 토벌 때에는 금광선이 난릉 금씨를, 강징이 운몽 강씨를, 남계인이 고소 남씨를, 섭명결이 청하 섭씨를 주도했었다. 난릉 금씨와 운몽 강씨가 주력이었고 고소 남씨와 청하 섭씨는 있어도 그만, 없어도 그만이었다. 지금은 난릉 금씨는 가주가 참여하지 않아 남가의 지휘를 받았고, 고소 남씨는 여전히 남계인이 주관하고 있었으며, 청하 섭씨는 큰형의 지위를 대신한 섭회상이 사람들 속에서 여전히 '난 아무것도 몰라.', '난 아무것도 하고 싶지 않아.', '난 머릿수를 채우러 왔어.' 하는 표정으로 서 있었다.

강징 혼자만이 여전히 난폭한 기운을 풍기며 어두운 표정으로 위무선을 죽일 듯이 노려보고 있었다.

하지만.

위무선은 고개를 약간 돌려 자기 곁에서 조금의 망설임도 없이, 위축된 기색은 더더욱 없는 남망기를 보았다.

이번에는, 혼자가 아니었다.

천여 명의 수가가 호시탐탐 기회를 노리고 있는데 한 중년 사내가 앞으로 나서며 외쳤다.

"위무선! 나를 기억하나?"

"아니."

위무선이 솔직하게 대답했다.

"넌 기억 못 해도 내 이 다리는 기억한다!"

중년 수사가 차갑게 웃으며 말했다.

그가 바지 아랫단을 들추자, 나무로 만든 가짜 다리가 나타났다.

"내 이 다리는 과거 불야천성 그날 밤 이렇게 됐다. 너에게 보여주는 이유는 오늘 너를 포위한 사람들 가운데 나 역위춘도 힘을 보탠다는 것을 알려 주기 위해서다. 이게 다 네 자업자득이다!"

그의 말에 자극을 받았는지 이번에는 젊은 수사가 앞으로 나섰다.

"위무선, 난 네가 날 기억하는지 묻지 않겠다. 내 부모님은 네 수하에게 죽었다. 네가 빚진 목숨이 너무 많으니 분명 내 부모님도 기억하지 못하겠지. 하지만 나 방몽진은 잊지 않을 것이다! 절대 용서하지도 않을 것이다!"

바로 이어서 세 번째 사람이 나섰다. 그는 마르고 큰 키에 눈빛이 형형한 게 선비 같았다.

이번에는 위무선이 먼저 한 발 앞으로 나가 물었다.

"내가 당신을 불구로 만들었나?"

그가 고개를 저었다. 위무선이 다시 물었다.

"내가 당신 부모를 죽였나, 아니면 전 가족을 몰살했나?"

그는 또 고개를 저었다. 위무선은 이상해서 물었다.

"그렇다면 당신은 왜 이 자리에 있는데?"

"나는 너에게 원한이 없다. 내가 참전한 이유는 너에게 세상 사람이 비난할 짓을 하면 누구라도 너를 죽일 수 있고, 어떤 수단을 쓰든 무덤에서 몇 번을 기어 나오든 우리가 다시 너를 처단할 것임을 알려 주기 위해서다. 다른 무엇 때문이 아닌 '의(義)'를 위해서!"

그의 말에 사람들이 손뼉을 치며 우레와 같은 환호를 보냈다.

"요 종주 말이 맞습니다!"

요 종주가 미소를 머금고 물러나자 다른 사람도 하나씩 나와 큰 소리로 선전포고했다.

"내 아들은 궁기도(窮奇道) 공격에서 네 개 온녕에게 목이 잘려 죽었다!"

"내 사형은 네 악랄한 저주 때문에 온몸이 곪아서 독에 중독돼 죽었다!"

"세상에는 정의라는 게 있고, 죄악은 용납될 수 없다는 것을 보여 주기 위해서다!"

"세상에는 정의가 있고 죄악은 용납될 수 없다!"

사람들의 얼굴에 뜨거운 피가 솟구치고 있었고, 말 한 마디 한 마디가 다 이치에 맞고 엄숙했다. 모두가 정의롭고 당당했으며, 분노에 휩싸여 격앙됐고, 기세가 하늘을 찌를 정도로 드높았다.

지금 자신들은 영광스러운 거사를 하고 있으며, 위대한 의거를 일으킨 것이라고 모두가 굳게 믿어 의심치 않았다.

후세까지 명성이 전해지고 만인이 칭송할 '정의'가 '사악'을 토벌하는 것이었다!

제15장

작약

제15장 작약

가을, 백봉산 위렵장(圍獵場).

사령과 요수(妖獸)가 자주 출몰하는 곳을 선정하고 수백 수천 명의 수사가 참가해 정해진 시간 동안 사령과 요수를 사냥하는 것을 위렵(圍獵)이라고 한다. 산이 굽이굽이 이어져 있고 사냥감이 많아 3대 사냥터 중 하나로 불리는 백봉산은 대규모 위렵이 많이 개최되는 곳이었다. 이번 행사에는 크고 작은 세가가 참여했다. 실력을 뽐내고 인재로 등용될 기회일 뿐 아니라 기존의 방랑 수사들과 신인이 이름을 떨칠 기회기도 했다.

백봉산 앞에는 넓은 광장이 있었고, 광장 사면에 높은 관람대 수십 개가 설치돼 있었다. 관람대에 있는 사람들이 흥분해 소곤거리는 소리가 웅성웅성 들렸다. 제일 조용한 곳은 가장 높고 화려한 관람대였다. 그곳에는 대부분 나이 지긋한 명사와 가주, 가족이 앉아 있었다. 그들 뒷줄에는 시녀들이 햇빛을 가리는 일산(日傘)이나 큰 부채를 들고 있었다. 앞줄에 앉은 부녀자들은 부채로 얼굴을 가리며 조심스럽게 사냥터를 내려다보고 있었다.

고소 남씨의 기진(騎陣)이 등장하자 이런 조심스러움도 얼마 가지 못했다.

사실 야렵에서 사냥감을 쫓을 때는 말에 의존하지는 않는다. 그러나 기마술은 세가 자제라면 반드시 익혀야 할 기예 중 하나였다. 이런 성대한 장소에서 말을 타고 등장하는 것은 일종의 예의였고, 기진은 웅장한 기세를 만들어내 장관을 이루었다. 다시 말해 '예의'와 '장관'을 동시에 보여 주는 것이다. 남희신과 남망기가 새하얀 백마에 단정하게 앉아 고소 남씨의 기진을 천천히 이끌었다. 두 사람 모두 백의에 말액을 두르고 허리에 패검을 차고 등에 활과 화살을 메고 있었는데, 그 모습이 속세를 초월한 신선 같았다. 눈처럼 하얀 목화[#9]에는 티끌 하나 안 묻어 옆 사람의 옷보다 더 깨끗해 보였다. 남씨 쌍벽은 정말 한 쌍의 티 없는 아름다운 옥과 곱게 조각해 놓은 얼음 같았다. 두 사람의 등장에 주변 공기마저 훈훈해지는 것 같았다. 여자 수사들이 앞다퉈 몸을 앞으로 기울여 쳐다봤다. 부끄러움이 많은 수사는 그저 부채를 내려놓고 절박하게 바라봤고, 조금 대담한 수사는 일찌감치 관람대 앞쪽으로 달려가 준비하고 있다가 두 사람이 등장하자 꽃을 던졌다. 마치 하늘에서 꽃비가 내리는 것 같았다. 아름답고 준수한 남녀가 서로에게 꽃을 던져 흠모의 뜻을 전하는 것은 풍습이었다. 고소 남씨 자제는 명망 있는 가문에 천부적인 자질을 타고났고 외모도 출중해 이런 장면은 드문 일이 아니었다. 더욱이 남희신과 남망기는 열세 살 때부터 이런

#9 목화(木靴) 가죽으로 만든 목이 긴 신으로, 모양은 장화와 비슷하다.

일에 익숙했다. 두 사람은 태연하게 관람대를 향해 살짝 묵례하며 예를 표하고 계속 지나갔다.

갑자기, 남망기가 손을 들어 뒤에서 날아오는 꽃을 잡았다.

고개를 돌려 보니, 뒤에는 아직 등장하지 않은 운몽 강씨의 기진이 있었다. 선두에 선 강징이 성가시다는 듯이 혀를 차고 있었고, '그'는 그 옆에 있는 검은 갈기의 흑마에 앉아 팔꿈치를 말 머리에 걸치고 아무 일도 없다는 듯이 옆쪽을 쳐다보며 아름다운 자태의 여자 수사들과 이야기꽃을 피우고 있었다.

"망기, 왜 그래?"

남망기가 고삐를 당기며 멈추자 남희신이 물었다.

"위영."

남망기가 불렀다.

위무선은 그제야 고개를 돌리며 놀란 듯이 물었다.

"왜? 함광군, 나 불렀어? 무슨 일이야?"

남망기가 방금 잡은 꽃을 들어 보이며 매우 차가운 얼굴에, 역시 차가운 말투로 말했다.

"너야."

"나 아닌데."

위무선이 즉시 부정했다.

"아니긴요, 그가 그랬어요!"

옆에 있던 여자 수사 두 명이 즉시 대답했다.

"왜 멀쩡한 사람한테 누명을 씌우는 거야? 나 화났어."

위무선이 부러 엄하게 말했다.

두 여자 수사는 하하호호 하면서 고삐를 당겨 자기 가문 쪽으로 돌아갔다. 남망기는 꽃을 든 손을 내리며 고개를 절레절레 저었다.

"택무군, 함광군, 죄송합니다. 그냥 모른 척하세요."

강징이 대신 사과했다.

"괜찮습니다. 위 공자가 꽃을 주신 성의, 망기를 대신해서 감사합니다."

남희신이 웃으며 말했다.

남희신과 남망기가 향기로운 꽃비 속을 천천히 걸어가자 강징이 관람대의 다채로운 손수건 물결을 보면서 위무선에게 말했다.

"저 사람들이 던진다고 너도 같이 던지냐?"

"잘생긴 사람에게 꽃 한두 송이 던지는 게 뭐 어때서?"

위무선이 말했다.

"네가 지금 몇 살이고 어떤 신분인데 아직도 그런 장난이야?"

강징이 콧방귀를 뀌며 말했다.

"너도 받고 싶어? 바닥에 많은데 주워 줄까?"

위무선이 정말 허리를 굽히자 강징이 말했다.

"꺼져!"

바로 그때, 금광요의 목소리가 광장에 울려 퍼졌다.

"청하 섭씨 기진 입장!"

키가 매우 큰 섭명결은 서 있기만 해도 위압감을 풍기는데, 말에 오르니 전체를 내려다보는 듯 그 기세가 더욱 당당했다. 시끌벅적하던 관람대가 순식간에 조용해졌다. 세가의 유명한 사내 명단에 이름을 올린 사람이 등장할 때마다 꽃이 비가 내리듯 쏟아졌고, 7위인 섭명결도 예외가 아니었다. 남망기가 차가움 속에 얼음이 있고 눈보다 냉랭한 서리라고 한다면, 섭명결은 차가움 속에 불이 있어 언제 폭발해 활활 타오를지 몰라 더 조심스러웠다. 그래서 낭자들은 미친 듯이 뛰는 가슴을 달래며 땀이 날 정도로 꼭 쥐고 있던 꽃을 선불리 던지지 못했다. 자칫 그의 심기를 건드리면 그가 단칼에 관람대를 쪼개버릴지도 몰랐기 때문이었다. 그러나 적봉존을 숭배하는 수많은 남자 수사들은 하늘을 찌를 듯이 환호성을 질렀다. 섭명결 옆에 있는 섭회상은 멋들어지게 옷을 차려입고 허리에 패도(佩刀)와 패환[#10]을 차고 부채를 가볍게 흔들어댔다. 그 모습이 얼핏 보면 난세의 잘생긴 귀공자 같았다. 그러나 사람들은 섭회상이 도(刀)를 빼 드는 일은 없을 것이며 얼마 뒤 백봉산에서 풍경이나 감상하리라는 것을 잘 알았다.

청하 섭씨 다음이 운몽 강씨였다.

위무선과 강징이 등장하자 시야를 가릴 정도로 꽃비가 쏟아졌다. 꽃으로 얼굴을 맞은 강징은 낯빛이 어두워진 반면, 위무선은 즐거운 듯이 제일 높은 관람대를 향해 손을 흔들었다. 관람대에서 제일 좋은 자리에 난릉 금씨의 금 부인이 앉아 있었고 금 부인 옆에 강염리가 있었다. 금 부인은 강염리의 손을 꼭 잡고 애정이 가득 담긴 눈빛으로 그녀와 이야기를 나누고 있었다. 평소 강염리는 눈에 잘 띄지 않는 평범한 외모였지만, 두 동생이 자신을 향해 인사하자 순간 얼굴이 환하게 빛났다. 강염리는 부채를 내려놓고 금 부인에게 수줍게 몇 마디 건네더니 관람대 앞쪽으로 다가와 그들에게 꽃을 던져 주었다.

있는 힘껏 꽃을 던지는 강염리의 모습에 위무선과 강징은 행여 그녀가 떨어질까 봐 순간 가슴이 철렁했다. 하지만 강염리가 제자

#10 패환(珮環) 옥으로 만든 고리.

리에 잘 선 것을 보고는 그제야 안심하고 손을 뻗어 가볍게 꽃을 받아 들고 미소를 지으며 옅은 자색 꽃을 가슴팍에 꽂고 계속 전진했다. 주위 여자들의 부러운 시선에 강염리는 고개를 숙이고 금 부인 곁으로 돌아왔다. 바로 그때, 하얀색 바탕에 금색 문양이 수놓인 옷을 입은 수사들이 경갑(輕甲)을 착용하고 커다란 말을 타고 들어왔다. 제일 첫 줄에 있는, 준수한 외모에 호신용 경갑을 착용한 사람이 가주 금광선이었다.

금 부인이 황급히 강염리의 어깨를 두드리더니 그녀의 손을 잡고 관람대 앞으로 내려가 아래에 있는 난릉 금씨 기진을 가리켰다.

말 울음소리와 동시에 누군가 단독으로 튀어나와 광장을 한 바퀴 돈 다음 세차게 고삐를 잡으며 멈췄다. 그는 자연스럽고 품위 있는 자세에 눈같이 하얀 옷을 입고 미간에 단사(丹砂)를 찍어 잘생긴 얼굴이 더욱 빛났다. 활을 당기는 자세에서는 호방한 기개가 넘쳤다. 그 모습에 관람대가 순식간에 달아올랐다. 관람대 쪽을 쓱 훑어보는 엄숙한 표정에서 거만한 분위기가 엿보였다.

"저 자식 정말 대단하다. 꼭 공작새 같잖아."

위무선이 숨넘어가게 웃으며 비꼬았다.

"좀 신중해. 관람대에서 누님이 보고 있다고."

"안심해. 그가 사저를 또 울리지만 않으면 알은체 안 할 테니까. 사저를 데리고 오는 게 아니었어."

"난릉 금씨가 간곡하게 초청해 거절할 수가 없었어."

"딱 봐도 금 부인이 초청한 거네. 분명 이따가 사저와 저 남자 공주님이 함께하도록 하겠지."

말하는 사이에 금자헌이 말을 몰아 활터 앞으로 갔다. 활쏘기는 입산하기 전 일종의 통과 의례로, 위렵에 참가하려면 규정된 거리 밖에서 활을 한 발 쏴서 맞혀야 했다. 과녁은 중앙에서 밖으로 일곱 개의 원이 그려져 있었고, 원에 따라 입구가 달랐다. 화살이 과녁 중앙인 홍심에 가까울수록 좋은 길로 들어갈 수 있었다. 금자헌은 속도를 늦추지 않은 채 화살을 하나 꺼내 활시위에 걸고 쐈다. 명중이었다. 관람대에서 환호성이 터져 나왔다.

금자헌의 과시하는 모습에도 위무선과 강징은 전혀 동요하지 않았다. 갑자기 저쪽에서 누군가 큰 소리로 외쳤다.

"자헌보다 더 잘 쏠 수 있는 사람 있으면 한번 나와 보시지!"

준수한 외모에 피부가 조금 검고 목소리가 낭랑한 그 사람은 금광선의 조카로, 금자헌과 같은 항렬의 사촌형 금자훈이었다. 예전 금린대 연회에서 위무선과 금자헌이 말다툼을 벌였던 것을 기억하고 도발한 것이다. 위무선은 슬며시 웃었다. 위무선이 대답하지 않자 금자훈이 득의만만한 표정을 지었다. 운몽 강씨의 기진도 활터 앞에 도착하자 위무선은 활시위에 화살을 걸고 있는 남씨 쌍벽을 향해 말했다.

"남잠, 좀 도와줄래?"

남망기가 위무선을 쓱 쳐다보고 아무 말도 하지 않았다.

"너 또 무슨 짓을 하려고?"

강징이 물었다.

"무슨 일이지."

남망기가 말했다.

"네 말액 좀 빌려줄래?"

위무선이 물었다.

위무선의 말에 남망기는 즉시 시선을 거두고 그를 쳐다보지 않았다. 도리어 남희신이 웃으며 말했다.

"위 공자, 뭘 모르시는 것 같은데요……."

"형장, 굳이 말씀하실 필요 없습니다."

남망기가 말을 가로막았다.

"알았다."

남희신이 말했다.

강징은 위무선을 한 대 쳐 말에서 떨어뜨리고 싶었다. 남망기가 빌려주지 않을 것이라는 걸 뻔히 알면서도 굳이 묻는 것은 심심해서 일을 만드는 것이었다. 다른 곳이었다면 강징은 정말 그렇게 했을 것이다.

"말액으로 뭐 하게? 목매달아 자살이라도 하게? 내가 허리띠 빌려주지. 고맙다는 말은 사양하겠어."

강징이 짜증이 가득한 투로 말했다.

위무선은 손목 보호대인 검은 천을 풀며 말했다.

"허리띠는 놔둬. 말액이 없어도 네 건 필요 없어."

"너—."

강징의 말이 채 끝나기도 전에 위무선은 재빨리 검은 천으로 두 눈을 가린 뒤, 활시위에 화살을 걸어 당기고 부드럽게 놓았다— 명중!

일련의 동작이 물 흐르듯 깔끔하게 이어져, 옆에 있는 사람조차 그가 뭘 하려는지 눈치채지 못한 사이에 화살이 전광석화처럼 날아가 과녁의 홍심을 관통했다. 잠시 정적이 흐르다 사방에서 폭발하듯이 환호성이 터져 나왔다. 방금 금자헌에게 보낸 것보다 더 열광적이었다.

위무선은 입꼬리를 살짝 올리며 손에 든 활을 두 바퀴 돌린 다음 뒤로 던졌다. 위무선의 기세가 난릉 금씨보다 더 크자 금자훈이 콧방귀를 뀌며 탐탁지 않은 표정으로 말했다.

"개막 활쏘기에 잘난 척하다니. 지금이야 눈을 가리고 할 수 있다지만 위렵에서도 그렇게 할 수 있을까? 백봉산에서 실력으로 승패를 가르자고!"

"좋아."

위무선이 말했다.

"가자!"

금자훈이 팔을 휘두르며 명령했다.

금자훈 수하의 수사들이 채찍을 휘두르면서 산을 향해 맹렬하게 돌진했다. 먼저 치고 들어가 기회를 선점해 등급이 높은 사냥감을 일망타진하기 위해서였다. 금광선은 자기 가문의 기진이 훈련이 잘된 모습에 흡족해하면서 위무선과 강징이 계속 말에 앉아 있는 것을 보고 웃으며 말했다.

"강 종주, 위 공자, 어째서 아직 산에 들어가지 않습니까? 자훈이 사냥감을 먼저 다 잡겠습니다."

"급할 거 없습니다. 다 못 잡아요."

위무선이 말했다.

옆에 있던 사람들은 깜짝 놀랐다. 금광선이 '다 못 잡아요.'가 무슨 뜻일지 생각하는 사이에 위무선이 말에서 내려 강징에게 말했다.

"너 먼저 가."

"쉬엄쉬엄해. 웬만큼만 해도 되니까."

강징이 말했다.

위무선이 손을 흔들자 강징이 말고삐를 당기며 운몽 강씨 사람들을 이끌고 들어갔다.

위무선은 두 눈을 가린 채 뒷짐을 지고 빠르지도 느리지도 않은 속도로 백봉산 산길을 걸었다. 위렵에 참가하는 게 아니라 자기 집 정원을 산책하는 것 같았다.

사람들은 위무선이 정말 야렵 내내 눈을 가린 검은 천을 풀지 않으려는 건지 궁금했다. 저런 상태로 어떻게 위렵에 참여할 수 있단 말인가?

어리둥절한 표정으로 서로를 쳐다보았지만, 자기와 상관없는 일이라고 생각해 속속 출발했다.

위무선은 혼자 한참을 걸어가 백봉산 깊은 곳에서 쉴 만한 곳을 찾았다.

대단히 굵고 단단한 나뭇가지가 그것보다 훨씬 굵고 튼튼한 나무줄기에서 뻗어 나와 위무선의 앞길을 가로막았다. 마른 나무껍질을 탁탁 친 위무선은 아주 단단하다고 생각하면서 가볍게 올라갔다.

관람대의 떠들썩한 소리는 진작에 숲 밖으로 멀어졌다. 위무선은 나무에 기댄 뒤 검은 천 아래의 두 눈을 가늘게 떴다. 나뭇잎 사이로 햇빛이 얼굴로 쏟아졌다.

위무선은 진정(陳情)을 들어 입에 대 불면서 손가락을 가볍게 움직였다. 청아한 피리 소리가 나는 새처럼 하늘로 뻗어 올라갔다가 산속에 은은하게 울려 퍼졌다.

위무선은 피리를 불면서 한쪽 다리를 나뭇가지 아래로 내려 가볍게 흔들었다. 신발 끝이 나무 아래에 있는 풀을 훑었다. 풀에 맺힌 이슬에 신발이 젖어갔지만, 그는 아랑곳하지 않았다.

한 곡이 끝나자 위무선은 팔짱을 끼고 더 편안한 자세로 나무에 기댔다. 피리를 품에 꽂고 보니, 아까 받아 가슴팍에 꽂은 꽃에서 서늘하고 은은한 향기가 났다.

얼마나 앉아 있었을까. 거의 잠이 들 무렵 퍼뜩 정신이 들었다.

누군가 다가오고 있었다.

상대에게서 살기는 느껴지지 않았다. 위무선은 나무에 기댄 채 일어나지 않고 눈을 가린 검은 천도 풀지 않은 채 고개만 갸웃했다.

한참 뒤에도 상대가 말을 하지 않자 위무선이 먼저 입을 열었다.

"위렵에 참가하러 왔습니까?"

상대는 대답이 없었다.

"내 근처에서는 뭘 못 잡을 텐데."

위무선이 말했다.

상대는 여전히 한마디도 하지 않고 위무선을 향해 몇 걸음 다가왔다.

그러자 위무선은 정신이 조금 들었다. 보통 수사들은 위무선을 두려워해 사람이 많은 곳에서도 가까이 다가오지 않았다. 그러니 단독 대면은 물론 이렇게 가까이 다가오는 일도 없었다. 상대에게 살기가 조금이라도 있었다면 위무선은 정말 상대가 악의를 품었다고 생각했을 것이다. 위무선은 몸을 조금 세우고 상대가 서 있는 방향으로 머리를 돌렸다. 그러곤 미소를 지으며 무슨 말이라도 하려고 입을 삐금댔다. 그 순간, 상대가 위무선을 세차게 밀었다.

순식간에 밀린 위무선은 나무에 등을 부딪쳤다. 오른손으로 눈을 가린 검은 천을 풀려는 순간 상대가 손목을 붙잡았다. 상대는 엄청나게 힘을 주며 놔주지 않았지만, 여전히 살기는 없었다. 위무선이 왼쪽 소매를 살짝 움직여 부적을 떨어뜨리려 하자 상대가 알아채고 손목을 잡아 두 손을 나무에 대고 억눌렀다. 동작이 매우 강경했다. 이번에는 발로 차려고 하는데, 갑자기 입술에 따뜻한 감촉이 느껴졌다. 위무선은 순간 얼어붙고 말았다.

이 촉감은 낯설고 이상했으며, 축축하고 뜨거웠다. 위무선은 머릿속이 온통 하얘져 도대체 무슨 일이 일어났는지 전혀 가늠하지 못했다. 이윽고 상황을 파악한 그는 큰 충격에 빠졌다.

이 사람은, 지금 자신의 손목을 잡고 나무로 밀쳐서 입을 맞추고 있었다.

위무선은 검은 천을 풀려고 몸부림쳤지만 벗어나지 못했다. 다시 움직이려고 하다가, 참았다.

위무선에게 입을 맞춘 사람이, 가볍게 떨고 있었다.

위무선은 몸부림을 멈췄다.

그는 '이 낭자, 힘은 센데 겁에 질린 데다가 부끄러움도 타잖아? 이렇게 긴장을 하다니.' 하고 생각했다. 그렇지 않으면 이런 때를 골라 자신을 기습하진 않았을 것이고, 이렇게 하느라 큰 용기를 내야 했을 것이다. 게다가 상대는 수련 경지가 높은 것 같으니 자존심도 무척 강할 터였다. 만일 자신이 성급하게 천을 풀어 상대를 본다면, 이 낭자는 얼마나 부끄럽고 난처할까?

두 사람의 입술은 조심스럽게 부딪쳐 가며 차마 떨어질 줄 몰랐다. 위무선이 어떻게 해야 할지 결정하지 못하고 있던 그때였다. 갑자기 얽혀 든 입술이 난폭해지더니 위무선이 이를 다물기도 전에 혀가 들어와 순식간에 저항할 힘을 모조리 앗아갔다. 호흡이 곤란해 고개를 돌리려는데, 상대가 위무선의 얼굴을 잡아 강제로 되돌렸다. 입술과 혀가 뒤엉키자 눈앞이 아찔해졌다. 이윽고 상대가 자신의 아랫입술을 깨물며 문지르고 아쉬운 듯이 떠난 다음에야 겨우 정신을 차릴 수 있었다.

위무선은 입맞춤으로 온몸의 힘이 쭉 빠졌다. 한참 동안 나무에 기대 쉬고 나서야 팔에 힘이 조금 돌아왔다.

검은 천을 재빨리 풀자 햇빛이 훅 치고 들어왔다. 겨우 눈을 뜨고 주위를 둘러보니 아무도 없었다. 관목, 오래된 나무, 수풀, 덩굴 외에 아무것도 없었다.

위무선은 조금 멍한 상태로 나뭇가지 위에 한동안 앉아 있다가 뛰어내렸다. 다리에 힘이 하나도 없고, 심지어 머리는 무겁고 발은 가벼운 느낌마저 들었다.

위무선은 재빨리 나무 기둥을 잡으며 입맞춤 한 번 했다고 다리까지 휘청하는 자기 자신을 욕했다. 고개를 들어 주위를 둘러보니 사람의 흔적은 전혀 없었다. 방금 일이 터무니없고 색정적인 백일몽 같아, 위무선은 자기도 모르게 산속 요괴와 귀신의 전설을 떠올렸다.

하지만 위무선은 그게 절대 산속 요괴나 귀신이 아니라 인간이라고 확신할 수 있었다.

조금 전 느낌을 생각하니 황당하고 간질간질한 느낌이 심장까지 전해졌다. 위무선은 오른손을 가슴팍에 올렸다가 가슴에 꽂아 두었던 꽃이 사라진 것을 발견했다.

위무선은 바닥을 다 뒤졌다. 하지만 없었다. 그냥 사라질 리가 없는데 이상했다.

위무선은 한참을 얼이 빠져 있다가 무의식적으로 입술을 만졌다.

한참 뒤, 그가 한마디 내뱉었다.

"어떻게 이런 일이…… 아무리 그래도 이건 내……."

근처를 다시 한번 둘러봐도 사람 그림자는 보이지 않았다. 위무선은 웃지도 울지도 못하는 심정이었다. 상대는 일부러 피하는 게 분명했고 다시 나타나지 않을 터였다. 그래서 위무선은 찾는 것을 포기하고 건성건성 숲을 걸어 다녔다. 한참을 걷다가 앞에서 묵직하게 박살 나는 소리가 들려 고개를 들어 보니 훤칠한 하얀 그림자가 보였다. 다른 누구도 아닌 남망기였다.

그는 분명 남망기였지만 하는 행동은 남망기 같지 않았다. 위무선이 그를 발견했을 때 남망기는 마침 나무를 쳐서 부러뜨리고 있었다.

"남잠! 너 뭐 하고 있어?"

위무선이 이상해서 물었다.

그가 몸을 휙 돌리자 과연 남망기였다. 하지만 눈에 실핏줄이 터져 무섭기까지 했다. 그 모습에 위무선은 깜짝 놀랐다.

"와, 놀라라."

"가!"

남망기가 가차 없이 말했다.

"방금 왔는데 벌써 가라고 하다니, 그렇게 내가 싫은 거야?"

"멀리 떨어지라고!"

예전 도륙 현무 동굴에서의 일을 제외하고 남망기가 이렇게 이성을 잃은 모습은 처음이었다. 하지만 그때는 상황이 특수해서 이해할 수 있었지만, 지금은 아무 일도 없는데 왜 이러는 건지 알 수가 없었다.

위무선은 뒤로 한 걸음 물러서서 남망기에서 '떨어지며' 계속 물었다.

"저기, 남잠. 왜 그래? 괜찮아? 무슨 일 있으면 말해."

남망기는 위무선을 똑바로 보지 않고 피진을 빼 들었다. 푸른빛이 공중을 가르더니 주위의 나무가 무너졌다.

말없이 검을 쥐고 선 남망기의 다섯 손가락 관절이 하얗게 변했다가 조금씩 평정을 되찾는 듯하더니, 그가 다시 고개를 휙 들고 위무선을 노려봤다.

위무선은 어리둥절했다. 그는 한 시진도 넘게 눈에 천을 두르고 있었기에 여전히 눈이 부셨다. 천을 푼 뒤로 자꾸만 눈물이 나왔고 입술도 붉게 부어 있었으니, 지금 자신의 꼴은 무척 이상할 것이 틀림없었다. 그렇게 생각한 위무선은 남망기가 노려보자 참지 못하고 턱을 쓰다듬었다.

"남잠?"

"……아무것도 아니야."

남망기가 말했다.

'쨍' 하는 소리와 함께 검을 칼집에 넣은 남망기가 몸을 돌려 걸어갔다. 위무선은 계속 뭔가 이상해 잠시 생각하다가 남망기를 따라갔다. 금나술[#11]로 남망기의 팔목을 잡으려는데 남망기가 옆으로 몸을 돌려 비키며 위무선을 차갑게 쳐다봤다.

"그렇게 쳐다보지 마. 난 그냥 네가 왜 그러는지 보려던 것뿐이야. 너 방금 완전 이상했다고. 정말 어떤 독에 중독됐거나 야렵에서 무슨 일 있었던 거 아니야?"

#11 금나술(擒拿術) 일종의 관절기.

"아니."

그제야 남망기의 표정이 정상으로 돌아와 있었다. 정말 아무 일이 없는 것같이 보이자 위무선은 안심이 됐다. 도대체 무슨 일인지 이상했지만, 지나치게 간섭하면 좋지 않을 것 같아 몇 마디만 하고 끝냈다. 남망기는 처음에는 아무 말도 안 하다가 나중에는 간단하게 몇 마디 대답했다.

입술에 남아 있는 열감과 부어오른 듯한 느낌이 위무선에게 계속해서 일깨워 주었다. 그는 방금 20년 동안 지켜 온 첫 입맞춤을 잃어버렸고, 그것도 눈앞이 아찔할 정도로 해 버렸으며, 자기는 상대의 정체와 생김새조차 몰랐다. 어떻게 이럴 수가 있단 말인가.

위무선은 느긋하게 한숨을 내쉬고 갑자기 물었다.

"남잠, 너 입맞춤해 봤어?"

강징이었다면 위무선의 이런 경박하고 시시한 질문에 즉시 주먹을 날렸을 것이다.

남망기가 걸음을 멈추더니 차갑다 못해 조금 경직된 목소리로 말했다.

"그런 걸 왜 물어."

위무선이 알았다는 듯이 웃었다.

"없지? 딱 보면 안다니까. 그냥 물어본 걸 갖고 그렇게 화낼 것까지야."

위무선이 눈을 가늘게 뜨며 말했다.

"네가 어떻게 알아."

"그걸 질문이라고. 온종일 그런 표정인데 누가 너에게 입을 맞추겠어. 네가 먼저 다른 사람에게 입을 맞출 리는 없고. 내가 보기에 넌 첫 입맞춤을 평생 못 할 거야. 하하하…….”

위무선의 의기양양한 모습에 남망기는 무표정했지만, 표정은 조금 누그러진 것 같았다.

위무선이 다 웃을 때까지 기다린 다음 남망기가 입을 열었다.

“너는.”

“나? 말해 뭐해? 당연히 경험이 풍부하지.”

위무선이 눈썹을 찡긋하며 말했다.

방금 누그러졌던 남망기의 얼굴이 싸늘한 냉기로 뒤덮였다.

바로 그때 위무선이 갑자기 입을 다물며 “쉿!” 하고 말했다.

위무선은 경계하는 표정으로 잠자코 듣더니 남망기를 잡고 수풀 뒤로 들어갔다.

남망기는 영문을 몰라 의문스런 표정을 짓다가 위무선이 한쪽을 응시하자 그쪽을 쳐다봤다. 흰색과 자색 그림자가 파란 하늘 아래로 천천히 걸어 나왔다.

앞에 있는 그림자는 늘씬했고 준수한 외모에 거만함을 풍겼다. 미간에 단사를 찍고 금테를 두른 백의를 걸친 채 온몸에 휘황찬란한 장신구를 두르고 있었다. 특히 고개를 들고 자신감 있게 걷는 자세와 표정이 도도하기 짝이 없었다. 그 사람은 바로 금자헌이었다. 그의 뒤에 있는 사람은 아담한 체격에 보폭이 작으며 고개를 숙이고 아무 말도 하지 않았다. 앞의 금자헌과 선명한 대비를 이루는 강염리였다.

위무선은 속으로 ‘금 부인이 사저와 금 공작을 따로 만나게 할 줄 알았어.’라고 구시렁댔다.

남망기는 위무선의 표정이 이상한 것을 보고 낮은 소리로 말했다.

"금자헌과 무슨 일 있었어?"

위무선은 콧방귀를 뀌었다.

위무선이 왜 이렇게 금자헌을 싫어하냐고 묻는다면 아주 오래전부터 시작됐다고 할 수 있었다.

우 부인과 금자헌의 어머니 금 부인은 단짝 친구로 어릴 때부터 이다음에 혼인해 둘 다 아들을 낳으면 의형제를 맺어주고, 딸이면 자매를 맺어주며, 남자와 여자면 혼인을 시키기로 약속했다.

두 집안의 여주인은 관계가 돈독하고 가문도 맞아 아주 잘 맞는 혼사였다. 사람들은 하늘이 맺어준 인연이라고 입을 모아 말했다. 그러나 당사자들은 그렇게 생각하지 않았다.

금자헌은 어려서부터 떠받들려 자랐다. 보드랍고 하얀 피부에, 미간에 단사를 찍고 출신도 고귀하고 총명해 모두에게 사랑을 받아 어려서부터 거만했다. 금 부인은 금자헌을 데리고 연화오를 여러 번 방문했지만, 위무선과 강징은 그와 같이 노는 것을 싫어했다. 오직 강염리만 그에게 자기가 만든 음식을 대접하며 친절히 대했다. 그러나 금자헌은 강염리를 상대하려고 하지 않았고, 그것 때문에 위무선과 강징은 여러 번 화를 냈었다.

예전에 위무선이 운심부지처에서 소동을 일으키는 바람에 금가와 강가의 혼사가 깨졌었다. 연화오로 돌아온 위무선은 강염리에게 미안하다고 했지만, 강염리는 아무 말도 하지 않고 그저 위무선의 머리를 쓰다듬어 주었다. 위무선과 강징은 그 일은 그냥 그렇게 지나간 거라 생각해 정혼이 깨졌다고 좋아했다. 그들은 나중에서야 깨달았다. 아마 강염리는 그때 내심 속상했을 것이었다.

사일지정 중반기에 운몽 강씨가 낭사 일대에서 난릉 금씨를 지원했다. 일손이 부족해 강염리도 그들을 따라 전장으로 나섰다.

강염리는 자신의 수련 경지가 낮다는 것을 알아 자기가 할 수 있는 일을 찾아 수사들의 식사를 담당했다. 위무선과 강징은 동의하지 않았지만, 강염리는 원래 요리를 잘했고 본인도 좋아했으며 사람들과도 잘 지냈기 때문에 무리하지 않는 선에서 하기로 했다. 그리고 후방이 안전하기도 했기 때문에, 두 사람은 나쁘지 않다고 생각했다.

환경이 열악한 탓에 식사가 변변치 않아 입이 짧은 두 동생이 잘 못 먹는 게 걱정된 강염리는 날마다 사적으로 탕을 만들어 위무선과 강징에게 따로 주었다. 그러나 그녀는 아무도 몰래 세 그릇을 만들어 나머지 한 그릇을 당시 랑야 지역에 있던 금자헌에게 주었다.

금자헌은 그 탕을 좋아했고 탕을 가져오는 사람의 마음 씀씀이가 고마웠지만 강염리가 자신의 존재를 숨겼기 때문에 모르고 있었다. 그런데 낮은 계급의 한 여자 수사가 이 모든 걸 지켜보고 있었다. 난릉 금씨의 하인인 그녀는 수련 경지가 낮아 강염리와 같은 일을 하고 있었다. 외모도 괜찮고 기회를 잡을 줄도 알았던 그녀는 호기심에 강염리를 몇 번 쫓아갔다가 상황을 파악했다. 그녀는 침착하게 기회를 노렸다. 강염리가 탕을 놓고 떠난 뒤 금자헌의 방 밖에서 얼쩡거려서 금자헌이 자신의 그림자를 보도록 했던 것이다.

금자헌은 호락호락한 사람이 아니었기 때문에 당연히 추궁했다. 그 여자 수사는 매우 똑똑했다. 얼굴을 붉힌 채로 어물어물 부정해, 자기가 했지만 금자헌에게 마음을 들키고 싶지 않다는 느낌을 주었다. 금자헌은 더 캐묻지 않고 그 여자 수사에 대한 호감을 행동으로 보여 주었다. 금자헌은 그녀에게 특별한 관심을 보였고 그녀를 하인에서 객경으로 올려 주기도 했다. 오랜 시간이 흘렀지만 강염리는 이상한 점을 발견하지 못했다. 그러던 어느 날, 강염리가 탕을 놓고 나가다가 서신을 가지러 돌아온 금자헌과 마주쳤다.

금자헌은 당연히 강염리에게 자기 방에 뭐 하러 왔냐고 물었다. 강염리는 선뜻 대답하지 못하다가 그가 점점 의심하는 말투로 묻자 안절부절못하며 사실대로 말했다.

하지만 그것은 이미 다른 사람이 쓴 방법이었다.

금자헌의 반응은 짐작할 수 있었다.

그래서 금자헌은 그 자리에서 강염리의 '거짓말'을 '들춰냈다'. 강염리는 이런 일이 생길 줄은 전혀 예상하지 못했다. 강염리는 떠벌리는 성격이 아니어서 그녀가 운몽 강씨의 딸이라는 것을 아는 사람도 적었다. 그녀는 그럴듯한 증거를 바로 대지 못했고 해명할수록 마음이 아팠다. 결국 금자헌이 강염리에게 무뚝뚝하게 말했다.

"세가 출신이라고 해서 다른 사람의 정성을 함부로 짓밟고 가로챌 수 있다고 생각하지 마십시오. 출신은 미천해도 품성은 세가 출신보다 훨씬 고귀한 사람도 있으니까요. 자중하세요."

강염리는 금자헌의 말이 무슨 뜻인지 알아들었다.

처음부터 금자헌은 강염리처럼 수련 경지가 높지 않은 세가의 여식은 전장에서 할 수 있는 게 없고 도움도 안 될 것이라고 생각했다. 솔직히 말해, 금자헌은 강염리가 자기와 가까이 있고 싶어서 억지로 이유를 대고 따라와 민폐를 끼치고 있다고 생각했다.

금자헌은 강염리를 이해한 적이 없었고, 이해하려고 노력한 적도 없었다. 그러니 그가 그녀를 믿을 리가 없었다.

금자헌의 말에 강염리가 갑자기 울음을 터트렸다. 마침 돌아온 위무선이 이 장면을 봤다.

강염리는 연화오가 전멸당하고 세 사람이 다시 만난 날 서로 끌어안고 대성통곡한 이후로는 다른 사람 앞에서 눈물을 떨군 적이 단 한 번도 없었다. 이렇게 많은 사람 앞에서, 이렇게 큰 소리로 울면서, 이렇게 억울해한 적은 더더욱 없었다. 위무선은 몹시 당황했다. 위무선이 왜 그러냐고 물어도 강염리는 우느라 제대로 말하지 못했다. 위무선은 옆에 멍하게 서 있는 금자헌을 보자 화가 확 치밀었다. '어째서 또 저 자식이야.' 하고 생각하면서 금자헌을 발로 걷어찼다. 두 사람은 요란하게 싸웠고, 근처에 있던 수사들이 모두 달려와 뜯어말릴 정도였다. 한바탕 설전이 오가고 사건의 경위가 밝혀지자 위무선은 더 화가 났다. 그는 언젠가 자기 손으로 저 자식을 죽일 거라고 소리치면서 그 여자 수사를 끌고 오라고 난리를 쳤다. 대질 끝에 진상이 밝혀지자 금자헌은 뻣뻣하게 굳었다. 위무선이 욕을 퍼부어도 금자헌은 얼굴이 새파래진 채 한 마디도 반격하지 않았고, 때려도 반격하지 않았다. 강염리가 위무선의 손을 잡아 말리지 않고, 강징과 금광선이 달려와 떼 내지 않았다면 금자헌은 오늘 백봉산 위렵에 참가할 수도 없었을 것이었다.

이후 강염리는 랑야에 계속 남아 도왔지만, 묵묵히 자기 일만 했다. 더는 금자헌에게 탕을 가져다주지 않았을 뿐 아니라 똑바로 보지도 않았다. 얼마 뒤 랑야의 위기 상황이 종결되자 위무선과 강징은 강염리와 함께 운몽으로 돌아왔다. 반면 금자헌은 마음에 걸리는 게 있었는지, 아니면 금 부인의 호된 야단 때문인지 몰라도 사일지정 이후 강염리에 대한 질문이 점점 많아졌다.

이 일을 아는 사람은 대부분 그저 오해일 뿐이고 다 밝혀졌으니 큰일이 아니라고 말했다. 그러나 위무선은 절대 그렇게 생각하지 않았다. 위무선은 금자헌처럼 자기만 옳다고 생각하는 남자 공주에, 치장을 좋아하는 공작새에, 외모만 보는 눈 뜬 장님을 아주 혐오했다. 위무선은 금자헌처럼 자기중심적인 사람이 자기 잘못을 알 것이라고 절대 믿지 않았다. 갑자기 강염리에게 관심을 기울이는 건 금 부인이 재촉하고 야단쳐서 억지로 임무를 완수하려는 것일 뿐이라고 생각했다.

하지만 싫은 건 싫은 것이고, 지금은 강염리가 난처할 수 있으니 나서지 않는 게 좋았다. 남망기가 이해하지 못하겠다는 듯이 위무선을 쳐다봤지만, 그는 설명할 시간이 없었다. 위무선은 집게손가락을 입에 대고 조용히 하라고 눈짓한 뒤 계속 둘을 주시했다. 남망기의 옅은 눈동자가 촉촉한 입술에 잠깐 머물렀다가 떠났다.

금자헌이 풀숲을 헤치자 두꺼운 사괴(蛇怪) 시체가 나타났다.

"죽었습니다."

그러자 강염리가 고개를 끄덕였다.

"양인사(量人蛇)예요."

금자헌이 말했다.

"네?"

강염리가 되물었다.

"남쪽 지역에서 전해진 요물입니다. 인간을 만나면 벌떡 일어나 키를 재고 자기보다 작으면 삼켜 버리지요. 뭐 별거 아닙니다. 생긴 게 징그러울 뿐이지."

금자헌이 말했다.

강염리는 금자헌이 갑자기 왜 이런 것을 설명하는지 모르겠다는 눈치였다. 보통의 경우라면 당연히 '금 공자님 참 박학다식하시네요.', '금 공자님, 참 침착하십니다.' 같은 칭찬이 따라왔을 것이다. 그러나 방금 설명은 아주 기본적인 상식이고 할 말이 없을 때 내뱉는 아무 말에 가까웠기 때문에, 금광요 같은 사람이나 돼야 이런 말에 마음에도 없는 칭찬을 천연덕스럽게 할 수 있을 터였다. 강염리는 그저 고개만 끄덕거렸다. 위무선은 강염리가 오는 내내 저렇게 고개를 끄덕였을 것이라고 생각했다.

침묵이 이어졌다. 어색한 분위기가 수풀 뒤에 있는 두 사람에게까지 전해졌다. 한참 뒤에야 금자헌이 강염리를 데리고 돌아갔다. 금자헌이 걸으며 말했다.

"저 뱀은 표피에 비늘이 있고 송곳니가 아래턱까지 자란 것을 보니 분명 변종일 겁니다. 보통 사람은 상대하기 어렵고 화살을 쏴도 비늘을 관통하기 어려울 거예요."

잠시 뒤 그는 또 아무렇지 않은 듯한 말투로 말했다.

"그래도 평범한 거죠. 이번 백가 위렵의 사냥물은 다 평범해서 우리 난릉 사람에게 해를 입히지 못합니다."

마지막 말에 잘난 척하는 듯한 느낌이 있어 위무선은 기분이 언짢았지만 남망기는 무표정한 얼굴로 금자헌을 주시하고 있었다. 뭔가 이상해진 위무선은 남망기의 시선을 따라갔다가 순간 말문이 막혀 속으로 외쳤다. '금자헌 저 자식이 언제부터 같은 쪽 손과 발을 뻗으면서 걸었지?'

"위렵에서 사람이 다치지 않는 게 제일 좋지요."

강염리가 말했다.

"사람을 해치지 않는 사냥감이 무슨 가치가 있겠어요? 난릉 금씨 개인 사냥터에 오면 희귀한 사냥감을 많이 볼 수 있습니다."

금자헌의 말에 위무선이 속으로 콧방귀를 뀌며 '누가 너희 사냥터에 간대!' 하고 빈정거렸다.

그런데 금자헌이 자기 멋대로 결정을 내렸다.

"마침 다음 달 내가 시간이 있으니 낭자를 데리고 갈 수 있습니다."

"호의는 감사합니다만, 그러실 필요 없습니다."

강염리가 작은 소리로 말했다.

"왜요?"

금자헌이 놀라 물었다.

그런 걸 어떻게 대답할 수 있겠는가? 강염리는 불안했는지 고개를 숙이고 계속 걸었다.

"위렵 관람하는 거 안 좋아합니까?"

금자헌이 물었다.

강염리가 고개를 끄덕이자 금자헌이 다시 물었다.

"그러면 이번에 왜 왔습니까?"

금 부인이 강력하게 초대하지 않았다면 오지 않았을 것이라고 어떻게 말하겠는가?

말 없는 강염리의 모습에 금자헌의 얼굴이 붉어졌다, 하얘졌다 했다. 한참 뒤 금자헌이 무뚝뚝하게 내뱉었다.

"위렵 관람이 싫은 겁니까, 아니면 나와 함께 있는 게 싫은 겁니까?"

"그게 아니라……."

강염리가 작은 소리로 머뭇거렸다.

위무선은 강염리의 마음을 알았다. 강염리는 금자헌이 금 부인에게 등 떠밀려 자기를 데리고 왔을까 봐 걱정이었고, 그를 억지로 밀어붙이고 싶지 않았다. 하지만 금자헌이 그런 것을 어떻게 알겠는가. 그는 그저 평생 이렇게 체면을 구긴 일이 없다고만 생각할 뿐이었다. 태어나서 처음으로 여인에게 거절당하자 화가 미간으로 솟구쳤다. 한참 뒤 그가 갑자기 냉소를 지으며 말했다.

"알겠습니다."

"미안합니다."

강염리가 말했다.

"미안할 게 뭐가 있습니까. 좋을 대로 생각하세요. 어쨌든 내가 당신을 이곳에 초대한 것도 아니니까. 싫으면 할 수 없지요."

금자헌이 냉랭하게 말했다.

위무선은 피가 이마까지 솟구치는 것 같았다. 곧바로 뛰어나가 금자헌과 다시 한판 붙고 싶었다. 하지만 이번 기회에 사저가 저자의 진면모를 똑똑히 보고 그를 혐오해, 다시는 그를 생각하지 않길 바라는 마음에서 화를 간신히 눌러 참았다. 강염리는 입술을 파르르 떨 뿐 아무 말도 하지 않았다. 이윽고 그녀가 금자헌에게 허리를 약간 굽히며 예를 표하고 작은 소리로 말했다.

"먼저 실례하겠습니다."

강염리가 몸을 돌려 혼자서 돌아갔다. 금자헌이 그 자리에서 다른 방향을 보며 서 있다가 잠시 뒤 갑자기 말했다.

"멈춰요!"

강염리는 돌아보지 않았다. 더 화가 난 금자헌은 세 걸음 만에 강염리를 쫓아가 그녀의 손을 잡아챘다. 그 순간, 눈앞에서 검은 그림자가 번쩍했다. 상대의 정체를 파악하기도 전에 가슴을 한 대

맞은 금자헌은 검을 휘두르며 뒤로 몇 보 물러났다. 그가 곧 정신을 차리고 외쳤다.

"위무선, 어째 또 너냐!"

"그건 내가 할 말인데. 왜 또 너야!"

위무선이 강염리 앞을 막아서며 외쳤다.

"이유 없이 공격하다니, 너 미쳤어?"

"널 때리려는 거다! 뭐가 이유가 없어. 화내면서 사저를 잡아서 어쩌게?"

위무선이 다시 한 대 내리치며 말했다.

금자헌이 재빨리 피하면서 검으로 대응하며 외쳤다.

"잡지 않으면, 그녀 혼자 산속을 다니게 하라고?"

금자헌의 검광이 다른 검광에 맞아 하늘 높이 튕겨 나갔다. 다가오는 사람을 본 금자헌이 놀라는 눈치였다.

"함광군?"

남망기가 피진을 거두며 위무선과 금자헌 중간에 말없이 섰다. 위무선이 앞으로 나가려 하자 강염리가 위무선을 잡으며 말했다.

"아선!"

이와 동시에 발소리가 소란스럽게 들려왔다. 기세등등한 발소리가 숲으로 몰려들었다. 맨 앞에 선 사람이 물었다.

"무슨 일이야?"

방금 남망기와 금자헌의 검이 부딪쳐 검광이 하늘로 치솟자 그것을 본 수사들이 깜짝 놀라 달려온 것이었다. 그들은 검광을 보자마자 두 사람이 싸운다는 것을 알고 황급히 달려왔다가 숲에서 네 사람이 이상한 형태로 대치하고 있는 모습을 보았다. 원수는 외나무

다리에서 만난다고, 맨 앞에 있던 자가 하필 금자훈이었다.

"자헌, 저 위 씨 놈이 또 널 귀찮게 한 거야?"

"네 일 아니니 상관 마!"

금자헌은 위무선이 강염리를 데리고 가려고 하자 다시 말했다.

"멈춰!"

"정말 싸우자고? 좋아!"

위무선이 말했다.

"이봐, 위 씨. 계속 자헌만 겨냥하는데 대체 뭐 하자는 거야?"

금자훈이 물었다.

"넌 누구야?"

위무선이 그를 보며 물었다.

"내가 누군지 모른다고?"

금자훈은 순간 멍했다가 버럭 화를 냈다.

"네가 누군지 알아야 하나?"

위무선이 이상하다는 듯이 말했다.

사일지정 발발 초기, 금자훈은 부상으로 후방을 지켜 최전선에 선 위무선의 모습을 직접 본 적이 없었다. 그래서 위무선에 관한 소문들이 전부 과장이라고 생각했다. 게다가 방금 위무선이 피리 소리로 산속에 있는 귀신들을 소환해 자기들이 거의 다 잡은 흉시를 몇 구나 데려가버려서 낭패를 봤기 때문에 심기가 불편한 상태였다. 그런데 이제 사람 면전에 대고 누구냐고 물으니 자기도 모르게 불공평하다는 생각이 들어 화가 났다. 자기는 위무선을 아는데 위무선은 자기를 모른다고 한다. 게다가 사람들 앞에서 대놓고 누구냐고 물어 자기 체면이 크게 깎였으니 생각할수록 불쾌했다. 금자훈이 불만을 터트리려는 순간, 하늘에서 금빛이 번쩍이며 다른 사람들이 나타났다.

그들은 어검하며 내려와 땅에 안정적으로 착지했다. 맨 앞에 있는 사람은 정통적인 미인에 강인한 기운을 풍기는 부인이었다. 어검할 때는 늠름하고 씩씩했으며 천천히 거닐 때는 화려하면서도 기품이 있었다.

"큰어머니!"

금자훈이 말했다.

"어머니! 어떻게 오셨습니까?"

금자헌이 놀라 물었다. 그러나 이내 자신과 남망기의 검광이 하늘로 치솟았는데 관람대에서 보던 금 부인이 안 올 리가 없다고 생각했다. 금자헌은 어머니와 함께 온 난릉 금씨 수사들을 보며 말했다.

"뭐 하러 사람들을 이렇게 많이 데리고 오셨어요. 위렵은 어머니가 신경 쓰실 필요 없습니다."

"착각하지 말아라. 누가 널 보러 왔다고 했느냐!"

금 부인은 위무선 뒤에 있는 강염리를 보고 표정을 싹 바꾸며 다가가 그녀의 손을 잡고 부드럽게 말했다.

"아리, 표정이 어째 그러느냐?"

"감사합니다, 부인. 전 괜찮습니다."

강염리가 말했다.

"저 아이가 또 널 괴롭힌 것이야?"

금 부인은 매우 예리했다.

"아닙니다."

강염리가 다급하게 말했다.

금자헌은 할 말이 있는 듯 살짝 움직였다가 다시 멈췄다. 금 부인은 아들의 마음도 모르고 지금 이 장면만 보고 판단하고는 아들을 야단쳤다.

"금자헌! 너 죽고 싶은 게야? 나오기 전에 나에게 뭐라고 했느냐!"

"저는……."

금자헌이 주저하며 말끝을 흐렸다.

"아드님께서 금 부인께 뭐라고 말했는지는 모르겠지만, 앞으로는 아드님과 제 사저가 각자의 길로 가면 그만입니다!"

위무선은 화가 머리끝까지 난 상태라 말이 예의 바르게 나오지 않았다. 다행히 금 부인은 강염리를 달래느라 위무선의 말투에 개의치 않았다. 하지만 금 부인은 괜찮은데 다른 사람이 나서서 화를 냈다.

"위무선, 큰어머님은 너보다 어른인데 말이 건방지잖아!"

금자훈이 외쳤다.

옆에 있던 사람들도 금자훈의 말에 일리가 있다고 생각했는지 맞장구를 쳤다.

"난 금 부인을 콕 집어 말한 게 아니야. 네 사촌 동생이 내 사저에게 못된 말을 계속 해 대는데 운몽 강씨의 한 사람으로서 그냥 참는다면 어찌 세가라고 할 수 있겠어! 뭐가 건방지다는 거지?"

위무선이 노한 어투로 반문했다.

"뭐가 건방지냐고? 건방 떨지 않은 게 뭔데? 오늘은 백가가 위렵하는 날인데 아주 이목을 끌려고 작정을 했지? 사냥감의 3할을 너 혼자 차지하니까 만족스러워?"

금자훈이 냉소를 지으며 말했다.

"사냥감의 3할?"

남망기가 고개를 갸웃하며 말했다.

금자훈과 함께 온 백여 명의 얼굴에 불만스러운 표정이 역력했다. 평소 위무선과 관계가 매우 나쁘다고 소문난 남망기가 물어보는 것 같자 하나둘 앞다퉈 대답했다.

"함광군, 아직 모르십니까? 우리가 백봉산에서 반나절 동안 찾아 헤맨 끝에 이곳에는 흉시나 원령이 하나도 없다는 것을 발견했습니다!"

"관람대의 염방존께 물어본 다음에야 알게 된 사실인데, 위렵이 시작되고 반 시진도 안 돼 백봉산에서 피리 소리가 울리더니 흉시와 원령이 하나둘 운몽 강씨 진영으로 투항했다지 뭡니까!"

"백봉산의 3대 사냥감 중에 지금은 겨우 요(妖)와 괴(怪) 종류만 남았습니다……."

"귀(鬼)류는 이미 위무선이 다 차지했고요……."

"다른 사람은 전혀 고려하지 않고 자기만 생각하는데 이게 건방이 아니고 뭡니까?"

금자훈도 말을 보탰다.

위무선은 문득 깨달았다. 조금 전 이야기는 핑계일 뿐이었다.

"네가 말하지 않았던가? 개막 활쏘기 아무것도 아니고 진짜 실력은 야렵장에서 보여 주는 것이라고."

위무선이 말했다.

금자훈은 어이가 없어 "하!" 하고 헛웃음을 내뱉었다.

"그건 진정한 실력이 아니지. 알량한 사마외도 따위에 의지해 피리 몇 번 분 게 무슨 실력이야?"

"내가 무슨 음모나 계략을 쓴 것도 아닌데 왜 안 돼? 너도 피리 한번 불어 봐. 네 피리 소리에 흉시와 원령이 너를 따르는지."

위무선이 이상하다는 듯이 물었다.

"규칙을 지키지 않으면 음모와 계략과 다르지 않지!"

금자훈이 말했다.

그들의 말을 다 들은 남망기가 미간을 찌푸렸다. 금 부인도 그제야 논쟁의 핵심이 무엇인지 깨닫고 담담하게 말했다.

"자훈, 됐다."

"좋아, 뭐를 실력이라고 하는지 모르겠으니 네가 잘하는 것으로 날 이겨서 좀 가르쳐줘 봐."

위무선이 그와 더 논쟁하기 싫다는 듯이 웃으며 말했다.

이길 수 있다면 금자훈이 이렇게 답답해하지 않았을 것이다. 금자훈은 말문이 막히고 생각할수록 화가 나 조롱하듯 말했다.

"과연 너는 자기가 틀렸다고 생각하지 않는군. 위 공자가 규칙을 어긴 게 이번이 처음도 아니고. 지난번 연회와 이번 위렵 대회에도 패검을 차지 않았잖아. 이렇게 큰 장소에서 예의라곤 조금도 지키지 않고 말이야. 넌 너와 같이 참여한 사람을 어떻게 보는 거야?"

위무선은 금자훈을 상대하지 않고 고개를 돌려 남망기에게 말했다.

"남잠, 내가 깜박했네. 방금 나 대신 막아 준 거 고마워."

위무선이 자신을 안중에도 없다는 듯 무시하자 금자훈이 이를 악물며 소리쳤다.

"운몽 강씨는 가정 교육이 이것밖에 안 되는군!"

"자훈!"

금 부인이 눈썹을 치켜세우며 야단쳤다.

이 말에 위무선의 얼굴에서 웃음기가 싹 사라졌다.

"가정 교육?"

위무선이 천천히 고개를 돌리며 말했다.

"사마외도?"

"위영."

남망기가 가라앉은 목소리로 위무선을 불렀다.

금자훈과 다른 사람들도 분위기가 심상치 않다는 것을 느꼈는지 숨을 멈추고 위무선을 쳐다봤다. 위무선은 다시 웃으며 말했다.

"내가 왜 검을 차지 않는지 알고 싶어? 너희들에게 말해 주는 것도 괜찮겠네."

위무선은 몸을 돌리며 한 자 한 자 눌러 말했다.

"검이 없어도 너희가 말하는 그 '사마외도' 하나로 속세를 초월하고, 너희를 내 발끝까지 떨어트릴 수 있다는 걸 알려 주기 위해서야."

위무선의 말에 그 자리에 있던 거의 모든 사람이 놀라 멍해졌다.

이렇게 사람이 많은 장소에서 이런 오만불손한 말을 할 수 있는 세가 자제는 없었다. 한참 뒤 금자훈이 정신을 차리고 소리쳤다.

"위무선! 하인의 자식 주제에 어디서 잘난 척이야!"

하인의 자식이라는 말에 남망기의 눈빛이 굳어졌다. 위무선의 눈동자가 수축하더니, 그가 오른손으로 진정을 고쳐 잡았다. 공기 중에 화약 냄새가 진동하고 일촉즉발인 상황이 벌어졌다. 그때, 누군가 긴장감을 깨뜨리며 낮게 외쳤다.

"아선!"

그 목소리에 위무선은 팽팽해진 신경 줄을 살짝 풀고 고개를 돌렸다.

"사저?"

강염리가 위무선에게 손짓하며 말했다.

"아선, 내 뒤로 와."

위무선이 깜짝 놀라 가만히 서 있자 금 부인이 황급하게 강염리의 손을 잡으며 말했다.

"아리, 사내아이들 일이니 네가 나설 필요 없다."

강염리는 금 부인에게 미안한 웃음을 지어 보인 다음 앞으로 걸어가 위무선 앞에 섰다. 그리고 금자훈과 여러 수사들에게 예를 표했다.

그들은 어떻게 대응해야 할지 몰라 허둥대면서 같이 예를 표하거나 가만히 있거나 했다. 강염리가 가냘픈 음성으로 금자훈에게 말했다.

"금 공자, 방금 하신 말은 아선이 백봉산에 있는 사냥감의 3할을 혼자 차지한 게 규칙에 어긋난 일이며 오만한 태도라는 뜻이지요? 저는…… 이런 일은 한 번도 들어 본 적이 없습니다. 생각해 보니 정말 여러분께 폐를 끼친 것 같습니다. 제가 대신 사과드리겠습니다."

말은 마친 강염리가 정말 다시 허리를 굽혀 고개를 숙였다. 그 모습은 진실로 정중하게 사과하는 것처럼 보였다.

"사저!"

강염리는 허리를 숙인 채 위무선을 향해 거의 느껴지지 않을 정도로 살짝 고개를 저었다. 위무선은 주먹을 꽉 쥐고 아무 말도 하지 않았다.

멀찌감치 서서 이쪽을 바라보는 금자헌의 표정이 복잡했다. 금자훈과 수사들은 득의양양하고 통쾌한 표정을 감추지 않았다.

"강 낭자, 정말 대범하고 사리가 밝으십니다. 강 낭자의 사제(師弟)가 한 일은 확실히 부적절했고 커다란 폐를 끼친 것이었습니다. 하지만 낭자께서 잘 아시니 강 낭자와 강 종주의 체면을 봐서라도 사과는 필요 없습니다. 운몽 강씨와 난릉 금씨 두 가문은 원래 형제처럼 정이 두텁지 않습니까."

금자훈이 우쭐거리며 큰 소리로 말하곤 하하 웃었다.

위무선은 화가 머리끝까지 치밀어 관절에서 우드득 소리가 날 정도로 주먹을 꽉 쥐었다. 그가 나서서 뭐라 되받아치려는 순간, 강염리가 허리를 펴며 진중하게 말했다.

"하지만 제가 위렵에 참가해 본 적은 없지만 그래도 좀 아는 게 있습니다. 옛날부터 지금까지 역대 위렵에서 한 사람이 사냥감을 너무 많이 잡으면 안 된다는 규칙이 있다는 말은 들어 본 적이 없습니다."

거들먹거리던 금자훈과 수사들의 표정이 확 굳어졌다.

"공자께선 아선이 규칙을 지키지 않았다고 하셨는데, 도대체 어떤 규칙을 지키지 않은 건지 말씀해 주시겠습니까?"

이번에는 위무선이 하하 웃었다.

금자훈은 얼굴이 새파래진 채로 반박하지 못했다. 이유는 두 가지였다. 첫째, 그는 강염리가 나서서 이리 강하게 말하는 것을 본 적이 없어 어떻게 대응해야 할지 몰랐고, 금 부인과 강징이 강염리를 매우 아껴서 함부로 대들 수 없었다. 둘째, 따져 보면 정말 그런 규칙은 찾을 수가 없었다!

바로 그때 누군가 못 참고 나섰다. 요 종주가 제일 먼저 말했다.

"강 낭자, 그리 말씀하시면 안 되지요. 쓰여 있지는 않지만 암묵

적으로 지키는 규칙이 있습니다."

"백봉산에 사냥감이 한 5백 개 됩니까? 야렵에 참가한 사람은 몇 명입니까? 5천 명이 넘습니다! 안 그래도 어려운데 위무선이 악의적인 방법으로 사냥감을 다 차지하면 다른 사람은 어떻게 합니까?"

다른 사람이 요 종주의 뒤를 이어 불평했다.

위무선이 "쳇." 하고 비웃으며 반박하려는데, 강염리가 막아서며 작게 속삭였다.

"넌 가만히 있어."

"맞아요! 아니었으면 내가 지금까지 하나도 못 잡지는 않았을 겁니다!"

다른 사람이 나서며 불만을 토로했다.

"하지만…… 다른 사람이 못 잡은 게 그의 잘못은 아니지요."

강염리가 말했다.

그 사람이 말문이 막히자 강염리가 다시 말했다.

"위렵은 실력으로만 겨루는 것이 아닙니까? 귀 종류가 없다고 해도 요와 괴가 남지 않았습니까? 아선이 3분의 1을 차지하지 않고, 심지어 위렵 대회에 참가하지 않았다고 해도 못 잡는 사람은 못 잡는 겁니다. 아선이 사용한 방법이 다른 사람과 다르다고 해도 그건 그가 수련해서 얻은 실력입니다. 다른 사람이 그 3분의 1의 사냥감을 차지하지 못했다고 해서 그를 사마외도라고 할 수는 없지요."

금자훈을 따라 항의하던 사람들의 얼굴도 금자훈처럼 새파래졌다. 하지만 강염리의 신분을 생각해 대놓고 반박하지도 못했다.

"게다가, 위렵은 위렵일 뿐인데 어째서 가정 교육을 운운하십니까? 아선은 운몽 강씨의 자제로 제 동생과 함께 자랐습니다. 공자의 '하인의 자식'이라는 말은 받아들일 수 없습니다. 그러니……."

강염리가 가녀린 허리를 꼿꼿이 세우며 목소리를 높였다.

"금자훈 공자, 우리 운몽 강씨의 위무선에게 사과하세요!"

만약 지금 이 말을 한 게 강염리가 아니라 다른 사람이었다면 금자훈은 벌써 한 대 쳤을 것이다. 금자훈은 얼굴이 새파래진 채로 아무 말도 하지 않았다. 강염리도 조용히 그를 쳐다보면서 시선을 돌리지 않았다.

"아리, 뭘 그리 진지하게 생각하느냐. 작은 일에 화낼 필요 없다."

금 부인이 끼어들었다.

"부인, 아선은 제 동생입니다. 다른 사람이 그를 욕보이는 것은 저에게 작은 일이 아닙니다."

강염리가 작은 소리로 말했다.

금 부인은 금자훈을 쳐다보며 냉정하게 말했다.

"자훈, 들었느냐?"

"큰어머니!"

금자훈은 위무선에게 절대 사과하지 않을 것이었다. 금 부인이 그의 성격을 모를 리가 없었다. 하지만 지금은 상황이 좋지 않았다. 금자훈이 사과하고 나서 금린대로 돌아가면 분명 한바탕 소동을 일으킬 터였다. 생각만 해도 골치가 아팠지만, 지금은 그의 목을 잡아 숙여서라도 빨리 사과하고 일을 마무리해야겠다고 생각했다. 바로 그때, 두 개의 검광이 날아오며 금광요와 남희신이 도착했다.

"형장."

남망기가 말했다.

"망기, 네가 왜 여기 있느냐?"

남희신이 이상하다는 듯이 물었다.

"여러분, 여긴 또 무슨 상황입니까?"

금광요가 물었다.

그가 나타나자 금 부인과 금자훈은 화풀이 대상을 찾기라도 한 것 같았다. 금광요가 내려오자마자 금 부인이 야단을 쳤다.

"웃어? 이렇게 큰일이 생겼는데 뭐가 좋아서 웃어! 이건 네가 주최한 위렵 대회가 아니냐! 쓸모없는 자식!"

금광요는 늘 이렇게 웃는 얼굴이었는데 오자마자 심한 욕을 들었다. 그가 황급히 웃음을 거두고 고분고분 말했다.

"어머니, 무슨 일이십니까?"

"무슨 일인지 직접 보면 몰라? 넌 남의 눈치를 잘 보지 않느냐!"

금 부인이 째려보며 꾸짖었다.

금광요가 아무 말도 하지 않자 금자훈이 말했다.

"백봉산 사냥터에 있는 사냥감의 3분의 1이 없어졌는데, 5천 명이 넘는 사람들은 뭘 잡아요?!"

금자훈은 이 기회에 위무선에게 사과하는 일을 어영부영 넘기고자 했다. 그가 계속 불만을 토로하려 했지만, 남희신이 먼저 말했다.

"염방존이 사냥터 범위를 확대하라고 이미 지시했으니 조금만 기다리시지요."

택무군의 말에 금자훈은 불만을 계속 내뱉는 게 상황상 적절치 않다는 것을 깨달았다. 금광요에게 더 화를 낼 수 없게 되자 금자훈은 활과 화살을 바닥에 내던지며 빈정댔다.

"이번 위렵은 한바탕 헛소동이네요! 됐습니다. 참가하지 않으면 그만이지요. 저는 퇴장하겠습니다."

"자훈, 곧 완료될 겁니다. 최대 반 시진이니……."

금광요가 깜짝 놀라 말했다.

"금 공자, 그럴 필요 없습니다!"

요 종주도 만류했다.

"위렵이 공평하지 않으니 더 기다려 뭐 하겠습니까? 양해해 주십시오!"

금자훈이 휘하의 수사들을 이끌고 어검해 떠나려고 하자 금광요가 재빨리 나서서 말렸다. 일부는 금자훈과 함께 떠나려고 했고, 일부는 이대로 포기하기가 아쉬운지 쉽게 정하지 못해 분위기가 어수선했다. 강염리가 고개를 저으며 금 부인에게 말했다.

"금 부인, 실례가 많았습니다."

"이모에게 실례라니 무슨 말이냐. 네가 자훈 그 멍청한 녀석을 야단치고 싶다면 마음껏 하거라. 나는 상관하지 않을 테니. 그래도 화가 풀리지 않는다면 내가 녀석을 혼내주마."

금 부인이 손을 저으며 말했다.

"아닙니다, 아니에요……. 그러면 전 먼저 돌아가겠습니다."

강염리가 말했다.

"관람대로 돌아가려고? 내 자헌더러 우리를 데려다 달라고 하마."

금 부인이 재빨리 말하며 멀리에 서 있던 금자헌에게 눈짓을 했다.

"괜찮습니다. 전 아선과 할 말이 있으니 그와 함께 가겠습니다."

강염리가 작은 소리로 말했다.

금 부인이 눈꼬리를 올리며 위무선을 가늠했다. 경계의 눈빛이, 왠지 내키지 않는 듯했다.

"젊은 남녀가 아무도 없이 그렇게 붙어 다니면 되겠니?"

"아선은 제 동생입니다."

강염리가 말했다.

"아리, 화내지 말아라. 저 성격 고약하고 고집스러운 녀석이 또 무슨 멍청한 짓을 했는지 말해 주렴. 내가 녀석에게 네게 사과하라고 하마."

금 부인이 강염리를 달랬다.

"정말 괜찮습니다. 금 부인, 억지로 시키지 마세요."

강염리가 고개를 저으며 말했다.

"억지로라니! 전혀 그렇지 않아!"

금 부인이 다급하게 말했다.

"실례하겠습니다, 금 부인."

위무선이 고개를 숙이며 말했다.

위무선과 강염리가 살짝 허리를 숙여 인사하고 돌아서서 떠나려고 하자 금 부인이 못 가게 강염리의 손을 꼭 잡았다. 서로 밀고 당기며 실랑이를 하는 순간, 갑자기 금자헌이 튀어나와 외쳤다.

"강 낭자!"

위무선이 못 들은 척하며 강염리를 잡아당겼다.

"사저, 빨리 갑시다."

"아닙니다, 강 낭자!"

금자헌이 외쳤다.

이제는 못 들은 척할 수가 없어서 위무선과 강염리가 같이 고개를 돌렸다. 금자훈과 소란을 피운 사람들도 무슨 일인가 싶어 쳐다봤다. 사람들은 금자헌이 말한 '아닙니다.'가 무슨 뜻인지 궁금했다. 금자헌이 몇 걸음 다가왔다. 곁으로 오고 싶은 것 같았지만 다시 멈춰 멀찍이 서서 몇 번이나 숨을 내쉬었다. 그의 이마에 핏줄이 솟았다.

한참 뒤 금자헌이 갑자기 소리쳤다.

"아닙니다, 강 낭자! 어머니가 아닙니다! 어머니의 뜻이 아닙니다! 억지로가 아니에요, 전 조금도 억지로 하지 않았습니다!"

그러곤 다시 머뭇거리다 또다시 우렁차게 말했다.

"접니다! 저 스스로 한 겁니다! 바로 내가 당신이 오길 바랐다고요!"

"……."

강염리는 아무 말도 하지 않았다.

위무선도, 금 부인도, 금자훈도 아무 말 하지 못했다.

말을 마친 금자헌의 새하얀 얼굴이 물에 핏방울이 떨어져 퍼지듯 순식간에 빨개졌다.

금자헌은 비틀거리며 뒷걸음질을 하다가 나무를 잡고서야 제대로 섰다. 그가 고개를 들더니 멈칫했다. 그제야 자기가 사람들 앞에 있다는 것을 깨달은 모양이었다. 이렇게 많은 사람 앞에서 무슨 말을 했는지가 생각났는지, 한참 동안 멍하니 있다가 갑자기 미친 듯이 도망갔다.

한참 침묵이 이어진 끝에 금 부인이 노해서 소리쳤다.

"저런 멍청한 자식! 도망을 왜 가!"

금 부인이 강염리의 옷자락을 잡으며 말했다.

"아리, 우리 이따가 관람대에서 계속 이야기를 나누도록 하자! 나는 일단 녀석을 잡아와야겠다!"

금 부인은 말을 끝마치자마자 수사들을 데리고 어검해 금자헌이 도망간 방향으로 쫓아갔다. 위무선도 이런 상황은 전혀 예상하지 못했고, 한바탕 소동에 웃을 수도 울 수도 없었다.

"이게 뭔 일이람! 사저, 갑시다."

놀랐던 강염리가 고개를 끄덕였다. 위무선은 남망기에게 손을 흔들며 인사를 건넸다.

"남잠, 갈게."

남망기가 살짝 고개를 끄덕이며 화답했다. 그는 아무 말도 하지 않은 채 위무선과 강염리의 뒷모습이 천천히 사라지는 모습을 묵묵히 바라봤다. 한쪽에 있던 금광요는 끝내 금자훈과 그 무리를 잡지 못했다. 그들이 원망의 말을 한바탕 늘어놓고 어김해서 떠나자, 빽빽하게 모였던 사람들이 순식간에 절반 이상 사라졌다. 남은 사람들도 더 볼거리가 없자 하나둘 흩어졌다. 금광요가 이마의 땀을 닦으며 쓴웃음을 지었다.

"정말……."

"오늘 일은 네 잘못이 아니다."

남희신이 금광요의 어깨를 토닥이며 위로했다.

"한 시진으로도 안 될 것 같아요."

금광요가 한숨을 내쉬면서 미간을 짚었다.

"어째서?"

남희신이 물었다.

"사실 위 공자만 사냥감의 3분의 1을 차지한 게 아니에요. 큰형님 혼자서 요수류의 절반을 쓸어가셨습니다."

금광요가 난처한 듯 말했다.

그 말에 남희신이 웃으며 말했다.

"역시 큰형님이시구나."

남망기는 뭔가 생각에 잠겨 있는 것 같았다.

"그래서 사냥터 범위를 더 넓혀야겠습니다."

금광요가 머리 아프다는 듯이 탄식했다.

"그러면 지금 당장 시작하지."

남희신이 말했다.

"죄송합니다, 형님. 위렵에 참가하러 오셨는데 번거롭게 해 드려서."

금광요가 미안해하며 말했다.

"괜찮다. 망기, 우리 먼저 갈까. 아니면 너도 돕겠느냐?"

남희신이 물었다.

"돕겠습니다."

남망기가 묵묵히 피진을 소환하며 말했다.

그들이 어검해서 떠나자 숲에는 몇 명만 남아 이야기를 나누었다. 얼마 뒤 숲에서 누군가 저벅저벅 걸어 나오더니, 상황을 보고 약간 놀란 표정을 지었다.

강징이었다. 백봉산 하늘에 남망기와 금자헌의 검광이 나타난 게 두 사람이 싸우는 모양이라는 소리를 듣고 부리나케 온 것이었다. 강염리가 금자헌과 같이 있을까 봐 걱정돼 온 것인데, 너무 늦어서 사람들이 모두 떠나고 없었다. 강징은 남은 사람들 가운데 요 종주와 그래도 안면이 있어 그에게 물었다.

"요 종주, 방금 여기서 무슨 일이 있었습니까?"

요 종주가 강징을 쳐다보면서 의미심장하게 말했다.

"강 종주, 귀댁의 위무선이 확실히 인물이긴 합니다."

강징이 미간을 찌푸렸다.

"무슨 뜻입니까?"

"제가 감히 무슨 뜻이 있겠습니까. 강 종주, 제 말에 신경 쓰지 마십시오."

요 종주가 웃으며 말했다.

강징의 얼굴이 어두워졌다. 분명 좋은 말은 아닐 것이다. 그는 나중에 위무선에게 따져 물어야겠다고 생각했다. 강징은 겉으로만 공손한 체하는 사람들과 더 말을 섞기 싫어 몸을 돌려 숲을 빠져나왔다. 걷다 보니 뒤에서 수군대는 소리가 들렸다. 그들은 강징이 들을까 조심했지만 강징은 오감이 매우 발달해 그들의 소리가 똑똑히 들렸다.

"이번에는 연화오가 두각을 나타냈네. 흉시와 원령이 거의 다 운몽 강씨 진영으로 소환돼 갔으니. 분명 많은 수사가 그 집안으로 가겠군."

한 가주가 시샘하듯 말했다.

"방법이 있습니까. 우리에겐 위무선이 없는데요."

요 종주가 말했다.

"위무선이 있다고 다 좋은 건 아닙니다. 저는 집안에 날마다 말썽을 일으키는 사람이 있다면 싫을 거 같습니다."

"위무선은 너무 오만합니다……. 어쨌든 저는 앞으로 그가 참가하는 야렵은 안 갈 겁니다."

"하, 강씨 가문으로 간다고요? 아니겠지요. 솔직히 말해서 위무선을 보고 가는 거지요. 사일지정도 위무선이 있어서 운몽 강씨가 이름을 날린 거 아닙니까?"

어떤 사람이 비웃었다.

강징은 기분이 무겁게 가라앉았다.

뭔가가 강징의 얼굴과 마음에 거둬지지 않는 그림자를 드리운 것 같았다.

2개월 뒤. 운몽.

기산 온씨가 무너지자 과거 가장 번화했던 불야천성은 깨끗이 사라지고 폐허의 도시가 됐다. 기산 온씨에 의탁했던 수사들도 새로운 활동 기반을 찾아 다른 곳으로 떠났다. 난릉, 운몽, 고소, 청하 네 곳으로 제일 많이 갔다. 오가는 사람들로 북적이는 큰길에서, 각 집안 자제와 문하생들이 검을 차고 지나가며 요즘 정세를 논하는 모습이 패기가 넘쳐 보였다.

갑자기, 사방의 행인들이 목소리를 낮추며 약속이나 한 듯이 큰길 끝을 쳐다봤다.

그곳에 백의에 말액을 두르고 고금을 멘 채 검을 찬 젊은 남성이 천천히 걸어오고 있었다.

그 남성은 준수하고 우아한 용모를 지녔지만 온몸엔 서릿발이 드리워진 것 같았다. 아직 가까이 다가오지도 않았는데 수사들은 입을 다물고 그에게 눈인사를 보냈다. 약간 이름이 있는 자는 대담하게 앞으로 나서서 "함광군."이라고 부르며 예를 표했다.

함광군은 고개를 살짝 숙여 반듯하게 예를 표한 뒤, 오래 머물지 않고 다시 지나갔다. 다른 수사들은 남망기를 더 붙잡지 못하고 알아서 물러났다.

그런데 바로 그때, 채의(彩衣)를 입은 소녀가 남망기 옆을 스쳐 지나가면서 그에게 뭔가를 던졌다.

남망기는 재빨리 그것을 받아 들고 고개를 숙여 쳐다봤다. 새하얀 꽃봉오리였다.

꽃봉오리는 가냘프고 맑고 깨끗하며 이슬까지 맺혀 있었다. 남망기가 말없이 서 있는데, 유연하고 아름다운 그림자가 다가오더니 손을 들어 작은 하늘색 꽃을 던졌다. 원래는 가슴에 던지려고 했으나 잘못 겨냥해 어깨 방향으로 날아갔다. 남망기가 그것을 두 손가락으로 잡았다. 그가 여인을 쳐다보니 그 여인이 호호 웃으며 부끄러운 척 얼굴을 가리고는 도망쳤다.

세 번째로 양쪽으로 머리를 틀어 묶은 어린 소녀가 두 팔에 붉은 꽃봉오리가 섞인 꽃다발을 안고 깡충깡충 뛰어와 남망기의 가슴에 던지고 뒤돌아 뛰어갔다.

한 번, 두 번, 세 번, 남망기는 형형색색의 꽃을 든 채 무표정한 얼굴로 길에 서 있었다. 함광군을 아는 수사들은 웃음이 나왔지만 대놓고 웃지는 못하고 짐짓 진지한 척하며 계속 쳐다봤다. 함광군을 모르는 일반인들은 손가락질하며 웃음을 터뜨렸다. 남망기가 고개를 숙인 채 생각에 잠겨 있는데, 문득 머리카락 사이에 무게가 실렸다. 손을 들어 만져 보니, 화려한 분홍색 작약이 정확하게 귀 뒤에 꽂혀 있었다.

누각 위에서 웃는 소리가 들려왔다.

"남잠— 아니다, 함광군! 이런 우연이!"

남망기가 고개를 드니 망사 휘장이 나부끼는 누각이 보였다. 그리고 검은 옷을 입은 늘씬한 그림자 하나가 주칠(朱漆)을 한 누각 난간에 기댄 채 한 손을 늘어뜨리고 있었다. 그 손은 정교한 먹색 술 주전자를 들고 있었는데, 술 주전자에 달린 선홍빛 장식 술이 절반은 그의 팔에 감겼고 절반은 허공에서 흔들렸다.

위무선의 얼굴이 보이자 구경하던 세가 자제들의 얼굴에 이상하다는 표정이 떠올랐다. 사람들은 이릉노조와 함광군은 관계가 좋지 않고, 사일지정에서 몇 차례 함께 전장에 나갔지만 늘 다퉜다고 알고 있었다. 그래서 이번에는 또 무슨 일이 일어날지 궁금해, 안 보는 척하는 것도 잊고 대놓고 두 사람을 주시했다.

하지만 남망기는 그들의 예상처럼 냉랭하게 옷소매를 날리며 가 버리지 않았다.

"너였군."

"그럼 나지! 이런 시시한 일을 할 사람이 나밖에 더 있어. 어떻게 시간이 나서 운몽엘 다 왔어? 급하지 않으면 올라와 한잔하고 가지?"

위무선 주위로 소녀 몇몇이 다가와 난간에 기대곤 아래를 내려다보며 웃었다.

"그래요, 공자. 올라와 한잔하세요!"

그들은 방금 남망기에게 꽃을 던진 소녀들로, 그걸 누가 시켰는지 말 안 해도 알 수 있었다.

남망기는 고개를 숙이고 뒤로 돌아 가 버렸다. 위무선은 남망기가 그럴 줄 알았다는 듯 혀를 차며 난간에서 내려와 고개를 젖히고 술 주전자의 술을 들이켰다. 그런데 잠시 뒤 가볍지도 무겁지도 않고, 느리지도 빠르지도 않은 발소리가 들렸다.

남망기가 누각으로 올라와 휘장을 걷으며 들어오자 주렴이 부딪치는 소리가 낭랑하게 울렸다.

남망기가 방금 받은 꽃을 작은 탁자에 내려놓으며 말했다.

"네 꽃."

"별말씀을. 너한테 준 거니까 이제 네 거야."

위무선이 작은 탁자에 비스듬히 기대며 말했다.

"왜."

"뭐가 왜야. 그냥 네가 이런 일에 어떻게 반응하는지 보고 싶었어."

"시시하군."

"그래, 시시하지. 그렇지 않으면 어떻게 널 위로 올라오게 하겠어……. 어어어, 가지 마. 이왕 올라왔는데 술 한잔 안 하고 가겠다고?"

"금주야."

"너희 가문이 금주한다는 거 나도 알아. 하지만 여긴 운심부지처도 아니니 한두 잔 마셔도 괜찮아."

새 술잔을 내온 소녀들이 술을 가득 따라 꽃 옆에 놓았다. 남망기는 여전히 앉을 생각도, 떠나려는 생각도 없어 보였다.

"운몽까지 어려운 발걸음을 했는데 이 좋은 술을 정말 맛보지 않겠다고? 뭐, 여기 술이 아무리 좋아도 고소의 천자소만은 못하지. 술 중에 정말 최고라니까. 앞으로 다시 고소에 갈 기회가 있으면 술 단지를 잔뜩 숨겨 놓고 실컷 마셔야지. 이 사람이 참 왜 이러실까. 자리가 있는데 앉지 않고 서 있다니. 앉아."

"앉으세요!"

"앉으시라니까요!"

소녀들이 소란을 피웠다.

남망기의 옅은 눈동자가 아름다운 소녀들을 서늘하게 가늠했다. 이윽고 그는 위무선이 허리에 찬, 검고 반질거리며 붉은색 술이 달린 피리로 시선을 옮겼다. 남망기는 고개를 숙이고 할 말을 고르는 것 같았다. 그 모습에 위무선은 남망기가 무슨 말을 하려는지 짐작한 듯 한쪽 눈썹을 추켜세웠다.

과연, 남망기가 천천히 말했다.

"하루 종일 인간이 아닌 것들과 어울려선 안 돼."

위무선 주변에서 소란을 떨던 소녀들의 얼굴에서 순식간에 웃음이 사라졌다.

흩날리는 휘장이 햇빛을 가려 누각 안이 밝았다, 어두워졌다 했다. 이렇게 보니 소녀들의 새하얀 얼굴이 투명한 듯 혈색이 전혀 없었고 심지어 새파랗게 보일 정도였다. 남망기를 쏘아보는 눈빛에선 서늘한 기운이 흘러나왔다.

위무선이 손을 들어 그녀들을 한쪽으로 물리고는 고개를 저으며 탄식했다.

"남잠, 정말 점점 더 재미없어지네. 칠팔십 먹은 노인도 아닌데 어떻게 네 숙부랑 똑같이 융통성이라곤 조금도 없냐."

남망기가 몸을 돌려 위무선에게 한 발 다가가며 말했다.

"위영, 나와 고소로 돌아가자."

"……."

위무선이 입을 열었다.

"정말 오랜만에 듣는 말이네. 사일지정도 끝났으니 네가 진작에 포기한 줄 알았는데."

"지난번 백봉산 위렵에서 너도 징조를 느꼈잖아."

"무슨 징조?"

"통제 불능."

"내가 금자헌이랑 싸울 뻔한 거 말이야? 네가 뭘 잘못 안 거 같은데, 난 늘 금자헌과 한판 붙고 싶었어."

"나중에 네가 한 말."

"무슨 말? 난 매일 이렇게 떠들어 대는데, 두 달 전에 했던 말이야 벌써 다 잊고도 남았지."

남망기는 위무선이 아무 말이나 막 하고 있다는 것을 한눈에 알아챘다. 그는 위무선을 쳐다보면서 숨을 들이쉬고 말했다.

"위영."

남망기가 고집스럽게 말을 이었다.

"귀도(鬼道)는 몸을 망치고 심성을 해쳐."

"남잠 너……. 그 말은 충분히 들은 거 같은데 넌 아직도 부족한가 보지? 몸을 망친다고 하는데 난 지금 아주 좋아. 심성을 해친다고 하는데 난 미친 듯이 행동하지 않는다고."

위무선이 조금 골치 아프다는 듯이 말했다.

"지금도 늦지 않았어. 나중에 후회하는 날이 오면……."

남망기의 말이 채 끝나기도 전에 위무선이 얼굴색을 바꾸며 덜컥 일어났다.

"남잠!"

위무선 뒤에 있던 소녀들의 눈이 붉게 빛났다.

"너희들은 가만히 있어."

위무선이 말했다.

그녀들은 머리를 조아리고 뒤로 물러났지만, 여전히 남망기를 노려보았다.

"뭐라고 해야 할까. 난 내가 후회할 거라고는 생각하지 않지만, 다른 사람이 내 앞일을 함부로 예측하는 건 별론데."

위무선이 남망기에게 쏘아붙였다.

한참 침묵이 이어졌다.

"내가 실례했군."

"뭐 괜찮아. 하지만 보아하니 내가 널 올라오게 하지 말았어야 했던 건 분명하네. 오늘은 내가 경솔했어."

"아니야."

"그래? 그러면 다행이고."

위무선이 살짝 웃으며 예의 바르게 말했다.

위무선은 남은 술을 단숨에 비웠다.

"어쨌든 고마워. 날 신경써 주는 거라고 생각할게."

위무선이 손을 저으며 인사를 고했다.

"그럼 함광군, 그만 방해할게. 인연이 있으면 다시 만나자고."

위무선이 연화오에 돌아왔을 때 강징은 검을 닦고 있었다.

"왔어?"

강징이 눈을 들며 말했다.

"왔어."

"얼굴이 어두운데 금자헌이라도 만난 거야?"

"금자헌보다 더해. 누군지 맞혀 봐."

"귀띔 좀 해줘 봐."

"날 가두려고 해."

"남망기? 그가 운몽에는 왜 왔어?"

강징이 미간을 찌푸리며 물었다.

“몰라, 길에서 봤는데 누굴 찾으러 왔겠지. 사일지정 이후에는 그 말을 안 하더니 또 시작했어.”

“누가 너더러 그를 불러 세우래.”

“내가 먼저 불러 세운 걸 네가 어떻게 알아?”

“그걸 꼭 물어봐야 아냐. 언젠 안 그랬어? 너도 참 이상해. 그와 매번 불쾌하게 헤어지면서 왜 또 매번 그렇게 열심히 미움을 사고 앉았어?”

“……내가 시시해서?”

위무선이 잠깐 생각하더니 말했다.

강징은 위무선을 째려보면서 속으로 ‘너도 아는군.’ 하고 혀를 차곤 검으로 시선을 옮겼다.

“너 하루에 검을 몇 번이나 닦아?”

위무선이 물었다.

“세 번. 너는? 얼마 만에 한 번씩 닦아?”

“방에 던져 놓고 한 달에 한 번 닦으면 됐지.”

위무선이 배를 집어 물며 대답했다.

“앞으로 위렵이나 청담회 같은 큰 장소에 갈 때는 패검 꼭 차고 가. 괜히 가정 교육 못 받았다고 남의 입에 오르내리지 말고.”

“너도 알잖아. 난 남이 억지로 시키는 걸 제일 싫어한다고. 억지로 시킬수록 하기 싫어져. 검을 안 찬다고 해서 누가 날 어쩌겠어?”

강징이 위무선을 흘끗 쳐다봤다.

“그리고 난 모르는 사람들과 검을 비교하고 떠드는 거 싫어. 내 검이 칼집에서 나오면 무조건 피를 보게 될 텐데, 나에게 죽일 사람 한두 명 던져 주지 않을 거라면 날 건드리지 않는 게 좋아. 아예 안 갖고 다니는 게 깔끔하고 조용해."

"예전에는 사람들 앞에서 검법 보여 주는 거 좋아했잖아."

"그땐 어렸지. 평생 어린애일 수는 없잖아?"

위무선의 말에 강징이 코웃음을 쳤다.

"검 안 차려면 차지 마. 그런데 앞으로는 금자헌 그만 건드려. 어쨌든 금광선의 외아들이잖아. 앞으로 그가 난릉 금씨의 가주가 될 텐데, 네가 그와 싸우면 나더러 어쩌라는 거야. 너랑 같이 싸울까? 아니면 널 처벌할까?"

"이젠 금광요도 있잖아? 금광요가 그보단 훨씬 안 거슬려."

검을 다 닦은 강징이 한참 동안 꼼꼼하게 살피고 나서야 삼독을 칼집에 넣었다.

"안 거슬리는 게 무슨 소용이야. 아무리 괜찮고, 아무리 뛰어나도 오가는 손님 맞는 가신에 불과한데. 이번 생에서 그는 거기까지야. 금자헌에 비할 수 없지."

강징의 말투가 금자헌을 떠받드는 것 같았다.

"강징, 너 솔직하게 대답해. 도대체 무슨 생각이야? 지난번에 사저를 데리고 갔잖아. 너 정말 사저와 금자헌을……?"

"안 될 것도 없지."

"안 될 것도 없다고? 랑야에서 그가 무슨 짓을 했는지 벌써 잊었어? 그런데도 안 될 게 없다고?"

"그도 아마 후회했을 거야."

"후회하면 뭐, 잘못을 깨달았으니 용서해야 한다고? 그의 아버지 행실을 좀 봐. 앞으로 그도 제 아버지처럼 온 천지를 누비며 여자

나 탐할지 어떻게 알아. 사저와 그를? 너 참을 수 있어?"

"어떻게 감히!"

강징이 무시무시한 말투로 소리쳤다.

잠시 뒤 강징이 위무선을 쳐다보며 다시 말했다.

"하지만 용서하고 안 하고는 네가 상관할 일이 아니야. 누가 누님더러 그를 좋아하라고 했나?"

위무선은 순간 할 말이 없었다. 한참 뒤에야 겨우 한마디 했다.

"어떻게 하필이면 그 녀석을 좋아해서……."

위무선이 배를 내던지며 탄식했다.

"사저 어디 계셔?"

"몰라. 뭐 어디 갔겠어. 주방 아니면 방, 그것도 아니면 사당이겠지. 누님이 달리 어딜 가겠어?"

위무선은 검술 수련장을 나와 주방으로 갔다. 불 위에 반 정도 채워진 탕이 보글보글 끓고 있었지만, 사람은 없었다. 강염리의 방에 가 보니, 거기에도 없었다. 마지막으로 사당에 가자, 역시 그곳에 있었다.

강염리가 사당에서 무릎을 꿇고 앉아 부모님의 위패를 닦으며 작은 소리로 뭐라 소곤거리고 있었다. 위무선이 고개를 쑥 들이밀며 알은체를 했다.

"사저? 또 강 숙부랑 우 부인과 이야기하고 있었어요?"

"너희가 안 오니 나라도 와야지."

강염리가 차분하게 말했다.

위무선이 들어와 강염리 옆에 앉아 같이 위패를 닦았다.

강염리가 위무선을 쳐다봤다.

"아선, 왜 그렇게 봐? 나한테 할 말 있어서 온 거 아니야?"

"아무것도 아니에요. 그냥 뒹굴려고 왔어요."

위무선이 웃으며 말하더니 정말 바닥에서 뒹굴었다.

"선선, 너 몇 살이야?"

"세 살."

강염리가 웃자 위무선은 그제야 일어나 앉아 곰곰이 생각한 다음 입을 열었다.

"사저, 저 하나 물어볼 게 있어요."

"물어봐."

"사람은 왜 다른 사람을 좋아해요? 그런 종류의 좋아하는 거요."

"왜 그런 걸 물어? 누구 좋아해? 어떤 낭자인데?"

강염리는 살짝 놀라며 의외라는 듯이 물었다.

"아뇨. 전 누구도 좋아하지 않을 거예요. 적어도 한 사람을 너무 좋아하지는 않으려고요. 그건 자기 목에 스스로 목줄을 매는 거잖아요."

"세 살도 많다. 한 살이겠지."

"아니야, 세 살이에요! 세 살 선선이 배고파요! 어떡해요!"

"주방에 탕 있으니 가서 먹어. 선선이 부뚜막에 손이 닿을까 모르겠네?"

강염리가 웃으며 말했다.

"안 닿으면 사저가 안아 주면 되죠……."

위무선이 헛소리를 늘어놓고 있는데 마침 강징이 사당으로 들어왔다.

"또 헛소리군! 이 종주님께서 널 위해 탕을 갖다 놨으니 어서 무를 끓고 고맙다고 말하고 가서 먹어."

위무선이 나가서 보고는 다시 돌아왔다.

"강징, 지금 뭐 하잔 거야. 갈비는?"

"다 먹었지. 연근만 남았어. 먹든지 말든지 네 마음대로 해."

위무선이 팔꿈치로 강징을 쳤다.

"갈비 토해내!"

"토하라면 하지. 토해낼 테니 먹을 수 있으면 먹어 보든가!"

강염리는 둘이 또 티격태격하자 다급하게 말렸다.

"그만해. 몇 살인데 아직도 갈비로 싸워. 내가 다시 만들어 줄게……."

위무선은 강염리가 끓여 준 연근갈비탕을 제일 좋아했다.

맛이 정말 좋은 것 말고도 탕을 처음 먹었을 때가 늘 떠올랐기 때문이다.

강풍면이 이릉에서 위무선을 데리고 온 지 얼마 안 되었을 때였다. 위무선은 들어가자마자, 우쭐거리는 꼬마 공자가 강아지 몇 마리를 끌고 연무장을 뛰어다니는 것을 보고 두 손으로 얼굴을 가린 채 비명을 지르며 엉엉 울기 시작했다. 강풍면에게 꼭 달라붙은 위무선은 아무리 달래도 떨어지지 않았다. 다음 날 강징이 기르던 강아지는 다른 집에 보내졌다.

이 일로 강징은 한바탕 크게 울었다. 강풍면이 아무리 어르고 달래며 두 아이에게 '친구가 되라.'고 했지만 강징은 위무선과 말하기를 거부했다. 며칠 뒤 강징의 태도가 조금 누그러지자 강풍면은 이 기회에 둘이 더 친해지라고 강징에게 위무선과 같은 방을 쓰도록 했다.

강징은 어쩔 수 없이 대답은 했지만, 싫은 건 싫은 것이었다. 강풍면은 기뻐서 위무선을 들어 자기 팔에 앉혔다. 이 모습에 강징은 얼어붙었다. 우 부인은 그 자리에서 차갑게 웃고는 소맷자락을 날리며 나가 버렸다. 부부는 각자 일이 있어 황급히 외출해 말다툼할 겨를이 없었다.

그날 밤, 강징은 위무선을 문밖에 세워 두고 들어오지 못하게 했다.

"사제, 사제, 나 좀 들어가게 해 줘. 나 졸려."

위무선이 문을 두드리며 애원했다.

강징은 방 안에서 등으로 문을 막으며 외쳤다.

"누가 네 사제야! 내 왕비님이랑 말리 돌려내. 내 사랑이 돌려내라고!"

왕비님, 말리, 사랑이는 강징이 키우던 강아지의 이름이었다. 위무선은 강풍면이 자기 때문에 강아지들을 내보낸 것을 알고 낮은 소리로 사과했다.

"미안해. 하지만…… 하지만 나 정말 강아지가 무서워……."

강징이 기억하기로 강풍면이 자기를 안아 준 게 다 합쳐도 다섯 번이 채 안 됐다. 아버지가 안아 주면 몇 달이나 기뻤다. 가슴에 불만이 가득 쌓여 '왜, 왜, 왜'를 되뇌었다. 그 순간 강징의 눈에, 자기 방에 자기 것이 아닌 침구가 더 있는 게 들어왔다. 그는 화가 치밀어 위무선의 이불을 둘둘 말아 들었다. 문 옆에서 한참 동안 서 있던 위무선은 갑자기 문이 열리자 기쁜 표정을 지었다. 하지만 채 그 기쁨을 만끽하기도 전에 던져진 이불에 머리를 맞고 옆으로 넘어질 뻔했다. 문이 다시 굳게 잠겼다. 강징이 안에서 소리쳤다.

"넌 다른 데 가서 자! 여긴 내 방이야! 내 방까지 빼앗으려고?!"

위무선은 강징이 왜 그렇게 화를 내는지 몰라 어리둥절했다.

"나 안 뺏었어. 강 숙부가 너랑 같이 자라고 했어."

강징은 위무선이 또 자기 아버지를 들먹이자 일부러 자랑하는 것처럼 느껴져 마음이 몹시 상했다. 그가 눈시울을 붉히며 큰 소리로 외쳤다.

"꺼져! 다시 내 눈앞에 나타나면 개들 불러서 너 물라고 할 거야!"

문 앞에 서 있던 위무선은 개를 불러오겠다는 강징의 말에 깜짝 놀라 어쩔 줄 몰라 하며 다급하게 말했다.

"갈게, 갈 테니까 개 부르지 마!"

위무선은 내던져진 이불을 끌고 날듯이 장랑[#12]을 뛰어나갔다. 연화오에 온 지 얼마 안 돼서 여기저기 다닐 기회가 없었던 그는 강풍면이 있으라고 한 몇 곳에서 하루 종일 얌전히 머물렀기에 길과 방을 잘 몰랐다. 사람들이 깰까 봐 마음대로 문을 두드릴 수도 없었다. 한참을 고민한 끝에 바람이 안 드는 복도 구석에 이불을 깔고 누웠다. 하지만 '개들 불러서 너 물라고 할 거야!'라는 강징의 위협이 머릿속에 맴돌아 점점 무서워졌다. 위무선은 이불 속에서 계속 뒤척였다. 바람에 풀이 흔들리는 소리도 개들이 살금살금 에워싸는 것처럼 들렸다. 한참 동안 뒤척이다가, 이곳에서는 더 머물 수 없다고 생각하고는 벌떡 일어났다. 그는 이불을 둘둘 말아 놓고 연화오에서 도망쳐 나왔다.

밤바람을 맞으며 헐레벌떡 한참을 내달리자 나무가 보였다. 위무선은 많이 생각하지도 않고 기어 올라가 손과 발로 나뭇가지를 꼭 끌어안았다. 높은 곳이라고 느껴지자 그제야 안심이 됐다. 나뭇가

#12 **장랑(長廊)** 긴 복도.

지를 끌어안고 얼마나 있었을까. 갑자기 멀리서 자기 이름을 부르는 부드러운 목소리가 들렸다. 목소리가 점점 가까워지더니, 얼마 뒤 하얀 옷을 입은 소녀가 등롱을 들고 나무 아래에 나타났다.

위무선은 그녀가 강징의 누이라는 것을 알아채고 입을 꾹 다물었다. 그녀가 자기를 발견하지 못하기를 바랐다. 그런데 강염리가 말했다.

"아영이니? 거기 올라가서 뭐 해?"

위무선은 계속 아무 말도 하지 않았다.

"너 보여. 나무 밑에 네 신발이 떨어져 있어."

강염리가 등롱을 들며 말했다.

위무선이 고개를 숙여 자기 왼발을 봤다.

"내 신발!"

그제야 놀라 소리쳤다.

"내려와. 나랑 돌아가자."

"나…… 나 안 내려가. 개가 있어."

"그건 아징이 거짓말한 거야. 개 없어. 계속 그렇게 있다간 손이 저려서 떨어져."

강염리가 뭐라고 하든 위무선은 나뭇가지를 끌어안고 내려가지 않았다. 강염리는 위무선이 떨어질까 걱정스러웠다. 그녀는 나무 아래에 등롱을 내려놓고 위무선이 떨어지면 받으려고 두 손을 내밀고 섰다. 한 주향 정도 대치하자, 위무선은 손이 저린 나머지 저절로 손이 풀려 나무 아래로 떨어지고 말았다. 강염리가 재빨리 받았지만 위무선은 쿵, 하고 떨어져 몇 바퀴 험하게 굴렀다. 그가 다리를 끌어안고 악악거렸다.

"내 다리 부러졌어!"

"안 부러졌어, 분명 안 부러졌을 거야. 많이 아파? 서두르지 마. 움직이지 말고. 내가 업어 줄게."

위무선은 계속 개가 마음에 걸리는지 훌쩍거렸다.

"개…… 개 왔어요……?."

"없어. 개가 오면 내가 쫓아 줄게."

강염리는 위무선의 신발을 주워 들면서 계속 그를 안심시켰다.

"신발이 왜 떨어졌을까? 발에 안 맞아?"

"아니요, 잘 맞아요."

위무선은 쏟아지는 눈물을 참으며 다급하게 말했다.

사실 신발은 발에 조금 컸다. 하지만 이 신발은 강풍면이 처음 사준 새 신이었다. 신발이 크니 다시 사 달라고 할 수가 없었다. 강염리가 위무선에게 신발을 신겨주며 신발 끝을 눌러보았다.

"조금 크네. 돌아가서 손봐 줄게."

강염리의 말에 위무선은 자기가 또 뭔가 잘못한 것 같아서 불안했다.

남의 집에 얹혀살면서 가장 무서운 것은 바로 폐를 끼치는 일이었다.

강염리는 위무선을 업고 비틀비틀 걸으며 말했다.

"아영, 조금 전에 아징이 네게 뭐라고 말했든 마음 쓰지 마. 아징은 늘 집에서 혼자 놀았고 그 강아지들을 무척 좋아했는데 아버지가 보내 버렸으니 속상했을 거야. 사실 아징도 같이 놀 사람이 생겨 좋아하고 있어. 네가 나가서 한참 안 돌아오니까 무슨 일이라도 생긴 줄 알고 날 찾아와서 내가 나온 거야."

그때 강염리는 위무선보다 세 살 많아 겨우 열두세 살밖에 안 됐다. 자기도 아이면서 어른처럼 위무선을 어르고 달래 주었다. 강염리는 몸집도 작고 가냘프고 힘도 세지 않아 휘청거리기도 했지만, 위무선이 떨어지지 않게 한 번씩 멈춰 서서 그를 추켜 업었다. 위무선은 강염리의 등에 업혀 있으니 마음이 푹 놓였다. 심지어 강풍면의 팔에 앉아 있을 때보다 훨씬 안심됐다.

갑자기 "엉엉." 하고 우는 소리가 밤바람을 타고 들려왔다. 강염리가 깜짝 놀라 말했다.

"무슨 소리지? 너도 들었지?"

"들었어요! 저기 구덩이에서 났어요!"

위무선이 손가락으로 한 곳을 가리켰다.

두 사람은 구덩이 옆으로 가서 조심스럽게 아래를 내려다봤다. 구덩이 아래에 있는 작은 그림자가 보였다. 한 아이가 흙투성이가 된 얼굴에 두 줄로 눈물 자국이 난 채로 훌쩍거리고 있었다.

"……누나!"

강염리가 크게 한숨을 내쉬었다.

"아징, 내가 사람들 불러서 같이 나오라고 했잖아?"

강징은 고개를 절레절레 저었다. 강염리가 떠나자 강징은 안절부절못하며 한참을 기다리다가 자기도 쫓아 나온 것이었다. 너무 급하게 나오느라 등롱을 깜박 잊었고, 험한 산길에 넘어지고 구덩이로 떨어져 머리까지 깨져버렸다.

강염리가 손을 뻗어 구덩이에서 동생을 끌어낸 다음 손수건을 꺼내 피가 줄줄 흐르는 강징의 이마에 대주었다. 의기소침해진 강징이 위무선을 몰래 훔쳐봤다.

"너 아영에게 할 말 있는 거 아니었어?"

강염리가 말했다.

"……미안해."

강징이 이마에 댄 수건을 누르며 작은 소리로 웅얼거렸다.

"이따가 아영의 이불 가져와. 알겠지?"

강염리가 말했다.

"벌써 갖다 놨어."

강징이 콧물을 훌쩍이며 말했다.

두 사람 모두 다리에 상처가 나 잘 걷지 못했다. 연화오까지 거리가 좀 있었기 때문에 강염리는 하나는 업고 하나는 품에 안고 가는 수밖에 없었다. 위무선과 강징이 목에 매달리자 강염리는 몇 걸음만 걸어도 숨을 헐떡였다. 그녀가 아이들에게 한탄했다.

"이렇게 매달리면 나더러 어떻게 하라고?"

두 사람 모두 눈물을 글썽이며 억울하다는 듯이 강염리의 목을 더 꽉 잡았다.

강염리는 결국 가다 서다를 반복하며 두 동생을 데리고 연화오로 돌아왔다. 조심스럽게 의원을 깨워 위무선과 강징의 치료를 부탁하고, 치료가 끝나자 죄송하다는 말과 고맙다는 인사를 연신 하면서 의원을 배웅했다. 강징은 위무선의 다리를 보더니 긴장한 눈치였다. 만약 다른 문하생이나 하인이 이 사실을 알게 돼 아버지의 귀에 들어간다면 큰일이었다. 게다가 자기가 위무선의 이불을 밖으로 내던지고 다리를 다치게 한 사실까지 안다면 자기를 꾸짖고 실망하실 게 뻔했다. 강징이 다른 사람을 안 부르고 혼자서 쫓아간 이유도 바로 이것 때문이었다. 강징이 걱정하는 모습을 보고 위무선이 먼저 말을 꺼냈다.

"안심해. 강 숙부께는 말하지 않을 테니까. 이건 내가 밤에 혼자 나가 나무에 올라갔다가 다친 거야."

위무선의 말에 강징은 그제야 안심했다.

"너도 안심해. 앞으로 개를 보면 내가 쫓아 줄게!"

강징이 맹세했다.

두 사람이 마침내 말이 통하는 것을 보자 강염리는 기뻐서 말했다.

"그럼 그래야지."

한밤중에 한바탕 소동을 벌인 두 사람은 배가 고팠다. 강염리가 주방에 가서 발끝을 세우고 조심조심 움직여 그들에게 연근갈비탕을 끓여다 주었다.

가슴을 포근하게 감싸던 향기가 지금도 생생했다.

위무선은 정원에 앉아 탕을 다 마시고 빈 그릇을 바닥에 내려놓았다. 별이 드문드문 반짝이는 밤하늘을 한동안 바라보다가 살짝 미소를 지었다.

오늘 운몽에서 남망기를 만났더니 갑자기 예전에 운심부지처에서 있었던 일들이 생각났다.

위무선이 충동적으로 남망기를 불러 세운 것도 그때 일을 이야기하고 싶어서였다. 그런데 남망기는 모든 것이 그때와는 달라졌다는 것을 일깨워 주었다.

하지만 연화오로만 돌아오고, 강가의 사저와 사제 곁에 있기만 하면 위무선은 아무것도 달라지지 않은 것 같은 느낌이 들었다.

위무선은 일어나 연화오 밖으로 걸어갔다. 문하생들이 그에게 공손하게 고개를 숙이며 예를 표했다. 모두 낯선 얼굴이었다. 원숭이인 양 제멋대로 굴었던 친한 사제들과, 곁눈질하며 제대로 예를 표하지 않았던 하인들은 이미 예전에 사라지고 없었다.

연무장을 지나 연화오 대문을 나서자 넓은 부두가 나왔다. 낮이나 밤이나 부두에는 언제나 음식을 파는 상인들이 있었다. 솥에서 뭔가 튀기는지 기름 냄새가 진동했다. 위무선은 발길을 멈추고 씨익 웃었다.

"오늘은 뭐가 많군."

"위 공자, 하나 드릴까요? 이건 제가 그냥 드리는 것이니 장부에 달아 놓을 필요 없습니다."

상인이 웃으며 말했다.

"주세요. 장부는 예전처럼 달아 놓고요."

위무선이 말했다.

그 상인 옆에 꼬질꼬질한 사람이 웅크리고 앉아 있었다. 위무선이 다가가자 그 사람은 무릎을 끌어안고 덜덜 떨었다. 춥고 피곤한 것 같았다. 위무선이 한두 마디 건네자 그제야 고개를 획 들었다.

위무선의 두 눈이 약간 커졌다.

"당신은!"

제16장
강하고 고집스럽다

제16장 강하고 고집스럽다

금린대.

남희신과 남망기가 어깨를 나란히 하며 금성설랑 꽃바다를 천천히 걸어왔다.

남희신이 손을 뻗어 새하얀 금성설랑을 스치고 지나갔지만 가벼운 동작에 이슬 한 방울 떨어지지 않았다.

"망기, 무슨 일이길래 근심이 이리 가득한 것이냐?"

근심 어린 표정이라곤 하지만 다른 사람이 보기에는 평소와 별반 다르지 않았다.

남망기가 수심 깊은 얼굴로 고개를 저었다. 그는 한참 뒤에야 낮은 소리로 말했다.

"형장. 저, 한 사람을 운심부지처로 데려가고 싶습니다."

"운심부지처에 사람을 데려가겠다고?"

남희신은 깜짝 놀랐다.

남망기가 무거운 마음으로 고개를 끄덕였다. 잠시 뒤 다시 입을 열었다.

"데려가서…… 숨기고 싶습니다."

순간 남희신의 눈이 커졌다.

이 동생은 어머니가 돌아가신 뒤로 성격이 점점 내성적으로 변했다. 야렵을 나갈 때를 제외하고는 하루 종일 집에 틀어박혀 있었다. 서책 읽기, 명상, 글쓰기, 고금 연주, 수련 등을 하면서 다른 사람과는 거의 말을 하지 않았고 자기하고만 한두 마디 나눌 뿐이었다. 그런 그가 이런 말을 하는 것은 처음이었다.

"숨긴다고?"

남희신이 물었다.

"하지만 그는 원치 않습니다."

남망기가 미간을 작게 찡그리며 말했다.

바로 그때 앞쪽이 시끌벅적해지면서 누군가 윽박지르듯 소리쳤다.

"누가 너더러 이 길로 다니라고 했어? 누가 이렇게 함부로 다니래!"

"실례했습니다. 전……."

다른 젊은이의 목소리가 들렸다.

그 목소리에 남희신과 남망기는 약속이나 한 듯이 고개를 들었다. 가림 벽 옆에 두 사람이 서 있었다. 방금 호통친 사람은 금자훈이었고 그의 뒤에는 하인과 수사가 몇 명 서 있었다. 야단맞은 사람은 백의를 입은 젊은이였다. 그 남자는 남희신과 남망기를 언뜻 보고는 순간 얼굴이 하얘지더니 말을 잇지 못했다. 금자훈이 화가 나 차갑게 노려보고 있는데, 마침 금광요가 나타났다.

"금린대는 길이 복잡해서 소 공자가 길을 잘못 들어선 모양입니다. 저를 따라오시지요.”

금광요가 백의의 남자에게 말했다.

금자훈은 금광요의 등장에 콧방귀를 뀌며 그들을 비켜 갔다. 백의의 남자는 놀라서 물었다.

“저를 아십니까?”

“당연히 기억하지요, 왜 기억을 못 하겠습니까? 우리 전에 한 번 만난 적이 있지 않습니까? 소민선 공자, 공자의 검법이 참 좋았습니다. 지난번 백봉산 위렵에서 이런 청년 인재가 우리 가문에 오지 않아 아쉽다고 생각했는데, 나중에 저희 가문에 온 것을 알고 아주 기뻤습니다. 자, 이리로 가시지요.”

금광요가 웃으며 말했다.

난릉 금씨에 의탁해 검을 수련하는 검수(劍修)가 셀 수 없을 정도로 많아 소섭은 자기를 알아보는 사람이 없을 것이라고 생각했다. 그런데 잠깐 봤던 금광요가 자기를 똑똑히 기억하고 칭찬까지 해주니, 굳었던 표정이 자기도 모르게 누그러졌다. 그는 남씨 형제를 더는 의식하지 않고 금광요를 허둥지둥 따라갔다. 그 모습이 마치 그들이 나서서 비꼬거나 지적할까 봐 걱정하는 것처럼 보이기도 했다.

투연청(鬪姸廳) 안에 남희신과 남망기가 차례로 착석했다. 이곳에서는 방금 나눴던 대화를 계속하기가 어려워, 남망기는 다시 얼음처럼 차가운 평소 얼굴로 돌아갔다. 고소 남씨는 술을 싫어하기로 이름이 높았다. 금광요는 두 사람의 탁자에는 술잔을 놓지 않고 찻잔과 깨끗한 앞접시만 놓도록 했고 술을 올리러 오는 사람도 없었다. 그러나 조용한 분위기는 얼마 못 갔다. 금성설랑포를 입은 남자가 한 손에 술잔을 들고 걸어오면서 목청을 높이며 소란을 떨었다.

"남 종주, 함광군, 제가 두 분께 한잔 올리겠습니다!"

그는 바로 조금 전부터 투연청 안을 돌며 술을 따르던 금자훈이었다. 금광요는 남희신과 남망기가 술을 좋아하지 않는다는 것을 알고 재빨리 쫓아왔다.

"자훈, 택무군과 함광군은 운심부지처 분이라 규훈석에 가훈이 3천 줄도 넘습니다. 그러니 그들에게 술을 권하기보다는……."

금자훈은 금광요가 매우 못마땅했다. 평소 금광요의 출신이 비천해 가문을 욕되게 한다고 생각했기에 그를 무시하며 말을 잘랐다.

"금가와 남가는 친척이고 모두 자기 사람입니다. 남가 형제분들이 안 마시면 저를 무시하는 겁니다!"

옆에 있던 금자훈의 지지자 몇 명이 손뼉을 치며 동조했다.

"정말 시원시원하십니다!"

"명사라면 응당 이래야지!"

금광요는 웃는 얼굴을 유지했지만, 남몰래 한숨을 내쉬며 관자놀이를 문질렀다. 남희신이 일어나 완곡하게 거절해도 금자훈은 떠나지 않고 들러붙었다.

"여러 말 마십시오. 남 종주, 우리 두 가문은 외부인과 다릅니다. 외부인을 대하듯 절 대하지 마세요! 마신다, 안 마신다, 한마디면 됩니다!"

미소를 짓던 금광요의 입가가 굳어졌다. 그가 미안함이 가득한 눈빛으로 남희신을 쳐다보며 온화한 말투로 금자훈을 구슬렸다.

"남 종주께선 이따가 어검해서 돌아가셔야 합니다. 술을 마시면 어검에 영향을 미치니…….”

금자훈은 아랑곳하지 않고 말했다.

“술 두 잔에 떨어진다고요? 저는 큰 사발로 여덟 잔을 마셔도 아무렇지도 않았습니다!”

주위에서 치켜세우며 칭찬했다. 줄곧 앉아 있던 남망기가 금자훈이 자기 앞으로 들이댄 술잔을 차갑게 노려보다 매섭게 거절하려던 순간이었다. 불쑥 낯선 손이 들어와 그 술잔을 채갔다.

남망기가 살짝 놀라 찡그렸던 미간을 펴면서 고개를 들었다.

눈에 처음 들어온 것은 검은 옷이었다. 허리에 찬 피리 끝에 피처럼 붉은 술이 달려 있었다. 그 사람은 한 손으로 뒷짐을 쥔 채 고개를 젖혀 단숨에 술을 마셨다. 그러곤 빈 잔 바닥을 금자훈에게 보여 주었다.

“내가 대신 마셨으니 됐지요?”

눈가엔 웃음기가 어려 있고 말꼬리가 약간 올라갔다. 큰 키에 늘씬한 자태, 생기가 넘치는 준수한 외모였다.

“위 공자?”

남희신이 말했다.

“언제 온 거지?”

누군가 놀란 듯이 작은 소리로 속삭였다.

위무선이 술잔을 내려놓고 한 손으로 옷깃을 정리하며 말했다.

“방금.”

방금? 하지만 분명 통보하거나 인사하는 사람이 아무도 없었다. 위무선이 언제 쥐도 새도 모르게 투연청에 들어왔는지 아무도 몰랐다. 사람들은 등골이 서늘해졌다. 금광요가 재빨리 반응했다. 여전히 싹싹한 태도로 말했다.

"위 공자가 금린대에 오신 줄도 모르고 실례했습니다. 자리를 마련할까요? 아, 맞다. 초대장 있으시죠?"

위무선은 상투적인 인사말을 빼고 단도직입적으로 말했다.

"아뇨, 없습니다."

위무선은 금자훈에게 고개를 약간 숙이며 말했다.

"금 공자, 조용한 곳에서 얘기 좀 나누죠."

"할 말이 있으면 이 연회가 끝난 다음에 하자고."

금자훈이 손을 휘휘 저으며 대충 답했다.

사실 금자훈은 위무선과 이야기를 나눌 생각이 없었다. 위무선도 그의 생각을 알고 말했다.

"얼마나 기다릴까요?"

"서너 시진 정도? 아니면 대여섯 시진? 확실하지가 않은데. 아니면 내일."

"그렇게 오래는 기다릴 수 없습니다."

"기다릴 수 없어도 기다려야지."

금자훈은 굽히지 않았다.

"위 공자, 무슨 일인지 모르겠습니다만, 급하십니까?"

금광요가 물었다.

"아주 시급한 일이라 조금도 지체할 수 없습니다."

위무선이 단호하게 말했다.

금자훈이 남희신에게 몸을 돌려 다른 잔을 들며 말했다.

"남 종주, 여기요, 여기. 남 종주는 아직 잔을 안 비우셨잖습니까!"

일부러 지체하는 모습에 위무선의 미간에 어두운 기운이 스쳤다.

위무선은 눈을 가늘게 뜨고 입꼬리를 올리며 말했다.

“좋습니다. 그렇다면 여기서 직접 말하지요. 금 공자, 온녕이 어디에 있는지 아십니까?”

“온녕? 모릅니다.”

금자훈이 말했다.

“분명 기억할 텐데요. 지난달 감천 일대에서 야렵하면서 팔익박쥐왕(八翼蝙蝠王)을 쫓다가 기산 온씨의 잔여 세력이 사는 집단 거주지, 아니 구금지라고도 하는 곳에 갔지요? 그곳에서 온가 문하생들을 잡아가지 않았습니까? 그곳 우두머리가 바로 그입니다.”

위무선이 말했다.

사일지정 이후 기산 온씨는 멸망하고 사방으로 확장했던 기반은 다른 가문이 나눠 가졌다. 감천 일대는 난릉 금씨 휘하로 들어갔다. 온가 잔여 세력은 전부 기산의 한 구석으로 몰렸고, 그들은 과거의 천 분의 1도 안 되는 곳에서 겨우 목숨을 부지하며 누추하게 살았다.

“기억 안 난다면 안 나는 거지. 온씨 개의 이름을 기억할 정도로 난 한가하지 않아.”

금자훈이 말했다.

“좋습니다. 그러면 더 자세하게 말하지요. 공자는 그 박쥐를 잡지 못했고 마침 이상한 기운을 느끼고 달려온 문하생 몇 명을 만났습니다. 공자는 그들에게 소음기(召陰旗)를 메고 미끼가 되라고 했습니다. 그들은 못 하겠다고 했고, 그중 한 명이 나와 더듬거리며 시비를 따졌지요. 바로 그 사람이 내가 말하는 온녕입니다. 실랑이를 벌이는 동안 박쥐는 도망갔고 화가 난 공자는 그들을 흠씬 두

들겨 패고 강제로 끌고 갔습니다. 그 뒤로 그들의 행적이 묘연합니다. 더 자세한 설명이 필요합니까? 그들이 아직까지 안 돌아왔습니다. 이 위 모는 당신 말고 달리 누구에게 물어봐야 할지 모르겠습니다."

위무선이 억누르듯이 또박또박 따져 물었다.

"위무선, 무슨 뜻이지? 나한테 와서 사람을 찾아? 온씨 개를 위해 나서려는 건 아니겠지?"

금자훈이 빈정댔다.

위무선이 웃음을 가득 머금고 상냥하게 말했다.

"내가 나서든, 목을 베든 무슨 상관입니까? ―그냥 내놓으면 될 것을!"

마지막 말을 일갈하는 위무선의 얼굴에서 웃음기가 사라졌다. 말투도 한없이 냉랭해졌다. 누가 봐도 인내심이 바닥난 모양새였다. 투연청에 있던 사람들은 자기도 모르게 몸서리를 쳤다. 금자훈도 머리털이 쭈뼛 섰다. 하지만 그는 이내 정신을 가다듬고 화난 목소리로 소리쳤다.

"위무선, 아주 기고만장하군! 오늘 우리 난릉 금씨가 너를 초대했나? 어떻게 여기서 방자하게 굴 수가 있지? 넌 정말 너에게 대적할 자가 없고 네 기분을 거스를 자가 없다고 생각하는 건가? 하늘을 뒤집고 싶은 거야!"

"지금 그 말은 네가 하늘이라는 건가? 내 솔직히 말하는데 정말 낯짝이 두껍군."

위무선이 웃으며 이기죽거렸다.

금자훈은 난릉 금씨를 새로운 하늘이라고 생각하긴 했지만, 방금

자기가 실언했다는 것을 깨닫고 얼굴을 붉혔다. 목소리를 높여 반격하려는데, 수석 자리에 있던 금광선이 입을 열었다.

"뭐 그리 대단한 일도 아닌 걸 가지고 젊은이들이 얼굴을 붉히고 그러는가? 하지만 위 공자, 내가 입바른 소리 한마디만 하겠네. 우리 난릉 금씨가 개최한 사적인 연회에 난입한 것은 부적절한 행동이네."

금광선이 허허 웃으며 타이르듯 말했다.

금광선이 백봉산 위렵 일을 개의치 않는다는 건 불가능한 일이었다. 이 또한 그가 조금 전까지 웃으며 금자훈이 위무선을 곤란하게 하도록 놔두었다가 금자훈이 수세에 몰리자 나서게 된 이유였다.

"금 종주, 연회를 방해할 생각은 아니었습니다. 죄송합니다. 하지만 금 공자가 데려간 사람들은 지금 생사를 알 수 없습니다. 더 늦었다간 못 구할 수도 있습니다. 그중 한 명은 제 생명의 은인이라 수수방관할 수가 없습니다. 용서를 바라지 않고 앞으로 죗값을 받겠습니다."

위무선이 고개를 숙이며 말했다.

"조금 미루지 못할 일이 뭐가 있는가. 이리 와서 일단 앉게. 우리 천천히 이야기 나누세."

금광선이 느긋하게 손짓했다.

금광요가 어느새 새 탁자와 의자를 가져다 놓았다.

"금 종주 괜찮습니다. 이 일은 더 미룰 수가 없습니다. 어서 해결해 주십시오."

위무선은 물러서지 않았다.

"급할 거 없네. 자세히 따져 보면 우리도 더 청산을 미루면 안 되는 일이 있네. 이왕 왔으니 이 기회에 같이 해결하면 되겠군. 어떤가?"

금광선이 말했다.

"무슨 청산 말입니까?"

위무선이 눈썹을 치켜세우며 반문했다.

"위 공자, 이 일은 예전에도 몇 번 언급했었는데 잊지 않았겠지……. 사일지정 중 위 공자가 사용했던 그것 말이오."

금광선이 말했다.

"아, 말씀하신 적이 있습니다. 음호부. 그게 왜요?"

위무선이 말했다.

"듣자 하니 그 음호부는 위 공자가 도륙 현무 동굴에서 얻은 철검의 철정(鐵精)을 제련해서 만들었다지. 예전에 전장에서 공자가 사용했을 때 위력이 대단해 같은 편 수사도 그 위력의 여파로……."

"요점을 말씀하십시오."

위무선이 금광선의 말을 잘랐다.

"이게 바로 요점일세. 그 전장에서 온씨뿐 아니라 우리 쪽도 큰 손실을 입었어. 그런 법보는 통제가 어려우니 한 사람이 보관하면……."

말이 채 끝나기도 전에 위무선이 웃기 시작했다.

"금 종주, 제가 한마디만 더 묻겠습니다. 종주는 기산 온씨가 없으니 난릉 금씨가 당연히 그들을 대신해야 한다고 보십니까?"

투연청 안이 쥐 죽은 듯이 조용해졌다.

"모든 물건을 다 당신이 관리해야 하고, 모든 사람이 당신 말을 들어야 한다? 난릉 금씨의 이런 기풍을 보니 온씨의 성세가 여전한 것 같습니다."

이 말에 금광선의 각진 얼굴에 부끄럽고 분한 기색이 스쳤다. 사일지정 이후 힘 좀 쓴다고 하는 세가 사이에서 위무선이 귀도를 수련한 일에 대한 완곡한 비판이 점점 늘어나고 있었다. 이 자리에서 금광선이 음호부를 언급한 이유는, 원래 위무선 너에겐 빌미가 있어 사람들이 주시하고 있으니 겁만 떨지 말고 우리 가문을 욕보이지 말라고 위협하기 위한 것이었다. 그런데 위무선이 이렇게 직접적이고 적나라하게 말할 줄은 몰랐다. 금광선은 일찍부터 자기 가문이 온씨의 지위를 대신한다는 생각을 하고 있었지만, 이렇게 대놓고 지적하고 거기에 조롱을 더하는 자는 없었다. 금광선의 오른쪽에 있던 객경이 소리쳤다.

"위무선! 그게 무슨 말이냐!"

"내 말이 틀렸습니까? 산 사람을 미끼로 삼고 순종하지 않으면 백방으로 탄압하는 게 기산 온씨와 무슨 차이가 있지요?"

위무선이 말했다.

다른 객경이 일어나 반박했다.

"당연히 다르지. 온씨 개는 악행을 일삼았기 때문에 그런 최후를 맞는 건 인과응보다. 우리는 그냥 받은 대로 되돌려주면서 그들에게 자기가 뿌린 악의 대가를 받게 한 건데, 그게 왜 비판받을 일인가?"

"누가 당신을 물어뜯으면 그에게 따져야지, 온녕은 손에 피를 묻힌 적이 없는데 연좌제를 물어야겠습니까?"

위무선이 말했다.

"위 공자, 공자가 그들이 손에 피를 묻히지 않았다고 말하면 그런 거요? 그건 그저 당신의 일방적인 주장일 뿐 증거가 없지 않소?"

다른 사람이 나섰다.

"그들이 무차별 살육을 했다는 그 말도 당신의 일방적인 주장이지 않습니까? 당신이 먼저 증거를 내놓아야 하지 않나? 어째 나더러 찾아내랍니까?"

위무선이 엄중히 따졌다.

그 사람은 위무선이 '억지를 부린다'는 듯한 표정을 지으며 고개를 절레절레 저었다. 그러자 다른 사람이 나섰다.

"당시 온씨가 우리 사람들을 학살할 때는 이것보다 천 배는 더 참혹했다고! 그들이 먼저 우리에게 도의를 다하지 않았는데, 왜 우리가 그들에게 도의를 지켜야 하지?"

"아. 온씨 개들이 온갖 나쁜 짓을 일삼았으니 온씨 성을 가진 자는 죄다 죽여도 좋다? 아니지. 기산 쪽에 있다가 투항한 가문들은 지금 물 만난 물고기가 됐잖아. 이 자리에 계신 몇 분도 과거엔 온씨 휘하 가문의 가주가 아니셨나?"

위무선이 웃으며 쏘아붙였다.

순간 해당 가문 가주들의 얼굴색이 변했다.

"온씨 성이기만 하면 죄가 있든 없든 마음대로 분풀이를 해도 된다니. 그렇다면 내가 지금 그들을 전부 죽여도 된다는 말인가?"

위무선은 말이 채 끝나기도 전에 허리에 찬 진정에 손을 갖다 댔다. 그 자리에 있던 사람들은 문득 어떤 기억이 떠올랐고, 순식간에 시체가 산을 이루고 피가 바다를 이뤘던 전장으로 돌아간 것 같았다. 누군가 자리를 박차고 일어났다.

"위영!"

남망기가 가라앉은 목소리로 위무선을 불렀다.

금광요가 위무선과 가장 가까이 있었지만, 얼굴색 하나 변하지 않고 온화하게 말했다.

"위 공자, 소란 피우지 마십시오. 의논해 봅시다."

금광선도 일어나 놀람과 분노, 두려움과 증오가 뒤섞인 채로 버럭 댔다.

"위무선! 강…… 강 종주가 이 자리에 없다고 이렇게 오만불손하다니!"

"이 자리에 그가 있다고 내가 오만불손하지 못할 것 같나? 내가 누굴 죽이겠다면 누가 날 막을 수 있지? 누가 감히 날 막아!"

위무선이 가차 없이 소리쳤다.

"위영, 진정 내려놔."

남망기가 한 자 한 자 힘주어 말했다.

위무선은 남망기를 쳐다봤다. 유리 같은 그의 눈에 흉포한 자신의 모습이 비쳤다. 위무선이 고개를 휙 돌리며 외쳤다.

"금자훈!"

"자훈!"

금광선이 황망하게 금자훈을 불렀다.

"쓸데없는 소리 집어치워. 이 자리에 있는 분들도 다 알다시피 내 인내심엔 한계가 있거든. 어딨어? 이렇게 오랜 시간을 낭비하게 했으니 셋 셀 때까지 말해. 셋!"

위무선이 말을 짓이기듯 겁박했다.

금자훈은 이를 악물고 버티려고 했지만, 금광선의 표정을 보고 가슴이 서늘해졌다.

"둘!"

위무선이 다시 외쳤다.

"……알았어! 알았다고! 온씨 개 몇 명인데 필요하면 가져가. 더는 너와 말싸움하고 싶지 않군! 궁기도에 직접 가서 찾든가!"

금자훈이 소리쳤다.

"진작 말했으면 좋았잖아."

위무선이 차갑게 웃으며 말했다.

위무선은 바람처럼 왔다가 바람처럼 사라졌다. 그가 사라지자 사람들의 마음에 드리웠던 검은 구름도 사라졌다. 제대로 앉아 있지도 못했던 사람들이 하나둘 앉았다. 열에 아홉은 놀라 식은땀을 흘렸다. 그러나 금광선은 한참 동안 멍하니 서 있다가 갑자기 버럭 화를 내더니 자기 앞에 있는 탁자를 발로 걷어찼다. 탁자 위에 가득 놓여 있던 금잔과 은 접시가 주르륵 계단으로 굴러떨어졌다. 금광선의 이성을 잃은 모습에 금광요가 재빨리 수습에 나섰다.

"아버지……."

금광요의 말이 채 끝나기도 전에 금광선은 소맷자락을 휘날리며 자리를 떠났다. 금자훈도 사람들 앞에서 체면을 구긴 데다 분하고 원통해 같이 퇴장했다.

"자훈……."

금광요가 다급하게 말렸지만, 소용없었다.

화가 머리끝까지 나 있던 금자훈은 두 번 생각도 하지 않고 손에 들고 있던 술잔을 내던졌고, 그 술잔은 다가오던 금광요의 가슴에 맞았다. 새하얀 포자[#13]에 새겨진 활짝 핀 금성설랑 위에 순식간에 술 꽃이 피었다. 혼란스러운 상황이라 이런 실례되는 행동에 아무도 개의치 않았다. 오로지 남희신만 알은척을 하며 난감해했다.

"셋째 아우!"

#13 포자(袍子) 앞섶이 있는 중국식 두루마기.

"괜찮습니다, 괜찮아요. 둘째 형님은 앉아 계세요."

금광요가 재빨리 말했다.

남희신은 금자훈을 비난하는 대신 새하얀 손수건을 꺼내 금광요에게 건넸다.

"가서 옷 갈아입고 오거라."

금광요가 손수건을 받아 들고 닦으면서 쓴웃음을 지었다.

"전 자리를 비울 수가 없네요."

이 혼란한 상황을 수습할 사람은 금광요뿐이라 자리를 뜰 수가 없었다. 금광요는 사람들을 안심시키고 정리하며 말했다.

"어휴, 위 공자도 참 충동적이십니다. 어떻게 이렇게 많은 가문 앞에서 그런 말을 할 수가 있습니까?"

"그의 말이 틀렸습니까."

남망기가 차갑게 말했다.

금광요는 속으로 놀랐지만, 즉시 웃으며 말했다.

"하하. 맞습니다, 맞아요. 하지만 맞기 때문에 면전에 대고 말하면 안 되지요."

남희신이 생각에 잠겼다가 말했다.

"위 공자, 정말 심성이 크게 변했구나."

남희신의 말에 남망기가 눈썹을 구겼다. 그의 옅은 눈동자에 괴로운 기색이 스쳤다.

금린대에서 내려온 위무선은 난릉성을 이리저리 돌아 골목으로 들어갔다.

"찾았어요, 갑시다."

골목에서 좌불안석하며 기다리던 온정은 위무선의 말에 즉시 달려 나갔다. 하지만 그녀는 기진맥진한 상태라 머리가 어지럽고 눈앞이 빙빙 돌아 순간 발을 삐끗했다. 위무선이 한 손으로 재빨리 그녀를 잡았다.

"내가 쉴 곳을 알아볼 테니 조금 쉬는 게 어때요. 나 혼자 가도 충분합니다. 온녕을 꼭 데리고 올게요."

"아니야! 그럴 필요 없어! 나도 가겠어, 내가 꼭 가야 해!"

온정이 위무선을 다급하게 잡으며 애걸했다.

온녕이 실종된 이후 온정은 기산에서 운몽까지 한시도 쉬지 않고 달려왔다. 며칠 동안 잠 한숨 안 자고 달려와 위무선을 보자마자 미친 사람처럼 그에게 매달리며 부탁했다. 입술이 하얗게 부르트고 두 눈에 초점을 잃은 게 산 사람의 모습이 아니었다. 온정은 곧 쓰러질 것 같았다. 그렇다고 천천히 식사할 시간은 없어서, 위무선은 급한 대로 노점에서 찐빵을 사서 그녀에게 주었다. 온정도 더 이상 안 먹고 버티면 쓰러진다는 것을 알았는지 헝클어진 머리와 핏발이 선 눈으로 찐빵을 우걱우걱 씹어 먹었다. 그 모습에 위무선은 예전에 자기와 강징이 도망가던 때가 떠올랐다. 위무선은 다시 한번 다짐했다.

"괜찮을 겁니다. 온녕을 반드시 데리고 올게요."

"떠나면 안 된다는 걸 알고 있었어……. 하지만 어쩔 수 없었어. 그들이 나를 강제로 다른 곳으로 보내 버렸거든. 내가 돌아왔을 땐 온녕과 가족들이 다 사라지고 없었어! 온녕을 혼자 두어선 안 됐는데!"

온정이 음식을 씹으며 흐느껴 울었다.

"온녕도 어른이니 괜찮았을 겁니다."

위무선이 말했다.

"아니, 안 돼! 아녕은 어려서부터 소심했고 겁이 많아서 나서길 꺼렸어. 수하를 뽑을 때도 성격이 강한 사람은 못 뽑고 자기랑 비슷한 사람을 골랐고! 그 애는 무슨 일이 생겼을 때 내가 없으면 어떻게 해야 할지 전혀 몰라!"

온정은 정신이 거의 무너진 건지 흐느끼며 말했다.

과거 위무선이 강징을 업고 그들을 떠날 때 온정은 이렇게 말했었다.

'전쟁의 결과가 어떻든, 앞으로 우리와 그쪽은 서로 빚진 게 없는 거야. 깨끗하게 청산했다고.'

도도한 표정이 눈에 선했다. 그러나 어젯밤 그녀는 위무선의 손을 꼭 붙들고 거의 무릎을 꿇으며 간청했었다.

'위무선, 위무선, 위 공자, 나 좀 도와줘. 아무리 둘러봐도 도와줄 사람이 없어. 제발 아녕을 구해 줘! 너 아니면 정말 방법이 없단 말이야!'

과거의 도도한 모습은 어디에도 없었다.

궁기도는 산골짜기에 있는 옛길이었다. 이 길은 기산 온씨 시조인 온묘가 이름을 날린 전장이라고 했다. 수백 년 전, 온묘가 상고시대의 흉수(凶獸)를 81일 동안 악전고투한 끝에 죽였다고 한다. 그 상고시대의 흉수가 바로 궁기[#14]였다. 궁기는 선한 것을 벌하고 악한 것을 장려해 혼란을 조장하고, 정직하고 충성스러운 사람을 잡아먹었으며, 악을 행한 자에게 선물을 주는 신수였다. 물론 온묘에 관한 전설이 사실인지, 기산 온씨 후손이 과장한 것인지는 알 수 없었다.

#14 궁기(窮奇) 중국 신화에 등장하는 괴물. 흉포한 호랑이의 모습으로, 앞다리 부분에 날개가 있어 하늘을 날 수 있다.

수백 년이 흐르자 이 옛길은 험준한 요지에서 공덕을 찬양하는 관광지로 변했다. 사일지정 이후 각 가문은 기산 온씨가 관할했던 땅을 나눠 가졌고, 궁기도는 난릉 금씨 수중으로 들어갔다. 과거에는 산길 양옆에 솟은 절벽에 기산 온씨의 시조 온묘의 생애가 새겨져 있었지만, 이곳을 관할하게 된 난릉 금씨는 기산 온씨의 찬란했던 과거를 그대로 남겨 둘 수 없어 재건에 들어간 상태였다. 재건한다는 것은 양쪽에 있는 높은 산 절벽에 있던 조각을 깨끗하게 지우고 새로운 도안을 새겨 넣겠다는 뜻이었다. 물론 마지막에는 난릉 금씨의 용맹스러움을 부각할 수 있는 새 이름으로 바꿀 터였다.

이런 큰 공사에는 많은 노동력이 필요했다. 그리고 노동을 바칠 이들로 사일지정 이후 상갓집 개 신세가 된 온가의 포로들보다 더 적합한 사람은 없었다.

두 사람이 궁기도에 도착했을 때는 이미 밤이었다. 짙은 어둠이 깔리고 차가운 보슬비가 내리고 있었다. 비틀거리며 위무선 뒤를 바짝 쫓아가던 온정은 온몸에 오한이 드는지 덜덜 떨었고, 위무선은 자주 부축해 주었다. 산골짜기 앞에 포로들이 자는 임시 천막이 줄지어 있었다. 온정을 데리고 가던 위무선은 저 멀리서 등이 굽은 그림자가 비를 맞으며 커다란 깃발을 들고 천천히 움직이는 것을 보았다. 가까이 다가가 보니, 한 노파가 등에 천진난만한 아기를 천으로 감싸 둘러업고 비틀거리며 걷고 있었다. 등에 업힌 아이는 열심히 손가락을 깨물고 있었다. 노인은 큰 깃발을 들기가 버거웠는지 두 걸음 걷고 쉬면서 깃발을 내려놓았다. 그 모습에 온정이 눈가를 붉히며 외쳤다.

"할머니! 저예요!"

노인은 눈과 귀가 안 좋은지 그녀가 누군지 알아보지 못했다. 그저 누가 다가와 뭐라고 하니 다급하게 깃발을 다시 들 뿐이었다. 겁먹은 기색이 가득한 게, 들켜서 혼이라도 날까 봐 무서운 듯했다. 온정이 달려가 깃발을 빼앗으며 말했다.

“이게 뭐예요? 지금 뭐 하고 계신 거예요?!”

깃발에는 기산 온씨의 태양 문양이 크게 그려져 있었지만, 지금은 선홍빛으로 가위표가 쳐지고 여기저기 찢겨 있었다. 사일지정이 끝난 뒤 지금까지 ‘온씨 개의 잔당’으로 몰린 사람이 부지기수였고 그들을 괴롭히는 방법도 다양했다. 모두 ‘자기반성’을 시킨다는 미명으로 자행됐다. 위무선은 이 노인은 나이가 너무 많아 다른 사람들처럼 노동을 못 해, 이곳 책임자가 이런 방법으로 그녀를 괴롭히는 것이라고 생각했다. 노인에게 온씨 가문의 찢어진 깃발을 들고 다니면서 치욕을 느끼라는 의도였을 것이었다.

노인은 깜짝 놀라 움츠러들었다가 상대를 겨우 알아보고는 입을 쩍 벌렸다.

“할머니, 아녕은요? 넷째 숙부랑 다른 사람들은요? 아녕은요!”

온정이 물었다.

노인은 온정 뒤에 서 있는 위무선을 보더니 선뜻 말은 못 하고 산골짜기 방향을 쳐다봤다. 온정은 다른 것은 생각하지도 않고 그쪽으로 곧장 달려갔다.

널찍한 산골짜기 양쪽에 횃불이 밝혀져 있었다. 비록 보슬비에 불길이 깜박거렸지만, 활활 타오르며 무거운 짐을 지고 산길을 걸어가는 수백 명의 그림자를 비췄다.

창백한 얼굴의 포로들은 어기적거리며 걸어갔다. 그들은 영력이

나 외부의 힘을 사용할 수 없었다. 난릉 금씨가 그들을 경계했기 때문이기도 하지만 처벌의 의미도 있었다. 십수 명의 감독관이 검은 우산을 들고, 빗속에서 말에 채찍질을 가하며 지나가면서 호통을 쳤다. 온정이 빗속을 뚫고 달려가 먼지투성이에 피곤에 절은 얼굴들을 미친 듯이 훑고 다녔다. 한 감독관이 그녀를 발견하고 손으로 가리키며 외쳤다.

"이봐, 거기! 어디서 온 거야? 누가 함부로 여길 다니래!"

"사람을 찾고 있어요, 사람을 찾고 있다고요!"

온정이 다급하게 말했다.

그 감독관은 말을 돌려 다가와 허리춤에서 뭔가를 꺼내 휘두르며 윽박질렀다.

"네가 사람을 찾든 뭘 하든 내가 무슨 상관이야, 꺼져! 안 꺼지면……."

바로 그때, 검은 옷을 입은 청년이 으스스한 기운을 뿌리며 그녀의 뒤에서 걸어 나왔다. 그 모습을 본 감독관은 혀가 굳어져 말이 제대로 나오지 않았다.

청년은 밝고 준수한 외모였지만 눈빛은 어둡고 냉혹했다. 그런 눈빛이 자기를 뚫어지게 쳐다보자 저도 모르게 소름이 끼쳤다. 그러나 감독관은 청년이 자기를 주시하는 게 아니라 자기가 휘두른 쇠로 된 낙인을 보고 있다는 것을 알았다.

그가 들고 있는 낙인은 과거 기산 온씨의 하인들이 사용했던 것과 똑같았다. 그저 낙인 문양이 태양에서 모란으로 바뀌었을 뿐이었다.

낙인을 바라보는 위무선의 눈빛에 섬뜩한 기운이 스쳤다. 감독관들은 그의 얼굴을 알아보고 조심스럽게 말을 물리며 수군거렸다. 아무도 말리지 않자 온정은 온녕의 이름을 부르며 찾아다녔다.

"아녕! 아녕!"

처량한 목소리에 대답하는 사람은 없었다. 산골짜기를 다 뒤져도 동생의 그림자는 보이지 않았다. 온녕이 여기 있다면 진작에 튀어나왔을 것이다. 감독관 몇 명이 조용히 말에서 내렸다. 그들은 위무선에게 먼저 인사를 해야 하나 말아야 하나 망설였다. 온정이 달려들며 물었다.

"요 며칠 새로 온 온가 수사들은요?"

그들이 서로를 쳐다봤다. 한참 꾸물거리다가 정직해 보이는 감독관 한 명이 부드럽게 말했다.

"여기 있는 포로는 전부 온가의 수사이고 날마다 새로운 사람이 온다네."

"제 동생은 금자훈이 데리고 왔어요! 동생은…… 대충 이만하고요, 말을 잘 안 하고, 더듬거리면서……."

온정이 다급히 설명했다.

"아이고, 이보시오, 낭자. 사람이 이렇게 많은데 우리가 어떻게 그런 것까지 알겠나?"

그 감독관이 탄식했다.

"동생은 분명 여기에 있어요! 전 알아요!"

온정이 다급한 마음에 발을 동동 굴렀다.

둥글둥글한 얼굴의 그 감독관이 미소를 지으며 말했다.

"낭자, 침착하시게. 사실 다른 가문 사람이 수사를 구하러 이곳에 오는 일도 많소. 어쩌면 다른 곳으로 갔을 수도 있잖소? 간혹

출석을 부를 때에야 도망간 것을 발견하기도 하고……."

"도망갔을 리가 없어요! 할머니와 가족이 다 여기 있는데 혼자 도망갈 애가 아니에요!"

온정이 말했다.

"그러면 천천히 찾아보시게나. 사람들은 다 여기에 있으니 이 산골짜기에서 못 찾으면 우리도 방법이 없네."

그 감독관이 말했다.

"모두 여기에 있다는 말인가?"

갑자기, 위무선이 물었다.

위무선의 말에 몇 사람의 얼굴이 굳어졌다. 그 감독관이 위무선에게 고개를 돌리며 대답했다.

"맞습니다."

"그렇군. 산 사람이 다 여기에 있다면, 다른 사람은?"

위무선이 다시 물었다.

온정의 몸이 휘청했다.

'산' 사람과 상대적인 '다른' 사람이라면 당연히 '죽은' 사람뿐이었다.

그 감독관이 다급하게 말했다.

"그렇게 말씀하시면 안 됩니다. 여기 있는 사람들은 온가의 수사이기는 하지만 그 누구도 사람 목숨을 갖고……."

위무선은 그의 말이 안 들린다는 듯이 허리춤에서 피리를 꺼냈다. 위무선 옆에서 힘들게 걸어가던 포로 몇이 소리를 지르며 등에 진 무거운 짐을 던지고 도망쳤다. 위무선을 중심으로 순식간에 공간이 만들어졌다.

사실 포로들은 위무선의 얼굴을 알아보지 못했다. 사일지정 전장에서 위무선을 만난 온가 수사의 결말은 오직 하나, 전멸뿐이었기 때문이다. 그래서 위무선의 얼굴을 아는 온가 수사는 대부분 흉시가 되어 위무선에게 조종당하는 부하가 됐다. 선홍색 술이 달린 검은색 피리와 그것을 통제하는 검은 옷의 청년은 일찌감치 그들의 악몽이 됐다. 사람들이 놀라 소리쳤다.

"귀신 피리, 진정이다!"

위무선이 진정을 입에 갖다 대자, 처량하고 날카로운 피리 소리가 마치 날카로운 화살이 구름을 뚫고 밤하늘의 어두운 장막을 깨뜨리듯 빗줄기를 꿰뚫고 날아가 산골짜기를 맴돌았다. 위무선은 단 한 음을 불고 진정을 거둔 다음 손을 늘어뜨린 채 서 있었다. 그는 입가에 냉소를 지으며 빗줄기가 자기의 검은 머리와 검은 옷을 적시도록 놔두었다.

얼마 뒤, 갑자기 누군가 말했다.

"이게 무슨 소리야?"

뒤에서 놀라는 소리가 들리더니 사람들이 허겁지겁 피했다. 그러자 널찍한 공터가 생겼다. 그들이 비운 자리에 남루한 옷을 걸친 십수 명의 그림자가 비틀거리며 추적추적 내리는 비를 맞고 서 있었다. 키가 큰 자, 키가 작은 자, 남자, 여자, 가리지 않고 썩은 냄새를 풍기며 서 있었다. 가장 앞에 선 사람은 눈을 뜨고 있는 온녕이었다.

온녕은 얼굴이 밀랍처럼 창백했고 동공이 풀려 있었으며 입가엔 핏자국이 암갈색으로 말라붙어 있었다. 숨을 쉬지 않아 가슴에 기복이 없고 갈비뼈 절반이 움푹 패어 있었다. 이 모습을 보면 그 누구도 그가 아직 살아 있다고 생각하지 않을 터였다. 하지만 온정은 단념하지 않고 바들바들 떨면서 온녕에게 다가가 맥박을 짚었다.

한참 동안 맥박을 헤아리던 온정은 마침내 왈칵 울음을 터트렸다.

요 며칠 온정은 놀라고 두려워 거의 미친 사람처럼 뛰어다녔다. 그러나 너무 늦게 와 동생의 마지막 얼굴도 못 보고 말았다.

온정은 울면서 온녕의 갈비뼈를 쓰다듬었다. 그러면 부러진 뼈가 연결되고 한 가닥 생명의 끈을 잡을 수 있을 것만 같았다. 예쁜 얼굴이 우느라 일그러져 추하고 못생기게 변했다. 그러나 슬픔이 극에 달하면 누구든 절대 예쁘게 울 수 없다.

하나뿐인 동생이 딱딱하게 굳은 시체로 나타나자 꿋꿋하게 지켜오던 자존심이 모조리 무너져 내렸다.

온정은 충격이 너무 큰 나머지 기절하고 말았다. 온정 뒤에 서 있던 위무선은 한 마디도 하지 않고 그녀를 잡아 자신의 가슴에 기대게 했다. 눈을 감고 가만히 있던 위무선은 한참 뒤에야 다시 눈을 뜨고 말했다.

"이 사람, 누가 죽였지?"

차갑지도 그렇다고 뜨겁지도 않은 담담한 말투는 화가 났다기보다 뭔가 생각하는 투로 들렸다. 우두머리인 듯한 감독관은 다행이라고 생각하며 하소연했다.

"위 공자, 그렇게 말하지 마십시오. 여기선 그 누구도 함부로 사람을 죽이지 않습니다. 일하다가 잘못해서 절벽에서 굴러떨어져 죽은 겁니다."

"함부로 사람을 죽이지 않는다? 정말?"

위무선이 물었다.

"정말입니다!"

"절대 거짓이 아닙니다!"

감독관 여럿이 맹세했다.

"아, 그렇군."

위무선이 살짝 웃으며 고개를 끄덕였다.

그러고는 차근차근 말을 이었다.

"그들은 온씨 개고, 개는 사람이 아니지. 그래서 그들을 죽여도 살인을 한 게 아니다, 뭐 이런 뜻이지?"

마침 그렇게 생각하고 있던 감독관장은 자기 생각을 들킨 것 같아 얼굴이 하얘졌다.

"당신들은 정말 그가 어떻게 죽었는지 내가 모를 거라고 생각하나?"

위무선이 말했다.

감독관들은 놀라서 아무 말도 못 했다. 그저 일이 잘못됐다는 것을 느꼈는지 슬쩍 뒤로 빠지려고 했다. 위무선이 웃는 얼굴로 겁박했다.

"사실대로 말하는 게 좋을 거야. 누가 죽였는지 죽인 사람이 자진해서 나와. 그렇지 않으면 잘못 죽이는 한이 있어도 절대 놔주지 않을 테니까. 전부 다 죽여 버리면 빠져나가지 못할 테지."

위무선의 말에 사람들은 머리칼이 쭈뼛 서고 등에서 식은땀이 흘렀다.

"운몽 강씨와 난릉 금씨는 지금 사이가 좋은데 그렇게는 못 할……."

감독관장이 우물거렸다.

위무선이 그를 쳐다보고 깜짝 놀란 듯이 말했다.

"용기가 대단하군. 지금 날 위협하는 건가?"

"아니요, 아닙니다."

감독관장이 재빨리 부정했다.

"축하해. 당신들은 내 인내심을 다 바닥냈어. 당신들이 말하지 않겠다면, 그가 직접 대답하게 하지."

위무선이 냉담하게 말했다.

이 말을 오랫동안 기다렸다는 듯이 뻣뻣한 시체 온녕이 갑자기 움직이더니 고개를 들었다. 온녕과 제일 가까이에 서 있던 감독관 두 명이 놀라기도 전에 강철 같은 양손에 목이 잡혔다.

온녕은 무표정한 얼굴로 작달막한 감독관 두 명을 높이 들었다. 그를 둘러싼 공터가 점점 넓어지자 감독관장이 외쳤다.

"위 공자! 위 공자! 제발 봐주세요! 충동적으로 이러면 뒷일을 감당할 수 없습니다!"

빗발이 점점 거세지고 빗물이 위무선의 뺨을 타고 흘러내렸다.

위무선은 몸을 획 돌려 온녕의 어깨에 손을 얹고 외쳤다.

"온경림!"

대답이라도 하듯 온녕이 귀청이 터질 것같이 길게 포효했다. 그 짐승 같은 울부짖음에, 산골짜기에 있던 사람들은 귀가 묵직하게 아팠다.

"너희들을 이렇게 만든 사람에게 똑같이 해 줘라. 내가 너희에게 깨끗이 청산할 권리를 주겠다!"

위무선이 한 자 한 자 힘주어 말했다.

그 말에 온녕은 즉시 손에 잡고 있던 두 명의 감독관을 세차게 맞부딪쳤다. '퍽' 하는 끔찍한 소리와 함께 머리통 두 개가 수박처럼 터지면서 붉고 하얀 피와 살점이 선녀가 꽃을 뿌리듯 흩어졌다.

처참한 광경에 온 산골짜기에 비명이 울려 퍼졌다. 말들이 울부짖고 포로들이 도망가 일대 혼란이 벌어졌다. 위무선은 온정을 들어 안고 아무 일도 없었다는 듯이 흥분한 사람들 사이를 가로질러 갔다. 말 한 필을 끌고 몸을 돌리려는데 작고 마른 포로가 말을 걸었다.

"……위 공자!"

"뭐지?"

위무선이 고개를 돌리며 말했다.

그 포로는 살짝 떨리는 목소리로 한 방향을 가리켰다.

"산…… 산골짜기 저쪽에 오두막이 하나 있는데 그들이…… 그곳에 사람들을 가두고 때렸습니다. 죽으면 바로 끌고 나와 묻었어요. 당신이 찾는 사람이 저기에 더 있을 수도 있습니다……."

"고맙소."

위무선이 말했다.

그가 알려 준 방향으로 가자, 정말 임시로 지은 듯한 오두막이 보였다. 위무선은 한 손으로 온정을 안고 한 발로 문을 걷어찼다. 오두막 구석에 앉아 있던 사람들은 위무선이 거칠게 문을 걷어차자 놀라 벌떡 일어났다. 그들은 머리가 터져 피가 흐르고 코가 시퍼렇게 부어 있었다. 몇몇이 위무선이 안고 있는 온정을 발견하곤 상처투성이인 자기 몸은 아랑곳하지 않은 채 달려왔다.

"정 낭자!"

"넌…… 넌 누구냐. 이분에게 무슨 짓을 했지?"

"아무 짓도 안 했어. 온녕 수하에 있던 수사가 누구지? 쓸데없는 말은 그만하고 모두 나와!"

위무선의 말에 몇몇 사람이 서로 얼굴을 쳐다봤다. 위무선이 온정을 안고 나가고 있어 그들은 어쩔 수 없이 몸을 추스르고 서로 부축하며 따라갔다. 오두막에서 나온 그들이 산골짜기에서 벌어진 혼란스러운 광경을 돌아볼 겨를도 없이 위무선이 다급히 재촉했다.

"각자 말을 골라! 어서!"

"안 됩니다. 온녕 공자가……."

한 중년 사내가 그렇게 말하는 순간, 사람 머리 하나가 그의 얼굴 앞으로 휙 날아왔다. 사람들이 일제히 고개를 돌리자, 온녕이 손발이 아직 경직되지도 않은 머리 없는 시체를 땅에 내던지고 맨손으로 시체의 내장을 파내고 있었다.

"적당히 해!"

위무선이 소리쳤다.

온녕은 아직 만족스럽지 않다는 듯 낮게 포효했지만, 위무선은 손가락으로 휘파람을 불며 명령했다.

"일어나!"

온녕은 일어날 수밖에 없었다.

"멍청하게 뭐 하는 거야! 말에 올라타! 비검(飛劍)이라도 주길 바라는 거야?!"

위무선이 소리쳤다.

누군가 노인이 아직 여기에 있다는 게 생각났는지 그 노파와 아이도 데리고 와 말에 태웠다. 위무선은 기절해 깨어나지 못하는 온정과 함께 말에 올랐다. 다른 수십 명의 온가 수사들도 혼란한 중에 말을 찾아 두세 명이 함께 탔다. 노파는 혼자 말을 탈 수 없었고 어린아이도 안고 있었다. 이를 본 위무선이 손을 내밀었다.

"이리 주세요."

노파가 고개를 절레절레 저었다. 외할머니의 목을 꽉 붙잡고 있던 아이는 곧 미끄러져 떨어질 것 같았다. 두 사람은 공포와 놀란 기색을 감추지 못했다. 위무선이 손을 뻗어 아이를 잡아 들고 팔 사이에 끼웠다. 노파가 깜짝 놀라 외쳤다.

"아원! 아원!"

아원이라는 아이는 어렸어도 두려움을 알았다. 그러나 울지는 않고 그저 자기 손가락을 세게 물면서 위무선을 훔쳐봤다.

"가자!"

위무선이 외치며 먼저 출발했다. 십수 필의 말이 그 뒤를 바짝 좇으며 밤비를 뚫고 달려 나갔다.

그날 밤, 큰 풍파가 지나갔다.

자시[#15], 금린대 점금각(点金閣). 크고 작은 가문의 가주 약 50명이 순서대로 앉아 있었다. 수석은 금광선이었다. 금자헌은 외출한 상태였고, 금자훈은 자격이 부족해 금광요만 공손히 손을 모으고 금광선 뒤에 서 있었다. 앞 열에는 섭명결, 강징, 남희신, 남망기 등 가주와 1급 명사들이 숙연한 표정으로 앉아 있었다. 뒤쪽 열에는 한 급이 낮은 가주와 수사가 목소리를 한껏 낮춘 채 심각하게 소곤댔다. 이따금 "내가 그럴 줄 알았다.", "언젠간 이럴 것이었다.", "어떻게 끝나는지 보자." 등의 말이 들려왔다.

강징은 사람들의 시선을 한 몸에 받으며 앞줄에 앉아 있었다. 먹구름이 가득한 얼굴로, 옆 사람과 마찬가지로 금광요가 공손한 자

#15 자시(子時) 밤 열한 시에서 새벽 한 시 사이.

세로 부드럽게 하는 말을 들었다.

"……이번에 살해당한 감독관은 네 명이고 도망간 온씨 잔당은 약 50명입니다. 위무선이 그들을 이끌고 난장강으로 들어간 뒤 흉시 수백 구를 소환해 산 아래를 지키게 해서 우리 사람은 현재 산으로 한 발자국도 들어가지 못하고 있습니다."

금광요의 말에 점금각이 쥐 죽은 듯이 조용해졌다.

한참 뒤에야 강징이 입을 열었다.

"이 일은 정말 말도 안 됩니다. 제가 대신 금 종주께 사죄드리겠습니다. 만회할 기회가 있다면 솔직히 말씀해 주십시오. 제가 최선을 다해 보상하겠습니다."

금광선이 원하는 것은 강징의 사죄나 보상이 아니었다.

"강 종주, 자네의 체면을 생각하여 우리 난릉 금씨는 더 말하지 않을 것이지만, 감독관 중에는 다른 가문 사람도 있네. 그래서……."

금광선은 부러 말끝을 흐렸다.

강징이 미간을 찡그리며 관자놀이를 문지르면서 소리 없이 숨을 들이켰다.

"……제가 종주님들께 사과를 드리겠습니다. 종주님들이 모르시는 부분이 있는데, 위무선이 구하려던 그 온씨 수사의 이름은 온녕입니다. 그와 그의 누이 온정은 사일지정에서 우리 두 사람의 은인이었습니다. 그래서……."

"은인이라니 무슨 소리인가? 기산 온씨는 운몽 강씨를 멸족한 주범 아닌가?"

섭명결이 말했다.

요 몇 년 동안 강징은 날마다 깊은 밤까지 바쁘게 일해 오늘은 조금 일찍 쉬려고 준비하고 있었다. 그런데 이런 날벼락 같은 소식이 들려 깜짝 놀라 곧장 금린대로 달려온 것이었다. 피곤한 상태에서 화를 참고 자존심을 누르며 사람들 앞에서 고개 숙이고 사과하느라 이미 신경이 곤두설 대로 곤두섰는데, 섭명결이 집안의 일을 다시 거론하자 가슴에서 분노가 치솟았다.

이 분노는 이 자리에 있는 사람들뿐 아니라 위무선을 향한 것이기도 했다.

"온정의 명성은 나도 조금 알고 있습니다. 사일지정 중 그녀가 살육에 참여했다는 말은 들어본 적이 없습니다."

남희신이 낮은 소리로 말을 보탰다.

"그렇다고 말리지도 않았지."

섭명결이 반박했다.

"온정은 온약한의 측근 중 한 명인데 어떻게 말리겠습니까?"

남희신이 말했다.

"온씨가 악행을 저지를 때 침묵하고 반대하지 않은 것은 수수방관한 것과 마찬가지다. 온씨가 온갖 말썽을 다 부릴 때는 그에 따른 혜택을 다 누리다가, 온씨가 멸망하니 그 혹독한 결과를 받아들이지 않고 대가를 치르지 않겠다고 하면 안 되는 일이지."

섭명결이 차갑게 말했다.

남희신은 집안 간 원한 때문에 섭명결이 온씨 개들을 몹시 증오하고, 모래알같이 작은 일도 용납하지 못한다는 것을 알아서 더 말하지 않았다.

"섭 종주 말씀이 맞습니다. 게다가 온정은 온약한의 측근인데 참여하지 않았다는 말을 저는 믿지 못하겠습니다. 손에 피 한 방울

묻히지 않은 온씨 개가 어디에 있습니까? 우리가 발견하지 못한 것뿐입니다!"

한 가주가 말했다.

과거 기산 온씨의 잔혹한 행동이 거론되자 사람들이 흥분해 시끄럽게 떠들기 시작했다. 연설하려던 금광선이 떠들썩한 분위기에 불쾌해하자, 안색을 살피던 금광요가 재빨리 목소리를 높여 사람들을 진정시켰다.

"여러분, 잠시 조용히 해주십시오. 오늘 회의의 핵심은 그것이 아닙니다."

금광요가 하인들에게 차가운 과일을 올리라고 해 주의를 돌리자 그제야 점금각이 조금씩 안정됐다.

"강 종주, 이 일은 원래 강 종주의 집안일이라 끼어들기 어렵겠지만, 일이 이렇게 됐으니 위영에 대해 내가 한마디 해야겠소."

금광선이 기회를 틈타 말했다.

"금 종주, 말씀하십시오."

강징이 말했다.

"강 종주, 위영은 강 종주의 심복이고 강 종주가 그를 매우 아낀다는 것은 우리 모두 잘 알고 있소. 하지만 반대로 그가 강 종주를 존경하는지는 잘 모르겠소. 어쨌든 난 오랫동안 가주를 하면서 그처럼 교만하고 오만불손한 부하를 본 적이 없어. 외부에서 무슨 말이 떠도는지 알고 있소? 사일지정에서 운몽 강씨의 전적은 모두 위무선 한 사람이 했다더군. 정말 터무니없는 말이지!"

금광선의 말에 강징의 표정이 일그러졌다.

"백가 연회같이 큰 장소에서 강 종주를 앞에 두고도 불쾌한 표정을 지으며 간다고 말하고 그냥 가지 않았소. 어제는 강 종주 뒤에서 오만불손하게 굴면서 감히 '나는 강만음이라는 가주는 안중에 없다.' 라는 말까지 했으니! 그 자리에 있던 사람 모두 직접 들었소만……."

금광선이 고개를 절레절레 저으며 간언을 흘릴 때였다.

"아니요."

갑자기, 차가운 목소리가 들렸다.

금광선이 신나게 이야기하다가 그 소리에 깜짝 놀라서 말을 멈췄다. 사람들도 목소리가 난 쪽으로 일제히 고개를 돌렸다.

남망기가 단정하게 앉아 담담하게 반박했다.

"위영은 그런 말을 하지 않았습니다. 그가 강 종주에 대해 불경스러운 말을 하는 것도 한 번도 들어 본 적이 없습니다."

남망기는 밖에서 말수가 지극히 적었다. 청담회에서 논쟁이 벌어질 때 누군가 질문하거나 도발해야 간결하게 대답할 뿐이었다. 간결한 말로 핵심을 찔러 자기주장을 주절주절 늘어놓는 사람들의 입을 다물게 했고, 그 외에는 먼저 입을 여는 경우가 거의 없었다. 금광선은 남망기가 자기 말을 잘랐다는 놀라움이 불쾌한 마음보다 훨씬 컸다. 그러나 말을 왜곡하고 과장한 것이 사람들 앞에서 들통나자 조금 멋쩍었다. 멋쩍음도 잠시, 금광요가 즉시 수습에 나섰다.

"그렇습니까? 아, 어제 위 공자가 하도 기세등등하게 나타나 놀라운 말을 너무 많이 해서요. 아마 비슷한 뜻의 말을 했을 텐데 저도 잘 기억이 나지 않는군요."

금광요의 기억력은 남망기와 비슷했기에 섭명결은 금광요가 일부러 모르는 척한다는 것을 알고 미간을 약간 찌푸렸다. 금광선이 계단을 따라 내려오며 말했다.

"그래, 어쨌든 그는 안하무인으로 날뛰었소."

"사실 전 예전부터 말하고 싶었습니다. 위무선이 사일지정에서 공을 세웠다고는 해도 그보다 더 많은 공을 세운 객경도 많습니다. 하지만 그처럼 잘난 척하는 자는 본 적이 없습니다. 듣기 싫은 소리를 한마디 하자면, 그는 어쨌든 하인의 자식입니다. 하인의 자식이 어떻게 그렇게 날뛸 수 있습니까?"

한 가주가 목소리를 드높이며 성토했다.

'하인의 자식'이라는 말에 사람들은 자연스럽게 '창기의 자식'을 떠올렸다. 금광요는 분명 이런 비호의적인 시선을 느꼈을 텐데도 얼굴에 여전히 미소를 띤 채 조금도 흔들리지 않았다. 사람들은 또 분위기에 휩쓸려 불만을 쏟아 내기 시작했다.

"금 종주가 음호부를 상납하라고 한 것도 원래는 호의였소. 그가 잘못 다뤘다가 큰 화를 부를까 봐서 말이오. 그런데 그는 소인배의 마음으로 군자의 마음을 짐작해 사람들이 다 자기의 법보를 노린다고 착각한 모양이오. 참 웃기는 일이지. 집안을 지키는 법보 몇 점 없는 가문이 어디 있다고."

"전 귀도를 수련한 그가 언젠가는 문제를 일으킬 줄 처음부터 알았습니다. 보세요! 살기가 터져 나오기 시작하지 않았습니까. 온씨 개 몇 마리 때문에 우리 편을 살육하다니……."

그때 조심스러운 목소리가 끼어들었다.

"살육은 아니지 않나요?"

남망기는 아무 소리도 안 듣는 참선의 경지에 들어간 것 같았지만, 이 말에 눈을 들어 소리가 들린 쪽을 쳐다봤다. 말한 사람은 아름다운 용모의 젊은 여인으로, 한 가주 근처에 서 있었다. 지금 분위기에 어울리지 않는 말에 옆에 있던 수사들이 단체로 공격하기 시작했다.

"그게 무슨 뜻이지?"

여인은 놀란 듯이 더 조심스럽게 말했다.

"아닙니다……. 다른 뜻이 있는 게 아니니 그렇게 흥분하실 필요 없습니다. 저는 그저 '살육'이라는 단어가 적당하지 않다고 생각했을 뿐입니다."

"뭐가 적당하지 않다는 거지? 위무선은 사일지정 때부터 살육을 일삼았는데 그걸 부인한단 말이오?"

다른 사람이 침을 튀기면서 흥분해댔다.

"사일지정은 전쟁이었고 전장에서는 모두가 살육했다고 봐야 하지 않을까요? 지금은 있는 그대로를 논하는 자리인데 그가 살육했다고 말하는 것은 정말 아니라고 생각합니다. 사건이 일어난 데에는 분명 이유가 있을 겁니다. 그 감독관들이 포로를 학대하고 온녕을 살해했다면 그것은 살육이 아니라 복수라고 해야지요……."

그녀가 열심히 해명했다.

"정말 웃기는군! 그가 우리 사람을 죽인 것이 도리에 맞는 일이란 말인가? 넌 그게 의로운 행동이었다고 찬양하는 건가?"

어떤 사람이 흥분해서 목소리를 높였다.

"감독관들이 정말 그런 일을 했는지 아직 모르고, 직접 본 사람도 없잖아."

다른 사람이 콧방귀를 뀌며 말했다.

"그러게요. 살아남은 감독관들 모두 포로를 학대한 일이 절대 없다고 말하지 않았습니까? 온녕은 자기가 부주의해서 절벽에서 떨어져 죽은 것이고요. 그들이 좋은 마음으로 온녕의 시신을 수습해 묻어 주었는데 이렇게 보복을 당할 줄 누가 알았겠습니까? 정말 안타깝습니다!"

"감독관들은 포로 학대와 살인 책임을 추궁당할까 봐 당연히 입을 다물고 그가 스스로 떨어진 것이라고 하겠지요……."

여인이 말했다.

갑자기, 누군가 빈정거렸다.

"억지 논리로 변명 그만하지. 속에 꿍꿍이가 있는 사람의 말은 더 듣기 싫으니까."

여인이 얼굴을 붉히며 목소리를 높였다.

"똑바로 말하세요. 무슨 꿍꿍이가 있다는 겁니까?"

"굳이 말할 필요 없이 당신 스스로가 잘 알 테고, 우리도 잘 알고 있소. 예전 도륙 현무 동굴에서 그가 좀 잘해줬다고 편드는 거 맞잖소? 이젠 그를 위해 억지 논리로 사실을 왜곡하다니. 허, 역시 어쩔 수 없는 여자라니까."

예전 위무선이 도륙 현무 동굴에서 미인을 구한 일은 한동안 화젯거리가 됐었다. 적잖은 사람이 즉시 이 젊은 여인이 바로 그 '면면'이라는 것을 깨달았다.

"내 말이. 어쩐지 위무선을 두둔하더니만……."

누군가 수군거렸다.

"제가 언제 억지 논리로 사실을 왜곡했습니까? 저는 있는 그대로를 말했을 뿐입니다. 그리고 제가 여자인 게 무슨 상관입니까? 이치를 말했을 뿐인데 왜 다른 것으로 저를 공격합니까?"

면면이 화가 나서 말했다.

"쯧쯧쯧. 있는 그대로 말한다곤 하지만, 마음이 이미 기울어져 있는데 그게 무슨 있는 그대로야."

누군가 비웃었다.

"쓸데없는 소리 그만하세요. 저런 사람이 우리 가문 사람이고 점금각에 들어와 있다니, 같이 있는 것만으로도 창피합니다."

그녀를 공격하는 사람들은 대부분 그녀와 같은 가문 진영에 서 있는 동료 수사들이었다. 면면은 화가 나 눈가가 붉어졌다. 한참 뒤 큰 소리로 말했다.

"좋아요! 당신들 목소리가 큽니다! 됐어요! 당신들이 이치에 맞네요!"

그녀는 이를 악물고 가문의 문양이 있는 도포를 거칠게 벗어 탁자 위에 '탁' 내려놓았다. 그러자 앞줄에 앉아 이쪽 일에 전혀 신경 쓰지 않았던 가주도 무슨 일인가 싶어 고개를 돌려 보았다. 도리어 옆에 있던 사람이 그녀의 행동에 깜짝 놀랐다. 그 행동은 '가문을 떠난다'는 뜻이었기 때문이다.

면면은 한 마디도 하지 않고 몸을 돌려 나갔다. 한참 뒤 누군가 비웃는 소리가 들렸다.

"옷 벗고 나갔으니 되돌아오지나 마라!"

"도대체 자기가 뭐라고 생각하기에……. 나가면 나가라지, 뭐가 아쉽다고. 누구 보라고 저리 화를 내?"

사람들이 뜨문뜨문 뒷말을 하기 시작했다.

"여자는 여자야. 말 몇 마디에 못 참고 뛰어나가다니. 이틀 뒤면 분명 다시 돌아올 걸세."

"분명 그럴걸. 하인에서 어렵게 문하생이 됐는데, 껄껄……."

남망기는 사람들이 아무렇게나 지껄이도록 놔두고 일어나 걸어 나갔다. 남희신은 방금 일어난 작은 소동에 관해 묻고, 그들의 말이 갈수록 이상한 방향으로 흐르는 것을 들은 다음 잠긴 목소리로 말했다.

"여러분, 사람은 이미 떠났으니 그만하시지요."

택무군의 말에 사람들은 그의 체면을 생각해 입을 다물었다. 점금각에는 다시 온씨 개와 위무선을 욕하는 소리가 들리기 시작했다. 옳고 그름은 따지지 않고 그 어떤 반박도 허용하지 않는 광적인 증오가 공기를 가득 채웠다. 이런 분위기를 몰아 금광선이 강징에게 말했다.

"내 보기에 이번에 그가 난장강에 간 것은 오랫동안 계획한 일인 듯하오. 그 능력이면 스스로 가문을 세우는 것도 어려운 일은 아니지. 해서 이 기회에 강씨에서 나와 드넓은 외부에서 자유롭게 날겠다는 것 아니겠소. 강 종주는 천신만고 끝에 운몽 강씨를 재건했잖소. 그가 원래 논쟁거리가 많은데도 자중하지 않고 강 종주에게 이리 큰 폐를 끼치는 것은 강 종주를 전혀 고려하지 않았다는 뜻이오."

"그건 아닙니다. 위무선은 어려서부터 그랬습니다. 제 아버지도 그를 어쩌지 못했으니까요."

강징이 가까스로 진정하며 말했다.

"풍면 형님도 그를 어쩌지 못했다고?"

금광선이 하하 웃으며 말했다.

"풍면 형님이 그를 편애했군."

'편애'라는 두 글자에 강징의 입가 근육이 떨렸다.

"강 종주, 강 종주는 아버지와는 다르오. 현재 운몽 강씨는 재건한 지 얼마 안 돼 위엄을 세우고 있는 시기 아니겠소. 그런데 그가 혐의를 피할 생각은 안 하니 강가의 새로운 문하생이 본다면 어찌 생각하겠소? 그를 따라서 강 종주를 안중에도 두지 않으면 어찌하려고?"

쇠뿔도 단김에 뺀다고, 금광선은 한 마디 한 마디 강징을 압박해 갔다.

"금 종주, 더 말할 필요 없습니다. 제가 난장강에 가서 이 일을 해결하겠습니다."

강징이 천천히 말했다.

"그래야지. 강 종주, 지나치게 관용을 베풀면 안 되는 사람과 일도 있기 마련일세."

금광선이 만족스러워하며 의미심장하게 말했다.

소집이 끝나자 가주들은 오늘 대단한 이야깃거리를 얻었다는 듯이 발걸음을 재촉하며 열정적으로 대화를 나눴다. 그들은 아직 분이 다 풀리지 않은 것 같았다. 금성설랑 꽃바다 뒤에서 삼존(三尊)이 모였다.

"아우, 오늘 고생이 많았다."

남희신이 말했다.

"고생은요. 고생은 강 종주의 탁자가 했지요. 그가 너무 세게 잡아 몇 군데가 부서져 있더군요. 화가 많이 나신 모양입니다."

금광요가 웃으며 말했다.

"남이 듣기 좋은 말만 찾느라 고생이 많긴 했지."

섭명결이 걸어오며 말했다.

그의 말에 남희신은 웃으며 아무 말도 하지 않았지만, 금광요는 섭명결이 이 기회에 자기에게 사람 구실 잘하라고 훈계하려 한다는 것을 알았다. 금광요는 어쩔 수 없이 다급하게 화제를 돌렸다.

"아, 둘째 형님, 망기는요? 방금 나간 것을 봤습니다."

남희신이 앞쪽을 쳐다보자 금광요와 섭명결이 몸을 돌려 보았다. 금성설랑의 꽃바다 앞에서 남망기와 방금 점금각에서 나온 여인이 마주 서 있었다. 여인은 눈물이 그렁그렁한 채로, 남망기는 정중한 표정으로 이야기를 나누고 있었다.

잠시 뒤 남망기가 고개를 약간 숙이며 그녀에게 예를 표했다.

그 예는 정중하면서도 장엄했다. 여인도 남망기에게 더 정중하게 예를 표하고 가문 문양이 없는 옷을 입은 채로 금린대에서 내려갔다.

"저 여인이 그녀 가문의 오합지졸보다 훨씬 기개가 있군."

섭명결이 말했다.

"그러게요."

금광요가 웃으며 말했다.

이틀 뒤, 강징은 문하생 30명을 이끌고 이릉으로 갔다.

난장강 산자락의 무너진 주문 벽 앞에 정말 수백 구의 흉시가 돌아다녔다. 강징이 다가가자 그들은 가만히 있었지만, 강징 뒤의 문하생들이 다가오자 경고하듯 포효했다. 강징은 문하생들에게 산 아래에서 기다리라고 명한 뒤 혼자 올라갔다. 어두운 숲을 따라 한참을 걸은 뒤에야 앞에서 사람 소리가 들렸다.

산길 옆에 둥근 나무 그루터기가 몇 개 놓여 있었다. 하나는 탁자처럼 컸고, 작은 세 개는 의자 같았다. 붉은 옷을 입은 여인과 위무선이 그중 두 개에 앉아 있었고, 성실해 보이는 사내 몇이 옆에 있는 땅을 낑낑거리며 뒤엎고 있었다.

"감자 심자니까."

위무선이 다리를 떨며 말했다.

"무를 심어야지. 무는 재배하기 쉽고 잘 안 죽어. 감자는 기르기가 까다롭다고."

여인이 단호하게 말했다.

"무는 맛없어."

위무선이 투덜거렸다.

강징이 "흥." 하고 소리를 내자 위무선과 온정이 그제야 고개를 돌렸다. 그들은 강징을 보고도 놀라지 않았다. 위무선이 일어나 다가오더니 아무 말도 하지 않고 뒷짐을 쥔 채로 산 위를 향해 걸었다. 강징도 묻지 않고 위무선을 따라 올라갔다.

얼마 뒤 산길 옆에서 또 다른 사내들이 나타났다. 그들은 목재를 세워 만든 뼈대 앞에서 바쁘게 일하고 있었다. 분명 온가의 수사일 것이다. 그들은 염양열염포를 벗고 거친 옷을 입은 채, 손에 톱과 망치를 들고 어깨에 목재와 볏짚을 얹고 올라갔다 내려갔다 하면서 바쁘게 일하고 있었다. 그 모습이 평범한 농부나 사냥꾼과 크게 다르지 않았다. 그들은 강징의 옷과 패검을 보고 화들짝 놀랐다. 그를 큰 가문의 종주라고 생각했는지, 공포스런 표정으로 작업을 멈춘 채 머뭇거리면서 숨도 크게 쉬지 못했다. 위무선이 손을 저으며 말했다.

"계속해."

위무선의 말에 그들은 그제야 안심하고 일을 계속했다.

"뭐 하는 거야?"

"보면 몰라? 집 짓잖아."

"집을 짓는다고? 조금 전 땅을 뒤집던 사람들은 뭐 하고 있었던 거야? 네가 정말 농사를 지을 생각이라는 말은 하지 마."

"다 들었잖아. 농사지을 거야."

"시체 산에서 농사를 짓겠다고? 여기서 난 걸 먹을 수 있어?"

"날 믿어. 사람은 정말로 배가 고프면 뭐든 먹게 돼 있어."

"정말 여기서 오래 머무를 생각이야? 이런 괴상한 곳에서 살 수 있다고?"

"난 여기서 3개월을 살았어."

침묵이 이어졌다.

"연화오로 안 돌아올 거야?"

"운몽과 이릉은 가까우니 돌아가고 싶어지면 몰래 갈게."

위무선이 가벼운 말투로 말했다.

"꿈 깨."

강징이 비웃었다.

강징이 더 말하려는데, 갑자기 발이 무거운 느낌이 들었다. 고개를 숙여 보니, 한두 살짜리 아이가 언제 다가왔는지 자신의 다리를 끌어안고 있었다. 아이는 동글동글한 얼굴을 들어, 마찬가지로 동글동글하고 까만 눈으로 강징을 힘껏 쳐다보고 있었다.

하얗고 귀여운 아이였지만, 강징은 인간미라곤 전혀 없는 무표정으로 위무선에게 물었다.

"어디서 온 아이야? 치워."

위무선이 허리를 굽혀 아이를 안아 들고 자기 팔에 앉혔다.

"치우라니, 단어 좀 똑바로 써라. 아원, 어째 사람만 보면 다리를 끌어안아? 가자! 방금 흙장난 해놓고 손톱 물어뜯지 마. 너 이게 무슨 흙인 줄이나 알아? 손 치워! 내 얼굴에 문지르지 마. 외할머니는?"

백발이 성성한 노부인이 나무 지팡이를 짚고 비틀거리며 급하게 다가오다가 강징을 보고는 멈칫했다. 그에게서 풍기는 위압감을 알아채고는 두려웠는지 구부정한 몸을 더 구부정하게 움츠렸다. 위무선은 아원이라는 아이를 할머니 다리 옆에 내려놓으며 말했다.

"옆에 가서 놀아."

노부인은 절뚝거리며 다급하게 외손자를 잡고 걸었다. 아이는 뒤뚱뒤뚱 걸으면서도 연신 이쪽으로 고개를 돌렸다.

"가주들은 네가 역당의 무리를 이끌고 깃발을 휘날리며 산을 차지하고 왕 노릇을 하는 줄 아는데 노인과 부녀자, 아이뿐이네."

강징이 비웃었다.

위무선도 자조적으로 웃었다.

"온녕은?"

"갑자기 온녕은 왜?"

"요 며칠 만나는 사람마다 나한테 그에 관해 물어. 그들은 나한테 묻는데 그럼 나는 누구한테 물어? 물어볼 곳이 너밖에 없더라고."

강징이 차갑게 말했다.

위무선이 앞쪽을 가리켰다. 두 사람은 어깨를 나란히 하고 앞으로 걸어갔다. 음산하고 서늘한 공기가 훅 밀려들었고, 이내 높고 넓은 동굴이 눈앞에 나타났다. 두 사람은 동굴 안으로 한참을 걸었다. 문득 발에 뭔가 걸려서 보니, 반쪽짜리 나침반이었다.

"차지 마. 그건 아직 다 완성이 안 된 거야. 다 쓸 만한 거라고."

위무선이 다급하게 말하며 집어 들자 강징의 발에 또 다른 물건이 밟혔다. 주름이 쪼글쪼글한 깃발이었다.

"조심해, 밟으면 망가져! 그것도 쓸 만한 거야. 곧 완성돼."

"이렇게 아무렇게나 던져 놓고는, 밟혀 망가져도 누굴 탓해."

"여긴 나 혼자 쓰는 곳인데 아무 데나 던져 놓으면 어때."

다시 앞으로 걸어가니 온통 부적이 있었다. 벽에 붙인 것, 바닥에 던져진 것, 뭉쳐진 것, 찢어진 것이 누군가 이곳에서 미쳐 발광한 것 같았다. 게다가 안으로 들어갈수록 더 어지러워 강징은 질식할 것만 같았다.

"네가 연화오를 이 지경으로 해놓는다면 내가 횃불을 가져다가 몽땅 태워버릴 거다!"

마침내 동굴 안 공동에 발을 들이자, 누군가 그곳에 누워 있었다. 머리부터 발끝까지 부적이 빽빽하게 붙어 있고 두 눈의 흰자위만 드러나 있었다. 온녕이었다. 강징은 그를 훑어본 다음 말했다.

"너 여기서 지내? 잠은 어디서 자고?"

위무선이 방금 주워 든 물건을 한쪽 구석에 던지고 다른 구석에 있던 쭈글쭈글한 담요를 가리켰다.

"둘둘 두르면 어디서나 잘 수 있어."

강징은 위무선과 이런 이야기를 더는 하고 싶지 않았다. 강징은 움직이지 않는 온녕을 가늠해 보았다.

"왜 이러고 있어?"

"조금 난폭해. 무슨 문제가 생길까 봐 일단 봉인해 잠시 못 움직이게 해놨어."

"살아 있을 때는 소심하고 말을 더듬지 않았나? 어떻게 죽고 나서 난폭해질 수가 있지?"

우호적이지 않은 말투에 위무선이 강징을 쳐다봤다.

"생전에 온녕은 나약하고 겁이 많긴 했지. 바로 그 때문에 증오, 분노, 공포, 초조, 고통 같은 다양한 감정이 억눌려 있다가 죽어서야 전부 폭발했고. 그 위력은 너도 상상조차 못 할걸. 평소 성격이 좋은 사람일수록 화나면 무서워지는 것과 같은 이치지. 그런 사람일수록 죽은 다음에 더 난폭해져."

"넌 늘 난폭할수록 좋다고 말하지 않았어? 원기가 중할수록, 증오가 클수록 살상력이 강하다고."

"그렇지. 하지만 온녕은 그렇게 만들지 않을 거야."

"어떻게 만들 건데?"

"그의 사고력을 깨워 주려고."

"또 허황된 생각이다. 그의 사고력을 깨우겠다고? 그런 흉시가 사람과 무슨 차이가 있지? 네가 정말 해낸다면 사람 노릇을 할 필요도 없고 도를 닦을 필요도 없이 너에게 흉시로 만들어 달라고 하면 되겠네."

강징이 비웃었다.

"맞아. 정말 어렵더라고. 하지만 이미 그의 누이에게 허풍을 쳐놨고 그들 모두 내가 해낼 것이라고 믿고 있는데, 못 해내면 얼굴을 어떻게 들고 다니겠어……."

위무선이 웃으며 말했다.

말이 끝나기가 무섭게 강징이 갑자기 삼독을 뽑아 온녕의 목에 갖다 대며 그의 목을 단칼에 베어 버리려고 했다. 위무선의 반응도 매우 빨랐다. 그가 강징의 팔뚝을 쳤고, 검이 비켜 갔다.

"뭐 하는 짓이야?"

위무선의 말이 넓은 복마동에서 웅웅거리며 계속 울렸다. 강징은 검을 거두지 않고 호통쳤다.

"뭐 하냐고? 나야말로 너한테 묻고 싶다. 위무선, 너 요사이 아주 위세가 대단하더라?"

강징이 난장강에 올라오기 전부터 위무선은 강징이 자기와 농담이나 하러 온 게 아니라는 걸 알고 있었다. 올라오는 내내 두 사람 사이에는 팽팽한 긴장감이 흘렀다. 아무렇지 않게 이야기를 나누고 평온한 척하며 참았던 팽팽한 긴장의 줄이 마침내 끊어졌다.

"온정과 그의 사람들이 핍박당해서 어쩔 수 없었어. 넌 내가 과시하고 싶어서 이러는 거 같아?"

"그들이 핍박당해 어쩔 수가 없었다고? 지금 나도 너 때문에 어쩔 수가 없어! 며칠 전 금린대에서 크고 작은 세가들이 나를 둘러싸고 나에게 이 일에 대해 의견을 내놓으라고 난리를 쳐서 올 수밖에 없었다고!"

"의견을 내놓으라고? 그 일은 이미 서로 계산을 끝냈는데. 그 감독관이 온녕을 죽였고 온녕은 주시가 돼서 그들을 죽였지. 사람을 죽이면 목숨으로 갚고, 빚을 지면 돈으로 갚는 거야. 그걸로 끝."

"그걸로 끝이라고? 행여나! 얼마나 많은 눈이 너와 네 음호부를 주시하고 있는지 알기나 해? 그들에게 이런 빌미를 주었으니 네가 아무리 옳아도 틀린 게 된다고!"

"네가 말했잖아, 내가 옳아도 틀린 게 되어버린다고. 혼자 구석에 처박히는 것 외에 다른 방법이 뭐가 있어?"

"방법? 당연히 있지."

강징은 삼독으로 바닥에 있는 온녕을 가리키며 말했다.

"현재 유일한 방법은 그들이 무슨 행동을 더 하기 전에 우리가 먼저 끝장내는 거야!"

"무슨 끝장?"

"당장 저 시체 태우고, 온씨 잔당들을 끌고 가야 빌미가 사라진다고!"

강징이 말하며 검을 들어 찌르려고 했다. 위무선은 강징의 손목을 꽉 쥐며 말했다.

"농담이지? 지금 온정과 사람들을 건네면 죽는 것 외에 다른 결말은 없어!"

"네가 깨끗하게 처리하지 못해 문제가 생겼는데 그들이 어떻게 되든 무슨 상관이야. 죽으면 죽는 거지, 네가 상관할 바가 아니라고!"

"강징! 너— 너 지금 무슨 말 하는 거야. 당장 취소하지 않으면 한 대 패주겠어! 우리를 도와 강 숙부와 우 부인의 시신을 화장해 주고 지금 연화오에 묻은 유골을 보내준 게 누군지, 온조에게 쫓기던 우리를 거둬준 게 누군지 잊지 마!"

위무선이 격노했다.

"나야말로 널 패주고 싶다! 그래, 그들이 우리를 도와줬지. 하지만 온씨 잔당은 모두의 표적이라 온씨 성을 가진 자는 모두 대역죄인이라는 걸 왜 몰라! 온씨를 옹호하는 건 온 세상 사람에게 비난받는 짓이야! 모든 사람이 온씨 개를 증오해. 증오한 나머지 그들이 비참하게 죽을수록 좋아한다고. 그들을 옹호하면 세상 사람 전부를 적으로 돌리는 거야. 그들을 위해 말해 줄 사람은 없고, 널 위해 말해 줄 사람은 더더욱 없어!"

"다른 사람이 날 위해 말해 줄 필요 없어."

"도대체 왜 이렇게 고집을 부리는 거야? 네가 못 하겠다면 비켜. 내가 할 테니!"

강징이 화를 내며 소리쳤다.

위무선이 강징의 팔을 더 꽉 쥐었다.

"강만음!"

"위무선! 너 도대체 알아, 몰라? 그들 옆에 서면 너는 괴짜고 기협(奇俠)이고 영웅호걸이고 홀로 출중할 거야. 하지만 그들과 다른 목소리를 내는 순간, 너는 이성을 잃고 미친 듯이 날뛰는 인륜을 저버린 사마외도가 돼. 넌 네가 세상을 등지고 홀로 자유롭게 살 수 있을 거라고 생각해? 그런 선례는 없어!"

"선례가 없었으면 내가 만들겠어!"

위무선이 외쳤다.

두 사람은 한참 동안 서로를 노려봤다. 아무도 물러나지 않았다. 한참 뒤 강징이 말했다.

"위무선, 너 아직도 상황 파악이 안 돼? 내가 이렇게까지 말해야겠어? 네가 그들을 보호하겠다고 고집부리면 나도 너를 보호하지 못해."

"날 보호할 필요 없어. 포기해."

강징의 얼굴이 일그러졌다.

"포기해. 내가 배반하고 도망쳤다고 천하에 선포해. 앞으로 위무선이 어떤 일을 하든 운몽 강씨와는 무관하다고."

"……저 온씨들 때문에? ……위무선, 너 영웅병이야? 앞에 나서서 소동을 일으키지 않으면 막 죽을 것 같아?"

위무선은 아무 말도 하지 않았다. 그리고 잠시 뒤 입을 열었다.

"그러니까 운몽 강씨에게 화가 미치지 않도록 지금 연을 끊어."

그렇지 않으면, 위무선은 정말 자기가 앞으로 무슨 짓을 할지 장담할 수 없었다.

"……하."

강징이 어이없다는 듯 중얼거렸다.

"어머니 말씀이, 네가 우리 집안에 골칫거리를 가져온다고 하셨는데, 정말 그렇군."

강징이 냉소를 지으며 계속 혼잣말을 했다.

"……'안 된다는 것을 알지만 그래도 한다'? 그래, 넌 운몽 강씨의 가훈을 나보다 더 잘 아는군. 너는 다 알아."

삼독을 거두자 장검이 쟁, 하고 칼집으로 들어갔다.

"그러면 결전을 하지."

강징이 무심하게 말했다.

3일 뒤, 운몽 강씨 가주 강징과 위무선이 이릉에서 천지가 뒤흔들리는 결전을 벌였다.

협상이 실패한 두 사람은 무자비하게 결투를 벌였다. 위무선은 흉시 온녕을 부려 강징을 쳐서 팔 하나를 부러뜨렸고, 강징은 위무선을 찔렀다. 쌍방 모두 부상을 입고 붉은 피를 흘리며 상대에게 욕설을 퍼붓고 완전히 뒤돌아섰다.

그 결전 이후 강징은 대외에 선언했다. 위무선이 가문을 배반하고 달아나 세가의 적이 되었으니, 운몽 강씨는 그를 축출하고 이제부터 그와 인연을 끊고 선을 분명히 그을 것이다. 앞으로 위무선이 어떤 짓을 하든 운몽 강씨와는 무관하다!

제17장

한광(漢廣)

제17장 한광(漢廣)

위무선과 강징의 결전 이후 온녕은 사납고 흉포하고 끔찍한 행동으로 듣기 좋지 않은 별명을 얻게 됐는데, 그것은 모두 뒷이야기일 뿐이다. 결전을 치렀던 그날, 위무선은 강징에게 복부를 찔렸지만 개의치 않고 창자를 배 속에 도로 집어넣은 뒤, 아무렇지도 않게 온녕을 부려 악령 몇 구를 사냥하고 감자 몇 포대를 사서 돌아갔다.

난장강으로 돌아오자 온정은 위무선의 상처를 싸매고 치료해 주면서 심하게 욕설을 퍼부었다. 그에게 무 씨앗을 사 오라고 했는데 감자를 사 왔기 때문이다.

이후 한동안 아무 일 없이 편안한 날들이 지났다. 위무선은 50명의 온가 수사들과 난장강에 밭을 일구고 씨를 뿌리고 집을 짓고 주시를 훈련하고 도구를 만들었다. 한가한 시간엔 온원과 놀았다. 위무선은 온원을 나무에 매달거나 땅에 얼굴만 빼고 폭 파묻고는, 햇볕을 많이 쬐고 물을 조금 뿌려 주면 더 빨리 자란다고 장난을 치다가 온정에게 호되게 야단을 들었다.

이렇게 몇 개월이 흘렀다. 외부에서 위무선의 평가가 점점 나빠진 것을 제외하고는 더 발전한 것은 없었다.

위무선이 산 아래로 내려갈 수 있는 날은 적었다. 난장강 전체의 삿된 존재들을 위무선 혼자 누르고 있어서 너무 멀리 떨어질 수도, 너무 오래 비울 수도 없었다. 하지만 돌아다니는 것을 좋아하는 위무선은 한 곳에 오래 머물지 못해서 물건을 사 오겠다는 핑계로 제일 가까운 마을을 돌아다니곤 했다. 온원이 난장강에 너무 오래 머물렀던 탓에, 위무선은 두 살짜리 아이가 그런 곳에서 흙장난만 하는 게 마음에 걸려 물건을 사러 마을에 갈 때마다 온원도 데리고 나섰다.

위무선은 이 마을에 하도 많이 와서 익숙하게 다녔다. 그는 채소 매대 앞에서 뒤적거리다가 뭔가를 집어 들고 화를 냈다.

"이 감자는 싹이 났잖아!"

"그래서 뭐!"

주인은 강적을 만났다는 생각에 낭패스러웠지만, 안면몰수한 채 대꾸했다.

"깎아줘요."

위무선이 말했다.

위무선의 다리를 끌어안고 있던 온원은 위무선이 감자를 고르고 가격을 흥정하느라 사방을 옮겨 다니자 고사리 같은 손이 저려 잠깐 손을 풀고 쉬었다. 그러다가 거리의 사람들에게 떠밀려 이리저리 다니다 방향을 잃어버렸다. 온원은 낮은 시야로 여기저기 둘러보며 위무선을 찾았다. 하지만 그의 긴 다리와 검은 신발은 온데간데없고 온통 흙투성이에 더러운 다리와 검은 바지만 보여 점점 혼란스러워졌다. 방향을 못 잡고 있다가 누군가의 다리에 부딪혔다.

그는 먼지 하나 안 묻은 새하얀 목화를 신고 있었다. 원래도 천천히 걷던 그가 뭔가에 부딪치니 즉시 걸음을 멈췄다.

온원은 조심스럽게 얼굴을 들었다. 먼저 허리춤에 달린 옥패가 보였고 다시 권운 문양이 수놓아진 허리띠가 보였다. 그다음에는 주름 하나 없이 깔끔한 옷깃이 보였고 마지막에야 유리 같고 차가운 얼음 같은 눈동자가 보였다.

낯선 사람이 차가운 표정으로 높은 곳에서 자기를 내려다보자 온원은 순간 무서워졌다.

위무선은 한참 동안 까다롭게 고르다가 싹이 난 감자를 안 사기로 했다. 먹었다가 탈이 날 수도 있었고 주인이 코웃음을 치며 안 깎아준다고 해서였다. 그런데 고개를 돌려 보니 온원이 사라지고 없었다. 화들짝 놀란 위무선은 아이를 찾으러 거리를 샅샅이 뒤지다, 갑자기 아이 울음소리가 들려 그곳으로 황급히 달려갔다. 멀지 않은 곳에서 지나던 사람들이 누군가를 빙 둘러싸고 쑤군대며 손가락질하고 있었다. 사람들 사이를 헤집고 들어간 위무선은 순간 눈이 환해지는 걸 느꼈다.

백의에 피진을 찬 남망기가 경직된 표정으로 사람들에게 둘러싸여 어쩔 줄 몰라 하고 있었다. 그 모습에 위무선은 너무 웃겨서 자빠질 뻔했다. 작은 꼬맹이가 남망기 발 앞에 주저앉아 눈물을 줄줄 흘리며 엉엉 울고 있었다. 남망기는 그냥 가지도, 머물지도, 손을 뻗지도, 그렇다고 말을 하지도 않은 채 진지한 표정으로 어떻게 하면 좋을까 고민하는 것 같았다.

"이게 무슨 일이야? 쪼그만 게 목청도 좋네."

행인이 해바라기 씨를 탁탁 까면서 말했다.

"아빠한테 혼난 모양인데."

누군가 틀림없다는 듯이 말했다.

'아빠'라는 말에 사람들 속에 숨어 있던 위무선이 헛웃음을 뿜어댔다.

"난 아닙니다."

남망기가 즉시 고개를 들어 부인했다.

온원은 사람들이 뭐라고 떠드는지 몰랐다. 아이는 무서울 때 가까운 사람을 부르기 마련이라 온원도 "아빠! 아빠, 엉엉엉……." 하면서 울었다.

"보시게! 내가 말했잖소, 얘 아비라니까!"

행인이 즉시 말했다.

"분명 아비가 맞아. 코가 쏙 빼닮았잖아. 틀림없네!"

어떤 사람이 자기 눈은 예리하다며 고개를 주억거렸다.

"가엽기도 하지, 저리 서럽게 울다니. 아빠에게 야단이라도 맞았나?"

누군가 동정 어린 말투로 말했다.

"앞에 무슨 일이오? 좀 비켜 주지 않겠소? 수레 좀 지나갑시다."

상황을 모르는 사람이 말했다.

"아이를 안고 달래야지! 왜 바닥에 놓고 울려? 무슨 아비가 저래!"

누군가 야단을 쳤다.

“저렇게 젊으니, 처음으로 아빠가 된 게지요. 나도 예전엔 저랬답니다. 아무것도 몰랐다가 아내가 애를 몇 낳고 나서야 알게 됐어요. 천천히 배우는 거지요…….”

누군가 이해한다는 듯 말했다.

“착하지, 울지 마. 엄마는?”

누군가 아이를 달랬다.

“맞소, 엄마는 어디 두고? 아비가 저러고 있는데 애 엄마는?”

시끌벅적한 가운데 남망기의 표정이 점점 이상해졌다.

가엾은 남망기는 태어날 때부터 하늘의 총애를 받아 말 한 마디, 행동 하나가 모두 아정(雅正) 중의 아정이고 모범 중의 모범이어서 이렇게 사람들에게 손가락질을 받는 상황이 한 번도 없었다. 위무선은 웃겨서 죽을 지경이었다. 하지만 온원이 금방이라도 숨이 넘어갈 것같이 우는 바람에, 위무선은 사람들을 헤치고 방금 두 사람을 발견한 것처럼 놀라면서 말했다.

“어? 남잠?”

남망기가 휙 고개를 들자 두 사람의 눈이 마주쳤다. 무슨 마음에서였는지 모르지만 위무선은 그의 시선을 피했다. 위무선의 목소리가 들리자 온원이 벌떡 일어나 흐르는 눈물을 닦고 그를 향해 달려와 다리에 매달렸다.

“저건 또 누구야? 엄마는? 애 엄마는 어디에 있는 거야? 도대체 누가 아빠야?”

행인들이 수군거렸다.

“저리 가요, 가!”

위무선이 팔을 휘휘 저으며 그들을 쫓아냈다.

볼거리가 사라지자 사람들이 천천히 흩어졌다. 위무선이 고개를 돌리며 살짝 웃었다.

"이런 우연이 있나. 남잠, 어떻게 이릉엘 다 왔어?"

"야렵. 지나는 길이야."

남망기가 말했다.

그의 말투는 예전과 같았다. 혐오나 증오, 적대적인 감정은 보이지 않았다. 위무선은 순간 마음이 놓였다.

"……이 아이는?"

갑자기 남망기가 천천히 말했다.

"내가 낳았어."

위무선은 느긋하게 입에서 나오는 대로 아무렇게나 내뱉었다.

남망기가 미간을 찌푸리자 위무선이 하하 웃었다.

"농담이야. 다른 집 아인데 내가 데리고 나왔어. 방금 뭐 했어? 왜 애를 울린 거야?"

"난 아무 짓도 안 했어."

남망기가 담담하게 부정했다.

온원은 위무선의 다리를 끌어안고 계속 훌쩍거렸다. 위무선은 상황을 파악했다. 남망기는 분명 잘생겼지만, 이렇게 어린아이는 대부분 잘생긴 것과 못생긴 것을 잘 구별하지 못했다. 그저 이 사람이 전혀 상냥하지 않고 차가운 데다 엄격하다는 것을 느낌으로 알 뿐이었다. 이렇게 차가운 표정을 하고 있으니 놀라고 무서워하는 게 당연했다. 위무선은 온원을 들어 올려 한참 동안 어르고 달랬다. 그러다가 길옆에 있던 보따리장수가 이를 드러내며 이쪽을 보고 웃고 있는 것을 알아채고는 그의 바구니 속에 있는 알록달록한 장난감을 가리키며 물었다.

"아원, 저기 봐. 예쁘지?"

온원이 바구니 안을 바라보며 코를 벌름거렸다.

"……예뻐."

"향기가 좋아, 싫어?"

위무선이 다시 물었다.

"좋아."

온원이 대답했다.

"예쁘고 향도 좋습니다. 공자 하나 사시죠."

보따리장수가 재빨리 말했다.

"갖고 싶어?"

위무선이 물었다.

온원은 위무선이 사주려는 줄 알고 수줍게 말했다.

"응."

"하하, 가자."

위무선이 반대 방향으로 걸어가며 말했다.

온원은 갑작스러운 충격에 다시 눈물을 글썽거렸다. 옆에서 차가운 눈초리로 쳐다보고 있던 남망기가 더는 참지 못하고 물었다.

"왜 안 사주지?"

"내가 왜 사줘야 해?"

위무선이 이상하다는 듯이 물었다.

"갖고 싶냐고 물었잖아. 사주려던 거 아니었어?"

"물어보는 건 물어보는 거고, 사주는 건 사주는 거지. 왜 물어봤다고 반드시 사줘야 해?"

위무선이 일부러 따지듯이 말했다.

위무선의 반문에 할 말을 잃은 남망기는 그를 한참을 쳐다본 다음 온원에게 시선을 돌렸다. 남망기가 빤히 쳐다보자 온원은 다시 떨기 시작했다.

잠시 뒤, 남망기가 온원에게 말했다.

"너…… 뭐 갖고 싶어?"

온원이 정신을 차리기도 전에 남망기가 다시 그 보따리장수의 바구니에 있는 것을 가리키며 말했다.

"여기에서 어떤 게 갖고 싶어?"

겁먹은 표정으로 남망기를 쳐다보며 온원은 숨도 크게 쉬지 못했다.

반 주향 뒤, 온원은 마침내 울음을 멈췄다. 온원은 주머니를 계속 어루만졌다. 주머니는 남망기가 사준 장난감들로 가득했다. 온원이 마침내 울음을 그친 것을 보고 남망기는 한숨을 돌렸다. 온원이 작은 얼굴을 붉히며 조용히 다가가 남망기의 다리를 끌어안았다.

남망기가 고개를 숙이자 다리에 뭔가가 붙어 있었다.

"……."

"하하하! 남잠, 축하해. 온원이 네가 좋아졌나 봐! 온원은 좋아하는 사람 다리를 끌어안고 절대 놓지 않거든."

위무선이 미친 듯이 웃으며 말했다.

남망기가 두 걸음 걸었다. 정말 온원은 남망기의 다리를 꼭 잡고 있었다. 손을 놓을 생각이 없는지 매우 단단히 잡고 있었다. 위무선이 남망기의 어깨를 툭툭 치며 말했다.

"일단 야렵은 서두르지 말고, 우리 우선 밥이나 먹자고. 어때?"

"밥?"

남망기가 눈을 들어 위무선을 보면서 전혀 동요 없는 말투로 말했다.

"그래, 밥. 너무 그렇게 차갑게 대하지 마. 네가 이릉에 오는 일도 드물고, 또 이렇게 딱 마주치기도 어려운데 이야기라도 나누자고. 이리 와, 내가 살게."

위무선에게 반강제로 밀리고, 온원을 다리에 매단 채로 남망기는 음식점으로 끌려 들어갔다. 위무선은 별실로 들어가 앉았다.

"주문해."

위무선은 남망기를 자리에 눌러 앉혔다. 남망기가 차림표를 훑어보더니 말했다.

"네가 해."

"내가 먹자고 한 거니까 당연히 네가 결정해야지. 좋아하는 거 다 시켜. 사양하지 말고."

마침 조금 전 싹이 난 감자를 사지 않은 덕에 돈이 있었다. 남망기도 밀고 당기며 사양하는 성격이 아니었던지라 잠시 생각한 다음 주문을 시작했다. 위무선은 남망기가 담담하게 말하는 음식 이름을 듣고 웃었다.

"남잠, 괜찮겠어? 난 너희 고소 사람은 매운 거 못 먹는 줄 알았는데. 너도 자극적인 음식 좋아하는구나. 술 마실래?"

남망기가 고개를 저었다.

"밖에서도 이렇게 규칙을 잘 지키다니, 역시 함광군이네. 그러면 네 건 없다."

온원은 남망기 다리 옆에 앉아 주머니에 있는 작은 나무칼과 검, 점토 인형, 풀로 만든 나비 등 장난감을 자리에 죽 펼쳐 놓고는 좋아하며 하나하나 살폈다. 위무선은 온원이 남망기 옆에 꼭 붙어 있는 바람에 그가 차 마시기가 불편해 보이자 휘파람을 불며 말했다.

"아원, 이리 와."

온원은 이틀 전 자기를 땅에 묻고 무처럼 키우려고 했던 위무선을 보고, 다시 방금 자기에게 장난감을 잔뜩 사준 남망기를 봤다. 그러곤 엉덩이도 떼지 않았다. 위무선을 쳐다보는 얼굴에 '싫어.'라고 분명하게 쓰여 있었다.

"이리 와. 거기 있으면 방해돼."

위무선이 다시 온원을 재촉했다.

"괜찮아. 앉아 있게 둬."

남망기가 말했다.

온원은 기뻐서 다시 한번 남망기의 다리를 끌어안았다. 이번에는 허벅지였다. 위무선은 손으로 젓가락을 휙휙 돌리며 웃었다.

"젖이 있으면 어미고 돈이 있으면 아비라더니, 그 말이 딱 맞네."

곧 음식과 술이 나왔다. 새빨간 음식들이 식탁에 올라왔다. 남망기가 온원을 위해 주문한 달콤한 죽도 있었다. 위무선이 그릇을 치며 몇 번이나 불러도 온원은 고개를 숙인 채 나비 두 마리를 들고 옹알거리기만 했다. 왼쪽 나비가 수줍어하며 "나…… 나 너 좋아해." 하자 다시 오른쪽 나비가 기쁜 듯이 "나도 네가 좋아!" 하고 말했다. 온원은 혼자서 나비 두 마리 역할을 하며 신나게 놀았다. 온원의 말을 들은 위무선은 옆구리가 아플 정도로 몸을 앞뒤로 흔들며 웃었다.

"맙소사, 아원. 쪼끄만 녀석이 누구한테 배워온 거야. 무슨 널 좋아해, 나도 좋아야. 너 좋아한다는 게 뭔 줄이나 알아? 그만 놀고 어서 와서 먹어. 네 새아빠가 널 위해 시켜 준 거야. 좋은 거라고."

온원은 그제야 나비를 주머니에 넣고 작은 수저를 들고 남망기 옆에 앉아 달콤한 죽을 퍼먹었다. 온원은 기산의 구금지에 살았다가 나중에는 난장강으로 왔다. 두 곳 모두 식당에서 다 같이 하는 식사라 변변치 않았기 때문에 온원에게 달콤한 죽은 신기한 음식인 셈이었다. 온원은 한 입 먹더니 멈추지 못했다. 그래도 그릇을 위무선에게 건네며 보물을 바치는 양 말했다.

"……선 형아…… 형도 먹어."

"음, 좋아. 효를 아는군."

위무선이 기분이 좋아 말했다.

"식사 시 금언이다."

남망기는 온원이 알아듣게 다시 설명했다.

"밥 먹을 때는 말하지 말거라."

온원은 황급히 고개를 끄덕이고 머리를 박고 조용히 죽을 먹었다.

"이런 경우가 어딨어. 내가 말할 때는 몇 번을 얘기해야 듣더니 네가 말하니 바로 듣네. 정말 이런 경우가 어디에 있냐고."

위무선이 투덜댔다.

"식사 시 금언. 너도."

남망기가 담담하게 말했다.

위무선은 방실거리며 고개를 젖혀 술을 한 잔 들이켜고 술잔으로 장난을 치며 말했다.

"넌 정말…… 몇 년이 지나도 하나도 안 변했네. 아, 남잠, 이릉에 뭘 사냥하러 온 거야? 이곳은 내가 잘 아니 길이라도 알려 줄까?"

"필요 없어."

세가에는 다른 사람에게 말하기 어려운 비밀스러운 임무가 있기 마련이라 위무선은 더 캐묻지 않았다.

"예전에 친했던 사람을 만난 건 정말 오랜만이네. 게다가 넌 날 피하지도 않고. 요 몇 달 정말 답답해 죽는 줄 알았어. 최근에 무슨 큰일 생긴 거 없어?"

"어떤 큰일."

"예를 들어, 어떤 곳에 새로운 가문이 생겼다거나 어떤 집안이 선부를 확장해 건설했다거나 아니면 어떤 집안이 동맹을 맺었다, 뭐 이런 거. 잡담이잖아, 그냥 아무거나 말해."

위무선은 강징과 가짜로 결별하고 난 뒤 오랫동안 바깥세상의 새로운 동향과 소식을 듣지 못했다. 작은 마을에서 일어난 잡다한 이야기만 들었을 뿐이었다.

"연혼(聯姻)."

"어느 집안과 어느 집안?"

"난릉 금씨와 운몽 강씨."

술잔을 갖고 놀던 손이 순간 멈췄다.

"사저…… 강 낭자와 금자헌?"

위무선이 놀라서 물었다.

남망기가 살짝 고개를 끄덕였다.

"언제 일이야? 혼례식은 언제야?"

"7일 뒤."

위무선은 손을 약간 떨며 술잔을 입술로 가져갔지만, 술잔은 비어 있었다. 순간 가슴이 허전해지면서 화난 건지, 놀란 건지, 불쾌한 건지 아니면 어쩔 수 없는 마음인지 모를 기분이 들었다.

강씨 가문을 떠나기 전 위무선은 이런 일을 예상했다. 하지만 갑자기 이런 소식을 들으니 수많은 말들이 뒤엉켜 가슴에 턱 걸렸다. 가슴에 있는 말을 다 쏟아 내고 싶었지만, 어디서부터 어떻게 무슨 말을 해야 할지 알 수가 없었다. 강징은 이렇게 큰일을 자기에게 알려 줄 생각을 하지도 않았다. 오늘 우연히 남망기를 만나지 않았더라면 더 늦게 알았을 것이다.

하지만 다시 생각해 보면 자기에게 알려준들 뭘 어쩌겠는가. 강징이 천하에 위무선이 가문을 배신하고 달아났으니 이제 그는 운몽 강씨와 무관하다고 공개적으로 선언했고, 사람들은 그의 말을 믿었다. 사저의 혼인을 알았더라도, 위무선은 달려가 축하주를 마실 수 없었다. 강징이 위무선에게 말하지 않은 것은 잘한 일이었다. 강징이 와서 말했다면 위무선은 충동적으로 무슨 짓을 할지 몰랐을 터였다.

잠시 뒤에야 위무선이 중얼거렸다.

"금자헌만 좋게 생겼군."

위무선은 술을 다시 한 잔 따르며 말했다.

"남잠, 넌 이 혼사를 어떻게 생각해?"

남망기는 아무 말도 하지 않았다.

"아, 그렇지. 너한테 물어서 뭐 해. 네가 뭘 알겠어. 넌 이런 일은 한 번도 생각해 본 적이 없을 텐데."

위무선이 술잔을 쭉 들이켰다.

"나도 알아. 사람들이 내 사저가 금자헌에게 안 어울린다고 하는 거. 하. 내가 보기엔 금자헌이 내 사저에게 안 어울려. 하필이면……."

하필이면 강염리가 금자헌을 좋아했다.

위무선은 술잔을 탁자 위에 내려놓고 치솟는 울분을 꾹 눌렀다.

"남잠! 너 그거 알아? 내 사저는 세상에서 제일 좋은 사람한테 어울려."

위무선이 탁자를 탁 쳤다. 취기가 살짝 오른 표정에서 자부심이 묻어났다.

"우리는 이 혼례를 성대하게 치러서 앞으로 백 년 동안 두고두고 기억되고, 모두가 감탄을 금치 못하며, 그 누구와도 비교가 안 되게 만들 거야. 내 사저가 아주 근사하게 혼례를 치르는 걸 볼 거라고."

"응."

"응이 뭐야? 난 못 보는데."

위무선이 콧방귀를 뀌며 말했다.

그때, 달콤한 죽을 다 먹은 온원이 자리에 앉아 나비 놀이를 다시 시작했다. 나비의 긴 더듬이가 엉켜서 아무리 해도 풀어지지 않았다. 온원이 조급해하자 남망기가 온원의 손에 있던 나비를 잡아 엉킨 나비 더듬이를 풀어서 돌려주었다.

그 모습에 마음이 좀 풀어진 위무선이 억지로 웃었다.

"아원, 얼굴 비비지 마. 네 입가에 죽이 묻어서 그의 옷이 더러워진다고."

남망기가 새하얀 손수건을 꺼내 무표정한 얼굴로 온원의 입가에 묻은 죽을 닦아 주었다.

"남잠, 너 정말 대단하다. 그런 줄 몰랐는데 애를 참 잘 돌보네. 더 잘해 줬다간 재가 나랑 안 가겠다고 하겠어……."

그때 갑자기 위무선이 안색을 뒤바꾸며 가슴에서 부적을 한 장 꺼냈다. 부적은 이미 활활 타올라 위무선이 꺼내자마자 재가 됐다. 남망기의 시선이 굳어졌고, 위무선도 벌떡 일어났다.

"큰일 났군."

이 부적은 위무선이 난장강에 설치한 경고진의 경보기였다. 위무선이 없을 때 난장강에 무슨 일이 생겨서 진법이 파괴되거나 피비린내 나는 일이 생기면 부적이 자동으로 타올라 위무선에게 알려주었다. 위무선은 온원을 팔뚝 사이에 끼며 다급히 말했다.

"미안, 남잠! 나 먼저 갈게!"

온원의 주머니에 있던 물건이 떨어졌다.

"나…… 나비!"

위무선은 이미 음식점을 뛰어나가고 있었다. 얼마 뒤 옆에 하얀 그림자가 스쳤다. 어느새 남망기가 따라와 함께 뛰고 있었다.

"남잠? 왜 따라와?"

남망기가 온원이 떨어뜨린 나비를 온원의 손에 쥐여 주며 묻는 말에는 대답하지 않고 되물었다.

"왜 어검 안 해."

"깜빡하고 안 가져왔어!"

남망기가 말없이 위무선의 허리를 잡아 피진에 올리고 공중으로 날아올랐다. 온원은 너무 어려 검을 타고 날아본 적이 없어서 분명 놀라고 무서워해야 했지만, 피진이 매우 안정적으로 날아 전혀 흔들리지 않았기에 그리 놀라지 않았다. 오히려 지나던 행인들이 날아가는 세 사람을 놀란 눈으로 쳐다보는 걸 보고 신기하고 흥분됐는지 꺅꺅 환호성을 질렀다.

"고마워!"

위무선이 한숨 돌리며 말했다.

"어디야."

"이쪽!"

세 사람은 난장강 방향으로 번개처럼 날아갔다. 구름을 뚫고 나온 검은 산봉우리가 보이자 위무선은 더 긴장됐다.

멀리 검은 숲에서 흉시가 포효하는 소리가 들렸다. 게다가 한두 구가 아니라 떼였다. 남망기가 손을 들어 주문을 걸자 피진이 더 빨라졌다. 그러나 여전히 안정적이었다.

땅에 내려오자, 두 사람은 검은 그림자가 날카로운 소리를 지르며 어떤 사람을 향해 숲에서 튀어나오는 것을 보았다. 피진이 그것을 두 동강 냈다. 그 사람은 위무선을 보더니 창백한 얼굴로 다급하게 외쳤다.

"위 공자!"

위무선이 부적을 날리며 물었다.

"넷째 숙부, 무슨 일입니까?"

"복마동이…… 복마동에 있던 흉시가 전부 튀어나왔습니다!"

"결계를 쳐놨는데? 누가 건드렸어요!"

"아무도 안 건드렸습니다! 그…… 그……."

바로 그때 앞쪽에서 큰 소리로 꾸짖는 여자 목소리가 들렸다.

"아녕!"

검은 숲에서 십수 명의 온가 수사가 그림자 하나와 대치하고 있었다. 그 그림자는 하얀 눈의 흉포하기 짝이 없는 온녕이었다. 몸에 빽빽하게 붙어 있던 부적이 거의 다 떨어지고, 손에 쥔 흉시 두 구는 그가 맨손으로 찢어 산산조각을 냈는지 검은 피를 쏟으며 거의 뼈대만 남아 있었다. 온녕은 난폭하게 그 흉시들을 패대기쳤다. 그 뼈가 가루로 변해도 멈추지 않을 기세였다. 검을 들고 맨 앞에 선 것은 온정이었다.

"내가 온녕의 몸에 있는 부적 건들지 말라고 했잖아!"

위무선이 소리를 질렀다.

온정은 남망기가 왜 이곳에 나타났는지 놀랄 새도 없이 외쳤다.

"아무도 안 건드렸어! 복마동엔 들어가지도 않았다고! 온녕 스스로 발작해서 잡아 뜯었어. 자기 몸에 있는 것만 잡아 뜯은 게 아니라 혈지(血池)와 복마동의 결계까지 다 부숴서 혈지에 있던 흉시가 전부 기어 나왔다고. 위무선, 어서 가서 할머니와 사람들을 구해 줘! 거기가 위험해!"

그때, 높은 곳에서 쌕쌕거리는 이상한 소리가 났다. 고개를 들어 보니 흉시 몇 구가 나무 꼭대기에 올라가 뱀처럼 똬리를 틀고 아래쪽을 향해 이를 드러내며 구역질나는 불투명한 점액을 흘리고 있었다. 온녕도 고개를 들어 그 흉시들을 보더니, 손에 쥔 시체 조각을 내던지고 나무 꼭대기로 튀어 올라갔다.

적어도 다섯 장 높이의 나무까지 단번에 올라가다니 폭발력이 대단했다. 나무 위에 올라간 온녕이 두 손으로 그 흉시들을 갈기갈기 찢어버리자 공중에서 피가 비처럼 쏟아져 내렸다. 그래도 만족스럽지 않은지 온녕은 다른 방향으로 내려갔다. 위무선이 진정을 꺼내 들고 말했다.

"남……!"

위무선은 남망기에게 우선 다른 사람들을 구해 달라고 부탁하고 자기가 온녕을 상대할 생각이었다. 뒤를 돌아보니 남망기가 보이지 않았다. 조급해진 그때, 낭랑한 고금 소리가 벼락같이 울려 퍼졌다. 숲에 있던 새들이 놀라 날아갔다. 위무선이 부탁하기도 전에 남망기가 먼저 행동에 나선 것이었다. 위무선은 그제야 마음을 놓고 진정을 입에 갖다 대고 길게 불었다. 땅으로 내려온 온녕이 약간 멈칫했다.

"온녕! 나 알아보겠어?"

위무선이 물었다.

저쪽에서도 고금이 세 번 울리고 더 소리가 나지 않는 것을 보니 남망기가 세 번 안에 통제력을 잃은 흉시들을 진정시킨 모양이었다. 온녕은 몸을 조금 낮추며 낮게 울부짖는 소리를 냈다. 마치 불안해서 경계하며 달려들 준비를 하는 야수 같았다. 위무선이 진정을 다시 불려는데, 갑자기 온원이 위무선의 다리를 꽉 끌어안고 숨도 제대로 못 쉬는 게 느껴졌다. 조금 전까지도 온원을 까맣게 잊고 있었다.

위무선은 다급하게 온원을 들어 올려 온정에게 던지며 외쳤다.

"온원이랑 어서 숨어!"

바로 그때 온녕이 세차게 달려들었다.

거대한 바위가 머리를 짓누르는 것처럼, 위무선은 뒤로 날아가 나무에 묵직하게 부딪쳤다. 내상을 입었는지 목구멍이 뜨거워져 위무선은 욕설을 내뱉었다. 돌아온 남망기가 이 광경을 보고 순식간에 안색을 바꾸더니 재빨리 위무선 앞을 막아섰다. 옆에 있던 사람에게 온원을 맡기고 위무선의 상처를 살피러 다가가던 온정은 남망기가 앞을 가로막고 서자 순간 깜짝 놀랐다. 남망기가 거의 위무선을 품에 안는 듯한 자세로 그의 손을 잡고 영력을 직접 넣어 주고 있었기 때문이다.

"일단 비켜요. 그럴 필요 없어요! 내가 할게요! 난 온정이에요!"

기산의 온정은 일류 의원이었다. 남망기는 그제야 동작을 멈추고 온정이 위무선의 상태를 보도록 비켜섰다. 하지만 잡고 있던 손은 놓지 않았다. 위무선이 남망기에게 잡힌 손을 빼며 외쳤다.

"온녕을 막아!"

온녕은 위무선을 공격한 다음 팔을 내려뜨리고 산 아래를 향해 걸어가고 있었다. 그곳은 다른 온씨 수사들이 흉시를 피해 있는 곳이었다. 온정이 아래에 대고 외쳤다.

"도망가요! 어서 도망가! 그가 그쪽으로 가고 있어요!"

위무선이 남망기를 제치고 단숨에 쫓아갔다. 남망기도 따라왔다.

"네 검은?"

"어디에 던져뒀는지 몰라!"

위무선이 부적 열두 장을 날리며 말했다.

부적들이 허공에서 일렬로 늘어서더니 불이 타오르며 온녕의 몸에 들러붙었다. 그러곤 이내 불로 된 사슬처럼 순식간에 온녕의 몸을 묶었다. 남망기가 고금에 손을 올려 뜯으니, 온녕은 보이지 않는 줄에 묶인 것처럼 앞으로 나아가는 게 어려워 보였다. 진정에 입술을 갖다 댄 위무선은 방금 공격으로 입에서 피가 흘러나오자 미간을 찌푸렸다. 그는 흉강에서 출렁이는 피비린내와 통증을 참으며 피리를 불었다.

두 사람이 힘을 합치자 온녕이 바닥에 무릎을 꿇고 머리를 뒤로 젖힌 채 길게 포효했다. 검은 숲의 나무들이 부르르 떨렸다. 위무선은 결국 피를 토했다.

남망기의 고금 망기가 갑자기 맹렬하게 울리기 시작하자 온녕이 머리를 감싸고 소리를 지르며 움츠러들었다.

"아녕! 아녕!"

온정이 처량하게 외치며 달려가자 위무선이 저지했다.

"조심해!"

온정은 지금 강하게 손을 쓰지 않으면 사람들이 위험하다는 것을 알았지만, 동생이 고금 소리에 고통스러워하자 안쓰러워 어쩔 줄을 몰랐다.

"함광군, 살살해주세요!"

"남잠! 살살……."

"……공……자……."

위무선은 순간 깜짝 놀랐다.

"잠깐만."

위무선이 남망기에게 말했다.

"남잠, 잠깐 멈춰볼래?"

그 소리는 온녕 쪽에서 난 것이었다.

남망기가 다섯 손가락으로 고금 현을 누르자 여음의 떨림이 멈췄다.

"온녕?"

위무선이 말을 걸자 온녕이 힘겹게 고개를 들었다.

온녕의 눈은 흉악한 하얀색이 아니라…… 검은 눈동자였다!

"……위…… 공자……?"

온녕이 한 자 한 자 쥐어짜는 것처럼 말해 혀를 씹을 것 같았다.

그러나 확실한 인간의 말이었고, 무의미한 포효가 아니었다.

온정은 놀라 얼어붙었다.

한참 뒤 온정이 갑자기 소리를 지르더니 구르듯 달려왔다.

"아녕!"

두 사람은 땅에 주저앉아 끌어안았다.

"누…… 누님……."

온정은 동생을 끌어안고 울다가 웃다가 하면서 온녕의 가슴에 얼굴을 묻으며 말했다.

"나야! 누나야, 누나! 아녕!"

온정은 온녕의 이름을 계속 불렀다. 다른 수사들도 다가오고 싶었지만 차마 그러지는 못하고, 서로 얼굴을 쳐다보면서 웃고 소리 지르며 끌어안았다. 넷째 숙부도 미친 듯이 소리를 지르며 뛰어 내려갔다.

"괜찮아! 됐어! 됐다고! 아녕이 깨어났어! ……."

위무선이 다가가 온녕 옆에 쪼그리고 앉았다.

"지금 느낌이 어때?"

땅에 드러누운 온녕은 사지와 목이 여전히 뻣뻣했다.

"저…… 저……."

온녕은 한참을 굳어 있다가 마침내 입을 열었다.

"……저 울고 싶은데, 울음이 나오질 않아요. 어떻게 된 거죠……."

침묵이 이어지다 위무선이 온녕의 어깨를 툭툭 치며 말했다.

"기억하지. 넌 이미 죽었어."

온녕이 정말 깨어난 게 확인되자 위무선은 속으로 길게 한숨을 내쉬었다.

성공했다.

애초 위무선은 일시적인 충동과 분노로 온녕을 낮은 단계의 흉시로 만들었다. 온녕이 자기를 죽인 감독관들을 직접 지목하고 찢어 죽였지만, 온정은 깨어난 온녕이 자기를 전혀 못 알아보고 미친개처럼 낮게 으르렁거리며 여기저기서 찢고 물며 고기를 먹고 피를 마시려는 모습을 보고 더 고통스러워했다.

냉정을 되찾은 위무선은 온정에게 온녕의 이지를 회복시킬 방법이 있다고 단언했다. 하지만 그것은 허풍이었고, 일단 온정을 안심시키려는 것뿐이었다. 사실 위무선은 그런 방법을 몰랐기 때문에 그냥 무턱대고 시작할 수밖에 없었다. 며칠 동안 침식을 잊고 온갖 지식을 다 짜낸 끝에 자기가 한 약속을 지켰다.

창백한 온녕의 얼굴을 두 손으로 감싼 온정의 눈에서 눈물이 방울방울 흘렀다. 그러다 온녕의 시체를 본 그날 밤처럼 대성통곡했다.

온녕은 뻣뻣한 손으로 온정의 등을 쓰다듬었다. 온가 사람들이 산으로 올라왔다. 가까이 다가와 같이 울지는 못했지만, 경외와 감격의 눈길로 위무선과 남망기를 보며 감탄했다.

위무선은 남매가 할 말이 많을 것이고 온정도 다른 사람들에게 자기의 우는 모습을 보이고 싶지 않을 것이라고 생각했다.

"남잠."

남망기가 위무선을 보자 위무선이 말했다.

"이왕 왔으니 들어가 앉았다 갈래?"

두 사람은 산 위의 스산한 바람이 불어오는 동굴 앞까지 걸어갔다.

"복마동?"

"맞아, 이름은 내가 지었어. 어때?"

남망기는 아무 말도 하지 않았다.

"나도 알아. 분명 속으로 '별로'라고 대답했겠지. 이 동굴 이름이 밖으로 알려진 이후 사람들이 하는 말 나도 들었어. 귀도를 수련하는 것 자체가 마귀면서 어떻게 자기 소굴을 마귀를 제압하는 복마동이라고 지었냐고 했다지?"

남망기는 가타부타 말이 없었다. 동굴로 들어가자 위무선의 웃음소리가 넓은 동굴에 메아리쳤다.

"하지만 모두 틀렸어. 내가 지은 이름은 그들이 생각하는 그런 뜻이 아니야."

"무슨 뜻인데."

"간단해. 그냥 내가 평소 여기서 잠을 자서 그렇게 지은 거야. 마귀가 바닥에서 잠자는 동굴이니 복마동, 맞잖아?"

"……."

남망기는 아무 말도 하지 않았다.

두 사람은 동굴 내부로 더 들어갔다.

"그럼 혈지는."

위무선이 동굴 안의 어두운 물을 가리키며 말했다.

"혈지는 저거야."

동굴 안에는 빛이 적어 연못은 검은색인지 붉은색인지 모를 색이었고 짙지도, 그렇다고 옅지도 않았다. 그리고 피비린내가 풍겼다.

연못 옆에 금지선을 쳐놨지만 온녕이 훼손한 상태였다. 위무선은 금지선을 들어 단단하게 매듭을 지었다.

"음기가 강해."

"맞아, 음기가 강해서 사악한 것들을 기르기에 적합하지. 여긴 내가 아직 다 완성하지 못한 흉시를 '키우는' 곳으로 쓰고 있어. 이 안에 얼마나 있을 거 같아?"

위무선이 웃으며 말했다.

"사실, 얼마나 있는지 나도 잘 몰라. 하지만 피 냄새가 점점 진해지고 있어."

빛 때문인지 모르겠지만 위무선의 얼굴이 매우 창백해 보였다. 웃는 얼굴은 더 살벌해 보였다.

"위영."

남망기가 조용히 위무선을 불렀다.

"왜?"

"너 정말, 통제할 수 있어?"

"뭘 통제해? 온녕 말하는 거야? 당연히 문제없지. 봐, 이미 이지를 회복했잖아."

위무선이 의기양양하게 덧붙였다.

"사상 유례없는 흉시지."

"그가 다시 폭주한다면, 어떻게 하려고."

"온녕의 폭주에 대처하는 방법을 알았잖아. 그는 내가 통제하니까, 나한테 문제가 없으면 그에게도 문제가 없어."

잠시 침묵이 흘렀다.

"만약 너에게 문제가 생기면."

"그럴 일은 없어."

"어떻게 장담해."

"그럴 일 없고, 그럴 수도 없어."

위무선이 단호하게 말했다.

"앞으로도 이렇게 지내려고?"

"계속 이렇게 사는 게 어때서. 여길 우습게 보는 거야? 이 산은 너희 운심부지처보다 크고 음식도 훨씬 낫다고."

"위영."

남망기가 말했다.

"내 말뜻 너도 알잖아."

"……."

위무선이 어쩔 수 없다는 듯이 말했다.

"남잠, 너란 사람은…… 정말 대단해. 화제를 다 돌려놨더니 다시 끌고 오네."

바로 그때 목구멍이 조금 간지럽더니 갑작스럽게 혈기가 올라왔다. 위무선은 기침을 꾹 참았다. 남망기가 다가와 제 손을 잡으려 하자 위무선이 피하며 말했다.

"뭐 하려고?"

"네 상처."

"됐어. 이런 작은 상처에 영력을 낭비해서 뭐 하게. 조금 앉아 있으면 괜찮아져."

남망기는 위무선과 쓸데없는 말은 하지 않고 다가와 그의 손을 잡았다. 바로 그때 동굴 밖에서 두 사람이 들어왔다.

"조금 앉아 있으면 괜찮다고? 날 죽은 사람 취급하는 거야?"

온정의 목소리였다.

그녀 뒤에서 차 쟁반을 들고 온녕이 따라 들어왔다. 온녕의 피부는 죽은 사람처럼 하얀색이었고 목에는 아직 다 지워지지 않은 주문이 남아 있었다. 온녕의 종아리에 온원이 매달려 있었다. 온원은 들어오자마자 다다닥, 하고 위무선에게 달려와 그의 다리에 매달렸다. 위무선과 남망기가 동시에 자기를 쳐다보자 온녕은 웃으려는 듯 입가를 씰룩거렸지만, 얼굴 근육이 뻣뻣하게 굳어 올라가지 않았다.

"위 공자…… 남 공자."

온녕이 인사했다.

위무선이 다리를 들어 올려 온원을 공중에서 흔들었다.

"어떻게 왔어? 이렇게 빨리 다 울었단 말이야?"

"내가 널 어떻게 울릴지 보라고!"

온정의 말투는 표독스러웠지만, 목소리에 맹맹한 콧소리가 섞여 있었다.

"농담도, 네가 날 어떻게…… 아!"

온정이 다가와 '퍽' 하고 위무선의 등을 내리쳤다. 위무선은 피를 쏟으며 믿을 수 없다는 듯이 말했다.

"너…… 완전 독해……."

위무선은 말하며 두 눈을 감고 기절했다. 남망기의 얼굴이 하얗게 질리면서 위무선을 받았다.

"위영!"

온정은 반짝이는 은침 세 개를 꺼내며 호통쳤다.

"내가 얼마나 독한지 아직 모르지. 일어나!"

위무선은 다시 아무 일도 없었던 것처럼 남망기의 품에서 벌떡 일어나며 입가의 피를 닦았다.

"됐어. 여자 마음이 제일 독하다더니, 알고 싶지 않아."

온정이 위무선을 내리친 이유는 위무선의 가슴에 걸려 있던 어혈을 토해내게 하기 위해서였다. 백가에서 유명한 기산 제일의 의원이 치료하면서 경중을 모를 리가 없었다. 남망기는 또 한 번의 장난에 소맷자락을 세차게 휘날리며 몸을 돌려 피했다. 이런 시시한 사람은 더는 상대하기 싫다는 듯한 몸짓이었다. 온녕은 이지가 돌아온 지 얼마 안 돼 반응이 한 박자씩 느렸다. 방금 위무선이 피를 토하는 모습을 보고도 멍해 있다가, 위무선이 그렇게 된 게 자기가 사고력이 온전치 않았을 때 상처 입힌 것이라는 것을 깨닫고는 미안해했다.

"공자, 죄송합니다……."

"됐어, 됐어. 네가 한 대 쳤다고 내가 정말 어떻게 될까 봐?"

"함광군, 좀 앉으시지요?"

온정의 검은 눈동자가 옆으로 비켜서 있는 남망기의 표정을 살피며 말했다.

위무선은 뭔가 잊은 느낌이 들었는데 남망기가 동굴에 들어온 지 한참이 지나도록 앉지 않았다는 것을 그제야 깨달았다. 동굴 안에 앉을 만한 곳이라곤 돌로 된 침상 몇 개뿐이었다. 하지만 거기엔 이미 이상한 깃발과 칼, 상자, 피 닦은 붕대, 먹다 만 과일 같은 것들이 잡다하게 놓여 있어 눈 뜨고 못 봐 줄 지경이었다.

"앉을 자리가 없네."

위무선이 말했다.

"없긴 왜 없어."

온정이 무심하게 말하며 섬돌 위에 있던 물건들을 망설임 없이 바닥으로 쓸어버렸다.

"봐, 이러면 되잖아."

"이봐!"
위무선이 깜짝 놀랐다.
"그러네요. 남 공자, 앉아서 차 드세요……."
온녕도 그렇게 말하며 들고 있던 쟁반을 남망기 쪽에 놓았다. 쟁반에는 깨끗하게 씻은 찻잔 두 개가 놓여 있었다. 위무선이 그것을 보고는 "이렇게 궁색해서야. 손님에게 드릴 찻잎 하나 없이 맹물을 내오다니!"라고 말했다.
"제가 방금 넷째 숙부께 여쭤봤더니 찻잎이 없다며……."
온녕이 풀죽은 목소리로 웅얼거렸다.
위무선이 잔을 들고 마셨다.
"이럴 수는 없지. 다음에는 손님을 위해 준비해 두겠어."
말을 마친 위무선은 자기 말이 우습다고 생각했다. 다음이 어디 있고, 어디에서 손님이 오겠는가?
"네가 그런 말 할 자격이 있어? 너더러 산에 내려가면 사 오라고 몇 번을 말했는데 네가 매번 잡다한 것들만 사 왔잖아. 오늘도 내가 너한테 무씨를 사 오라고 했잖아."
온정이 말했다.
"내가 언제 잡다한 걸 사 왔다고 그래! 내가 아원한테 재미있는 거 사주려고 간 거지. 그렇지, 아원?"
"거짓말. 이 형아가 사준 거야."
온원은 맞장구쳐주지 않았다.
"어떻게 이런 경우가 다 있담!"
위무선이 대노했다.
복마동 안에 웃음꽃이 피었다. 그때 남망기가 갑자기 한마디도 없이 동굴 밖으로 걸어 나갔다.

순간 온정과 온녕이 놀라 멈칫했다.

"남잠?"

위무선이 말했다.

"돌아가야겠어."

남망기가 발걸음을 멈추었다. 그의 목소리에서는 어떤 감정도 느껴지지 않았다.

남망기는 고개 한 번 돌아보지 않고 복마동을 나갔다. 자기가 잘못한 줄 알았는지 온녕이 황급하게 일어났다. 온원이 다급하게 외쳤다.

"형아!"

온원이 짧은 다리로 쫓아가려 했다. 위무선이 온원을 집어 팔뚝 사이에 끼면서 말했다.

"너희는 여기서 기다려."

위무선이 재빨리 남망기를 따라잡았다.

"가려고? 배웅해 줄게."

남망기는 아무 말도 하지 않았다.

온원이 위무선의 팔 아래서 고개를 들며 말했다.

"형아, 여기서 밥 먹고 가?"

남망기가 온원에게 손을 뻗어 천천히 그의 머리를 쓰다듬었다.

온원은 남망기가 머물다 간다는 줄 알고 얼굴에 화색을 띠우며 작은 소리로 말했다.

"아원이 몰래 들었어. 오늘 맛있는 게 많대……."

"이 형아는 집에 가서 밥 먹을 거야."

위무선이 말했다.

“아.”

이 한 마디에 실망의 기색이 가득 묻어났다. 온원은 고개를 숙이고 아무 말도 하지 않았다.

두 사람은 아이를 끼고 조용히 걸었다. 난장강 아래에 도착하자 약속이나 한 듯이 발걸음을 멈추고 또 아무 말도 하지 않았다.

한참 뒤 위무선이 입을 열었다.

“남잠, 조금 전에 나더러 계속 이렇게 지낼 거냐고 물었지? 사실 나도 묻고 싶었어. 이렇게 하지 않으면 내가 뭘 할 수 있지?”

위무선이 말을 이어나갔다.

“귀도를 포기하라고? 그러면 산에 있는 사람들은 어떻게 해. 그들을 포기하라고? 난 그렇게 못 해. 너였어도 그렇게 못 했을 거잖아.”

위무선은 약하게 한숨을 내쉬고 담담히 말했다.

“누가 나에게 넓고 평탄한 길을 알려 줬으면 좋겠어. 귀도를 수련하지 않아도 내가 지키고 싶은 사람을 지킬 수 있는, 그런 길 말이야.”

남망기는 위무선을 쳐다보며 대답하지 않았다. 그러나 그들은 이미 대답을 똑똑히 알고 있었다.

그런 길은 없다.

답이 없었다.

“오늘 함께 해줘서 고마워. 사저의 혼인 소식도 알려 줘서 고맙고. 하지만 옳고 그름은 내가 판단할 일이고 칭찬과 비방은 다른 사람의 몫이니, 득실을 따지지 않겠어. 어떻게 해야 할지 나한테도 다 생각이 있어. 나도 내가 통제할 수 있을 거라고 믿어.”

위무선이 느릿하게 말했다.

위무선이 이럴 줄 진작 알고 있었다는 듯, 남망기는 고개를 살짝 옆으로 돌리고 눈을 내리감았다.

여기서 헤어져야 했다.

산 위로 돌아오면서 위무선은 그제야 자신이 남망기에게 밥을 사겠다고 해놓고 결국엔 무거운 분위기에서 각자의 길로 헤어졌다는 것을 깨달았다. 그는 당연하게도 계산을 잊고 있었다.

위무선은 '뭐, 어쨌든 남잠은 돈이 많으니까 한 번 더 산 게 대수겠어. 남잠에게 돈이 더 있었겠지. 아이 장난감 조금 샀다고 다 쓰진 않았을 거야. 다음에 내가 사면 되고……. 근데 다음 기회가 있겠어?' 하고 생각했다.

생각해 보니 자신과 남망기는 만날 때마다 이런저런 이유로 기분 나쁘게 헤어졌다. 어쩌면 정말로 친구가 되기에 적합하지 않은 모양이었다.

하지만 앞으로는 시도해 볼 기회도 없을 것이다.

온원이 왼손으로 위무선을 잡고 오른손으로 작은 나무 검을 들고 풀로 만든 나비를 머리 위에다 올려놓으며 물었다.

"선 형아, 돈 많은 형아 또 와?"

위무선이 헛숨을 뿜었다.

"돈 많은 형아는 뭐야?"

"돈 많은 형아가 돈 많은 형아지."

온원이 진지하게 말했다.

"그럼 나는?"

"형아는 선 형아, 돈 없는 형아."

위무선이 온원을 쓱 쳐다보더니 나비를 집어 들며 말했다.

"왜, 그 형아가 돈이 많아서 좋은 거야?"

"돌려줘……. 나한테 사준 거란 말이야!"

온원이 까치발을 들며 다급하게 말했다.

위무선은 어린애한테 장난칠 때도 신바람이 나서, 자기 머리 위에 나비를 얹고 온원을 놀려댔다.

"싫어. 너 남잠에겐 아빠라고 부르고 나는 뭐라고 불렀어? 형아라고 불렀잖아. 그보다 한 단계 낮게 불러 놓고는!"

"아빠라고 부른 적 없어!"

온원이 펄쩍펄쩍 뛰며 어기댔다.

"네가 부르는 거 들었어. 난 괜찮아. 난 형이나 아빠보다 더 높은 연배를 하면 되니까. 그러니까 네가 나를 뭐라고 부르면 될까?"

위무선이 물었다.

"하지만…… 하지만 아원은…… 형아를 엄마라고 부르긴 싫어……. 이상해……."

온원이 억울한 듯이 말했다.

위무선은 다시 뿜었다.

"누가 너더러 엄마라고 부르래? 형이나 아빠보다 더 높은 건 할아버진데 그것도 몰라? 너 정말 그렇게 남잠이 좋았으면 진작 말하지. 그랬으면 널 데려가라고 했을 텐데. 남잠 집엔 돈이 많지만 완전 무섭다. 널 방에 가두고 아침부터 밤까지 서책을 베끼라고 할 거야. 무섭지!"

온원이 세차게 고개를 흔들며 작은 소리로 말했다.

"……나 안 가……. 나 외할머니랑 살 거야."

"외할머니만 필요하고, 나는 필요 없어?"

위무선이 짐짓 겁을 주듯 물었다.

"필요해. 선 형아도 있어야 해."

온원이 비위를 맞추며 말했다. 온원은 손가락으로 하나하나 꼽으며 덧붙였다.

"그리고 돈 많은 형아, 아정 누나, 녕 형아, 넷째 삼촌, 여섯째 삼촌……."

"됐어, 됐어. 사람들한테 깔려 죽겠다."

위무선은 온원의 머리에 나비를 올려놓았다.

온원은 위무선이 다시 빼앗아 갈까 봐 잽싸게 나비를 주머니에 넣고 계속 물었다.

"돈 많은 형아 다시 와?"

위무선은 계속 웃어댔다.

그는 한참 뒤에야 웃음을 가라앉히고 담담히 입을 열었다.

"다시 안 올 거야."

"왜?"

실망한 온원이 물었다.

"뭐가 왜야. 세상 사람들은 모두 각자 해야 할 일이 있고, 각자 가야 하는 길이 있는 법이야. 자기 집에도 할 일이 많은데 다른 사람 살필 시간이 있겠어?"

결국엔 같은 길을 가는 사람이 아닌 것을.

온원이 알 것도, 모를 것도 같다는 듯이 "어……." 하고 말했다. 왠지 실망한 것 같았다.

위무선이 온원을 번쩍 들어 팔에 끼고 말했다.

"……그는 넓고 평탄한 길로 가라지. 그래도 나는 외나무다리를 건너 어둠의 끝으로 갈 테니까……. 간! 다! ……어둠의 끝이라고?"

'어둠'이라고 흥얼거리는데 순간 전혀 어둡지 않다는 것을 발견했다.

예전에는 산꼭대기까지 어두웠는데 오늘 밤 돌아오는 길은 달랐다.

작은 오두막 근처가 잡초 하나 없이 깨끗하게 청소돼 있었다. 옆에 있는 나무엔 붉은 등롱이 몇 개 걸려 있었다. 나뭇가지에 걸린 둥근 등롱은 직접 만들어 보잘것없었지만 따뜻한 빛을 뿜으며 캄캄한 숲을 비추었다.

보통 이 시간이면 사람들은 일찌감치 식사를 마치고 각자의 허름한 오두막으로 돌아가 불을 끄고 쉴 텐데, 오늘은 제일 넓은 오두막에 모여 있었다. 그 오두막은 기둥 여덟 개로 지붕을 떠받쳐 사람들을 다 수용할 수 있었다. 옆에 있는 작은 방은 '주방'이고, 이곳은 식당으로 사용했다.

의아해진 위무선이 온원을 옆구리에 낀 채 다가갔다.

"어째 오늘은 다 모였어? 잠도 안 자고? 등도 이렇게 많이 밝히고?"

온정이 주방에서 쟁반을 들고 나왔다.

"너 비춰 주려고 걸었어. 내일은 산길에 몇 개 더 걸 거야. 어두운 데 다니다가 미끄러져 뼈라도 부러지면 어떻게 해."

"부러지면 네가 있잖아."

"난 일 많이 하기 싫어. 돈이 되는 것도 아닌데. 넘어져서 뼈 부러지면 내가 맞추느라 네 뼈를 꺾어도 탓하지 마."

위무선은 몸서리치며 잽싸게 들어갔다. 오두막에 들어가자 사람들이 자리를 내주었다. 세 개의 탁자 위에 일고여덟 개의 쟁반이 놓여 있었고, 각각의 쟁반에는 김이 모락모락 나는 음식이 놓여 있었다.

"뭐야, 아직 식사 안 했어?"

위무선이 물었다.

"응. 너 기다리고 있었어."

온정이 말했다.

"뭐 하러 기다려? 나 밖에서 먹고 왔는데."

위무선은 말을 하자마자 아차 싶었다. 과연, 온정이 탁자 위에 쟁반을 탁 내려놓았다. 음식에 있던 붉은 고추가 튀어 오를 정도였다.

"어쩐지 아무것도 안 사 왔더라니. 요릿집 가서 다 쓰고 왔지? 내가 박박 긁어모아서 준 돈으로 넌 시원하게 술을 마셔버렸단 말이지!"

"아니야! 아니라고……."

바로 그때, 온씨 할머니가 한 손으로 지팡이를 짚고 다른 한 손으로 쟁반을 들고 휘청거리며 주방에서 나왔다. 온원이 몸을 비틀어 위무선의 팔뚝에서 빠져나와 달려갔다.

"외할머니!"

"도와주지 않아도 돼요. 그냥 앉아 계세요. 주방은 뜨겁고 연기도 많잖아요. 다리도 편찮으시고 손도 불편한데 넘어지면 몇 개 없는 쟁반이 깨진다고요. 이런 그릇을 산까지 갖고 올라오는 게 얼마나 힘든데……."

온정이 할머니에게 다가가 쟁반을 받아 들며 입으로만 화내는 척했다.

다른 온가 수사들은 젓가락을 놓고 차를 따르면서 상석을 위무선에게 비워주었다. 그렇게 하니 위무선은 오히려 마음이 더 편치 않았다.

예전에는 이 온가 사람들이 위무선을 조금 두려워한다는 것이 티가 났었다.

그들은 사일지정에서 위무선의 흉악한 이름과 미친 듯한 행적을 들었고, 사악하고 잔인한 방법을 들었으며, 시체를 부려 사람을 죽이는 모습을 직접 본 사람도 있었다. 처음에는 온씨 할머니도 위무선을 보고 다리를 덜덜 떨었고, 온원도 할머니 뒤에 숨었다. 며칠이 지나서야 천천히 위무선의 곁으로 다가왔다.

그러나 지금은 50여 쌍의 눈이 전부 위무선을 쳐다보고 있었다. 그들의 눈빛에는 여전히 두려움이 묻어났다. 하지만 그것은 경외의 두려움이었고, 호감을 사려는 눈빛과 조심스러운 기색도 보였다. 또한, 온가 남매처럼 감격과 선의의 감정이 가장 많이 담겨 있었다.

"그동안 고생 많았어."

온정이 낮은 소리로 말했다.

"왜…… 갑자기 좋은 말을 하고 그래. 사람 놀라게."

위무선이 말했다.

온정의 다섯 손가락에서 '뚜둑' 하는 소리가 나는 것 같아 위무선은 즉시 입을 다물었다.

"……사실 사람들은 너와 같이 식사하면서 고맙다는 말을 전하고 싶어 했어. 그런데 넌 여기저기 돌아다니느라 바쁘거나, 복마동에서 며칠 밤낮을 나오지도 않고 누가 들어오지도 못하게 했잖아. 다들 네 일을 방해할까 봐, 네가 귀찮을까 봐, 아니면 네가 사람들

하고 교류하는 걸 싫어하고 자기들과 거리를 두고 싶은 게 아닐까 걱정스럽고 쑥스러워서 네게 말을 못 걸었던 거야. 오늘 아녕이 깨어났으니 넷째 숙부가 너와 자리를 마련하자고 하셔서……. 밖에서 배불리 먹고 왔어도 일단 앉아. 안 먹어도 돼. 앉아서 이야기 나누고 술이나 마시면 돼."

온정이 낮은 소리로 계속 말했다.

"술? 술이라고? 여기에 술이 있어?"

위무선이 눈을 반짝이며 되물었다.

나이 많은 온가 사람이 계속 이쪽을 조심스럽게 쳐다보다가 위무선의 말에 즉시 나섰다.

"그럼요, 그럼요. 술이야 있지요, 있어."

그가 탁자 옆에 있던 밀봉된 병을 가져오며 말했다.

"과일주입니다. 산에서 딴 야생 과일로 만들어 향이 아주 좋지요!"

"넷째 숙부는 술을 좋아하세요. 술을 빚을 줄도 아셔서 특별히 만든 거예요. 며칠 동안 시험하셨대요."

탁자 옆에 앉아 있던 온녕이 덧붙였다.

온녕은 한 자 한 자 또박또박 말했다. 속도는 느렸지만 더듬거리지는 않았다. 넷째 숙부는 조금 쑥스러운 듯 웃더니 긴장된 표정으로 위무선을 쳐다봤다.

"그래? 그럼 꼭 마셔봐야겠군!"

위무선이 흔쾌히 고개를 끄덕였다.

위무선이 자리에 앉자 넷째 숙부가 재빨리 병마개를 열어 두 손으로 건넸다. 위무선은 향기를 맡으며 웃었다.

"향기 좋네!"

위무선이 앉자 사람들도 일제히 앉았다. 위무선이 칭찬하자 그들은 무슨 대단한 말이라도 들은 것처럼 얼굴을 활짝 펴고 젓가락을 움직이기 시작했다.

처음으로 위무선은 다른 생각에 잠겨 술을 마시면서도 무슨 맛인지 몰랐다.

위무선은 '어둠의 끝으로 걸어왔……나?' 하고 생각했다. 하지만 그렇게까지 어둡지는 않았다.

순간, 정신이 맑고 기분이 상쾌해졌다.

50여 명이 탁자 세 개에 끼어 앉았고 젓가락들이 음식 사이를 오갔다. 온원은 외할머니 다리 위에 앉아 자기의 새 보물들을 꺼내 보여 주면서 작은 나무칼과 검으로 대결을 해 보였고, 노인은 이가 없는 입을 활짝 벌리며 웃었다. 위무선은 넷째 숙부와 자기들이 마셔봤던 술에 대해 열띤 토론을 벌이다가 최종적으로 고소의 명술 천자소가 가장 좋다고 의견을 모았다. 온정은 사람들 사이를 돌아다니며 연장자들과 젊은이들에게도 과일주를 따라주었다. 두 번 돌기도 전에 술 단지가 비자 위무선이 말했다.

"어떻게 벌써 없어? 별로 마시지도 않았는데??"

"몇 병 더 있는데 놔뒀다가 천천히 마시자. 오늘은 그만 마셔."

온정이 말했다.

"무슨 소리. 죽어서 좋은 소릴 듣느니 지금 술 한 잔 마시는 게 더 낫다고. 말 더 안 할게, 가득 채워 주면 고맙겠어."

오늘은 특별한 날이니만큼, 온정도 더는 거절하지 않고 술을 가득 따라 주었다.

"다음에는 예외 없어. 넌 꼭 술 끊어야 해. 술을 너무 무섭게 마셔."

"여긴 운심부지처도 아닌데 뭔 술을 끊어!"

운심부지처 이야기가 나오자 온정이 위무선을 보면서 아무렇지도 않게 물었다.

"깜박 잊고 못 물어봤는데, 난장강에 사람을 데려온 적이 한 번도 없더니 오늘은 어떻게 된 일이야?"

"남잠 말이야? 길에서 만났어."

"길에서 만났다고? 어떻게? 또 우연히?"

"응."

"어떻게 그런 일이. 내 기억에, 너희 예전에 운몽에서도 우연히 만난 적이 있잖아."

"드문 일도 아니지. 운몽과 이릉에는 다른 가문 수사가 자주 오니까."

"조금 전에 네가 그의 이름을 부른 걸 들었어. 간도 크다."

"그도 내 이름 불렀잖아. 별일 아니야. 어릴 때부터 습관이 돼서 서로 신경 안 써."

"어? 너희 둘 사이가 나쁜 거 아니었어? 듣자니 물과 불처럼 섞이지 못하고 만나기만 하면 싸웠다던데."

"너도 그런 헛소문을 들었군. 예전에는 그냥 그랬고, 사일지정 기간에는 화가 잔뜩 나서 몇 번 싸우기도 했지만 나중에는 소문처럼 그렇게 나쁘지는 않았어. 그냥 그랬지, 뭐."

온정은 더 말하지 않았다.

쟁반의 음식이 빠르게 사라졌다. 누군가 그릇을 치며 외쳤다.

"아녕, 가서 음식 몇 개 더 해와!"

"많이 해서 양푼에 가져와!"

"음식 담을 양푼이 어디 있어. 다 세수하는 데 쓰는구만!"

온녕은 음식을 먹지 않아 오두막 옆을 지키고 있다가 그 소리에 느리게 대답했다.

"어, 네."

위무선은 솜씨를 보일 기회가 생기자 재빨리 나섰다.

"잠깐만! 내가 할게, 내가!"

"요리도 할 줄 알아?"

온정이 의외라는 듯이 물었다.

"당연하지. 난 바깥일도 잘하고 집안일도 잘한다고. 모두 기대하시라."

위무선이 눈썹을 치켜세우며 으스댔다.

사람들이 손뼉을 치며 기대를 표했다. 그러나 위무선이 씩 웃으며 접시 두 개를 탁자 위에 내려놓자, 온정이 목소리를 높여 야단을 쳤다.

"앞으로 주방 근처엔 얼씬도 하지 마!"

"맛있어. 보이는 게 다가 아니야. 먹어 보면 맛있다는 걸 알게 된다니까. 바로 이 맛이라고."

위무선이 설명했다.

"웃기고 있네! 아원이 먹고 우는 거 안 보여? 재료 낭비야. 여러분, 체면 세워 주려고 억지로 먹지 말고 젓가락 내려놓으세요!"

3일도 안 지나 거의 모든 세가 사람들이 무서운 소식을 듣게 됐다. 강씨 가문을 배신하고 도망가 이릉에 자리 잡은 위무선이 지금까지 제일 높은 단계의 흉시를 만들어 냈다는 소식이었다. 그가 만든 흉시는 행동이 빠르고 힘이 무한하며 겁이 없고 잔인하며 사고력이 있고 정신이 또렷해 야렵에서 대적할 자가 없었다.

사람들은 놀라고 겁에 질려 외쳤다. 안녕할 수가 없잖아! 위무선은 분명 이런 흉시를 많이 만들어 새로운 종파를 세우고 세가와 패권을 다투겠지! 게다가 수많은 젊은 피가 그런 정당한 대가 없이 얻은 사도에 현혹돼 몰려가면, 정통 현문 백가의 미래가 심히 걱정스럽고 앞날이 어두울 터인데!

그러나 정작 흉시 제작에 성공한 위무선은 이 흉시의 가장 큰 용도가 산으로 짐을 옮길 때 중노동을 묵묵히 참고 일하는 짐꾼이라고 생각했다. 예전에는 많아 봐야 화물 한 상자 옮기는 게 다였는데 지금은 온녕 혼자서 수레 한가득 화물을 실어 날랐다. 그리고 그 짐 더미 위에 위무선이 다리를 꼬고 앉아 있었다.

하지만 사람들은 이런 이야기는 전혀 믿지 않았다. 몇 차례 야렵에서 두각을 나타내자, 사람들이 소문을 듣고 찾아와 '노조(老祖)'에 의탁해 그의 제자가 되겠다고 나섰다. 적막하고 스산했던 황산이 갑자기 문전성시를 이뤘다. 위무선이 산 아래 세워둔 순찰하는 흉시는 먼저 공격하지 않았다. 기껏해야 사람을 던지고 이를 드러내며 으르렁거리는 정도라 부상을 당하는 사람은 없었다. 그래서인지 난장강 아래로 몰려드는 사람이 점차 늘어났다. 한 번은 멀리서 '무상사존 이릉노조(無上邪尊 夷陵老祖)'라고 쓰인 깃발을 보고 위무선이 과일주를 제대로 뿜었다. 실로 참을 수가 없었던 그는 산 아래로 내려가 '높으신 노조를 섬기며' 준 공물을 전혀 사양하지 않고 받은 다음, 그 뒤부터는 다른 길로 다녔다.

그날도 위무선은 짐꾼을 데리고 이릉의 한 도시에서 물건을 사고 있었다. 갑자기 앞쪽 골목에서 익숙한 그림자가 사라지는 것이 보였다. 위무선은 눈빛을 굳히며 소리 없이 따라갔다. 그 그림자를 따라 두 사람은 작은 정원에 도착했다. 문을 열고 들어가자 정원 문이 닫혔다.

"나가."

차가운 목소리가 들렸다.

강징이 그들 뒤에 서 있었다. 문은 그가 닫은 것이고 이 말은 온녕에게 한 것이었다.

강징은 원한을 잊지 않는 성격이라 기산 온씨에 대한 분노가 상하를 막론하고 가득했다. 게다가 온정과 온녕 남매가 구해 준 기간에도 강징은 혼수상태여서 위무선과는 느낌이 같을 수가 없었다. 그래서 온녕에게 무례했고, 지난번에도 잔인하게 대한 것이었다. 온녕은 강징을 보자마자 고개를 떨구고 밖으로 나갔다.

정원 안에 한 여인이 천을 드리운 삿갓을 쓰고 검은색 망토를 입고 서 있었다. 위무선은 목이 메었다.

"……사저."

발소리에 그 여인이 몸을 돌리며 머리에 쓴 삿갓과 망토를 벗었다. 망토 아래 붉은색 혼례복을 입고 있었다.

단아한 혼례복을 입은 강염리는 얼굴에 선명하고 아름다운 화장을 해 더욱 화사해 보였다. 위무선은 강염리 곁으로 두 걸음 다가갔다.

"사저…… 이건?"

"뭐긴 뭐겠어? 너한테 시집이라도 오는 것 같아?"

강징이 우스갯소리를 했다.

"입 닥쳐."
위무선이 쏘아붙였다.
강염리가 두 팔을 활짝 벌리며 위무선에게 보여 주었다.
"아선, 나…… 곧 결혼해. 너에게 보여 주고 싶었어……."
강염리가 얼굴을 살짝 붉히며 말했다.
위무선은 눈시울이 뜨거워졌다.
강염리의 혼례식 날에 위무선은 갈 수 없어 혼례복을 입은 가족의 모습을 볼 수 없을 터였다. 그래서 강징과 강염리는 특별히 이 릉까지 몰래 찾아와 위무선을 이곳으로 유인해 보여 준 것이다. 혼례식 당일 누님은 바로 이런 모습일 것이라고.
한참 뒤에야 위무선은 웃음을 지어 보였다.
"알아요! 들었어요……."
"누구한테 들어?"
강징이 물었다.
"네가 무슨 상관이야."
위무선이 또다시 툭툭거렸다.
"그런데…… 나만 와서, 신랑을 못 보네."
강염리가 수줍게 말했다.
"신랑은 보고 싶지 않아요."
위무선이 그럴 가치가 없다는 듯이 말했다.
"예뻐요!"
위무선은 강염리 주변을 두 바퀴 돌면서 감탄을 쏟아 냈다.
"누님, 제가 말했잖아요. 정말 예쁘다니까요."
강징이 말했다.

"너희들 말은 소용없어. 너희 말은, 진짜라고 할 수 없어."

강염리는 자기를 잘 알았기 때문에 진지하게 말했다.

"누님은 저도 안 믿고, 이 녀석도 안 믿네요. 그 사람이 예쁘다고 말하면 믿으실 겁니까?"

강징이 어쩔 수가 없다는 듯이 어깨를 으쓱였다.

그 말에 강염리의 얼굴이 더 빨개지면서 하얀 귓불까지 번져 분홍색 연지로도 가려지지 않았다. 강염리가 서둘러 화제를 전환했다.

"아선…… 자[#16]를 좀 지어줘."

"무슨 자?"

위무선이 물었다.

"아직 태어나지 않은 조카의 자 말이야."

강징이 말했다.

혼례도 올리기 전에 미래의 조카에게 자를 지어달라니. 하지만 위무선은 이상하다는 생각 없이 사양하지 않고 생각했다.

"좋아요. 난릉 금씨 다음 항렬자가 '여(如)'니까, 금여란(金如蘭)이 좋겠어요."

"좋아!"

강염리가 말했다.

"안 좋아. 얼핏 들으면 금여남[#17]처럼 들려. 남가의 '남' 자 같다고. 난릉 금씨와 운몽 강씨의 후손인데 왜 여남이야?"

강징이 말했다.

"남가도 나쁠 건 없지. 란은 꽃 중에 군자고, 남가는 사람들 가운데 군자잖아. 좋은 자야."

#16 자(字) 남자가 성인이 되었을 때 본이름 외에 부르는 호칭.

#17 금여남(金如藍) '란(蘭)'과 '남(藍)'은 한자 독음은 다르지만, 중국어 발음은 둘 다 '란'으로 같다.

"예전에는 그렇게 말하지 않았잖아."

"나한테 지어 달라고 했지, 너한테 지어 달라고 한 거 아닌데 뭘 그렇게 따지고 들어."

"됐어, 아징 원래 그런 거 너도 알잖아. 네게 자를 지어 달라고 하자고 한 것도 아징이야. 둘 다 그만 다투고 내가 탕을 만들어 왔으니 먹어. 조금만 기다려."

강염리가 단지를 가지러 안으로 들어가자 위무선과 강징은 서로 쳐다봤다. 잠시 후 강염리가 두 사람에게 그릇을 하나씩 건네고, 다시 안으로 들어가 세 번째 작은 그릇을 들고 나왔다. 그러고는 문밖으로 나가 온녕에게 그걸 주며 말했다.

"미안해요, 작은 그릇 밖에 없어서. 이거 먹어요."

고개를 숙인 채 밖에 서서 지키고 있던 온녕은 과분한 대우에 몸 둘 바를 몰라 하며 다시 더듬거렸다.

"아…… 제, 제 것도 있어요?"

"저자는 왜 줘?"

강징이 불만스럽게 말했다.

"많이 가지고 왔어. 여기 있는 사람들 충분히 먹을 수 있어."

강염리가 말했다.

"고맙습니다, 강 낭자……. 고맙습니다."

온녕이 더듬더듬 말했다.

온녕은 탕이 가득 담긴 작은 그릇을 받아 들고 부끄러운 듯이 고맙다고 말했지만, 먹을 수가 없었다. 그에게 주는 건 낭비였다. 죽은 사람은 음식을 못 먹기 때문이다. 강염리는 온녕이 당황스러워하는 것을 눈치채고 몇 마디 물어보면서 문밖에서 온녕과 이야기를 나눴다. 위무선과 강징은 정원 안에 서 있었다.

“이릉노조께 올립니다.”

강징이 그릇을 들며 말했다.

그 칭호를 들은 위무선은 바람에 날리던 기세등등한 깃발이 다시 떠올랐다. 금빛으로 반짝이던 ‘무상사존 이릉노조’ 여덟 글자가 머릿속에서 떠나지 않았다.

“닥쳐!”

한 모금 마신 강징이 물었다.

“지난번 상처는 어때?”

“벌써 다 나았지.”

“응.”

강징은 잠시 뒤에 다시 말했다.

“며칠 만에 나았어?”

“일주일도 안 됐을걸. 내가 말했잖아, 온정이 있으면 전혀 문제가 아니라고. 근데 너 이 자식, 정말 찌르냐.”

“네가 먼저 그에게 내 팔 부러뜨리게 했잖아. 너는 일주일이지, 난 한 달 넘게 팔을 못 썼어.”

강징이 연근을 먹으며 투덜댔다.

“그렇게 안 하면 누가 믿어? 왼팔이니 글 쓰는 데 지장은 없었을 거 아니야. 뼈와 살이 다치면 최소 백 일이라는데 3개월도 긴 건 아니지.”

위무선이 시시덕거리며 말했다.

문밖에서 더듬거리며 대답하는 온녕의 말소리가 조금씩 들렸다. 침묵이 이어졌다.

"앞으로도 계속 이렇게 살 거야? 무슨 계획 없어?"

"당분간은 없어. 그 사람들은 감히 산 아래로 내려가지 못하고, 내가 내려오면 다른 사람들은 나에게 접근하지 못하니, 내가 먼저 분란을 일으키지 않으면 되겠지."

"먼저 안 한다고?"

강징이 비웃으며 말했다.

"위무선, 네가 믿을지 모르겠지만 네가 분란을 안 일으켜도 분란이 너를 찾아올걸. 사람을 구하기는 어려워도 해치려 들면 수천 가지 방법이 있어."

"힘센 사람 하나가 무예 뛰어난 사람 열을 이긴다고. 수천 가지 방법으로 하라고 해, 누가 오든 내가 죽여 줄 테니."

위무선이 탕에 얼굴을 박은 채 말했다.

"넌 내 말을 들은 적이 한 번도 없지. 언젠가 내 말이 맞았다는 걸 알 날이 올 거다."

강징이 담담하게 말했다.

강징은 남은 탕을 단숨에 다 마시고 일어나며 빈정거렸다.

"위풍당당해. 대단하군. 역시 이릉노조야."

"적당히 좀 해라."

위무선이 뼈를 뱉으며 퉁명스럽게 쏘아붙였다.

헤어질 때가 되자 강징이 말했다.

"배웅 안 해도 돼. 누가 보면 시끄러워져."

위무선이 고개를 끄덕였다. 위무선은 강가 남매가 이곳에 오기 쉽지 않았다는 것을 잘 알았다. 누가 본다면, 위무선과 강징이 남에게 보여 주기 위해서 했던 일이 다 헛수고가 될 터였다.

"우리 먼저 갈게."

강징이 말했다.

골목을 나서서도 위무선이 앞에 걷고 온녕은 묵묵히 뒤를 따랐다. 갑자기, 위무선이 고개를 돌리며 물었다.

"너 아직 그 탕을 들고 뭐 하는 거야?"

"아?"

온녕이 아깝다는 듯이 말했다.

"가지고 가려고요……. 저는 못 먹으니 다른 사람 주려고……."

"……마음대로 해. 잘 들어, 흘리지 말고."

위무선이 말했다.

위무선은 고개를 돌리며 나직이 한숨을 쉬었다. 그도 잘 알고 있었다. 어쩌면 앞으로 또 긴 시간 동안 과거의 친숙한 사람들을 보지 못하리라.

하지만…… 지금 자기는 그 친숙한 사람들을 만나러 가는 길이 아닌가?

제18장
야분(夜奔)

제18장 야분(夜奔)

난릉성 최대 규모의 영보각(靈宝閣) 안.

아름답고 가지런한 다보격[#18]에 상등품 영옥(靈玉)과 우수한 병기가 진열돼 있었다. 물건을 고르고, 세심하게 비교하고, 가격을 따지는 수사들과, 한가히 구경 나온 수사들로 영보각이 시끌시끌했다.

"선독? 최근 큰 가문 몇이 이 문제로 시끄러운 듯하오만, 결정됐소?"

"시끄러울 게 뭐가 있어요? 언제까지 흩어진 모래알처럼 우두머리가 없을 순 없지 않습니까? 백가를 살피고 이끄는 선수(仙首) 자리를 만드는 거, 전 대찬성입니다."

"글쎄요. 기산 온씨 같은 세력이 또 나오면……."

"어떻게 같소? 선독은 사람들이 추천하는 건데. 다르지, 달라."

#18 다보격(多寶格) 골동품이나 집기를 진열하는 선반.

"에이, 말은 추천이지만 몇 사람이 다툴 거라는 거 다들 알고 있잖소. 다른 사람에게 차례가 오기나 하겠소?"

"적봉존이 강력하게 반대를 한다지요. 금광선의 제안을 여러 차례 거절했다고 하니 조금 더 지켜봐야 할 것 같습니다."

"게다가 선독은 한 명이라 통과된다고 해도 누구를 앉히느냐를 두고 또 몇 년은 시끄러울 겁니다."

"어쨌든 그건 윗사람들 얘기고 우리랑 상관없잖습니까. 우리 같은 사람이 관여할 수 있는 것도 아니고요."

누군가 화제를 돌렸다.

"지난달 운심부지처 장서각 낙성식에 가신 분 있소? 내 가 보니 예전과 똑같더군. 정말 쉽지 않은 일인데."

"맞습니다. 쉽지 않지요. 그렇게 큰 선부에, 백 년 선경을 짧은 시간에 어떻게 전부 다 재건하겠어요."

"그러고 보니 최근 좋은 일이 참 많네요."

"금자헌의 아들 칠일례[#19] 말입니까? 그 아이는 알록달록한 장난감은 쳐다도 안 보고 투연청이 떠나가도록 울다가도 제 아버지의 검 세화(歲華)만 보면 방긋방긋 웃어 부모를 기쁘게 한다지요. 앞으로 대단한 검선(劍仙)이 될 거라고요."

한쪽에서 하얀 옷을 입은 사람이 옥이 달린 장식용 술을 집어 꼼꼼하게 살피다가 그들의 말에 슬며시 웃었다.

"작은 금 부인은 정말 팔자가 좋아요……. 전생에 신선이 되는 걸 포기라도 해서 이번 생에 그렇게 복이 많은 건지."

어떤 여자 수사가 말했다.

#19 칠일례(七日禮) 아이가 태어난지 일주일을 넘겼을 때 치르는 경사 의식.

"역시 뭐니 뭐니 해도 부모를 잘 만나야 해요. 인간사 다 그런 거지요……."

여자 수사의 동료가 맞장구치며 말을 보탰다.

하얀 옷을 입은 사람이 눈썹을 약간 찡그렸다. 다행히 그런 말은 다른 사람의 말에 금세 가려졌다.

"난릉 금씨는 과연 난릉 금씨야. 태어난 지 며칠 안 된 아기를 위해 그렇게 크게 잔치를 벌이다니 말이야."

"아기 부모가 누군데 소홀히 하겠어요? 작은 금 부인의 부군은 말할 필요도 없고 규모가 조금이라도 작으면 시어머니나 남동생이 가만히 있겠습니까? 얼마 후 있을 만월례[#20]는 더 화려할걸요."

"그러고 보니 다들 그 얘기 들었소? 그 만월례에…… 누구를 초대했다는데."

"누구요?"

"위무선!"

순간 영보각 안이 조용해졌다.

"그게…… 헛소문인 줄 알았더니 정말 초대했답니까?"

누군가 의외라는 듯이 물었다.

"초대했답니다! 이미 확정됐고 위무선이 올 거랍니다."

"난릉 금씨는 도대체 무슨 생각이야? 예전에 위무선이 궁기도에서 무고한 사람을 죽인 사건은 잊은 모양이지?"

다른 사람이 이해할 수 없다는 듯이 말했다.

"금릉의 만월례에 그런 사람이 온다면 누가 가겠습니까? 나라도 안 가겠습니다."

#20 만월례(滿月禮) 아이가 태어난지 1개월을 넘겼을 때 아이의 안녕을 기원하기 위해 치르는 의식.

그 말에 사람들은 속으로 '넌 초대받을 자격도 없는데 가고 말고를 신경 쓸 필요 없잖아?'라고 생각했다.

하얀 옷을 입은 사람이 눈썹을 찡그리더니 물건을 다 고른 다음 영보각을 빠져나왔다.

몇 걸음 안 가 골목으로 들어서자 검은 옷의 그림자가 튀어나왔다.

"공자, 물건 사셨어요?"

위무선이 손에 들고 있던 정교한 박달나무 함을 던지자 온녕이 받아 들었다. 함을 여니 백옥 술이 달린 장식품이 들어 있었다. 옥색이 투명하고 은은한 빛이 흐르는 것이, 생명이 있는 것 같았다.

"정말 아름다워요!"

온녕이 기뻐서 말했다.

"이런 예쁜 물건은 비싸. 네 누나가 준 돈으로 새 옷 사고 이걸 사니 모자랄 뻔했어. 뭐 땡전 한 푼 안 남았으니 돌아가면 혼날 거야."

"아닙니다, 아니에요. 공자가 강 낭자 아이의 선물을 샀다고 누님께서 혼내시지는 않을 거예요."

"그건 네 생각이고. 이따가 네 누나가 혼내면 내 편이나 들어 줘."

온녕이 고개를 끄덕였다.

"이 선물, 금릉 공자가 분명히 좋아할 거예요."

"이건 내가 주려는 선물이 아니고 장식품에 불과해. 영보각에 있는 물건들은 예쁜 것 말고는 별로 특별한 게 없어."

위무선의 말에 온녕이 깜짝 놀랐다.

"그러면 공자, 도대체 무슨 선물을 준비하신 거예요?"

"천기를 누설하면 안 되지."

"아."

온녕은 더 묻지 않았다. 위무선은 참다못해 자기가 먼저 말했다.

"온녕, 이럴 때는 호기심을 못 이기는 척하고 계속 물어봐야지. 어째 '아.' 한 마디만 하고 안 물어봐? 너 정말 선물이 뭔지 안 궁금해?"

온녕이 멍하니 위무선을 쳐다보다가 마침내 반응했다.

"……알고 싶어요, 공자! 도대체 무슨 선물을 준비하셨나요?"

위무선은 그제야 소매에서 작은 나무 상자를 꺼내 온녕 앞에 흔들어 보이며 웃었다. 온녕이 받아 들고 열어보았다.

"와, 대단한 은방울이네요!"

'대단하다'라는 것은 솜씨가 정교하다는 게 아니었다. 깨끗하고 순결한 은색과 방울 표면에 살아 있는 것처럼 생생하게 새겨진 구판연도 물론 솜씨가 대단했지만, 온녕이 놀라고 감탄한 것은 이 작은 은방울 속에 담긴 강력한 힘이었다.

"공자, 보름 동안 복마동에서 밤낮이 뒤바뀐 채로 안 나오셨던 게 이거 만드느라 그런 거였어요?"

"맞아. 내 조카가 이 은방울을 차고 있으면 하급 요괴와 마귀는 접근하지 못할 거야. 너도 건드리지 마. 건드렸다가 나중에 힘들어질 수 있어."

"저도 느꼈어요."

온녕이 고개를 끄덕이며 말했다.

위무선은 새로 산 장식품을 꺼내 은방울에 매달았다. 두 물건은 매우 잘 어울려 위무선은 아주 만족스러웠다.

"하지만 공자, 이왕 금릉 공자의 만월례에 참석하기로 했으니 공자, 강 낭자의 부군을 만나면 반드시 참으셔야 해요. 그분과 충돌하지 말고……."

"그건 안심해. 나도 분별력이 있다고. 금자헌이 나를 초대했으니 나도 1년 동안은 그의 욕을 안 할 거야."

위무선이 손을 저으며 말했다.

"금 공자가 사람을 보내 초대장을 전달했을 때 저는 분명 무슨 속임수가 있겠지 하고 생각했는데 정말 미안하네요. 그렇게 보이지는 않지만, 사실 금 공자도 좋은 사람이에요……."

온녕이 머리를 긁적이며 수줍게 말했다.

정오가 돼서야 두 사람은 궁기도를 지났다.

궁기도는 개축된 이후 이름이 바뀌었지만 위무선은 뭐라고 부르는지 몰랐고, 다른 사람들도 기억하지 못하는 것 같았다. 그래서 대부분 계속 궁기도라고 불렀다. 처음에는 이상한 점을 느끼지 못하다가 산골짜기 중심에 도착하고 나서야 위무선은 뭔가 잘못됐다고 느꼈다.

행인이 이렇게 적을 리가 없었다.

"이상한 점 있어?"

위무선의 말에 온녕이 눈동자를 뒤집어 흰자위를 보였다가 잠시 후 눈동자를 되돌렸다.

"아니요. 조용한데요."

"그래, 너무 조용해."

늘 귓가를 때리던, 인간이 아닌 것들의 시끌벅적한 소리가 하나도 들리지 않았다.

위무선은 경계하며 낮은 소리로 말했다.

"가자!"

위무선이 방향을 돌리는 순간, 온녕이 갑자기 손을 들어 무엇인가를 막았다.

그것은 위무선의 명치를 향해 날아오던 화살이었다!

위무선이 세차게 고개를 들자 산골짜기 양쪽, 절벽 위, 사방팔방 구석구석에서 사람들이 튀어나왔다. 약 3백여 명으로, 대부분 금성설랑포를 입고 있었고 다른 복장을 한 사람도 있었다. 모두 등에 활을 메고 허리에 보검을 차고 무장하고 있었다. 그들은 절벽 뒤에서 검과 화살 끝을 위무선을 향해 겨냥하고 있었다. 위무선에게 화살을 쏜 사람은 선두에 있는 자였다. 자세히 보니 체형이 크고, 피부색이 조금 검고, 준수하게 생긴 게 눈에 익었다.

"넌 누구지?"

위무선이 물었다.

그자는 화살을 쏘고 무슨 말을 하려고 했지만 위무선의 물음에 할 말을 잊고 버럭 화를 냈다.

"내가 누구냐고? 나는, 금자훈이다!"

위무선은 즉시 생각이 났다. 금자헌의 사촌 형으로 두 번 본 적이 있었다.

위무선은 가슴이 철렁 내려앉았다. 강염리 아들의 만월례에 참석한다는 기쁨에 한껏 들떠 있었는데, 순간 기쁨이 연기처럼 사라지고 먹구름이 끼었다. 하지만 위무선은 깊게 생각하고 싶지도, 이자들이 왜 이곳에 매복하고 있는지 추측하고 싶지도 않았다.

"위무선, 내 경고하겠는데 즉시 저주를 풀면 아무 일도 없었던 것처럼 이유를 따지지 않겠다."

금자훈이 소리 높여 말했다.

그 말에 위무선은 깜짝 놀랐다. 상대는 위무선이 거짓말한다고 생각할 게 뻔했지만, 위무선은 반드시 물어야 했다.

"무슨 저주?"

과연, 금자훈은 위무선이 뻔히 알면서 일부러 묻는다는 듯이 말했다.

"감히 시치미를 떼?"

금자훈이 난폭하게 자기 옷자락을 열어젖히며 외쳤다.

"좋아, 그러면 보여 주지. 도대체 나한테 무슨 짓을 한 거야!"

금자훈의 가슴에 크고 작은 구멍이 촘촘하게 패어 있었다.

작은 것은 깨만 하고 큰 것은 콩알만 한 게 그의 몸에 고르게 펴져 소름이 끼쳤다.

위무선은 흘끗 훑어보며 말했다.

"'천창백공(千瘡百孔)'?"

"그래! 바로 천창백공이다!"

금자훈이 말했다.

'천창백공'은 매우 음험하고 악랄한 저주였다.

예전에 위무선이 고소 남씨의 장서각에서 책을 베껴 쓸 때 이 책 저 책 넘기다가 이런 저주를 모아 놓은 고서를 본 적이 있었다. 그 고서에는 저주에 대한 설명과 삽화가 그려져 있었다. 그림 속 사람은 아무 통증이 없는 것처럼 무표정했지만, 몸에는 동전만 한 검은 구멍이 나 있었다.

저주에 걸린 사람은 처음에는 아무것도 느끼지 못하고 그저 모공이 조금 커졌다고 생각할 뿐이다. 그러나 조금 지나면 작은 구멍이 깨만큼 커지고 시간이 흐를수록 더 커지고 많아지면서 몸 전체로 퍼져, 마치 가루를 곱게 칠 때 쓰는 체같이 끔찍하게 변했다. 피부

표면에 다 퍼지면 그다음은 내장으로 번져, 약하면 참기 힘든 복통을 일으키고 심하면 오장육부가 다 썩을 정도였다.

금자훈이 이런 역겹고 풀기 어려운 저주에 걸렸다니 조금 딱하기도 했다. 그러나 딱한 건 딱한 것이고 위무선은 금자훈이 뇌가 없는 게 아닌가 하고 생각했다.

“네가 천창백공에 걸렸는데 왜 나를 막아서지? 그게 나랑 무슨 상관이라고?”

금자훈은 자기 가슴을 보는 게 스스로도 역겨운지 옷을 갈무리했다.

“너 말고 이런 사술을 행할 자가 또 어디 있어? 그리고 누가 나한테 이런 음험하고 악독한 짓을 하겠어?”

위무선은 속으로 ‘쌔고 쌨지. 금자훈은 자기 인간관계가 좋다고 생각하나 봐?’ 하고 생각했다.

하지만 위무선은 제 생각을 솔직하게 말해서 금자훈을 더 자극해 사태가 악화되는 것을 원하지 않았다.

“금자훈, 난 그런 음험한 수작 안 부려. 만약 내가 누구를 죽이려고 마음먹으면 그 사람이 내 손에 죽었다는 걸 만인이 알게 한다고. 게다가 내가 널 죽이려고 했다면 지금보다 천 배는 더 보기 싫게 죽였을 거야.”

“너 미친 거 아니야? 네가 해놓고 인정하질 않아?”

“내가 한 것도 아닌데 내가 왜 인정해야 해?”

금자훈의 눈에 흉악한 빛이 떠올랐다.

“먼저 예를 다하되 통하지 않으면 싸운다. 네가 뉘우치지 않으니 나도 예의를 차리지 않겠다!”

“오?”

위무선이 발걸음을 멈추며 말했다.

'예의를 차리지 않겠다.'라는 말은 뜻이 분명했다.

천창백공을 풀 방법은 두 가지가 있다. 하나는 저주를 건 자가 자기 법력을 손상시켜 스스로 저주를 물리는 것이다. 하지만 다른 하나가 제일 깔끔하게 해결하는 방법이었다.

바로 저주를 건 자를 죽이는 것!

"예의를 차리지 않겠다고? 네가? 겨우 몇백 명 가지고?"

금자훈이 팔을 휘두르자 문하생들이 일제히 활시위에 화살을 걸고 산골짜기 가장 낮은 곳에 있는 위무선과 온녕을 겨냥했다. 위무선도 진정을 들어 불었다. 날카로운 피리 소리가 산골짜기의 적막을 찢었다.

그러나 조용히 기다려도 아무 반응이 없었다.

"이곳은 우리가 이미 깨끗이 정리해서 기다려 봐야 소용없어. 아무리 불어 봐라, 누가 오나. 이곳은 너를 위해 정성껏 준비한 네 무덤이다!"

"네가 죽음을 자초하는구나!"

위무선이 비웃으며 말했다. 위무선의 말이 끝나자 온녕이 손을 들더니 목에 걸린 주문이 쓰여 있는 붉은 줄을 뜯어냈다.

붉은 줄이 끊어지자 온녕의 몸이 휘청이더니, 얼굴의 근육이 수축하면서 목에서 뺨으로 덩굴이 뻗는 것처럼 새카만 실금이 퍼졌다. 온녕이 고개를 번쩍 들며 인간이 아닌 소리로 길게 포효했다.

매복해 있던 3백여 명은 야렵에 숙달된 인사였지만 이렇게 무시무시한 소리를 내는 흉시는 처음 봐 다리가 휘청했다. 금자훈도 머리칼이 쭈뼛 섰지만 팔을 휘두르며 명령했다.

"쏴라!"

화살이 소나기처럼 쏟아졌다.

온녕이 맨손으로 암석을 쪼개 높이 들어 화살을 막았다. 화살이 다 쏟아지자 백여 명의 수사가 절벽에서 뛰어내려 두 사람을 향해 달려왔다. 위무선은 뒤로 몇 걸음 물러서다 순간적으로 몸을 돌려 훅 들어온 검을 피했다.

온녕이 백여 명의 수사를 상대하는 사이 금자훈이 기습한 것이다. 금자훈은 위무선이 패검을 차지 않고 이미 별 효과가 없는 피리만 들고 있는 것을 보자 활짝 웃었다.

"이게 바로 네 오만불손함의 대가다. 검도 없이 어떻게 대항하는지 볼까?"

위무선이 녹색 불꽃이 타오르는 부적을 던지자 금자훈의 검광이 순간 어두워졌다. 웃고 있던 금자훈은 화들짝 놀라며 전력을 다해 대응했다. 두 사람은 가까운 거리에서 싸웠다. 순간 위무선의 소매에서 뭔가가 빠져 날아갔다. 위무선의 눈빛이 굳어지며 속으로 '이런 젠장!'이라고 외쳤다.

그것은 금릉에게 주려고 준비한 선물이었다. 너무 소중해서 자칫 망가질까 걱정스럽고 생각날 때마다 꺼내 보려고 소매에 살짝 넣어 둔 것인데, 격전 중에 자칫 잘못해서 금자훈 쪽으로 날아간 것이다. 금자훈은 암기나 독약인 줄 알고 피하려다 위무선의 표정이 돌변하는 것을 보고 마음을 바꿔 그것을 잡았다. 정교한 작은 나무 상자 위에 새겨진 글씨를 보니 금릉의 이름과 생시가 적혀 있었다. 잠시 놀란 금자훈은 알겠다는 듯이 하하 웃었다.

위무선이 어두운 표정으로 한 자 한 자 힘주어 말했다.

"물건 돌려줘."

"아릉에게 줄 선물인가?"

금자훈이 작은 나무 상자를 들고 조롱했다.

온녕이 앞쪽 멀지 않은 곳에서 일당백을 하며 막아 내고 있었다.

"네가 정말 아릉의 만월례에 참석할 수 있을 거라고 생각한 건 아니지?"

이 말에 위무선의 손이 미세하게 떨렸다.

바로 그때, 누군가 소리쳤다.

"모두 멈춰!"

하얀 그림자가 산골짜기에서 가볍게 내려와 위무선과 금자훈 사이를 막아섰다. 금자훈이 그를 보더니 자기도 모르게 소리를 질렀다.

"자헌? 어떻게 온 거야?"

금자헌이 한 손을 허리에 찬 칼자루에 올리며 역정을 냈다.

"나더러 뭐 하러 왔냐고?"

"아요는?"

금자훈이 말했다.

지금쯤 금광요가 나타나 자기를 도와야 했다. 지난해만 해도 금자훈은 금광요를 비천하다고 무시했지만, 지금은 두 사람의 관계가 개선돼 제법 가까운 사이가 됐다.

"내가 금린대에 잡아 뒀어. 내가 그의 이상한 표정을 눈치채고 막지 않았다면 원래 이럴 계획이었어? 천창백공에 걸렸으면 나한테 진작 말하지, 한마디 상의도 없이 이런 일을 벌여!"

금자훈은 자기가 천창백공 저주에 걸렸다고 말할 수 없었다. 일단 그는 외모와 체격이 좋아 스스로 풍류가라고 허풍을 떨고 다녔는데, 이렇게 역겹고 보기 싫은 저주에 걸렸다는 것을 결단코 다른 사람에게 알리고 싶지 않았다. 둘째로, 저주에 걸렸다는 것은 수련이 부족하고 영력의 방어력이 약하다는 뜻이었기 때문에 다른 사람에게 말할 수 없었다. 그래서 그는 저주에 걸린 사실을 금광선에게만 말하고 실력 있는 주술사와 의사를 찾아 달라고 부탁했었다. 그러나 의사나 주술사도 속수무책이었다. 마침 금자헌이 금릉의 만월례에 위무선을 초대했고, 위무선을 초대한 게 탐탁지 않았던 금광선은 금자훈에게 위무선이 축하연에 오는 길에 살해하라고 했다. 그러면 위무선이 금린대에 올 일이 없을 거라고 생각한 것이다. 위무선은 강염리의 사제고 금자헌과 강염리 부부는 금슬이 좋았다. 금자헌은 대부분의 일을 부인에게 말하기 때문에, 금자헌이 위무선이 안 온다는 정보를 흘릴까 봐 걱정스러워 숨긴 것이었다. 발각되자 금자훈도 마음이 편치는 않았지만 어쨌든 자기 목숨이 더 중요했다.

"자헌, 형수에게는 일단 비밀로 해줘. 내 몸에 있는 이것을 없앤 다음 너희에게 사죄할게!"

금자헌을 마지막으로 봤을 때 그는 아직 소년의 치기가 있었지만, 결혼한 뒤에는 진중해지고 말에도 설득력이 있었다. 금자헌이 어두운 얼굴로 말했다.

"이 일은 돌이킬 여지가 있으니 둘 다 잠시 멈춰."

"이 지경이 됐는데 무슨 돌이킬 여지가 있어. 내 몸에 있는 거 못 봤어?"

금자훈이 펄펄 뛰며 소리쳤다.

"그럴 필요 없어! 금광요에게 이미 들었어!"

금자훈이 다시 구멍이 파인 가슴을 보이려고 하자 금자헌이 재빨리 말했다.

"다 들었으면 내가 더 못 기다린다는 거 알 거 아니야. 형수 때문에 형제의 생사는 상관없단 말인가?"

"내가 그런 사람이 아니라는 거 잘 알잖아! 그가 그랬다고 확인된 것도 아닌데 다급하게 굴지 마! 내가 위무선을 아릉의 만월례에 초대했는데 너희가 이러는 건 나를 무시하는 거지? 내 부인을 무시하는 거고?"

"그는 안 오는 편이 나아! 위무선이 어떤 자인데 우리 집안의 잔치에 와? 그에게 닿으면 흙탕물을 뒤집어쓰는 거라고! 자헌, 그를 초대하면 앞으로 너와 네 부인 그리고 아릉에게 평생 지워지지 않을 오점이 남을 텐데, 괜찮아?!"

금자훈이 목소리를 높이며 비방해댔다.

"입 다물어!"

금자헌이 외쳤다.

금자훈은 화가 치민 나머지 손에 힘을 주어 은방울이 담긴 작은 나무 상자를 순식간에 부숴 버렸다.

금자훈이 쥔 물건이 가루가 되는 것을 보고, 위무선의 동공이 순식간에 수축했다. 그가 위협적으로 금자훈을 공격했다. 금자헌은 그 상자에 뭐가 들어 있는지 몰랐기 때문에 위무선의 공격을 막으며 외쳤다.

"위무선! 그만하지 못해!"

거칠게 숨을 내쉬는 위무선의 눈가가 새빨갰다. 금자헌과 금자훈은 어쨌든 어려서부터 잘 아는 사촌 형제였다. 10년 넘는 우정이 있어서 다른 사람들 앞에서 금자훈에게 뭐라고 할 수 없었다. 게다가 금자헌도 위무선을 싫어했다. 그는 정신을 가다듬고 위무선부터 말렸다.

"넌 일단 온녕을 더 폭주하지 못하게 멈춰. 일 더 키우지 말고."

"……왜 저들을 먼저 멈추게 하지 않는 거지?"

위무선은 목이 잠긴 채 말했다.

사방에서 트집을 잡으며 떠들어대고 공격했다. 금자헌은 화가 치밀었다.

"이런 때에도 그리 강경하게 나오면 어쩌자는 거야? 일단 모두 진정하고 나와 금린대에 가서 시비를 밝혀. 네가 한 일이 아니면 당연히 아무 일 없을 것이니!"

"멈추라고? 내가 지금 온녕을 멈추게 하면 사방팔방에서 화살과 검이 날아와 난 시체도 안 남을 텐데? 금린대에 가서 따져 보자고?"

위무선이 우습다는 듯 빈정거렸다.

"그렇지 않아!"

금자헌이 반박했다.

"그렇지 않아? 뭘 믿고? 금자헌, 하나만 묻자. 나를 초대하면서 그들이 나를 죽일 거라는 걸 정말 몰랐어?"

위무선이 비웃으며 쏘아붙였다.

금자헌이 경악하며 화를 냈다.

"너! 위무선, 너— 미쳤지!"

"금자헌, 비켜. 넌 안 건드릴 테니까, 너도 내 성질 건드리지 마."

위무선은 치미는 화를 겨우 참으며 차갑게 말했다.

금자헌은 위무선이 고집을 부리자 그를 잡으려는 듯 손을 뻗었다.

"넌 어째서 한 번도 양보를 안 해? 아리는……."

금자헌이 위무선에게 손을 뻗는 순간, 이상한 소리가 무겁게 울렸다.

그 이상한 소리는 너무나도 가까워 금자헌은 순간 멍해졌다. 고개를 숙이고서야 자신의 가슴을 뚫고 나온 손이 보였다.

어느새 온녕이 그들 곁으로 다가와 있었다. 그의 무표정한 얼굴 반쪽에 뜨겁고 새빨간 선혈이 튀어 있었다.

금자헌이 놀라 멍한 표정으로 입술을 달싹거렸다. 방금 다 하지 못한 말을 이어서 하려는 듯했다.

"……아리는 네가 아릉의 만월례에 참석하길 기다리고 있어……."

위무선의 표정도 금자헌과 마찬가지로 멍했다. 한동안 위무선도 아무 반응을 하지 않았다. 이게 도대체 어떻게 된 일인가.

어떻게 된 일이지?

어떻게 순식간에 이렇게 됐지?

아니야.

이건 아니야.

분명 뭔가 잘못됐어.

온녕이 금자헌의 가슴을 뚫은 오른손을 빼자 소름 끼치도록 휑한 구멍이 남았다.

금자헌의 얼굴이 괴로움에 일그러졌다. 그는 이깟 상처는 별거 아니고, 자기는 계속 서 있을 수 있다고 생각하는 것 같았다. 그러나 결국 무릎을 휘청하더니 무너져 내렸다.

공포에 질려 혼비백산하는 소리가 사방에서 울렸다.

"귀…… 귀장군이 폭주했다!"

"죽였어, 그가 죽였어! 위무선이 귀 장군을 시켜 금자헌을 죽였다!"

"활 쏴! 뭘 멍하니 있는 거야! 활 쏘라고!"

금자훈이 소리쳤다.

그러나 금자훈이 고개를 돌리자 검은색 그림자가 귀신처럼 다가와 있었다. 순간, 창백한 손이 그의 목을 졸랐다.

"아아아아아아악!"

위무선은 망연자실해서 그 자리에 서서 꼼짝도 하지 않았다.

아니야.

이건 아니야.

조금 전까지 분명히 온녕을 잘 통제하고 있었다.

온녕이 폭주한 상태에서도 통제가 가능해야 했다.

분명 늘 완벽하게 통제할 수 있었다.

위무선은 금자헌을 죽일 생각이 없었다.

위무선은 금자헌을 죽일 생각이 전혀 없었다! 그저 방금 순간적으로 왜 그런지 알 수 없지만, 갑자기 통제할 수가 없었다……. 갑자기 통제력을 잃었다!

금자헌은 더 버티지 못하고 앞으로 무겁게 기울어지면서 '쿵' 하는 소리와 함께 땅으로 넘어졌다.

금자헌은 평생 거만하고 건방졌으며 외모와 차림새를 중요하게 여겼고 결벽이 있다고 할 수 있을 만큼 깨끗한 것을 매우 좋아했다. 하지만 지금 그는 뺨을 흙바닥에 댄 채 쓰러져 있었다. 얼굴에 튄 선혈과 미간에 찍은 단사가 똑같이 검붉은색이었다.

조금씩 빛을 잃어 가는 금자헌의 두 눈을 보며, 위무선의 머릿속이 엉망으로 뒤엉켰다. 주위는 이미 비명이 난무하는 피바다로 변했지만 위무선에겐 아무 소리도 들리지 않았다.

머릿속에서 미친 듯이 소용돌이치는 질문 소리만 들렸다.

다 생각이 있다고 했잖아?

통제할 수 있다고 했잖아?

절대 문제없다고, 착오 따위는 절대 일어나지 않을 거라고 했잖아?

위무선은 머릿속이 텅 비었다. 얼마나 그러고 있었을까. 갑자기 두 눈이 번쩍 뜨였다.

눈앞에 복마동의 새카만 천장이 보였다.

온정과 온녕 모두 복마동에 있었다.

온녕의 눈동자가 흰자위 위로 내려와 있는 것을 보니 폭주 상태에서 벗어난 것 같았다. 그는 온정과 작은 소리로 대화하다가 위무선이 눈을 뜬 것을 보고 바닥에 무릎을 꿇었다. 온정이 눈시울을 붉히며 아무 말도 하지 않았다.

위무선은 일어나 앉았다.

한참 말없이 있다가 갑자기 맹렬한 원망이 들끓었다.

위무선이 온녕의 명치를 발로 걷어차자 온녕이 바닥으로 쓰러졌다.

온정은 깜짝 놀랐지만 주먹을 꽉 쥐고 고개를 숙인 채 입을 굳게 다물었다.

"너 누굴 죽였어? 네가 누굴 죽였는지 알기나 해?!"

위무선이 절규했다.

바로 그때 온원이 머리에 풀로 만든 나비를 얹고 활짝 웃는 얼굴로 동굴 안으로 뛰어 들어왔다.

"선 형아……."

온원은 위무선에게 새로 색을 칠한 나비를 보여 주려고 들어왔는데, 위무선이 악귀처럼 소리를 지르고 온녕이 바닥에서 움츠리고 있는 걸 보곤 화들짝 놀랐다. 위무선이 고개를 휙 돌렸다. 위무선은 아직 감정을 다 추스르지 않은 상태라 표정이 매우 험악했다. 그 모습에 온원은 깜짝 놀라 펄쩍 뛰었고 그 바람에 나비가 머리에서 미끄러져 떨어졌다. 온원은 그 자리에서 울음을 터트렸다. 넷째 숙부가 재빨리 다가와 온원을 안고 나갔다.

다시 꿇어앉은 온녕은 아무 말도 하지 못했다. 위무선은 온녕의 옷깃을 잡고 일어나며 외쳤다.

"다 죽여도 된다고! 그런데 왜 하필 금자헌이야?!"

옆에 있던 온정은 달려가 동생을 감싸고 싶었지만, 꾹 참으며 슬픔과 공포가 뒤섞인 눈물을 흘렸다.

"그를 죽이면, 사저는 어떻게 해! 사저의 아들은 어떻게 해! 나는 어떻게 해? 난 어떻게 하냐고?!"

위무선의 외침이 복마동에 웅웅 울리고 밖에까지 전해졌다. 그러자 온원은 더 세차게 울기 시작했다.

멀리서 아이 울음소리가 들리고 놀라서 어쩔 줄 몰라 하는 남매를 보자 위무선은 마음이 점점 더 어두워졌다. 위무선은 가슴에 손을 얹고 자신에게 물었다.

'도대체 왜 스스로 나를 이 난장강에 가둔 거지? 왜 내가 이런 일을 당해야 하지? 애초에 왜 이 길을 선택했지? 왜 나 자신을 이렇게 만들었지? 사람들은 나를 어떻게 볼까? 난 도대체 뭘 얻었지? 미쳤나? 내가 미친 건가? 내가 미친 거냐고!'

처음부터 이 길을 선택하지 않았으면 좋았을 것이다.

갑자기, 온녕이 낮은 소리로 말했다.

"……죄송……합니다."

그는 죽은 사람이다. 표정도 없고 눈시울을 붉힐 수도 없고 눈물은 더더욱 흘릴 수 없다. 그러나 지금, 이 죽은 자의 얼굴에는 분명 괴로움이 있었다.

"죄송합니다……. 전부…… 전부 제 잘못입니다……."

온녕이 반복해서 사죄했다.

"죄송합니다……."

거듭되는 온녕의 사과에 위무선은 순간 아주 우습다는 생각이 들었다.

이건 온녕의 잘못이 아니다.

위무선 자신의 잘못이었다.

폭주 상태의 온녕은 무기일 뿐이다. 이 무기를 만든 사람은, 위무선이다. 온녕이 따르는 것 역시, 자신의 명령이다.

아까는 일촉즉발의 상황이라 살기가 등등했다. 게다가 평소 온녕 앞에서 금자헌에 대한 적의를 공공연하게 드러냈으니, 금자헌이 손을 뻗자 무지의 상태였던 온녕은 그를 '적'으로 여겨 거리낌 없이 '학살' 명령을 이행한 것이다.

위무선이 이 무기를 통제하지 못했고, 자기 능력을 과신한 것이었다. 그동안 있었던 불길한 징조를 다 무시하고, 통제력 상실의 징후도 다 억제할 수 있다고 믿은 게 바로 자기 자신이었다.

온녕은 무기다. 그런데 그는 스스로 원해서 무기가 되었던가?

온녕처럼 타고난 성품이 겁이 많고 소심하며 말을 더듬는 사람이, 위무선의 조종을 받아 사람을 죽이는 게 그리 좋았을까?

지난번 온녕은 강염리에게 받은 연근탕을 산 아래서부터 난장강까지 한 방울도 흘리지 않고 들고 왔다. 자기는 못 먹어도 다른 사람이 먹는 것을 기쁘게 바라보며 무슨 맛이냐고 물으면서 그게 어떤 맛일지 상상했다. 자기 손으로 강염리의 남편을 죽인 그는 지금 속이 편할까?

모든 잘못을 자기 탓으로 돌리면서 위무선에게 사과까지 하고 있다.

위무선은 온녕의 옷자락을 붙잡으며 그 창백하고 생기 없는 얼굴을 바라봤다. 문득 눈앞에 흙과 선혈이 잔뜩 묻어 더러워진 금자헌의 얼굴이 떠올랐다.

그 얼굴도 이렇게 창백하고 생기가 없었다.

위무선은 마음에 둔 사람에게 어렵게 시집간 강염리, 그리고 금자헌과 강염리의 아들 아릉을 떠올렸다. 자기가 자(字)를 지어 준, 아주 작은 아기. 제 아빠의 검을 보고 웃어 부모를 기쁘게 했다는 아기. 이틀 뒤면 그의 만월례였다.

멍하니 생각하고, 또 생각한 끝에, 위무선은 갑자기 울음을 터트렸다.

"……누가 좀 말해 줘……. 이제 나 어떻게 해야 해?"

위무선은 망연자실해 말했다.

이제까지는 사람들이 자기에게 어떻게 해야 하냐고 물었다. 이젠 자기가 다른 사람에게 어떻게 해야 하냐고 묻고 있었다. 아무도 그에게 대답해 줄 수가 없었다.

갑자기, 위무선은 목 한쪽에서 미세한 통증을 느꼈다. 아주 얇은 침에 찔린 듯 온몸이 마비됐다. 방금 위무선은 정신이 나가 경계를 풀고 있었다. 이 느낌이 전해지고 한참 뒤에야 뭔가 잘못됐다는 것을 깨달았지만, 이미 몸이 말을 듣지 않았다. 위무선은 옆으로 기울어지면서 섬돌 위로 쓰러졌다. 처음에는 팔 정도는 들 수 있었다. 하지만 곧 팔도 침상 위로 떨어져 온몸을 움직일 수 없게 됐다.

"……미안해."

온정이 눈시울을 붉히며 천천히 오른손을 거뒀다.

평소라면 그녀의 속도로는 위무선을 절대 찌르지 못했겠지만, 조금 전의 그는 넋 놓고 있었기에 경계심이 없었다. 침은 효과가 좋아서 위무선의 머리도 조금 냉정해졌다. 위무선은 침을 삼키며 말했다.

"이게 뭐 하는 짓이야?"

온정과 온녕은 잠시 서로를 쳐다보더니 위무선 앞에 나란히 서서 그에게 정중하게 예를 표했다.

위무선은 불안이 엄습했다.

"너희 무슨 짓을 하려고? 도대체 무슨 짓을 할 생각이야?"

"네가 깨어나기 전에 우리끼리 상의를 좀 했어. 거의 다 마무리 됐고."

온정이 말했다.

"상의라니? 쓸데없는 소리 하지 말고 침 뽑아. 나 풀어 달라고!"

온녕이 천천히 몸을 일으켜 고개를 숙인 채로 말했다.

"누님과 저는, 상의를 끝냈어요. 금린대로 가서 죄를 청할 거예요."

"죄를 청해?"

위무선은 아연실색했다.

"무슨 죄를 청해? 잘못을 인정하겠다고? 자수하겠다고?"

"응, 비슷해. 네가 누워 있던 며칠 동안 난릉 금씨가 보낸 사람이 난장강 아래서 외쳤어."

온정이 눈을 비비며 차분한 표정으로 말했다.

"뭘 외쳐? 뜸 들이지 말고 한 번에 똑바로 말해! 전부!"

"난릉 금씨가 너에게 대가를 요구했어. 그 대가가, 바로 온씨 잔당의 우두머리 두 명이야. 특히 귀 장군."

온정이 말했다.

"……."

잠시 후, 위무선이 이를 악물고 힘겹게 말했다.

"너희 두 사람, 경고하겠는데 어서 이 침 뽑아."

"온씨 잔당의 우두머리라고 하면 우리 둘이잖아. 그들 말로는 네가 우리를 넘기면 이 일은 당분간 그냥 넘긴다고 했어. 넌 며칠 그냥 누워 있으면 돼. 그 침은 3일 뒤면 효력이 사라질 거야. 넷째 숙부와 사람들에게 널 잘 보살펴 달라고 당부해 뒀어. 만약 3일 안에 무슨 돌발 상황이 생기면 널 풀어 주라고도 했고."

온정이 아랑곳하지 않고 말했다.

"입 다물어! 지금도 충분히 혼란하다고! 너희 둘까지 이러지 마. 죄를 청하다니 무슨 개소리야. 내가 언제 그러라고 했어? 빨리 침 뽑아!"

위무선이 분노하며 소리쳤다.

온정과 온녕은 손을 늘어뜨리고 서서 아무 말도 하지 않았다. 위무선은 몸에 힘이 없어 몸부림쳐도 소용이 없었고, 자기 말을 듣는 사람도 없자 문득 기운이 빠졌다.

소리를 쳐도 안 되고 움직일 수도 없었다. 그가 갈라진 목소리로 호소했다.

"금린대 가서 뭐 하게? 그 천창백공은 내가 한 게 아니야……."

"하지만 그들은 네가 한 짓이라고 확신하고 있어."
온정이 말했다.
위무선은 머리를 굴려 대응 방법을 생각했다. 갑자기 한 가지 방법이 떠올랐다.
"진짜 저주를 건 자를 찾으면 되잖아! 금자훈은 분명 주술사를 찾아가 봤겠지. 그런 악랄한 저주를 처리하는 방법은 보통 되받아쳐서 저주한 사람의 몸으로 되돌려 보내는 거야. 전부 되돌아가게 할 수는 없어도 일부는 됐을 거라고. 몸에 같은 저주 흔적이 있는 사람을 찾으면 돼!"
"소용없어."
온정이 체념한 듯 고개를 저었다.
"왜 소용이 없어?"
"사람이 얼마나 많은데 어딜 가서 찾아? 모든 성(城)의 모든 길에 초소를 설치하고 오가는 사람들의 옷을 다 벗겨 검사라도 할까?"
"못 할 것도 없지."
위무선은 아무렇게나 지껄였다.
"누가 널 도와서 초소를 설치해? 게다가 언제까지 잡을 건데? 10년, 8년, 아니면 잡을 때까지, 그들이 기다려줄까?"
"하지만 내 몸엔 악저흔이 없다고!"
"널 죽이러 온 사람들이 너에게 묻던?"
"아니."
"그래, 물어보지도 않고 그냥 죽이려 들었지. 이제 알겠어? 증거도 필요 없고, 네가 진상을 밝힐 필요도 없어. 네 몸에 악저흔이 있든 없든 그건 전혀 중요하지 않아. 넌 이릉노조고, 귀도의 왕이고,

사마외도에 정통하니 악저흔이 없는 것도 이상하지 않아. 게다가 넌 직접 하지 않고도 네 온씨 개들을 앞세울 수 있는 사람이지. 무슨 말을 하든 네가 한 짓이야."

위무선이 욕설을 내뱉었다.

온정은 위무선이 욕을 다 할 때까지 조용히 기다렸다가 말을 이었다.

"그래서 소용이 없다는 거야. 게다가 일이 이렇게 된 이상 천창백공을 누가 걸었는지는 이미 중요하지 않아. 중요한 것은 궁기도에서 3백여 명과…… 금자헌을 아녕이 죽였다는 거야."

"……하지만, 하지만……."

하지만 뭐란 말인가? 자기 자신조차 '하지만'의 다음 말을 생각해내지 못하면서. 무슨 이유를 들어 거절하고 무슨 핑계를 대야 할지도 떠오르지 않았다.

"……하지만 가려면 내가 가야지. 죽이라고 조종한 건 나니까. 살인자가 가야지 왜 칼이 가는데?"

위무선이 다급하게 말을 돌렸다.

"이게 훨씬 낫지 않겠어?"

"뭐가?"

"위영, 우리 모두 분명하게 알고 있잖아. 온녕은 칼이야. 그들이 두려워하는 칼. 하지만 그들이 너를 공격하기 위한 빌미로 삼는 칼이기도 해. 우리가 가면 넌 그 칼이 없어지고, 그들도 빌미가 없어질 테지. 이 일은 아마 끝이 날 거야."

온정이 담담하게 말했다.

넋이 나간 채 그녀를 바라보던 위무선은 갑자기 무의미한 고함을 질렀다.

위무선은 이제야 강징이 왜 그렇게 자기가 하는 일에 극도로 화를 냈는지, 왜 늘 자기에게 영웅병이라도 걸렸냐고 욕했는지, 왜 늘 흠씬 두들겨 패서라도 자기를 깨닫게 해주려고 했는지 이해가 갔다. 옆의 사람이 모든 책임을 자기가 뒤집어쓰고 나쁜 결과를 다 책임지겠다며, 말려도 듣지 않으니 정말 화가 나고 원망스러웠다.

"너희 알기나 해? 제 발로 금린대에 가면 너희 둘 다, 특히 온녕이 어떤 최후를 맞게 될지? 넌 네 동생을 그렇게 아꼈잖아?"

"어떤 결과든, 온녕이 마땅히 받아야 할 대가야."

아니다. 온녕이 받아야 할 게 아니라 자기가 받아야 할 것이었다.

"어쨌든, 생각해 보면 우린 벌써 죽은 목숨이었어. 그동안은 덤으로 산 셈이지."

온정의 말에 온녕도 고개를 끄덕였다.

온녕은 늘 이랬다. 옆 사람이 뭐라고 하든 늘 고개를 끄덕이고 동의하면서 반대하는 법이 없었다. 위무선은 온녕의 그런 모습과 온순함이 이렇게 원망스러운 적이 없었다.

온정은 섬돌 옆에 쪼그리고 앉아 위무선의 얼굴을 보다가 갑자기 손을 뻗어 이마를 한 번 튕겼다.

어찌나 세게 쳤는지 위무선은 아파서 미간을 찌푸렸다. 그 모습에 온정은 기분이 한결 나아진 것 같았다.

"하고 싶은 말은 다 했고, 분명하게 전했고, 작별 인사도 끝났네. 그럼, 이제 안녕."

"그러지……!"

"내가 너에게 이 말은 몇 번 안 했는데, 오늘은 날이 날이니만큼

해야겠다. 앞으로는 정말 기회가 없을 테니까."

온정이 위무선의 말을 끊으며 말했다.

"……입 다물어……. 날 풀어 줘……."

위무선이 중얼거렸다.

"미안해. 그리고, 고마워."

위무선은 3일을 꼬박 누워 있었다.

온정의 계산은 아주 정확했다. 딱 3일이었다. 조금 많지도, 모자라지도 않게 딱 3일이 지나자 움직일 수 있게 됐다.

손가락부터 시작해 사지와 목……. 온몸에 굳어 있던 혈액이 다시 돌기 시작하자, 위무선은 섬돌에서 벌떡 일어나 복마동에서 튀어 나갔다.

온가 사람들은 이 3일 동안 한숨도 못 자고 큰 오두막 탁자에 말없이 둘러앉아 있었다. 위무선은 그들에게 눈길 한 번 주지 않고 난장강 아래로 미친 듯이 뛰어 내려갔다.

단숨에 산 아래로 내려간 위무선은 황야에서 허리를 숙여 두 손을 무릎에 대고 거친 숨을 내쉰 다음 가까스로 허리를 쭉 폈다. 그러나 잡초가 무성한 산길들을 보면서 도무지 어디로 가야 할지 알 수가 없었다.

난장강, 방금 위에서 내려온 곳이다.

연화오, 지난 1년간 한 번도 간 적이 없다.

금린대?

3일이나 지났으니 지금 가면 온정의 시체와 온녕의 유골만이 기다리고 있을 것이다.

멍청하게 서 있자니 갑자기 세상이 너무 커서 아무 데도 갈 곳이 없다고 느껴졌다.

뭘 해야 할지는 더더욱 알 수 없었다.

별안간 무서운 생각이 마음 깊은 곳에서 떠올랐다.

그 생각은 3일 동안 계속 부정했지만, 계속 떠올라 아무리 해도 사라지지 않았다.

온정과 온녕이 스스로 가서, 어쩌면 마음속 깊은 곳에서는 다행이라고 생각하는지도 몰랐다.

그래서 위무선은 어떤 선택을 해야 할지 고민할 필요가 없어졌다. 그들 스스로 위무선을 대신해 선택을 해주어 이런 성가신 문제를 해결해 주었다.

위무선은 제 뺨을 때리며 낮은 소리로 자기에게 외쳤다.

"지금 무슨 생각을 하는 거야!"

얼굴이 화끈거리자 그런 무서운 생각이 마침내 억눌렸다. 생각을 바꿔 보면, 누가 뭐래도 온씨 남매의 시신과 유골은 가지고 와야 했다.

그래서 결국 금린대 방향으로 내달렸다.

위무선이 어떤 곳에 소리 없이 잠입하려고 마음만 먹으면 어려운 일이 아니었다. 금린대는 조용했고, 위무선이 생각하는 것처럼 경비가 삼엄하지 않았다. 한참을 여기저기 찾아도 수상해 보이는 곳은 없었다.

유령처럼 금린대 곳곳을 다니면서 사람이 보이면 숨고, 없으면 나와서 찾아다녔다. 위무선도 자기가 도대체 뭘 찾는지, 어떻게 찾아야 하는지 몰랐다. 그러던 도중 아기 울음소리가 들려왔다. 그의 발걸음이 멈칫했다. 울음소리가 나는 쪽으로 가 보라고 재촉하는 목소리가 마음속에 울려 퍼졌다.

울음소리는 어둡고 빛이 없는 대전에서 흘러나왔다.

위무선은 조용히 문 앞으로 다가가 정교한 꽃무늬가 새겨진 나무 창틈으로 안을 들여다봤다.

안에는 검은 관이 놓여 있었다. 관 앞에 흰옷을 입은 여인 둘이 무릎을 꿇고 앉아 있었다.

왼쪽에 있는 연약한 몸의 뒷모습을 위무선이 몰라볼 리가 없었다. 어려서부터 클 때까지 위무선은 저 뒷모습의 주인에게 수없이 많이 업혔었다.

강염리였다.

강염리는 부들방석 위에 무릎을 꿇고 앉아 앞에 놓인 검은 관을 멍하니 쳐다보고 있었다. 아기는 그녀 품에 안겨 가냘프게 울고 있었다.

오른쪽에 있는 여인이 낮은 소리로 말했다. 금 부인이었다.

"……아리, 그만 앉아 있어. 가서 좀 쉬어라."

강염리는 고개를 저었다. 금 부인이 한숨을 내쉬었다.

그녀는 친구인 우 부인과 성격이 비슷해 매우 강인하고 목소리도 높았다. 하지만 방금 그녀의 목소리는 낮고 쉬어 있어 나이가 든 것처럼 느껴졌다.

"여긴 내가 있어도 되니 들어가 쉬어라. 그러다 쓰러진다."

금 부인이 다시 말했다.

"어머님, 전 괜찮아요. 조금만 더 있다가 갈게요."

강염리가 차분하게 말했다.

잠시 뒤 금 부인이 천천히 일어났다.

"너 이렇게 하다간 정말 큰일 난다. 내가 먹을 것 좀 가져오마."

금 부인도 오래 앉아 있었는지 일어나면서 잠시 비틀거리다가 금세 안정을 되찾았다. 몸을 돌리니 역시 강인한 여성의 얼굴이었다.

위무선이 기억하는 금 부인은 단호하고 화통하며, 거만한 표정에 온몸에 귀티가 흐르고 금빛이 번쩍거렸다. 외모를 잘 관리해 매우 젊어 보여 20대라고 해도 믿을 정도였다. 그러나 이 순간 그녀는 귀밑머리가 세고 상복을 입은 보통의 중년 여성이었다. 화장을 안 한 잿빛 얼굴에, 입술은 하얗게 일어나 있었다.

금 부인이 나오자 위무선은 잽싸게 몸을 숨기고 발소리를 죽이며 복도의 두공[#21]으로 들어갔다. 뒤이어 나온 금 부인은 문을 닫고 차가운 표정으로 숨을 깊이 들이마시며 표정을 정리했다. 평소와 다름없이 위엄 있는 표정을 지으려는 것 같았다.

그러나 숨을 다 내쉬기도 전에 금 부인의 눈가가 붉어졌다.

방금 강염리 앞에서는 슬픈 기색을 조금도 보이지 않았지만, 문을 나선 순간 금 부인은 입가가 무너지고 오관이 일그러지면서 온몸을 덜덜 떨기 시작했다.

너무 큰 슬픔에 여인의 얼굴이 무너지고 있었다. 위무선은 이런 모습을 두 번째로 보는 것이었다.

위무선은 정말 더는 이런 표정을 보고 싶지 않았다.

위무선은 무의식중에 주먹을 꽉 쥐었다. 그런데 손가락에서 '딱' 하는 소리가 났다. 그 소리에 금 부인이 즉시 눈썹을 치켜세우며 외쳤다.

#21 두공(枓拱) 중국, 한국, 일본의 전통 목조 건축에서 처마를 받들기 위해 기둥 위에 복잡하게 엮은 까치발의 목조 구조.

"누구냐!"

고개를 든 그녀는 두공 옆에 숨어 있는 위무선을 발견했다. 금부인은 시력이 매우 좋아서 어둠 속에 숨어 있는 그 얼굴을 똑똑히 보고 얼굴을 험악하게 일그러뜨렸다. 그녀가 날카롭게 외쳤다.

"누구 없느냐! 이리 오너라! 위영— 위영이 왔다! 그가 금린대에 잠입했다!"

위무선이 복도에서 뛰어내리자 다급한 발소리가 들렸고 대전에서 누군가 뛰어나오는 소리도 들렸다. 위무선은 황급히 도망쳤다.

위무선은 강염리의 얼굴을 볼 수가 없었고, 그녀의 말을 들을 용기는 더더욱 없었다.

금린대에서 도망 나와 난릉성을 빠져나온 위무선은 다시 방향을 잃고 정처 없이 걷기 시작했다. 정신을 못 차리고 조금도 쉬지 않았다. 몇 개의 성을 지나왔는지도 모른 채 걷고 있는데, 사람들이 성벽 앞에 모여서 왁자지껄하게 떠들면서 격분하는 모습이 보였다.

위무선은 그들을 무시하고 지나가려고 했지만, '귀장군'이라는 세 글자가 들려 발걸음을 멈추고 집중해 들었다.

"귀장군은 역시 잔인해……. 죄를 청하러 왔다면서 다시 폭주해 금린대에서 또 살육을 벌였잖아!"

"그날 없었던 게 다행이군!"

"역시 위무선이 기른 개라 사람만 보면 문다니까."

"위영도 정말. 통제를 못 할 거면 만들지나 말던가. 미친개를 만들었으면 쇠사슬로 잘 묶어 놔야지, 그래서야 조만간 반격을 당할 걸세. 이런 추세라면 멀지 않았어."

조용히 듣던 위무선의 손마디와 얼굴 근육에 힘이 들어갔다.

"난릉 금씨는 정말 재수도 없지."

"고소 남씨가 더 재수 없지! 죽은 30여 명 중 대부분이 그 집안사람이잖아. 사건 수습차 도와주러 온 것뿐인데."

"그래도 귀 장군을 태워버렸으니 다행이지. 그런 게 하루 종일 밖을 돌아다니다가 발광한다고 생각하면 발 뻗고 못 잔다니까."

"온씨 개는 그렇게 끝나야 마땅합니다!"

"귀장군은 이미 불타 재가 됐으니, 이제 위무선도 이쪽이 대단하다는 걸 깨닫지 않았겠소? 듣자 하니 이번 궐기대회에 참가를 준비하는 가주들이 소문을 냈다지. 통쾌하군!"

사람들의 말을 듣는 위무선의 표정이 점점 차가워졌다.

위무선은 이렇게 될 줄 진작 알았다. 자기가 무슨 일을 하든 사람들이 좋은 말을 할 리가 없었다. 위무선이 득의만만하면 사람들은 두려워했고, 위무선이 실의에 빠지면 사람들은 기뻐했다.

어쨌든 전부 사도일 뿐인데 위무선이 고집해 온 건 도대체 무엇이었을까? 무엇을 위해서였을까?

그저 눈빛에 한기만 더해지고, 가슴속 분노의 불길만 점점 더 커질 뿐이었다.

어떤 사람이 그 일에 자기가 무슨 공이라도 세운 양 의기양양해서 말했다.

"맞아, 통쾌하지! 앞으로 그가 그 산에서 꼬리 내리고 조용히 살면 모르겠지만, 감히 기어 나오면? 하, 나오기만 하면 그냥……."

"나오면 뭐?"

한참 열띤 토론을 벌이던 중에 갑작스러운 소리가 들리자 사람들이 일제히 고개를 돌렸다.

창백한 얼굴에 눈 아래 검은 그림자가 짙게 드리운 검은 옷의 청년이 그들 뒤에서 차갑게 말했다.

"감히 기어 나오면 어떻게 되는데?"

눈썰미가 좋은 사람이 그의 허리춤에 꽂혀 있는 선홍색 술이 달린 피리를 보더니 대경실색하면서 외쳤다.

"진정, 진정이다!"

이릉노조 위무선이 정말 나왔다!

순식간에 위무선을 중심으로 큰 원이 생기면서 사람들이 달아나기 시작했다. 위무선이 날카롭고 스산한 휘파람을 불자 사람들의 몸이 무거워지더니 바닥으로 엎어졌다. 그중 한 사람이 벌벌 떨며 고개를 돌려 보았다. 자기를 포함한 모든 사람의 등에 입에서 피를 흘리는 음령이 올라타 짓누르고 있었다.

위무선은 이리저리 넘어져 꼼짝도 못 하는 사람들 사이를 빠르지도 느리지도 않게 걸어가면서 말했다.

"어, 왜들 이러지? 조금 전까지는 내 얘길 신나게 하더니? 어째 내 앞에서는 바짝 엎드리며 다른 얼굴을 할까?"

위무선은 방금 가장 독하게 말한 사람 옆에 가서 그의 얼굴을 세차게 걷어차고 하하 웃었다.

"말하라니까? 왜 말이 없어? 협객, 도대체 나를 어쩌겠다고?!"

그 사람은 위무선의 발길질에 코뼈가 부러져 코피를 흘리며 비명을 질렀다. 수사 몇 명이 성벽 위에서 이 광경을 보고 있었지만, 도와줄까 하다가도 감히 나서지 못한 채 멀리서 외치기만 했다.

"위…… 위영! 네가 정말 능력이 있다면 궐기대회에 참가하는 큰 가문의 가주들을 찾아가야지, 우리처럼 반항할 힘이 없는 하급 수사를 왜 괴롭히는 거냐?"

위무선이 다시 짧게 휘파람을 불었다. 방금 소리 지른 수사는 갑자기 어떤 손이 자기를 세차게 잡아당기는 느낌을 받으며 성벽 아래로 떨어졌다. 그 수사는 두 다리가 부러져 참담한 비명을 질렀다.

통곡 소리 가운데, 위무선은 얼굴색 하나 바꾸지 않고 일갈했다.

"하급 수사? 급이 낮다고 내가 너희를 봐줘야 하나? 말을 내뱉었으면 그 결과도 감당해야지. 자기가 힘없고 비천한 잡것이라는 걸 알면서 왜 입 하나 단속할 줄을 몰라!"

사람들은 사색이 돼 아무 말도 못 했다. 한참 뒤 아무 말도 들리지 않자 위무선은 만족스러운 듯이 말했다.

"맞아, 이래야지."

말을 마친 위무선은 가장 열심히 입을 놀렸던 사내를 걷어찼고, 그의 이가 절반가량 빠졌다.

피가 사방으로 튀자 사람들을 부르르 떨며 사색이 됐고, 그 사람은 고통에 기절했다. 위무선이 고개를 숙여 피 묻은 목화를 땅에 탁탁 구르자 피가 낭자한 발자국이 몇 개 찍혔다. 그가 한참 그 자국을 보다가 담담하게 말했다.

"하지만 너희 같은 잡것들이 옳은 말을 하나 하긴 했어. 너희 같은 자들과 시간 낭비해 봐야 무슨 의미가 있어. 나더러 큰 가문을 찾아가라고 했지? 좋아, 가지. 내가 가서 그들과 잘잘못을 따지겠어."

위무선은 고개를 들어 성벽에 붙어 있는 대형 벽보를 봤다. 방금 저들도 이 벽보를 보면서 토론하고 있었다.

벽보 맨 위에는 '궐기대회' 네 글자가 쓰여 있었다. 그 아래에는 난릉 금씨, 청하 섭씨, 운몽 강씨, 고소 남씨의 4대 가문이 앞장서서 기산 온씨의 버려진 선부 불야천성 폐허에서 온씨 잔당의 유골을 뿌리고, 동시에 난장강에 자리 잡은 이릉노조와 공존할 수 없다는 것을 선포하고 맹세하겠다는 내용이 적혀 있었다.

불야천성, 궐기대회?

사람들은 이릉노조의 손에 참혹하게 죽은 다음 그에게 조종되는 주시가 될 것이라 생각하며 공포에 떨고 있었다. 그런데 벽보를 다 읽은 위무선은 그들을 더 상대하지 않고 그대로 놔둔 채 뒷짐을 지고 가 버렸다.

위무선이 음령을 거두지 않아 그들은 일어나지 못하고 아픔을 호소하면서 꿈틀거렸다.

얼마나 지났을까. 갑자기 푸른색 검광이 지나가더니 사람들의 등이 가벼워졌다.

"움직여지네!"

누군가 놀라 소리쳤다.

몇 사람이 가까스로 일어나자 그 푸른색 검광이 날아가 칼집으로 들어갔다.

그 사람은 몹시 젊고 준수한 사내로, 백의에 말액을 두르고 차갑고 근엄한 표정을 짓고 있었다. 그 모습이 마치 미간에 근심을 억누르는 것처럼 보였다. 행동은 매우 빨랐지만 조급함이라곤 전혀 없어 옷자락 하나 날리지 않았다.

두 다리가 부러진 수사가 통증을 참으며 말했다.

"함…… 함광군!"

남망기가 그에게 다가가 다리를 눌러보며 상태를 살폈다. 아주 심각한 상태는 아니었다. 그가 아무 말 없이 일어나자 그 수사가 또 말했다.

"함광군, 늦으셨습니다. 위무선은 방금 떠났습니다!"

요 며칠 고소 남씨의 함광군이 위무선의 행방을 찾아다닌다는 것을 모르는 사람이 없었다. 고소 남씨 수십 명의 목숨을 앗아간 것을 두고 위무선과 결판을 내려는 것이 분명했다.

"맞습니다. 아직 반 시진도 안 지났습니다!"

"그가 뭘 했습니까. 어디로 갔고요."

남망기가 물었다.

"그가 이유 없이 저희를 이렇게 만들었어요. 저희 모두 죽을 뻔했습니다!"

사람들이 입을 모아 성토했다.

새하얗고 넓은 소매 아래에 있는 남망기의 손가락이 주먹을 쥐려는 듯 작게 움직였지만, 이내 힘이 풀렸다.

"그가 불야천성에서 열리는 궐기대회에 가서 4대 가문과 결판을 낸다고 말했습니다!"

그 수사가 다급하게 말했다.

기산 온씨가 멸망한 뒤 불야천성의 대전들은 화려하고 텅 빈 폐허가 되었다.

불야천성에서 제일 높은 곳에 있는 염양열염전 앞에는 넓은 광장이 있었다. 예전에는 광장 맨 앞에 하늘을 찌를 듯한 깃대가 있었지만, 지금은 두 개는 부러지고 남은 한 개에는 찢어지고 피 묻은 염양열염기가 걸려 있었다.

그날 밤, 광장에는 크고 작은 가문의 방진(方陣)들로 꽉 찼다. 각 가문의 문양이 새겨진 비단 깃발이 밤바람에 펄럭였다. 부러진 깃대 앞에 임시로 설치한 제단이 있었고, 각 가문의 가주들은 자기 가문 방진 앞에 서 있었다. 금광요가 그들에게 차례대로 술을 한 잔 따라 주었다. 술잔을 받아 든 가주들은 그것을 높이 든 다음 땅에 뿌렸다.

술이 땅에 스며들자 금광선이 엄숙하게 말했다.

"가문과 성(姓)을 불문하고 세상을 떠난 세가의 열사들에게 이 술을 바칩니다."

"영령이여, 고이 잠드소서."

섭명결이 말했다.

"편히 잠드소서."

남희신이 말했다.

강징은 어두운 표정으로 술을 다 따르고도 아무 말도 하지 않았다.

이어서 금광요가 난릉 금씨 방진에서 나와 두 손으로 검은색 사각형 철제 함을 올렸다. 금광선이 한 손으로 철제 함을 받아 높이 들고 외쳤다.

"온씨 잔당의 재가 여기에 있다!"

말을 마친 금광선이 영력을 운용하자 철제 함이 흔들리면서 쪼개졌다. 검은색 철제 함이 여러 조각으로 부서졌고 하얀 재가 처량한 밤바람에 날렸다.

뼈를 부숴 가루를 만들어 날리다!

군중 속에서 환호와 갈채가 폭발했다. 금광선이 두 손을 들어 보이며 자기의 말을 들으라고 손짓했다. 환호성이 잦아들자 금광선이 다시 소리 높여 말했다.

"오늘 밤, 뼈가 부서져 가루가 된 자는 온씨 잔당들의 두 우두머리다. 그리고 내일은! 남은 모든 온씨 개들과 그리고 이릉노조, 위영의 차례가 될 것이다!"

갑자기 낮은 웃음소리가 한껏 격앙된 진부한 연설을 끊었다.

분위기에 안 맞게, 갑작스럽고도 귀를 찌르는 웃음소리였다. 사람들은 소리가 나는 쪽으로 분주하게 고개를 돌렸다. 염양열염전은 웅장한 대전으로 용마루가 열두 개나 됐고 각 용마루 끝에는 신수(神獸)가 여덟 개씩 있었다. 그중 한 용마루에 신수가 아홉 개가 있었다. 방금 그 낮은 웃음소리는 바로 그쪽에서 나온 것이었다.

여분의 신수가 움직이더니 목화 하나와 검은 옷자락이 툭 떨어지며 가볍게 흔들렸다.

사람들은 일제히 칼자루에 손을 얹었다. 강징의 동공이 수축하더니 손등에 핏줄이 툭 튀어나왔다. 금광선의 눈빛에 놀람과 증오가 교차했다.

"위영! 네가 감히 이곳에 나타나다니!"

"내가 여기 나타나면 왜 안 되지? 너희 모두를 더하면 한 3천 명쯤 되나? 사일지정 때는 3천이 아니라 5천 명도 혼자서 해치웠다는 걸 잊지 마. 게다가 내가 여기 나타난 게 너희 뜻에도 맞지 않나? 내일 나를 잡아다가 뼈를 부숴 가루로 만들려는 수고를 덜어주고 있는데."

위무선의 목소리였다. 그는 이상하다는 듯이 말했다.

청하 섭씨 문하생들도 폭주한 온녕의 손에 죽었던지라 섭명결이 차갑게 말했다.

"하찮은 자가 날뛰는군."

"전 늘 이렇게 날뛰지 않았습니까? 금 종주, 자기가 자기 얼굴을 치니 통쾌합니까? 온씨 남매가 금린대로 가서 죄를 청하면 그 일은 그냥 넘기겠다고 한 게 누굽니까? 방금 내일 나와 다른 온씨 잔당들의 뼈를 부숴 가루로 만들고 뿌려버리겠다고 호언장담한 사람은 또 누구고요?"

"그건 그거고 이건 이거다! 궁기도에서 네가 죽인 난릉 금씨 자제 백여 명은 하나의 사건이고, 네가 온녕을 조종해 금린대에서 살인을 자행한 것은 또 다른 일……."

"그러면 금 종주, 감히 묻죠. 궁기도에서 먼저 길을 막은 게 누굽니까? 살해한 것은 또 누구지요? 주모자가 누굽니까? 그 계략에 속은 사람은 누굽니까? 먼저 나를 건드린 게 도대체 누군지 따져 볼까요!"

방진의 수많은 사람 속에 숨어 있던 한 문하생이 자기는 조금 안전하다고 생각했는지 용기를 내서 외쳤다.

"금자훈이 먼저 너를 죽이려 했다고 해도 그렇게 잔인하게 대응해서는 안 되지. 그렇게 많은 목숨을 죽이면 안 되는 거다!"

"아."

위무선이 그의 말뜻을 설명했다.

"금자훈이 무슨 수단을 써서 죽이든 아무튼 내 죽음은 내 운에 달렸다? 나는 나를 지키는 데 있어 상대에게 상처를 입혀서도, 머리카락 하나도 건드려선 안 된다? 그러니까 너희들은 나를 토벌해도 되고, 나는 반격해선 안 된다, 그 말이지?"

"반격? 그 3백여 명과 금린대의 30여 명은 무고했다. 네 반격에 어째서 그들을 끌어들이는 것이냐!"

요 종주가 소리 높여 외쳤다.

"그러면 난장강에 있는 50여 명의 온가 수사도 무고한데, 당신들은 왜 그들을 끌어들이는 거지?"

위무선이 낮고 거친 목소리로 반문했다.

"도대체 넌 온씨 개들에게 얼마나 큰 은혜를 입었길래 그렇게 감싸는 거냐?"

다른 누군가가 말했다.

"내가 봤을 때 큰 은혜 같은 건 없는 것 같소. 그저 자신을 천하와 대적하는 영웅이라고 여기고, 무슨 의거를 한다고 생각하면서 세상 사람들이 비난하는 짓을 하는 것을 위대하다고 생각하는 것뿐이지!"

이 말에 위무선은 침묵했다.

아래에 있던 사람들은 위무선의 침묵을 후퇴라고 생각하는 것 같았다.

"어쨌든 이게 다 네가 먼저 금자훈한테 비열하고 음흉한 저주를 걸었기 때문이 아닌가!"

"도대체 무슨 증거로 내가 한 짓이라고 단언하지?"

위무선의 질문에 그 사람은 말문이 막혀 우물거리다 되물었다.

"그러면 네가 하지 않았다는 증거는 또 어디에 있지?"

위무선이 웃었다.

"그럼 다시 묻지. 왜 넌 아닌데? 너도 저주하지 않았다는 증거가 없잖아?"

그 사람은 놀라고도 화가 나 외쳤다.

"나? 내가 어떻게 너랑 같아? 옳고 그름을 흐리며 억지 쓰지 마라! 네 혐의가 제일 크다. 1년여 전 너와 금자훈이 크게 다퉜다는 걸 우리가 모를 줄 알고!"

"도대체 누가 옳고 그름을 흐린다는 거지? 그래, 내가 만약 그를 죽일 생각이었다면 1년 전에 죽였지 지금까지 안 참아. 하지만 그런 사람은 1년이 아니라 3일이면 잊어."

위무선이 서늘하게 말했다.

"……위무선, 위무선, 덕분에 식견이 또 늘었다. 너처럼 억지스러운 악당은 처음 보는군……. 사람을 죽이고도 모욕적인 언사를 늘어놓으며 상대에게 악담하다니. 동정심이나 양심의 가책은 조금도 못 느끼는 건가?"

요 종주가 깜짝 놀라 호통을 쳤다.

온갖 욕설이 쏟아졌지만 위무선은 태연하게 듣고 있었다.

오직 분노만이 가슴속 수많은 감정을 누르고 있었다.

방진의 비교적 앞에 있던 수사가 몹시 가증스럽다는 듯이 외쳤다.

"위영, 아주 실망스럽군. 내 한때 너를 존경해 종파를 세운 인물이라고까지 여겼는데, 지금 생각해 보니 정말 구역질이 나는구나. 이제부터 나는 너와 공존할 수 없다!"

그 말에 어리둥절해진 위무선은 폭소를 터트렸다.

"하하하……."

위무선은 숨넘어갈 듯 웃으며 말했다.

"네가 나를 존경했다고? 네가 나를 존경했다면 어째서 나는 너를 본 적이 없지? 그리고 사람들이 나를 때려잡자고 나서니 뛰어나와 깃발을 흔들며 사기를 북돋우는 거지?"

위무선은 웃느라 눈물이 다 났다.

"네 그 존경은 너무 저렴하군. 이제부터 너와 나는 공존할 수 없다니까, 좋아. 그런데 나와 공존할 수 없다거나 같은 하늘을 이고 살 수 없다는 네 말 따위가 내게 무슨 영향을 주지? 네 존경이나 증오가 이렇게 미약한데 뭐가 대단하다고 시끄럽게 굴어?"

말이 채 끝나기도 전에 목이 턱 막히더니 가슴에서 묵직한 통증이 느껴졌다.

위무선이 고개를 숙여 시선을 내렸다. 갈비뼈 사이에 화살이 박혀 있었다.

위무선은 화살이 날아온 방향을 쳐다봤다. 화살을 쏜 사람은 이목구비가 단정한 소년 수사로 작은 가문의 방진에 서 있었다. 활시위가 여전히 떨리고 있었다.

위무선은 그가 명치의 급소를 겨냥한 것임을 알았다. 소년의 기술이 정교하지 않아 화살이 날아오다 힘이 떨어져 심장 근처의 갈비뼈에 박힌 것이다.

화살을 쏜 소년 옆에 있던 사람들은 경악스러운 눈빛, 심지어 공포의 눈빛으로 경솔한 행동을 한 동문을 쳐다봤다. 위무선이 고개를 들어 흉악한 표정으로 화살을 뽑아 힘껏 내던졌다. 끔찍한 비명과 함께 활을 쏜 젊은 수사가 위무선이 맨손으로 던진 화살에 명치를 맞았다.

그의 옆에 있던 소년이 달려와 울면서 외쳤다.

"형! 형!"

그 가문의 방진이 순식간에 흐트러졌다. 가주가 덜덜 떨리는 손으로 위무선에게 손가락질을 하며 소리쳤다.

"너…… 너…… 어떻게 이렇게 잔인할 수가!"

위무선이 오른손으로 가슴에 난 상처를 누르자 잠시 피가 멎었다.

"잔인하다고? 몰래 활을 쏠 정도로 용기가 있으면 명중시키지 못했을 때 어떤 결과가 생길지 예상했어야지. 다들 나를 사마외도라고 하면서 내게 관대함을 바란 건 아니겠지."

위무선이 무심하게 말했다.

"포진, 포진하라! 오늘 절대 그가 살아서 이곳을 나가게 해선 안 된다!"

금광선이 외쳤다.

그 명령에 마침내 대치 상태가 깨지고 문하생 몇 명이 활을 들고 어검해 올라가 대전 위를 포위해나갔다.

결국, 먼저 공격을 시작한 것이다.

위무선은 차갑게 웃으며 허리에서 진정을 꺼내 입술에 댔다. 피리에서 날카로운 소리가 울리자 불야천성 광장 바닥에서 창백한 팔들이 땅을 뚫고 나오기 시작했다.

시체들이 백석이 깔린 바닥을 뚫고 땅속 깊은 곳에서 기어 나왔다. 시체들은 방금 어검해 땅에서 벗어난 사람들을 잡아당겼다. 염양열염전 용마루에 서서 대나무 피리를 부는 위무선의 두 눈이 어둠 속에서 냉랭하게 빛났다. 아래를 내려다보니 각 가문의 복장이 알록달록한 물결처럼 흩어졌다 한데 모였다 하면서 일렁거렸다. 운몽 강씨 방진 쪽만 아무 일이 없었고 다른 가문은 하나같이 혼란스러웠다. 각 가문의 가주는 자기 문하생들을 보호하느라 위무선을 공격할 틈이 없었다.

바로 그때, 차가운 고금 소리가 진정의 피리 소리를 교란했다.

위무선이 진정을 내리고 고개를 돌렸다. 누군가 다른 용마루에 앉아 고금을 앞에 놓고 있었다. 새하얀 옷자락이 어두운 밤하늘에서 눈부시게 빛났다.

“아, 남잠.”

위무선이 차가운 목소리로 말했다.

인사를 한 다음 위무선은 피리를 다시 입가에 댔다.

“이미 알았을 텐데. 청심음은 나한테 소용없어!”

남망기가 고금을 들어 등에 메고 피진을 빼 진정을 향해 날렸다. 귀신을 부리는 피리를 잘라버리겠다는 생각이었다. 위무선이 살짝 피하며 웃음을 터트렸다.

“좋아, 좋아. 언젠가는 우리가 이렇게 진짜 칼을 빼 들고 싸우는 날이 올 줄 알았다니까. 어쨌든 넌 늘 날 못마땅해했으니까. 덤벼!”

이 말에 순간 남망기가 멈칫했다.

“위영!”

소리를 질렀지만, 제정신인 사람이 들었다면 남망기의 목소리가 떨리고 있다는 것을 알아챘을 것이다. 그러나 위무선은 이미 판단력을 잃은 상태였다. 위무선은 반은 미치고 반은 정신이 흐려진 상태로 악의에 가득 차, 세상 사람 모두가 자기를 증오하고 자기도 모두를 증오한다고만 생각했다. 누가 와도 두렵지 않았다. 누가 와도 마찬가지였다. 모두 고작 이 정도였다.

그때였다. 혈전이 벌어지는 와중에, 위무선은 작은 목소리를 들었다.

그 목소리는 “아선!”이라고 외치고 있었다.

그 목소리가 냉수처럼 위무선의 가슴에 타오른 노기를 차갑게 식혔다.

강염리? 사저?!

그녀가 언제 궐기대회에 왔지?

위무선은 혼비백산해 남망기와의 결투도 아랑곳하지 않고 진정을 내려놓았다.

"사저!"

강징도 그 소리를 듣고 얼굴에 핏기가 싹 가셨다.

"누님? 누님! 어디 계세요? 어디 계시냐고요?"

위무선은 염양열염전 용마루에서 내려와 강징처럼 미친 듯이 소리쳤다.

"사저? 사저? 어디에요? 어디 있는데요? 안 보여요!"

위무선은 자기를 향해 수없이 날아오는 도(刀)와 검을 피하고 달려드는 사람들에게 주먹을 날리면서 조급하게 달려 나갔다. 그는 강염리의 새하얀 인영이 사람들 뒤에 가려져 있는 것을 발견하고 앞을 가로막는 사람들을 힘껏 제치며 힘겹게 나아갔다. 강염리와는 거리가 상당했고 사람이 많아, 위무선은 마음처럼 빨리 그쪽으로 달려가지 못했다. 강징도 마찬가지였다. 바로 그때, 위무선과 강징은 강염리 뒤에 흉시 한 구가 흔들거리며 서 있는 것을 봤다.

그 흉시는 몸의 반이 썩은 상태로, 손에 녹슨 장검을 들고 강염리를 향해 다가가고 있었다.

간담이 찢겨 나갈 것만 같은 그 장면에 위무선은 벼락같이 소리쳤다.

"꺼져! 꺼지라고! 건들지 마—!"

"당장 꺼지라고 해!"

강징도 포효했다.

강징이 삼독을 던지자 자색 검광이 흉시를 향해 날아갔다. 그러나 검광이 날아가던 중 다른 수사의 검광에 간섭을 받아 방향이 틀어졌다. 위무선의 정신이 혼란할수록 통제력도 떨어졌다. 이윽고 그 흉시는 위무선의 지령을 무시하고 들고 있던 장검으로 강염리를 내리쳤다.

위무선은 정신이 나가 미친 듯이 뛰어가며 소리쳤다.

"멈춰, 멈춰, 멈추라고!"

사람들은 자기한테 달려드는 흉시를 상대하느라 다른 사람이 죽을 위기에 처했는지 어떤지 신경 쓸 겨를이 없었다. 그 흉시가 검을 내리쳐 강염리의 등을 베었다.

강염리가 바닥으로 쓰러졌다.

그 흉시가 강염리 뒤에서 장검을 또 들었다. 바로 그때, 검광이 날아와 흉시를 내리쳤다.

남망기가 광장에 서서 돌아오는 피진을 받았다. 위무선과 강징은 남망기에게 고맙다는 말을 할 겨를도 없이 강염리에게 달려갔다. 먼저 달려간 강징이 강염리를 안았다. 남망기는 위무선을 막아서더니 그의 옷깃을 잡아 올리며 벼락같이 일갈했다.

"위영! 흉시 떼를 멈추게 해!"

위무선은 지금 아무것도 생각할 정신이 없었다. 남망기의 얼굴도 눈에 들어오지 않아 남망기의 눈에 선 핏발을 보지 못했고, 붉어진 그의 눈가도 보지 못했다. 그저 강염리에게 무슨 일이 없는지만 확인하고 싶을 뿐이었다. 위무선은 눈이 벌게진 채로 남망기를 떨쳐내고 바닥으로 달려들었다. 위무선에게 밀려 휘청한 남망기는 위무선을 쳐다보며 아무 행동도 하지 않았다. 갑자기 먼 곳에서 구해 달라는 비명이 들리자 남망기는 시선을 거두고 그쪽으로 달려갔다.

강염리의 등이 온통 피투성이였다. 눈은 감고 있었지만 숨은 쉬었다. 강염리의 맥박을 짚던 강징이 덜덜 떨면서 손을 거두며 한숨을 내쉬고는 위무선에게 달려가 얼굴에 주먹을 날렸다.

"어떻게 된 거야! 통제할 수 있다고 했잖아? 문제없다고 했잖아!"

위무선이 바닥에 털썩 주저앉으며 망연자실하게 말했다.

"……나도 모르겠어."

위무선의 목소리가 절망적으로 떨렸다.

"……통제할 수가 없어, 통제가 안 돼……."

바로 그때, 강염리가 움직였다. 강징이 그녀를 꽉 끌어안고 두서없이 말했다.

"누님! 괜찮아요! 괜찮아요, 몸은 어때요? 아직 괜찮아요, 검에 베인 것뿐이니, 괜찮아요. 제가 바로 데리고 갈게요……."

강징이 말하면서 강염리를 끌어안았다.

"……아선."

강염리가 갑자기 위무선을 불렀다.

"사저, 저…… 저 여기 있어요."

위무선이 화들짝 놀라며 다급히 대답했다.

강염리가 천천히 눈을 뜨자 새카만 두 눈동자가 드러났다. 위무선의 심중에 두려움이 끼쳐 왔다.

"……아선, 금린대에서…… 왜 그렇게 빨리 뛰어갔어……. 널 보지도 못하고, 말 한마디 못 하게……."

강염리가 힘겹게 말했다.

듣는 위무선의 심장이 미친 듯이 뛰었다.

위무선은 강염리의 얼굴을 마주할 수가 없었다. 특히 이 순간, 강염리의 얼굴은 금자헌과 마찬가지로 흙과 피가 잔뜩 묻어 있었다.

위무선은 강염리의 다음 말을 더더욱 들을 수가 없었다.

"네…… 네게 할 말이 있어서 왔어……."

강염리가 말했다.

무슨 말?

괜찮다고?

나는 널 원망하지 않는다고?

아무 일도 없었다고?

네가 금자헌을 죽인 걸 탓하지 않겠다고?

불가능한 일이다.

하지만 이것과 반대되는 말도 강염리는 내뱉을 수 없었다.

그래서 강염리도 이 순간 위무선에게 무슨 말을 할 수 있을지 알 수 없었다.

하지만 그녀는 반드시 동생의 얼굴을 보러 와야 한다고 생각했다.

한숨을 내쉬고 강염리가 헐떡이며 말을 이었다.

"아선, 너…… 너 우선 멈춰. 더는, 더는……."

"알았어요, 멈출게요."

위무선이 다급하게 말했다.

위무선은 진정을 들어 입가에 대고 고개를 숙여 불기 시작했다. 이번에는 간신히 정신을 안정시키고 불자, 흉시들이 명령을 무시하지 않았다. 그들은 원망이라도 하듯 그르렁거리면서도 고개를 숙인 채 천천히 물러났다.

남망기가 살짝 발을 구르며 저쪽에서 이쪽을 바라봤지만, 끝내 고개를 돌려 고군분투하고 있는 동문과 다른 사람들을 계속 구했다.

갑자기, 강염리가 두 눈을 휘둥그레 뜨더니 어디서 나왔는지 모를 폭발적인 힘을 발휘해 두 손으로 위무선을 밀어냈다.

밀려 쓰러진 위무선이 고개를 들자, 번뜩이는 장검이 강염리의 목을 찔렀다.

검을 쥐고 있던 소년은 아까 전 위무선에게 화살을 쐈다가 죽은 소년을 향해 달려와 울었던 젊은 수사였다. 그는 여전히 엉엉 울면서 눈물이 범벅된 채로 외쳤다.

"위영, 이 악마야! 이 검은 내 형을 대신한 거다!"

위무선은 더러운 바닥에 앉아 고개를 떨군 채 목에서 선혈을 쏟고 있는 강염리를 믿을 수 없다는 듯이 쳐다봤다.

방금 위무선은 자신에게 내려지는 마지막 심판처럼 강염리의 말을 기다리고 있었다.

강징도 정신이 나가 누이를 안은 채로 아무런 반응을 하지 못했다.

한참 뒤에야 위무선이 처절하게 울부짖었다.

남망기가 꽂힌 검을 빼며 다급히 고개를 돌렸다.

소년은 그제야 자기가 사람을 잘못 죽였다는 것을 깨닫고는 파르르 떨었다. 장검을 빼자 핏방울이 물보라처럼 길게 흩어졌다. 그는 당황해서 연신 뒷걸음질을 치면서 말했다.

"……아니야, 내가 아니야, 아니야……. 나는 위무선을 죽이려고 했어. 난 형의 복수를 하려고 했다고……. 그녀가 스스로 달려든 거야!"

위무선은 재빨리 그에게 달려가 목을 움켜쥐었다.

"이 악마가, 놓지 못해!"

요 종주가 검을 휘두르며 소리쳤다.

남망기는 몸가짐이나 태도 따위를 신경 쓸 겨를조차 없었다.

그는 길을 막는 사람들을 물리치며 위무선 쪽으로 내달렸다. 그러나 남망기가 반도 채 오지 않았건만, 위무선은 사람들이 두 눈을 부릅뜨고 바라보는 앞에서 맨손으로 그 소년의 목을 부러뜨렸다.

"너! 과거에도 강풍면 부부를 죽게 하더니 이젠 네 사저까지 죽음으로 몰아넣었구나. 이게 다 네 자업자득이거늘, 어디 다른 사람에게 화풀이를 하느냐! 반성할 줄은 모르고 오히려 계속 살상을 저질러! 위영, 네 죄는 용서받을 수 없다!"

한 가주가 격노해 말했다.

그러나 아무리 욕하고 질책한들 위무선의 귀에는 아무것도 들리지 않았다.

마치 다른 영혼의 지배를 받는 듯, 위무선은 두 손을 내밀어 소매에서 두 개의 물건을 꺼내 모든 사람이 보는 앞에서 그것을 하나로 합쳤다.

반은 위로 반은 아래로, 그것들이 하나로 합쳐지자 소름 끼치도록 낭랑한 소리가 울려 퍼졌다.

위무선이 그것을 손바닥에 놓고 높이 쳐들었다.

음호부!

제19장

진심

제19장 진심

1

피로 물든 불야천, 전해지는 말에 따르면 이릉노조 위무선이 혼자 힘으로 그날 밤 궐기대회에 참석한 3천여 명의 수사와 피비린내 나는 혈전을 벌이고 학살했다고 한다.

5천 명이 넘는다는 이야기도 있었다. 3천 명이든 5천 명이든 변하지 않는 사실은, 그날 밤 불야천성의 폐허는 위무선에 의해 혈도[#22] 지옥으로 변했다.

이 살인마는 각 가문이 떼로 공격하는 상황에서 후퇴해 난장강으

#22 혈도(血塗) 삼악도의 하나. 죄업 때문에 죽은 뒤에 짐승으로 태어나 괴로움을 받는 세계.

로 돌아갔다. 그가 어떻게 그렇게 했는지 아무도 몰랐다.

이 일로 인해 수사들은 원기에 상당한 손상을 입었다. 4대 가문은 약 3개월 동안 기를 축적하고 계획을 잘 세운 뒤에야 마굴 난장강을 에워싸고 온씨 잔당과 이성을 잃고 미쳐 날뛰는 이릉노조에게 '학살'이라는 두 자를 되돌려 주었다.

위무선은 복마동 앞으로 몰려온 수사들을 바라봤다. 그들은 궐기대회가 있던 날 밤 땅에 술을 뿌리며 자기와 온씨 잔당을 가루로 만들어서 뿌리겠다고 맹세했던 수사들과 똑같았다. 그날 밤 생존한 사람도 있고 그 수사들의 후손도 있었지만, '정의의 사도'라는 신념을 실천하기 위해 온 사람이 더 많았다.

위무선 때문에 다리가 잘려 나무로 만든 의족을 사용해야 했던 중년 수사 역위춘이 말했다.

"3천 명의 목숨값은 네가 만 번을 죽어도 다 갚지 못할 것이다!"

"3천 명? 그날 밤 불야천성에 3천 명이 온 건 맞지만, 큰 가문의 지도자들도 있었고 각 가문의 명사들도 있었는데 내가 정말 3천 명을 다 죽일 수 있었다고? 날 너무 과대평가하는 건가, 아니면 그들을 과소평가하는 건가?"

위무선이 그의 말을 자르며 말했다.

위무선은 그저 사실을 말했을 뿐인데 그 수사는 자기가 무시당하고 모욕당했다고 생각했는지 버럭 화를 냈다.

"내가 지금 너와 토론이라도 하는 줄 아는 게냐? 어디 그 목숨값을 흥정해 보시겠다?"

"흥정하려는 게 아니라 다른 사람이 제멋대로 내 죄명을 부풀리게 하고 싶지 않을 뿐이야. 내가 안 한 일을 책임지고 싶진 않다고."

위무선이 심드렁하게 반박했다.

"네가 한 짓이 아니다? 대체 뭘 안 했는데?"

누군가 말했다.

"예를 들어 적봉존이 오마분시된 것은 내가 한 일이 아니고, 금린대에서 금 부인이 자살한 것도 내가 종용한 게 아니야. 당신들이 산에 오르는 길에 만났던 주시와 흉시들도 내가 조종하는 게 아니고."

"이릉노조, 당신은 안하무인이라고 들었는데 이렇게 겸손할 줄은 몰랐군. 당신이 아니라면 이 세상에서 이렇게 많은 주시와 흉시를 조종해 우리를 위험에 빠뜨릴 사람이 또 누가 있을지, 나는 정말 모르겠는데."

소섭이 웃으며 빈정거렸다.

"왜 몰라. 음호부만 있으면 누구라도 할 수 있는 것을."

"음호부는 당신의 법보잖아?"

소섭이 말했다.

"그건 누가 그렇게 음호부를 애지중지하느냐를 따져 볼 문제고. 온녕만 해도 그래. 어떤 세가가 귀장군을 죽여야 한다고 그렇게 외쳤으면서 십수 년 동안 몰래 숨겨 뒀잖아. 참 이상도 하지. 그때 귀장군이 이미 가루가 됐다고 말한 게 누구셨더라?"

위무선의 말에 사람들의 시선이 그 자리에 있던 난릉 금씨 문하생들에게로 자연스럽게 쏠렸다. 과거 이 일의 전권을 쥐고 온씨 잔당의 우두머리 두 명이 이미 죽었다고 선포하고 불야천성에서 그들의 뼛가루를 뿌린 건 난릉 금씨 가주였다.

"시비를 조장하지 마라."

소섭이 즉시 말했다.

바로 그때, 숲에서 바스락거리는 소리와 그르릉, 하는 괴성이 들렸다.

"여러분 조심하십시오! 흉시 떼가 또 몰려옵니다!"

남계인이 경고했다.

그 말에 절반이 몸을 돌려 대응했고 나머지 절반은 여전히 경계를 늦추지 않은 채 복마동 앞의 '오합지졸'을 향해 칼을 겨누었다.

"내가 말했잖아, 저 흉시들은 내 통제를 받지 않는다고. 나 볼 틈이 있으면 저것들 보는 게 나을걸."

이 자리에는 유명한 수사가 많았고 가주와 선배들도 있었기 때문에 흉시를 상대하는 것은 전혀 문제가 아니었다. 검광과 고금 소리가 일제히 날아올랐고, 누구도 위무선 쪽을 신경 쓰지 않았다. 강징은 채찍질 한 번에 흉시 세 구를 가루로 만들어 버리면서 금릉에게 외쳤다.

"금릉! 그 다리는 필요 없는 게냐!"

금릉이 자기 쪽으로 오지 않으면 다리를 부러뜨리겠다는 뜻이었다. 예전에도 여러 번 들었지만, 한 번도 정말 그렇게 한 적이 없었다. 금릉은 강징을 흘끗 쳐다보고도 움직이지 않았다. 강징은 야단을 치면서 손목을 돌려 자전으로 금릉을 묶어 끌고 오려고 했다. 그런데 자전에 흐르던 자줏빛이 갑자기 어두워지더니 곧 꺼져 버렸다.

긴 채찍이 은색 반지로 변해 집게손가락에 채워지자 강징은 깜짝 놀라 멍하니 있었다. 그는 자전이 스스로 멈추는 상황은 겪어 본 적이 없었다. 여전히 멍하게 제 손바닥을 바라보던 도중, 갑자기 피 두 방울이 손바닥으로 떨어졌다.

강징이 손을 들어 닦으니, 붉은 피가 묻어났다.

"외숙!"

금릉이 자기도 모르게 소리쳤다.

주시 떼와 혼전을 벌이던 사람들에게서도 놀라는 소리가 속속 들렸다. 열에 아홉은 검광이 어두워졌고, 절반에 가까운 사람의 얼굴에 두 줄기 선홍색 흔적이 생겼다. 코피였다. 코와 입에서 동시에 피가 흐르는 사람도 있었다.

"이게 어떻게 된 일이지?!"

한 검수가 당황해서 외쳤다.

"영력이 사라졌어!"

"사형 도와주세요! 여기 사고가 났어요!"

피진이 칼집에서 나와 구조를 요청한 수사에게 달려드는 흉시 두 구를 베어냈다. 구조 요청이 여기저기서 이어졌고 사람들은 점점 복마동 쪽으로 퇴각해 모여들었다.

대학살을 준비하고 난장강에 온 수사들이 순식간에 영력을 잃었다. 검광이 사라지고 부적이 효력을 잃었으며, 고소 남씨와 말릉 소씨 문하생들의 고금과 퉁소 연주도 퇴마의 효력을 잃었다.

형세가 급변했다.

남망기가 메고 있던 고금을 꺼내 현을 튕기자 소리가 하늘을 찔렀다. 그러나 남망기의 파장음(破障音)이 아무리 정교하고 대단하다고 해도 한 사람의 힘일 뿐이었다. 복마동에서 뛰어나간 온녕은 흉시들을 쫓아내면서 동시에 수사들의 공격을 묵묵히 참아 냈다. 온녕에게 통각이 없어 아픔을 느끼지 못한다는 게 다행이었다. 어수선한 상황에서 남사추가 갑자기 튀어나와 외쳤다.

"여러분, 이쪽으로, 복마동 안으로 들어오세요! 여기 바닥에 그려진 진법의 지워진 부분만 메우면 한동안 막아 낼 수 있어요!"

정신없는 공격에 수사 몇 명이 남사추의 말을 듣자마자 달려 들어갔다. 그 난장판에 소섭이 황급히 외쳤다.

"들어가지 마! 독 안에 든 쥐가 될 거야! 분명 안에 더 위험한 함정이 있을 거라고!"

그의 말에 사람들은 정신이 번쩍 들었다. 그들이 주저하자 위무선이 재빨리 천녀산화부(天女散花符) 60여 장을 날리며 말했다.

"밖에서 죽으나 안에서 죽으나 죽는 건 마찬가지잖아. 안에 들어오면 시간은 끌 수 있는데, 안 들어오고 다 같이 못 죽어서 안달이라니. 대체 뭐 하자는 거야?"

위무선의 말이 맞았지만 바로 위무선이 말했기 때문에 사람들은 더더욱 들어가지 못하고 밖에서 흉시들과 고전했다. 옆에 있던 사람은 영력이 사라졌어도 이를 악물고 버텼지만 섭회상은 참지 못했다. 겁 많고 재능도 없으며 향상심이 없어 수련을 제대로 하지 않은 그가 이런 돌발적인 상황에서 허둥지둥하면서 호위 무사들에 의지해 겨우 부상을 면하고 있다는 것을 모르는 사람은 없었다. 주시 떼가 점점 많아지고 끝이 보이지 않자, 섭회상이 다급하게 말했다.

"도대체 들어갈 거예요, 말 거예요? 여러분이 안 들어간다면 내가 먼저 들어가겠습니다. 가자, 가자고. 모두 어서 들어가자!"

말이 끝나기가 무섭게 섭회상은 청하 섭씨 문하생들을 이끌고 복마동으로 뛰어들었다. 그야말로 상갓집 개처럼 다급하며 그물을 빠져나가는 물고기처럼 허둥대는 꼴이었다. 옆에 있던 사람들은 섭회상의 너무 솔직한 모습에 어안이 벙벙했다. 이때 구양자진도 외쳤다.

"아버지, 그만하세요! 제 말 믿고 들어오세요! 저희도 방금 동굴에서 나왔잖아요! 안에 함정 같은 건 없었어요!"

다른 소년들도 외치기 시작했다.

"맞아요, 안쪽 바닥에 큰 진법이 있어요!"

"외숙, 들어오세요!"

금릉이 외쳤다.

"입 다물어라!"

강징이 검광을 잃은 삼독을 휘두르며 험악하게 외쳤다.

소리를 지르자 강징의 코와 입에서 다시 피가 흘러내렸다. 금릉이 계단을 뛰어 내려가 강징을 붙잡더니 강제로 복마동으로 밀어 넣었다. 영력이 다 소진된 데다 한나절 동안 필사적으로 싸워 녹초가 된 상태였던 강징은 금릉이 끌고 들어가는 대로 밀려 들어갔다. 그러자 강가의 수사들도 재빨리 따라 들어갔다. 마침 섭회상의 기뻐하는 목소리가 넓은 복마동 안에 울리고 있었다.

"여러분 빨리 들어와요! 안이 넓어요! 누가 좀 들어와서 이 진법을 메워주시겠어요? 나는 어떻게 해야 하는지 몰라서!"

섭회상의 마지막 말에 사람들은 속으로 같은 단어를 떠올렸다.

'무능한 놈!'

남망기가 고금의 현에서 손을 떼지 않은 채 고개를 들며 말했다.

"숙부!"

남계인은 들어갈 생각조차 없이 혼자서라도 끝까지 밖에 남아 있을 작정이었다. 그러나 지금은 혼자가 아니었다. 남가의 수사와 자기가 지휘하는 금가의 수사들도 많았으며, 주력군도 아니었다. 남계인은 문하생들을 지켜야 했기 때문에 살 희망이 있으면 한 가닥 이라도 붙잡아야 했다. 남계인은 남망기를 보지 않고 검을 들며 외쳤다.

"조심해서 들어간다!"

그제야 난릉 금씨, 고소 남씨, 청하 섭씨, 운몽 강씨 4대 세가가 모두 들어왔다. 그들이 먼저 들어가자 남은 사람들도 더는 버티지 않았다. 그들은 복마동에 맹수나 요괴, 마귀가 정말 있다면 앞에 있는 4대 가문이 막아 주겠거니 생각하고 서둘러 들어왔다. 마지막까지 말릉 소씨만 움직이지 않았다.

"이봐, 소 종주. 안 들어올 거야? 좋아, 밖에 있든가. 하지만 모두 영력을 잃었는데 그렇게 밖에 있다가 죽으려고? 용기가 가상하군."

위무선이 말했다.

소섭은 먹구름이 가득 내려앉은 미간을 찌푸리며 위무선을 쳐다보더니 문하생들을 이끌고 들어왔다.

복마동은 천여 명의 사람들을 수용하기에 충분했다. 숨 고르는 소리, 다급한 말소리, 불안해하는 소리가 넓은 동굴에 울려 퍼졌다. 남계인은 들어오자마자 섭회상 옆으로 다가가 그의 간절한 눈빛을 받으며 바닥에 그려진 진법에서 지워진 부분을 살폈다. 이 진법은 오래전에 그려진 것이었다. 남계인은 그 자리에서 손바닥을 베어 피로 진법을 메워나갔다. 온녕은 계단을 지키며 다가오는 흉시를 쳐냈다. 진법이 보완되자 주시들은 보이지 않는 벽에 가로막힌 듯 뛰어 들어오지 못했다.

위무선은 남망기가 고금을 거두길 기다렸다가 그와 함께 천천히 동굴로 들어왔다. 방금 한숨 돌린 수사들은 검은색과 흰색 한 쌍이 계단을 내려오자 다시 긴장했다.

이렇게 끝이 날 줄은 그 누구도 예상하지 못했다. 그들은 분명 이릉노조를 토벌하러 왔는데 지금은 오히려 자기들이 이릉노조의 소굴에 숨어들어 목숨을 부지하고 있었다. 바닥의 진법을 다 보수한 남계인은 사람들 앞에 서서 두 사람을 가로막았다. 그는 가슴을 펴고 고개를 빳빳하게 치켜들었다. 그저 두 팔을 벌려 가로막지 않았을 뿐, 위무선이 진법을 깨뜨리면 자신의 늙은 목숨을 그와 함께 버리겠다는 의지가 들끓었다.

"……숙부."

남망기가 말했다.

남계인은 실망이 아직 가시지 않아, 지금 당장은 어린 시절부터 자신의 자랑이었던 이 문하생을 보고 싶지 않았다.

남계인이 위무선에게 차갑게 말했다.

"도대체 어쩔 셈이냐?"

"뭘 어쩌자는 게 아닙니다. 기왕 들어왔으니 같이 얘기나……."

위무선이 계단에 앉으며 말했다.

"우리는 너와 할 얘기 없다!"

역위춘이 외쳤다.

"얘기할 게 왜 없어? 여러분은 왜 갑자기 영력이 사라졌는지 궁금하지도 않아요? 하늘에 대고 맹세하는데 나 위 모에게는 여기 계신 모든 분을 감쪽같이 속일 만한 능력이 없습니다."

위무선이 어깨를 으쓱이며 말했다.

역위춘이 콧방귀를 뀌자 섭회상이 말했다.

"맞아요. 내 생각에도 저자의 말에 일리가 있는 것 같아요."

사람들이 일제히 섭회상을 째려봤다.

"토벌하러 오기 전에 여러분이 다 같이 식사할 시간은 없었을 테니 독에 중독된 것은 아닐 테고."

위무선이 의문을 표했다.

"독은 분명 아닐 겁니다. 갑자기 영력이 사라지게 하는 독이 있다는 소리는 들어 본 적이 없습니다. 그런 게 있었으면 수사들이 값이 비싸도 너도나도 구매해 진작에 피바람이 불었을 겁니다."

남사추가 말했다.

이곳에 온 수사 중에는 의원도 있었다. 사람들이 그들에게 물었다.

"어떻소? 어떻소? 영력이 사라진 게 일시적인 것이오, 아니면 영원한 것이오?"

이 질문은 사람들의 주의를 단숨에 사로잡았다. 그들에겐 위무선을 경계할 정신조차 없었다. 영력이 영원히 사라져 다시는 회복할 수 없다면 폐인이 되는 것이나 다름없었고, 그것은 여기서 죽는 것보다 더 무섭고 고통스러운 일이기 때문이었다. 의원들은 한참 동안 토론을 벌인 다음 말했다.

"여러분의 단원(丹元)은 손상되지 않았으니 걱정 안 하셔도 됩니다. 일시적인 게 분명합니다."

일시적인 현상이라는 말에 강징은 남몰래 한시름 놓으며 금릉이 건넨 손수건으로 얼굴에 묻은 피를 닦았다.

"일시적이라고? 그게 얼마 동안이지? 언제 회복되는 건가?"

강징이 물었다.

"적어도…… 두 시진은 걸릴 것입니다."

의원이 말했다.

"두 시진이라고?"

강징의 얼굴이 무섭게 어두워졌다.

사람들이 고개를 들어 복마동 근처에 물 샐 틈 없이 빽빽하게 몰려든 흉시 떼를 쳐다봤다. 흉시의 수와 안에 있는 산 사람의 수가 비슷했다. 흉시들은 한데 모여 양기를 내뿜고 있는 복마동 내부를 노려보면서 한 걸음도 물러서지 않고 어슬렁거리고 있었다. 틈만 보이면 언제라도 뛰어 들어올 태세였다. 썩은 냄새가 강하게 코를 찔렀다.

적어도 두 시진이 지나야 영력이 회복된다고? 바닥에 그려진 오래되고 임시로 메워놓은 진법이 두 시진이나 버텨줄지 모를 일이었다.

게다가 이릉노조와 같은 공간에 있었다. 그가 왜 아직 손을 쓰지 않는 것인지, 고양이가 쥐를 실컷 몰다가 잡는 것처럼 그들을 잔뜩 놀라게 했다가 죽이려는 것인지 알 수 없었지만, 위무선이 갑자기 폭발해 사람을 죽이지 않을 것이라고 장담할 수 없었다.

그들의 시선이 위무선에게로 집중됐다.

"날 볼 필요 없다고 말했을 텐데. 지금 여기 복마동에서 영력이 있는 사람은 두 부류뿐이야. 나와 함광군, 며칠 전에 산으로 끌려온 소년들. 여러분들은 손 하나 까딱할 힘도 없다는 말로 표현해도 과언이 아닐 것 같은데. 내가 당신들에게 무슨 짓을 하려고 한다면 저 친구들이 당해 낼 수 있을까?"

"쓸데없는 소리 집어치우시지. 죽일 테면 그냥 죽여라. 이 자리에 있는 사람 중 살려 달라고 하는 자가 있다면 그는 영웅이라고 할 수 없지. 네게 환심을 사려고 아첨하는 자는 없을 것이다."

소섭이 단호하게 말했다.

그의 말은 오히려 사람들의 마음을 들쑤셨다. 이곳에 모인 천여 명 가운데 위무선에게 정말 원한이 있는 사람은 스무 명 남짓으로, 토벌이라는 말에 별생각 없이 따라나선 사람이 더 많았다. 그저 정의의 사도를 표방하며 도의(道義)에 따라 토벌에 나섰다고 할 수 있었다. 그들은 앞장선 주류 부대를 따라다니며 위무선의 개 몇 마리 잡으면 나름 명성을 얻을 수 있겠다고 생각했다. 하지만 정말 뭔가 대가를 치러야 한다면, 같이 흙탕물 속을 걸으려는 사람은 거의 없을 터였다.

"미안한데 한마디만 해도 될까? 그쪽은 누구지?"

위무선이 소섭을 보며 물었다.

소섭의 이마에서 핏줄이 튀어나왔다. 그가 욱하며 입을 열려는데, 남경의가 큰 소리로 먼저 말했다.

"그다음은요? 독이 아니면, 그러면 뭐지요?"

"그다음은, 갑자기 영력을 잃는 일은 없어. 무슨 과정을 거쳤거나 계기가 있게 마련이야. 난장강에 올라오기 전이나 오는 중에 분명 어떤 것과 접촉했거나 어떤 일을 했을 거야. 이 친구들은 며칠 전에 붙잡혀 와서 시간이 다르고, 나와 함광군은 여러분과 다른 길로 올라와 길이 안 맞아. 도대체 무슨 일을 했는지 생각해보실 분 없으신가?"

위무선은 소섭과 이야기하던 것을 잊어버리고 말했다.

"뭘 했더라? 난장강에 올라올 때 물을 마셨나? 아, 생각이 안 나네. 모르겠어."

쥐죽은 듯이 조용한 가운데 한 사람이 멍하니 말했다.

이런 상황에서도 눈치 없이 위무선의 말에 적극적으로 호응해 그가 생각해보랬다고 그대로 하는 사람이 누가 있겠는가? 그럴 만한 사람은 '모르쇠'로 유명한 섭회상뿐이었다.

"산에 올라오는 중에 물을 마신 사람은 한 명도 없습니다! 누가 이런 시체 산에서 나오는 물을 마시겠어요?"

누군가 못 참고 말했다.

"그러면 산속의 안개를 들이마셔서 그런가?"

섭회상이 다시 넘겨짚었다.

이 검은 숲의 안개가 이상하다면 말이 되긴 했다.

"그럴 수도 있겠어요."

누군가 맞장구를 쳤다.

"불가능해. 안개는 산 정상이 더 짙은데 우리는 산 정상에 이틀이나 잡혀 있었어도 영력이 그대로잖아?"

금릉이 반박했다.

"됐습니다. 정말 저자와 얘기를 나누기 시작하다니, 적에게 끌려가는 게 재미있습니까? 그는……."

소섭이 더 못 들어주겠다는 듯 말하다가 갑자기 안색을 확 바꾸더니 말을 멈췄다.

"계속하시지, 왜 갑자기 입을 다물어?"

위무선이 말했다.

말릉 소씨 문하생들이 속속 일어났다.

"종주님!"

"종주님, 왜 그러십니까?"

소섭이 부축하는 문하생을 물리치며 팔을 들어 위무선을 가리킨

다음 남망기를 가리켰다. 그에게 제일 가까이 있던 문하생이 소리쳤다.

“위무선, 무슨 요사한 술법을 쓴 것이냐!”

“이건 요사한 술법이 아닙니다! 이것은…… 이것은…….”

남사추가 난처한 듯 얼버무렸다.

한쪽에서 단정하게 앉아 있던 남망기가 오른손 손가락으로 고금을 누르면서 현의 떨림을 응시하고 있었다. 격분해 시끄럽게 떠들어대던 문하생들이 목이 졸린 오리처럼 순식간에 조용해졌다.

그 자리에 있던 남가 사람들은 속으로 ‘이건 고소 남씨의 금언술이야…….’라고 중얼거렸다.

방금까지 웅웅거리던 복마동이 다시 고요해지자 남망기가 위무선에게 고개를 돌리며 말했다.

“계속해.”

소섭의 눈이 분노로 이글거렸지만, 위아래 입술이 딱 붙고 목구멍은 불이 난 것처럼 뜨겁고 답답했다. 말로 위무선을 공격하지 못하는 것보다 지금처럼 남망기에게 제압당한 것이 더 모욕적이었다. 소섭은 손가락으로 자기 목을 가리키며 금언술을 풀라고 요구했지만 통하지 않자 남계인을 쳐다봤다. 남계인은 냉담한 얼굴로 소섭을 쳐다보지도 않았다. 남계인은 금언술을 풀 수 있었고, 그가 풀면 선배에 대한 예우로 남망기가 다시 그에게 금언술을 걸지 않을 터였다. 하지만 말릉 소씨와 고소 남씨 두 가문은 불쾌한 일이 여러 번 있었기 때문에 남계인은 금언술을 풀어 줄 생각이 조금도 없었다.

사람들은 위무선과 논쟁을 벌이겠다고 덤비면 그 사람의 입을 닫

아버리겠다는 남망기의 뜻을 알아채곤, 감히 아무 말도 하지 못했다. 하지만 이런 때에도 죽음을 두려워하지 않는 용사가 있기 마련이었다.

“위무선, 정말 이릉노조답군. 횡포가 극에 달하는구나. 이건 사람들이 말을 못 하게 하겠다는 건가?”

“정말 이상해.”

위무선이 말했다.

“위 선배, 뭐가 이상하다는 겁니까?”

남사추가 물었다.

“소 종주 말이야. 아까부터 계속 이상했단 말이지. 주시 떼가 몰려왔을 때는 영력을 잃은 사람들에게 목숨을 구걸하지 말고 같이 죽자고 해놓고, 이젠 또 내 입을 막고 아무것도 못 묻게 하네. 게다가 계속 내 화를 돋우는 게, 너희들이 더 살까 봐 걱정하는 것 같잖아. 이건 무슨 태도지? 이런 동맹도 있나?”

위무선이 말했다.

위무선의 말에 적잖은 사람들이 속으로 ‘소 종주가 오늘 말이 많긴 했어.’라고 생각했다. 하지만 나서서 입장을 표하는 사람이 없자 모두 신중하게 침묵을 선택했다. 산에 올라오기 전이나 오는 중에 뭘 했는지 생각하는 사람도 있었다. 위무선은 말릉 소씨 문하생들이 고소 남씨 문하생들과 멀찍이 서 있고, 고소 남씨 문하생들은 말릉 소씨 문하생들에게 눈길 한 번 주지 않는 것을 보았다. 보면 볼수록 뭔가 이상해 남망기에게 작은 소리로 물었다.

“함광군, 뭐 하나만 묻자. 고소 남씨와 말릉 소씨는 모두 악수[#23]

#23 **악수(樂修)** 음악을 다루는 수사.

이고 고소와 말릉은 강남 일대에서 멀지도 않으니 보통의 경우라면 관계가 괜찮지 않아? 그런데 왜 두 가문 관계가 안 좋아 보이지?"

위무선의 말에 남사추와 남경의가 다가와 큰 소리로 말했다.

"당연히 나쁘죠!"

"말릉 소씨는 고소 남씨에서 분리돼 나갔어."

남망기가 말했다.

"응?"

위무선이 되물었다.

남사추가 남경의의 입을 틀어막으며 조용히 말했다.

"위 선배는 모를 겁니다. 말릉 소씨는 외성(外姓) 문하생이 고소 남씨에서 나가 설립한 가문입니다. 종가의 그늘에서 벗어나지 못해 그 가문의 비기도 고소 남씨와 비슷하고 음률에 능합니다. 가주 소민선의 영기도 함광군과 비슷한 칠현 고금입니다."

위무선은 어두운 표정의 소섭을 보고 아무 말도 하지 않았다. 남사추에게서 빠져나온 남경의가 씩씩거리며 말했다.

"그것뿐만이 아니에요. 더 이상한 게 있다니까요! 소 종주는…… 알았어, 작은 소리로 말할게! 소 종주는 이것저것 다 베껴놓고 누가 자기한테 우리 가문의 함광군을 따라 했다고 하는 걸 특히 싫어해서 그런 말을 들으면 불쾌한 표정을 지어요. 세상에 어떻게 이런 사람이 있는지, 원!"

남경의의 목소리가 점점 커지자 남사추가 어쩔 수 없다는 듯이 주의를 주었다.

"경의!"

그들의 대화를 다 듣고 있던 소섭의 얼굴빛이 새파래졌다. 두 눈이 노기로 가득 차더니 입에서 피를 토하면서 금언술을 억지로 깨고 말했다.

"아정(雅正)을 가훈으로 삼는 고소 남씨가, 온 집안이 명사고 현문(玄門)의 제일이라고 말하더니! 문하의 제자들을 이렇게 가르치는군!"

금언술은 억지로 깼지만, 쉰 목소리가 열 살은 더 늙은 것처럼 들렸다.

"소 종주, 지금은 큰 적이 앞에 있으니 우리 편끼리 사이를 해치지 맙시다."

구양 종주가 말했다.

"우리 편? 고소 남씨를 보세요. 모두 위무선과 작당을 했는데 우리 편이라고 할 수 있습니까?"

소섭이 빈정댔다.

그의 말에 고소 남씨의 다른 사람들은 달갑지 않은 표정을 지었다. 남계인이 그를 쳐다보고는 아무 말도 하지 않자, 나이가 있는 높은 등급의 객경이 노한 기색을 보이며 말했다.

"소민선, 아무리 지금은 고소 남씨 사람이 아니라고 해도 말은 가려서 하시오!"

말릉 소씨의 문하생이 즉시 나섰다.

"우리 종주님은 이미 예전에 당신네 고소 남씨를 떠났는데 무슨 신분으로 우리 종주님께 그런 말을 합니까?"

일찌감치 말릉 소씨에게 불만이 가득했던 남경의가 큰 소리로 말했다.

"그쪽 종주가 지금의 지위에 오른 건 예전에 우리 고소에서 가르침을 받았기 때문인데, 오히려 우리에게 뭐라고 하는 게 말이 됩니까?"

두 가문 사람들이 서로를 노려보면서 설전을 벌이기 시작했다. 말릉 소씨 쪽에서 누군가 나섰다.

"고소 남씨의 그렇게 많은 문하생이 모두 자기 가문을 세울 수 있나? 스스로를 너무 과대평가하는군!"

고소 남씨에서 즉각 반격에 나섰다.

"자기를 과대평가하는 게 누군데? 퇴마곡을 엉망으로 연주하고도 전혀 깨닫지도 못하는 주제에!"

이 말에 위무선은 정신이 번쩍 들었다.

"음식이나 풍수가 아니었어!"

위무선의 말에 사람들은 어리둥절해졌다.

"다들 잊은 모양인데, 산에 오른 뒤 여러분 모두 한 일이 하나 있습니다."

"무슨 일이요?"

남사추가 물었다.

"주시를 죽인 거."

위무선이 말했다.

"아, 의성에서처럼 주시 몸에서 나오는 주시 독 가루 같은 거요? 아버지, 주시와 흉시를 죽일 때 몸에서 이상한 색깔의 가루가 뿜어져 나왔어요?"

구양자진이 물었다.

"가루는 없었다, 없었어!"

구양 종주가 말했다.

"그러면…… 액체는요?"

구양자진이 포기하지 않고 다시 물었다.

"됐어. 주시를 죽인 뒤 이상한 가루나 액체가 나왔다면 우리가 이상한 점을 못 찾았을 리가 없다."

강징이 차갑게 말했다.

자기가 뭔가 실마리를 잡았다고 생각했는지 구양자진이 얼굴을 붉히며 안절부절못했다. 그러자 그의 아버지가 흥분한 아들을 재빨리 잡아 앉혔다.

"주시를 죽인 것과 관계가 있는 건 분명해. 문제는 주시에게 있는 게 아니라 주시를 죽인 사람에게 있어."

위무선이 말했다.

"남 선배님, 뭐 하나만 묻겠습니다."

위무선이 남계인을 향해 몸을 돌리며 물었다.

"무슨 문제길래 그에게 묻지 않고 내게 묻는 것이냐?"

남계인이 남망기를 한 번 보며 무심하게 말했다.

남계인은 고지식하기는 하지만 무지한 사람은 아니었다. 이미 이상한 점을 알아챈 그는 지금까지 참고 들어주었지만, 표정은 전혀 좋지 않았다. 물론 남계인은 위무선이 어릴 때부터 싫은 얼굴을 했다. 게다가 훗날에는 더 많은 사람이 자신을 싫어했기에 위무선은 그런 것쯤은 아무렇지도 않았다. 남계인이 어린 남망기를 지금까지 키워 준 숙부라는 점을 생각하면 그다지 화가 나지도 않았다. 위무선은 턱을 만지며 웃었다.

"선배님 앞에서 그에게 너무 많은 것을 물으면 화내실까 해서요. 허락하셨으니 묻겠습니다. 남잠?"

"응."

"말릉 소씨는 고소 남씨에서 분리해 나간 가문 맞지?"

"응."

"분리해 나갔지만 말릉 소씨의 절기는 고소 남씨에서 '참고'한 것이고?"

"맞아."

"고소 남씨의 비기 중 하나인 파장음은 퇴마 효과가 있고, 그중 칠현 고금이 가장 심오해서 고금을 수련하는 사람이 제일 많지. 말릉 소씨는 그걸 따라 해서 그 가문도 고금을 수련하는 수사인 금수(琴修)가 제일 많고. 맞지?"

"맞아."

"말릉 소씨 가주는 고소 남씨의 비기를 배워 가문을 세웠지만, 자신의 수준도 정점에 달하지 못해 그가 가르친 문하생의 연주에도 실수가 자주 나오지. 안 그래?"

"그렇지."

남망기가 태연하게 동의했다.

위무선과 남망기는 마치 옆에 아무도 없는 것처럼 한 마디씩 문답을 주고받았다. 두 사람의 문답을 듣던 사람들은 그들이 단순히 소섭을 비웃는 게 아니라 실마리를 찾아내고 있다는 걸 느끼고 점점 진지하게 듣기 시작했다. 이어서 위무선이 천천히 말했다.

"……그러니까 난장강에서 주시를 죽일 때 말릉 소씨가 연주한 전투곡 중 한 단락의 선율이 틀렸고, 고소 남씨는 그저 그들이 또 틀렸다고만 생각했지 그게 실수인지 고의인지는 깊이 생각하지 않았다, 이런 거지?"

마지막 말에 소섭의 동공이 수축됐고 칼자루를 잡은 손에 핏줄이

불거지면서 칼집에서 검날이 조금 나왔다. 남망기도 동시에 눈을 들었고, 위무선은 두 사람의 눈에 떠오른 표정에서 상황을 파악했다.

"바로 그래."

남망기가 한 자 한 자 힘주어 말했다.

소섭이 '챙' 하고 패검을 빼 들자, 위무선이 손가락 두 개로 검날을 치우며 미소 지었다.

"뭘 하시게? 잊었나 본데, 지금 그쪽은 영력이 소진됐다고. 이렇게 날 위협해 봐야 무슨 소용이 있을까?"

소섭은 검을 들고 찌르지도, 거두지도 못한 채 이를 악물고 외쳤다.

"나를 두고 이러쿵저러쿵하며 중상모략하는 이유가 대체 뭐냐!"

"내가 너무 돌려서 말해서 중상모략한다고 생각하는 건가? 그러면 조금 더 확실하게 말해야겠군. 여기 있는 사람들이 전부 영력을 잃은 이유는 모두 같은 일을 했기 때문이야. 무슨 일? 주시를 죽인 일. 주시를 죽일 때 말릉 소씨의 소 가주는 당신들과 계속 같이 올라왔지. 그는 고금 연주로 퇴마를 하는 척했지만, 사실은 전투곡의 일부를 영력을 잠시 잃게 하는 선율로 감쪽같이 바꿔서 연주했어. 다들 피투성이가 된 채로 싸우고 있을 때 그는 겉으로는 모두와 같이 싸우는 척했지만, 사실은 음모를 꾸미고 있었던 거지……."

"이건 모함이야!"

소섭이 거세게 반항했다.

"이 자리엔 고소 남씨의 금수가 많지 않습니까? 방금 여러분이 산에 오를 때 말릉 소씨가 연주한 전투곡에 틀린 부분이 있었나요?"

이 부분에 관해서라면 고소 남씨의 금수들이 말할 자격이 있었다. 그들은 즉시 입을 모아 말했다.

"있었습니다!"

"소 종주, 당신은 고소 남씨 사람들이 자기와 말릉 소씨를 업신여긴다는 것을 알고 그 점을 이용했어. 사곡(邪曲)은 사람을 해칠 수 있지만 연주자의 영력이 필요해. 그러니 당연히 당신 혼자서는 천 명에 가까운 사람의 영력을 앗아갈 위력이 없었겠지. 그래서 당신은 말릉 소씨의 금수들을 전부 이끌고 와 합주를 했고! 이 자리에 있는 가문 중 고소 남씨만 곡조가 틀렸다는 걸 알았지만, 그들은 당신을 신경 쓰지 않았지. 연주가 틀렸다는 걸 눈치챘지만 배움이 모자라 문하생들도 틀리게 가르쳤다고 생각했던 거야!"

"세상에, 정말 듣기만 해도 영력이 사라지는 이상한 곡이 있단 말입니까?"

섭회상이 눈을 휘둥그레 뜨며 물었다.

"왜 없겠습니까? 고금 소리로 퇴마도 가능한데 귀신이라고 못 부를까요? 〈난백초〉라는 동영[#24] 비곡 모음집이 한 권 있는데, 동영 지역에서 전해지는 사곡을 빼곡하게 베껴놓은 책입니다. 그 안에는 사람을 죽이는 비곡도 있습니다. 그러니 잠시 영력을 잃도록 하는 게 어디 어렵겠습니까? 남계인 선배님도 계시니, 고소 남씨 장서각 금서실에 이 책이 있는지 물어보세요."

위무선이 말했다.

정신을 차린 소섭이 냉소를 지으며 말했다.

"그런 곡이 있다고 해도 내가 고소 남씨에서 수학할 때 금서실에는 들어가지도 못해 볼 수가 없었다. 나중에는 운심부지처에 한 발도 들인 적이 없고. 그런 책에 대해서는 금시초문이다! 하지만 너는

#24 동영(東瀛) 지금의 일본.

〈난백초〉에 대해 잘 알고 있고 함광군하고도 보통 가까운 사이가 아닌 듯하니, 나보다 그 책에 접근할 가능성이 더 커 보이는데?"

"누가 당신이 꼭 금서실에 들어가야 한다고 했지? 네 주인이 자유롭게 출입할 수 있으면 되잖아? 곡을 바꾸는 방법도 아마 그가 당신에게 가르쳐줬을 테고."

위무선이 웃으며 말했다.

운심부지처의 출입이 자유로운, 지위가 높고 권력이 강한 자. 소섭의 주인이라면 두말할 필요가 없었다. 염방존!

"좋은 생각이었어. 각 가문의 자제들을 잡아 놓고 이렇게 많은 사람을 난장강에 모이게 한 다음 자기는 상처를 치료한다는 핑계로 쏙 빠졌어. 그러곤 당신과 내통해서 한 명은 사곡으로 사람들의 영력을 없애고, 다른 한 명은 음호부로 흉시를 조종해 산을 에워싸게 하다니. 천 명이 넘는 사람이 내 근거지에서 전멸한다면, 내가 안 그랬다고 해도 누가 믿겠어? 당신들은 나와 부딪치는 게 두렵지 않았겠지. 어쨌든 위무선은 악명이 높으니까. 다들 원한을 품고 몰려왔으니 군중 심리 때문에 내 설명은 절대 들으려고 하지 않았을 테지. 게다가 내 살기를 북돋워 내가 살육이라도 벌이면 당신들의 수고를 더는 거고."

위무선은 고개를 끄덕이며 감탄했다.

"웃기는군. 염방존은 이미 백가를 통솔하는 선독의 자리에 올라 패권을 다툴 필요도 없는데, 이렇게 많은 사람을 죽여서 무슨 이득이 있지? 나를 모욕하는 것은 참아 주겠지만 염방존을 모욕한다면 용서하지 않겠다!"

소섭이 화를 내며 윽박질렀다.

"내가 당신을 모욕한다고 그리 단언하다니. 그렇다면 지금 여기 사람들 앞에서 산에 올라오면서 말릉 소씨가 연주한 퇴마 전투곡을 한 번 더 연주해 보시지?"

위무선이 말했다.

고소 남씨의 금수들이 다 있어서 소섭이 아까와 다르게 연주하면 즉시 알아챌 것이었다.

복마동에 있던 사람들이 조용히 말릉 소씨 사람들 옆을 피해 물러섰다. 어느새 주위가 텅 비면서 말릉 소씨 사람들이 중간에 고립됐다.

"안 돼? 좋아, 괜찮아. 보는 게 더 낫지. 이게 뭘까?"

위무선이 기회를 놓치지 않고 말했다.

그가 품에서 누렇게 바랜 종이 두 장을 꺼내 흔들자 그 안에 그려진 악보가 살짝 보였다.

"이전에 금린대에서 우리가 정말 아무것도 못 찾은 줄 알아? 금광요가 방비전 청동 거울 뒤 밀실에 숨겨 둔 〈난백초〉에서 뜯어 온 악보를 찾았어. 남계인 선배에게 보여 이 악보에 방금 당신이 연주한 선율이 있는지 살펴보면 진상이 밝혀지겠지!"

"거짓말. 네가 아무렇게나 휘갈겨 그린 악보로 나를 모욕하는 건지 내 어떻게 알고!"

소섭이 냉소적으로 말했다.

"내가 이걸 꺼내 보여주겠다고 악보 두 장을 하루 종일 품고 다녔을까? 어쨌든 거짓말인지 아닌지는 남계인 선배님이 보면 아실 테니까."

위무선이 말했다.

소섭은 속임수가 아닐까 의심스러웠다. 하지만 위무선이 묘한 웃음을 띤 채 매우 침착한 어조로 말하고, 악보를 받아 든 남계인이 그걸 보고 미간을 찌푸리자 심장이 내려앉아 덜컥 내려앉았다. 소섭이 다급하게 외쳤다.

"남 선배님, 속임수일 수 있습니다!"

소섭이 손을 뻗어 종이를 빼앗으려고 했다.

바로 그때, 피진의 얼음 같은 푸른 검 빛이 그를 향해 날아갔다. 소섭은 허리에 찬 패검을 빼 막았다. 그러나 막고 나서야 그는 속았다는 것을 깨달았다.

소섭의 패검 이름은 '난평'이었다. 순간 피진에 맞선 난평에 검광이 감돌았다. 틀림없이 영력이 넘쳐흐르고 있었다.

위무선은 악보 두 장을 접어 다시 품에 넣고는 깜짝 놀란 척하며 말했다.

"내가 잘못 본 건 아니지? 그쪽은 영력이 남아 있었네! 축하해, 축하해. 하지만 모반을 꾸미지 않았다면 왜 본인의 영력이 남아 있다는 사실을 숨기셨을까?"

위무선이 꺼내 든 종이 두 장은 금린대에서 찾아온 〈난백초〉의 악보가 아니라 남망기가 금서실에서 쓴 금광요가 연주한 이상한 선율이었다. 당시 남망기는 남희신이 대조할 수 있게 그에게 한 장을 남겨 두었고, 위무선은 제 몫과 남망기의 몫 두 장을 가지고 다녔다. 마침 그것을 꺼내 연기를 펼쳐 소섭을 초조하게 만든 것이다. 일부러 빈정거리며 소섭을 자극하자 과연 걸려들었다. 결국, 위무선이 말하지 않고도 남망기의 도발에 소섭이 본색을 드러낸 것이다.

사람들은 재빨리 피했다. 사실 그럴 필요가 없었다. 위무선이 말로 압박한 것처럼 남망기 또한 여지를 남기지 않고 한 발 한 발 소섭을 압박해갔던 것이다. 소섭은 온 힘을 다해야 간신히 버틸 정도였다. 소섭은 비틀거리며 계단 앞까지 다가가 고개를 숙였다. 마침 발아래에 붉은색 진법이 있었다. 남망기의 표정이 순간 굳어졌다. 위무선은 '젠장! 방금 보완한 진법을 망가뜨리려는 거구나!' 하고 생각했다.

아니나 다를까, 소섭이 혀끝을 깨물어 입에 피를 모아 바닥에 내뿜었다. 혈흔이 거무튀튀한 붉은색 흔적을 덮었다. 남망기는 소섭과의 결투에 연연하지 않고 피진의 검광에 왼손을 그어 진법을 다시 그리려고 했다. 그 틈에 소섭이 부적을 한 장 꺼내 바닥으로 내던졌다. 이내 푸른색 화염과 연기가 화르륵 피어올랐다.

전송부!

약양 상씨 묘지에서 만났던 그 도굴꾼은 고소 남씨의 검법을 잘 알고 있었다. 소민선은 남가의 외성 문하생 출신이라 이 조건에 부합했다. 검은 연기로 얼굴을 가린 채 여러 번 나타났던 사람은 바로 소섭이었다.

위무선이 남망기 옆에 앉으며 말했다.

"어때?"

남망기는 피가 흐르는 손가락으로 바닥에 진법을 그리며 고개를 저었다. 새로운 피가 기존에 있던 진법을 확실하게 가려 파괴했기 때문에 보완할 수 없었다. 위무선은 남망기의 손을 들어 자기 소매로 피와 흙을 닦아주며 말했다.

"안 되면 그리지 마."

진법이 깨질 위기에 처했다. 말릉 소씨 문하생들이 어쩔 줄 몰라 하며 당황스러워했다. 보아하니, 소섭은 그들에게 잘못된 곡을 연주하는 것이라고 말하지 않은 듯했다. 게다가 영력을 잃지 않는 방법도 알려 주지 않은 것 같았다. 다시 말해, 그의 계획대로라면 말릉 소씨 문하생들은 다른 사람과 마찬가지로 모두 죽어야 했다. 그들은 사람들이 원한을 품고 자신들에게 보복할까 두려워 한 곳으로 뭉쳤다. 하지만 복마동 내부에는 이미 공황 상태에 빠져 그들에게 보복할 생각까지 하는 사람은 드물었다.

"이따가 주시 떼들이 몰려오면 넌 도망갈 방법을 생각하거라. 무슨 수를 써서라도 살아야 한다! 알겠느냐!"

몇몇 가주가 자기 아들을 붙잡고 당부했다.

옆에서 듣던 금릉은 소름이 돋았지만, 한편으로는 외숙도 저런 말을 해주지 않을까 내심 기대하며 한참을 기다렸다. 그러나 강징에겐 그럴 기색이 전혀 보이지 않았다. 금릉이 강징을 힘껏 노려봤다. 너무 힘껏 노려봐서인지 마침내 강징이 시선을 돌렸다. 강징은 얼굴에 어두운 기운이 가시지 않은 상태로 미간을 찌푸리며 말했다.

"눈이 왜 그래?"

"……흥."

금릉이 아주 불쾌하게 말했다.

"아무것도 아니에요!"

위무선이 깨끗한 소매를 찢어 남망기의 손에 난 상처를 감아주었다. 그때 갑자기 등 뒤에서 그림자가 튀어나오더니 검을 휘둘렀다. 남망기가 오른손 손가락을 튕기자 금석 같은 소리가 울리며 검이 튕겨 나갔다. 위무선이 돌아보며 말했다.

"어째 또 당신이야?"

튕겨 내는 반동에 뒤로 물러나 바닥에 쓰러진 자는 역위춘이었다. 그는 두 눈이 빨갛게 충혈된 상태로 검을 잡고 말했다.

"위무선! 방금 한 말, 나는 한 마디도 믿지 않는다!"

"다 발각되고 소섭도 도망갔어. 그런데 못 믿을 게 뭐지?"

역위춘은 다시 검을 내리치며 소리쳤다.

"난 안 믿어! 네가 한 말은 전부 안 믿는다고!"

원한이 역위춘의 눈을 가려 원수에게 유리한 그 어떤 것도 인정하려 들지 않았다.

바로 그때 앞에서 공포가 가득한 외침이 들려왔다.

"깨졌다!"

"진법이 깨졌다!"

"뚫고 들어온다!"

온녕이 맨손으로 남루한 옷차림의 흉시를 날려버렸다. 하지만 피로 만든 진법의 장벽이 사라진 복마동으로 검은 물결처럼 몰려드는 흉시 떼를 혼자 힘으로는 당해 낼 수 없었다. 넓은 동굴 안이 금세 썩은 냄새와 포효로 진동했다.

이렇게 많은 흉시를 이렇게 가까운 곳에서 본 적이 없었던 금릉은 등골이 오싹했다. 그가 '세화'의 칼자루를 꽉 쥐었다. 그런데 갑자기 누군가 자기 손에 차가운 물건을 쥐여 주었다. 고개를 숙여서 본 금릉은 깜짝 놀랐다.

"외숙?"

영력을 잃은 삼독을 쥐고 일어나는 강징의 몸이 약간 휘청거렸다.

"감히 자전 잃어버리기만 해 보거라!"

남사추와 남경의 등도 검을 잡고 앞으로 나섰다.

"귀장군! 저희가 돕겠습니다!"

구양 종주는 또 일어나는 아들을 잡지 못하고 소리쳤다.

"자진, 돌아오너라!"

구양자진은 힘차게 검을 휘두르면서 고개를 돌려 말했다.

"아버지, 두려워 마세요! 제가 지켜드릴게요!"

그러나 구양자진이 고개를 돌린 순간, 마른 손톱이 그의 목을 향해 다가갔다. 구양 종주는 간담이 찢어질 듯이 처절하게 외쳤다.

"자진!"

아슬아슬한 순간, 검날이 마른 손톱을 잘랐다. 남계인이 구양자진을 잡아 사람들 무리로 집어 던졌다. 그러고는 고소 남씨의 검수들을 이끌고 앞으로 나섰다. 남계인은 한참 휴식을 취해 체력이 제법 회복됐고 검법이 몹시 맹렬했다. 이를 본 사람들은 놀라, 어안이 벙벙했다. 남사추는 검법이 바람처럼 빨랐다. 갑자기 뒤에서 금석 소리가 나며 누군가 남사추의 뒤에서 공격을 막아 주었다.

"금 공자, 어떻게 왔습니까?"

남사추가 놀라 물었다.

금릉은 자기와 같은 또래들이 앞장서 나가는 것을 보고 참지 못해 달려왔다. 강징이 정신없는 틈을 타서 금릉은 자전 은반지를 돌려주고 사람들 틈을 빠져나와 가장 위험한 동굴 입구로 나온 것이다. 강징은 뒤따라오려고 했지만 비틀거리며 겨우 검을 휘두를 수 있을 뿐이었다. 손에 든 삼독이 천 근이 넘는 것 같았다. 좌우 양쪽에서 여자 주시가 몰려오자 강징은 욕설을 내뱉고 검을 들어 싸우려고 했다. 하지만 다른 두 손이 다가와 여자 주시 두 구를 찢어버렸다.

“강 종…….”

그 목소리에 강징은 화가 폭발해 온녕을 발로 차며 외쳤다.

“빌어먹을, 비켜!”

그러고는 소리쳤다.

“금릉!”

“넌 돌아가는 게 좋겠다! 네 외숙이 사람 잡겠어.”

남경의가 부르르 떨며 말했다.

금릉은 저쪽에 있는 강징이 이쪽에 있는 흉시보다 더 무섭게 소리치는 것을 무시하며, 괜히 남경의에게 화풀이를 했다.

“너나 돌아가!”

구양자진은 아버지에게 잡혀 있다가 얼마 안 돼 다시 검을 들고 튀어나갔다.

“와, 남계인 선생님이 검을 다룰 줄 알다니. 게다가 검법이 저렇게 대단한 줄 이제야 알았어!”

“당연하지. 함광군과 택무군이 열여섯 살 전까지 검술을 누구한테 배웠는데!”

남경의가 큰 소리로 말했다.

구양 종주도 눈 딱 감고 검을 휘두르며 복마동 안에서 멍하게 있는 사람들에게 소리쳤다.

“뭘 기다립니까! 죽이지 않으면 죽음뿐입니다. 저 어린애들도 전부 싸우고 있는데 아직도 앉아서 뭐 합니까!”

용감하게 싸우는 소년들을 본 사람들도 검을 빼 들고 얼마 남지 않은 영력과 체력으로 전투에 뛰어들었다. 동굴 밖을 물샐 틈 없이 에워싸고 줄지어 뛰어 들어오던 주시 떼가 약 반 시진 뒤에는 확실히 줄었다. 상황이 역전되기 시작한 것이다.

남망기가 동굴로 들어오는 마지막 흉시를 두 동강 내자, 복마동 안은 시체로 산을 이루고 피가 강을 이루었다.

사람들의 온몸에 새카만 핏자국이 말라붙었고 숨을 쉴 때마다 진한 피비린내가 났다. 혈투가 끝나자 사람들은 바닥에 널브러져 시체처럼 꼼짝도 하지 못했다. 몇몇 가주와 체력이 넘치는 소년들만이 겨우 검을 짚고 서 있었다.

남경의는 두 눈에서 넋이 빠진 채 희게 질린 얼굴로 말했다.

“나…… 이렇게 많은 주시를 죽여 본 적 처음이야……. 나 혼자서 적어도 30, 아니, 40여 구는 더 죽인 것 같아…….”

“나……도…… 그래…….”

구양자진이 힘겹게 헐떡이며 말했다.

말이 끝나자 소년 몇 명이 약속이나 한 듯이 ‘털썩’ 소리와 함께 바닥에 드러누워 일어날 생각을 하지 않았다.

강징은 겨우 금릉 앞으로 다가와 그를 잡으며 말했다.

“어디 다친 데 없느냐?”

“없어요, 저는…….”

금릉이 거칠게 숨을 내쉬며 말했다. 숨을 쉴 때마다 쉿내가 났다.

강징이 금릉을 밀치자 금릉이 바닥으로 넘어졌다.

“없다고? 없으면 상처를 내서라도 교육을 해야겠구나! 이 버릇없는 놈이 내 말을 귓등으로도 안 들어!”

강징이 금릉의 뺨을 한 번 때렸다. 하지만 그도 더는 버티지 못하고 무겁게 주저앉았다. 그는 숨을 몰아쉬며 복마동에서 가장 바깥쪽에 가까운 곳에 서 있는 두 사람에게로 시선을 옮겼다.

위무선과 남망기 주위는 온통 어지러웠다. 위무선은 검은 옷이라 괜찮아 보였지만, 남망기의 하얀 옷은 검붉은색으로 얼룩덜룩 물들어 있었다. 온몸에서 의미가 남다른 말액만이 깨끗함을 유지하고 있었다. 남망기는 피진을 손에 쥔 채로 안정적으로 영력을 운용하고 있었다.

사람들은 함광군이 이렇게 의관이 단정하지 못한 모습을 처음 봤지만, 남을 신경 쓸 틈이 없었다.

"끝난 거겠지요……."

누군가 말했다.

사람들은 목소리만 듣고도 그가 누군지 알 수 있었다. 섭회상은 이런 전투 중에도 죽지 않았을 뿐 아니라 호흡도 아주 정상이었으니, 정말 신기하지 않을 수 없었다. 대답할 만한 힘이 남은 사람은 없었다. 섭회상은 너무 기뻐서 눈물이라도 흘릴 것처럼 말했다.

"감사합니다, 천지신명님. 드디어 주시 떼를 모두 물리쳤어요! 큰 재난에서도 죽지 않고 살아남았으니 정말 조상님이 보우하신 겁니다!"

섭회상의 들뜬 기분이 전염됐는지 몇몇 소년이 환호하기 시작했다. 가담하는 소년은 점점 늘어났다. 환호가 울려 퍼지는 가운데, 고소 남씨 쪽에서 누군가 놀라는 소리가 들렸다.

"선생님!"

"부축할 필요 없다!"

곧바로 남계인의 목소리가 들렸다.

남망기는 숙부를 쳐다보았다. 남계인이 다시 선혈을 토하면서 손을 저으며 바닥에 가부좌를 틀고 앉아 호흡을 가다듬기 시작했다.

남망기가 재빨리 다가가 남계인의 맥을 잡고 영력을 넣으려고 했다. 하지만 남계인은 단호히 거부했다.

"필요 없다! 영력이 아직 회복되지 않은 상태라 그렇게 해봐야 소용없다."

남망기가 손을 거두고 일어나자 객경 몇 명이 습관적으로 물었다.

"함광군, 이제 어떻게 할까요?"

묻고 나서야 자신들의 처신이 적절하지 않다는 것을 깨달았다. 그러나 남계인이 눈을 감고 정신을 집중하는 모습을 보니 자신들의 행동에 참견할 뜻이 없는 것처럼 보였다.

"잠시 뒤에 사상자를 살펴보거라. 부상자는 즉시 치료하고."

"네!"

남망기는 고소 남씨에서 위엄이 있어, 문하생들은 그의 말에 안정제라도 먹은 듯이 일제히 말했다. 헐떡이던 숨도 한결 안정을 되찾았다. 그러나 그들이 행동하기도 전에 위무선이 갑자기 말했다.

"조용."

위무선의 표정이 굳어지자 사람들은 즉시 입을 다물었다. 흥분해 환호하던 사람들도 하나씩 입을 다물며 불안한 표정으로 위무선을 응시했다. 복마동 전체에 약한 숨소리 외에 아무 소리도 들리지 않았다.

적막이 내려앉자 다른 소리가 점점 뚜렷하게 들렸다.

복마동 밖에서 마른 나뭇가지와 낙엽이 밟히는 소리가 들려왔다.

게다가 하나가 아니라 빽빽하고 끝이 없어 보이는 발소리였다.

복마동 안에 있는 사람들은 숨소리조차 크게 내지 못하고 공포에 가득 찬 눈으로 동굴 밖을 쳐다봤다. 검은 숲에서 천천히 휘청이고 꿈틀거리는 빽빽한 무리가 흐릿하게 보였다. 발을 질질 끄는 소리가 들리면서 휘청이는 뭔가가 점점 또렷하게 보였다. 그들의 창백한 뺨, 마른 두 손, 붉고 누런 송곳니가 한눈에 들어왔다.

새로운 주시 떼였다.

게다가, 먼저보다 훨씬 많았다.

2

방금 삶의 희망을 봤다가 곧바로 거대한 절망이 동굴 내부를 휩쓸자 먹구름이 모든 사람에게 드리웠다. 금릉과 남사추 같은 소년들도 머리 가죽이 다 마비되는 것 같은 절망감에 휩싸여 사지가 뻣뻣하게 굳었다. 희망 뒤에 찾아온 절망을 받아들이지 못하고 몇몇은 기절해버렸다. 목숨이 경각에 다다르자 우는 사람도 있었다. 검을 잡고 일어나 다시 싸울 힘이 남아 있는 사람은 없었다.

온녕이 다시 동굴 입구를 막아섰지만, 그 혼자서 얼마나 버틸 수 있겠는가?

갑자기 위무선이 말했다.

"함광군!"

남망기가 고개를 돌려 위무선을 보자 그가 숨을 고르며 말했다.

"나 하고 싶은 게 있어."

위무선의 말에 사람들의 시선이 그에게 쏟아졌다.

"나 좀 도와줄래?"

"도울게."

남망기가 위무선을 똑바로 보며 단호하고 또렷하게 답했다.

위무선의 얼굴에 미소가 번졌다. 위무선은 검은 옷을 벗었다.

검은 옷 속에 입은 하얀 옷은 반쯤 붉게 물들어 있었다. 하지만 위무선이 피 묻은 손바닥을 들어 그 위에 무늬를 그리는 것에 전혀 지장을 주지 않았다.

무늬가 점점 또렷해졌다. 위무선의 행동을 바라보던 사람들은 마치 무슨 괴물이라도 보는 것처럼 믿을 수 없다는 표정을 지었다. 방몽진이 일어나 깜짝 놀란 표정으로 물었다.

"뭘 하려는 거지?"

위무선은 아랑곳하지 않고 계속 그려나갔다.

위무선이 마침내 동작을 멈췄다. 그가 입은 옷은 하얀 옷이 아니라 느닷없는 깃발로 변해 있었다.

온갖 요괴와 악귀를 한 사람에게 몰리게 하는 소음기였다!

위무선과 남망기는 함께 서서 남사추를 비롯해 문하생들에게 손짓했다. 소년들이 그들을 에워쌌다. 금릉도 가려고 했지만, 강징이 잡았다.

"조금 뒤에 두 번째 주시 떼가 몰려오면 내가 그들을 혈지로 유인할 테니, 함광군은 그것들을 물리치는 일을 맡아줘. 여기."

위무선은 제 가슴께를 툭툭 치며 말했다.

"여기 과녁이 있으니 주시 떼가 너희들은 쳐다보지 않을 거야. 주시 떼와 싸울 생각 하지 말고 그냥 밖으로 내달려."

"어떻게 그럽니까! 절대 안 됩니다!"

남사추가 드물게 목소리를 높이며 반대했다.

"위 선배, 저희도 주시를 죽이겠어요! 전 아직 백 구는 죽일 수 있어요!"

구양자진이 말했다.

구양 종주는 아들을 말리는 것을 포기했다.

"저도 몸에 깃발을 그릴게요!"

남경의가 옷을 벗으며 말했다.

"됐어, 무턱대고 덤비지들 말라고. 과녁은 하나로도 충분해. 함광군이 내 옆에서 주시를 죽여 주면 돼. 다른 사람은 방해만 될 뿐이야."

어처구니가 없어진 위무선이 연신 소년들을 말렸다.

복마동에 있던 사람들은 이 상황을 어떻게 받아들여야 할지 몰랐다.

소음기가 어떤 용도인지 모르는 사람은 없었다. 자기 몸을 미끼 삼아 곧 닥쳐올 주시 떼를 유인해 다른 사람들의 안전을 확보하려는 이 사람은, 절대 위무선일 수가 없었다!

남사추와 소년들이 그래도 나서려고 하자, 남망기가 그들을 타일렀다.

"그의 말대로 하거라."

그러고 나서는 남계인에게로 몸을 돌려 허리를 깊이 굽히며 예를 표했다. 남계인은 눈을 뜨고 아무 말도 하지 않았다.

"남 선생님! 함광군이……."

남사추가 말했다.

"당연히 그래야지."

남계인이 담담하게 말했다.

"하지만……!"

남사추가 더 말하려고 했다.

"온녕! 길을 열어!"

위무선이 외쳤다.

온녕의 목에서 뻗어 나온 새카만 실금이 순식간에 폭발하면서 빰의 반을 가득 메웠다. 온녕이 길게 포효하더니, 주시 떼를 막는 대신 겹겹이 에워싼 주시 떼를 뚫고 길을 냈다.

장벽이 사라지자 두 번째 주시 떼가 마침내 복마동으로 들어왔다.

위무선이 남사추를 밀며 외쳤다.

"가!"

위무선은 몸을 돌려 혈지 방향으로 내달렸다. 남망기는 옆에 바짝 붙어 위무선과 어깨를 나란히 했다. 하얀 옷에 붉은 피로 그린 소음기는 과연 최고의 과녁이 됐다. 주시들은 옆에 있는 인간은 전혀 신경 쓰지 않았다. 자기 옆을 지나는 산 자들을 무시한 채 두 눈을 벌겋게 뜨며 위무선 한 사람에게만 달려갔다.

주시 떼가 끊임없이 달려드는 바람에 온녕이 낸 길은 새로운 주시들에 의해 빠르게 가로막혔다. 온녕이 돌아와 다시 한번 길을 냈다. 복마동 안에 있던 사람들 중 절반이 아직 철수하지 못했고, 걸을 힘조차 없는 사람도 있었다. 그들은 동굴 안에서 피진의 검광이 어지럽게 날리는 모습을 보았다. 잘려 나간 흉시들이 쌓이는 동시에 계속 몰려들고, 비명이 복마동 천장을 찌르는 광경도 봤다. 오래지 않아 주시 떼가 위무선과 남망기 두 사람을 두텁게 에워싸 그들이 혈지에 다가가지 못하도록 했다. 주위에 주시가 점점 많아져 산처럼 쌓였고, 포위망도 점점 좁혀졌다. 그 광경을 지켜보던 소년들은 마음이 급해져 검을 들고 돌아왔다. 남경의는 누군가 검을 휘둘러 주시를 죽이고 밖으로 나가려는 것을 보고 외쳤다.

"도와줄 수 있습니까? 검을 움직일 수 있으면 와서 좀 도와주세요! 조금이라도 됩니다!"

"꺼져!"

그 사람이 말했다.

"경의, 됐어. 우리끼리 하면 돼!"

남사추가 말했다.

그들의 목소리를 들은 위무선이 외쳤다.

"온녕! 쟤들 좀 갖다 버려!"

"네!"

온녕이 대답하는 동시에 한 손으로는 남경의를 잡고 다른 한 손으로 남사추를 잡으려 했다. 그 순간, 남사추가 온녕에게 호소했다.

"귀장군, 전 갈 수 없으니 남겨 주세요! 아니면 전 평생 후회할 거라고요!"

남사추와 정면으로 마주한 순간, 온녕의 몸이 굳었다. 남사추는 온녕이 자기를 잡으려고 하지 않자 검을 들고 안으로 뛰어 들어갔다. 남경의와 다른 소년들도 그 기회를 타 안으로 들어갔다. 금릉이 강징에게 거의 끌려가다시피 해서 밖으로 나오는 동안에도 여러 구의 흉시가 어깨를 스치고 지나갔다. 흉시들은 위무선의 몸에 있는 소음기에 이끌려 두 눈이 벌게진 채로 그 방향만 쳐다볼 뿐, 자기들한테는 눈길 한 번 주지 않았다.

"외숙! 전……."

금릉이 외쳤다.

"감히 다시 돌아가면, 이제 외숙은 아는 척도 말아야 할 게다!"

강징이 차갑게 말했다.

금릉이 매섭게 강징을 쳐다보자 강징이 금릉을 밖으로 던지며 외쳤다.

"기다려라!"

강징은 삼독을 들고 복마동으로 돌아갔다.

"외숙, 기다려요!"

금릉은 순간 놀랐다가 곧 제 외숙을 따라 들어갔다.

복마동 안에서는 위무선과 남망기 주위를 둘러싼 포위망이 1장의 간격도 남지 않았다.

피진의 검광은 여전히 맑고 밝았고 부적에서 불길이 맹렬하게 타올랐지만, 흉시가 너무 많았다.

부적을 내던진 위무선은 기민하게 위험을 눈치채고 곁눈질로 옆을 훑었다. 과연, 흉시 한 구가 사람 키만큼 높은 시체 더미에 올라 입을 벌리며 자신을 덮쳐 왔다. 위무선의 손엔 아무것도 없었다. 그가 욕설을 내뱉고 재빨리 소매에 손을 넣었지만, 아무것도 잡히지 않았다. 심장이 덜컥 내려앉았다.

남아 있는 부적이 없었다!

남망기가 위무선의 위급한 상황을 알아채고 황급히 검으로 흉시를 찌르려 했다. 순간, 날카로운 소리가 울리더니 그 흉시가 공중에서 반으로 갈라졌다.

아니다. 흉시는 반으로 찢겼다. 그리고 그 흉시를 찢은 것이 사람들의 눈앞에 위협적으로 서 있었다.

피가 줄줄 흐르는 붉은색 흉시였다. 사람 키 높이의 시체 산과 피바다 위에 서서, 좌우 양손에 아직 경련을 일으키는 주시 덩어리를 들고 고개를 숙인 채 위무선과 남망기를 내려다보고 있었다.

남경의는 벌어진 입을 다물지 못했고, 구양자진은 황망하게 중얼거렸다.

“조상님…… 저건 또 뭐랍니까?”

그것을 쳐다보는 사람들은 한결같은 생각이었다— 저건 뭐지?

하늘에서 뚝 떨어진 것 같은 정체 모를 흉시는 이제까지 그들이 봤던 그 어떤 흉시와도 달랐다. 마치 혈지에서 기어 나온 듯, 머리부터 발끝까지 선홍빛 피를 뒤집어쓴 모습이었다. 또한 뼈만 앙상하고 대단히 흉악해 보였다.

음호부에 의해 조종을 받는 주시 떼도 이상한 동종에 주의를 빼앗겼는지, 위무선을 향한 공격을 멈추고 그쪽을 쳐다보며 망설였다.

그 혈시[#25]가 두 걸음 다가왔다.

그가 흔들거리며 걷자 관절에서 ‘끼익’ 소리가 나는 게 관절을 펴는 것 같았다. 암적색 피가 그의 사지와 몸통에서 줄줄 흘러내려 걸어오는 길을 적셨다.

스산하고 흉악한 음기와 원기가 그의 몸에서 뿜어져 나왔다. 그가 조금씩 다가오자 다른 흉시들이 꿈틀대며 뒤로 물러나기 시작했다. 사람들은 얼굴이 잿빛이 돼서 한 마디도 내뱉지 못했다.

남망기가 위무선 앞을 가로막자 위무선이 피진을 쥐고 있는 남망기의 손을 누르며 나지막이 말했다.

“……잠깐만.”

#25 혈시(血屍) 피로 물든 주시를 이르는 말.

혈시를 빤히 노려보던 위무선은 문득 어떤 생각이 떠올라 가슴이 미친 듯이 뛰었다. 그가 다시 한번 말했다.

"잠깐만."

혈시가 그들에게서 약 1장 떨어진 곳에 서서 갑자기 고개를 쳐들더니 두 번 날카롭게 울부짖었다.

첫 번째 울부짖음보다 두 번째가 더 날카로워 사람들은 귀를 막았다.

혈지 표면에서 미세한 물결이 일었다.

처음에는 돌멩이를 하나 던진 것같이 잔잔했다. 그러다 점차 물결이 퍼지더니, 끈적한 핏물 아래서 뭔가가 움직였다.

갑자기, 손 하나가 붉은 수면을 뚫고 튀어나왔다.

그 손이 세차게 연못가를 잡더니 다섯 손가락으로 지표면을 깊이 움켜쥐었다. 그다음 절반이 부패해 오관과 얼굴을 알아보기 힘든 암적색 얼굴이 수면 위로 떠올랐다.

두 번째 혈시가 혈지에서 기어 나왔다.

이어서 혈지 수면이 끓듯 선회하며 들썩이더니 텀벙텀벙 소리와 함께 점점 더 많은 머리가 수면 위로 떠올랐다. 세 번째, 네 번째, 다섯 번째…….

그들은 온몸에 소름 끼치는 핏자국을 뒤집어쓴 채 험악한 얼굴로 날카롭게 포효했다. 혈지에서 기어 나온 그들은 즉시 다른 흉시에게 달려들어 찢어 죽이기 시작했다.

음호부에 통제를 받는 주시 떼가 붉은색 날카로운 도(刀)에 다져지는 것처럼 고기 부스러기, 시체 덩어리와 새카만 핏물로 변했다.

"……이건 도대체 뭐야? 혈지에 왜 흉시가 있지? 난장강의 흉시는 전부 불살라진 거 아니었어?"

금릉이 너무 놀라 말했다.

"그렇지 않은 것도 있다!"

아들을 보호하던 구양 종주가 말했다.

"뭐가요?"

남경의가 물었다.

"그…… 그……."

구양 종주는 과거 난장강을 토벌한 사람들이 그곳에 있던 온씨 잔당들을 살해한 뒤 50여 구의 시체를 전부 혈지에 던져버렸다고 차마 말할 수가 없었다.

"조심해!"

갑자기 금릉이 외쳤다.

피를 뚝뚝 흘리는 붉은색 그림자가 남사추 앞으로 내려왔다. 남사추가 검을 들고 뒤로 두 발 물러서자 그 혈시가 천천히 몸을 일으켰다.

그 혈시는 매우 왜소하고 구부정했다. 머리는 누군가에게 맞아 터졌는지 구멍이 나 있었고 핏물에 잠겨 있던 백발은 이마에 붙어 있었다. 온몸의 살가죽이 반은 썩어 차마 쳐다보기 힘들 정도로 구역질이 났다. 그 혈시가 절뚝거리면서 천천히 남사추에게 다가왔다. 소년들은 놀라고 겁이 나 다급하게 에워쌌다.

산 사람이 많아지자 혈시가 경계하며 목구멍에서 그르렁거리는 소리를 냈다. 소년들이 적을 만난 것처럼 경계하자 남사추가 다급하게 말했다.

"움직이지 마!"

남사추도 조금 긴장됐지만, 왠지 모르게 무섭지 않았다.

마르고 쇠약한 혈시는 눈이 있는 것처럼 남사추를 쳐다보며 고개를 갸웃했다. 그러고는 남사추를 만지고 싶다는 듯이 한 손을 천천히 뻗어 왔다.

피범벅인 그 손은 누가 뜯다 남긴 온전치 않은 닭발 같았다. 소년들은 소름이 쫙 돋았다. 금릉이 검을 들려고 하자 남사추가 제지했다.

"금 공자, 그러지 마세요!"

"그러면 어쩌라고?!"

금릉이 다급하게 반문했다.

"여러분…… 일단 움직이지 마세요."

남사추가 말했다.

그 혈시가 가늘게 두 번 소리 내자 남사추가 정신을 차리고 그 혈시를 향해 천천히 손을 뻗었다.

남사추의 손이 혈시에게 닿으려는 순간, 새로운 주시 떼가 몰려왔다. 혈시는 고개를 맹렬하게 돌리고 길게 포효하더니 공중으로 뛰어올라 주시 떼 사이로 파고들었다. 미친 듯이 찢어발긴 통에 피와 살이 사방으로 튀었다. 그의 포효는 우렁차며 기괴했고, 동작은 민첩하고 잔인했다. 방금 남사추 앞에서의 모습과는 전혀 달랐다. 흉시 몇 구를 엎어 친 온녕이 온몸을 덜덜 떨며 그 혈시에게 외쳤다.

"당신이에요?"

상대는 대꾸하지 않았다.

모든 혈시가 미친 듯이 흉시를 찢어발기자 온녕이 큰 소리로 외쳤다.

"여러분이에요?!"

복마동 전체에 높고 낮은 날카로운 외침이 울렸다. 아무도 대답하지 않았고, 대답할 수 있는 자는 하나도 없었다.

반 시진도 안 돼서 소리가 점점 잦아들었다.

모든 게 끝난 복마동은 마치 족자 속 지옥의 광경이었다.

혈시들이 위무선과 남망기 쪽으로 속속 몰려들었다.

키도 성별도 나이도 달랐지만, 모두 선혈이 낭자한 악귀의 형상이었다. 그러나 그들의 그림자에서 위무선은 친숙한 모습을 봤다.

"넷째 숙부……."

온녕이 중얼거렸다.

"할머니……."

한 명 한 명 이름을 부르는 온녕의 목소리가 점점 떨렸다.

"여기서 계속 기다리고 있었던 거예요?"

온녕이 말했다.

그가 산 사람이었다면 두 눈이 붉어지고 눈물을 흘렸을 것이다.

위무선이 입술을 달싹이며 뭔가 말하려고 했지만 결국 입을 굳게 다물었다.

고개를 깊이 숙여 정중하게 예를 표한 그가 갈라진 목소리로 말했다.

"……정말 고맙습니다."

남망기도 예를 표했다.

조금 전까지 잔인무도하게 흉시들을 해치웠던, 이 피로 범벅된 흉시들은 그들 앞에 선 지금도 여전히 흉악한 모습이었다. 하지만 그들은 굼뜨고 일사불란하지 않은 동작으로 몸을 굽히고 손을 들어가며 두 사람에게 예를 표했다.

그런 다음, 무엇인가가 몸에 있던 혼과 생기를 거둬간 것처럼 그들 전부가 바닥에 쓰러졌다.

선홍색 몸이 마치 부서지기 쉬운 도자기처럼 균열이 생기더니 잘게 부서졌다. 바람이라도 불면 다 날아가 아무것도 남지 않을 것 같았다.

온녕은 바닥에 털썩 꿇어앉았다. 그리고 손으로 붉은색 뼛가루를 그러모아 한 줌 한 줌, 자기 옷에 집어넣었다. 옷 안이 금세 가득 찼다. 그 모습에 남경의는 자기 향낭을 풀어 안에 있던 향료를 털어버리고 온녕에게 건넸다.

"여기!"

다른 몇몇 소년도 남경의를 따라 했다. 금릉만이 복잡한 얼굴로 그들을 한 번 보고 온녕을 한 번 보다가 서리가 내린 표정으로 멀리 떨어졌다. 일고여덟 개의 손이 향낭과 자루를 건네자 온녕은 어쩔 줄 몰라 했다.

"귀장군, 도와드릴까요?"

남사추가 말했다.

"아닙니다. 여러분……."

온녕이 다급하게 말했다.

"뼈와 가루가 이렇게 많은데 혼자서 되겠어요!"

남경의가 말했다.

위무선과 남망기가 다가가 말했다.

"함부로 만지지 마. 장갑 안 끼고 만졌다가 시독에 중독될지도 몰라."

소년들은 그제야 물러났다.

"위 선배, 함광군 그리고 귀 장군. 고맙습니다……."

남사추가 말했다.

"뭐가 고마워?"

갑자기, 사람들 속에서 차가운 목소리가 날아들었다.

남사추와 소년들이 고개를 돌려 쳐다보았다. 말한 사람은 또 그 방몽진이었다.

"이게 뭐라고?"

방몽진이 분노에 차서 말했다.

"뭐가 뭐냐는 말입니까?"

남사추가 어리둥절해서 물었다.

위무선과 남망기도 그를 쳐다봤다.

"나야말로 이게 뭐냐고 묻고 싶군. 속죄라고 하는 거냐? 설마, 다들 정말로 고맙다는 마음이 생긴 건 아니겠지!"

방몽진이 소리쳤다.

복마동 안이 쥐 죽은 듯이 조용해졌다. 소곤거리는 소리도 들리지 않았다.

사람들은 지금 심정이 정말 복잡했다.

토벌하겠다고 기세 좋게 달려왔는데 결과는 오히려 포위를 당했다. 악을 제거하겠다고 사기를 북돋웠는데 결국 그 '악'이 자기들의 목숨을 구해 주었다.

우습다고 해야 할지, 이상하다고 해야 할지, 곤란하다고 해야 할지 아니면 어리둥절하다고 해야 할지 알 수가 없었다. 그저 이 소동 속에서 노기충천해 날뛰던 자기 자신이 영광스럽거나 체면이 서지 않는다는 것은 확실했다.

위무선에게 감사하다고 해야 하나? 그건 너무 말이 안 됐다. 하지만 어쨌거나 그가 구해 준 것은 사실이니 고맙다고 말하지 않는 것도 적합하지 않았다. 이런 상황에서 제일 좋은 방법은 침묵을 지키는 것뿐이었다.

자기 말에 아무도 호응하지 않자 방몽진은 더 분노했다. 그가 위무선을 향해 검을 휘두르며 외쳤다.

"마음에도 없는 좋은 일 한 번 해놓고 후회하고 있다고 하면, 네 손에 켜켜이 쌓인 죗값이 다 청산되는 줄 알아?"

위무선이 그의 검을 피했다.

"방 형! 흥분을 가라앉히세요. 그만하세요……."

옆에 있던 사람이 말렸다.

그 사람은 말한 순간 자기가 말을 잘못했다는 것을 깨달았다.

방몽진의 두 눈이 붉어졌다.

"그만하라고?! 뭘 그만하라는 거지? 가족을 잃은 원한이 그만하란다고 그만둬지나!"

방몽진이 큰 소리로 악을 써댔다.

"위무선이 내 부모를 죽인 건 사실인데 어째서 그는 영웅 행세를 하는 거지? 좋은 일 한 번 했다고 그가 한 일이 금방 잊히냐고. 그러면 내 부모님은 뭐가 되는데!"

사람들 속에 있던 금릉이 주먹을 불끈 쥐었다. 바로 그때 어깨에서 극심한 통증이 전해졌다. 강징이 금릉의 어깨에 손을 얹고 꽉 쥐고 있었다.

"외숙……."

강징의 표정이 잘 보이지 않았던 금릉은 작게 읊조렸다.

강징 쪽에서 의미를 알 수 없는 냉소의 소리가 들려왔다.

그때, 위무선이 입을 열었다.

"그렇다면 당신은 어떻게 하고 싶은데?"

방몽진이 순간 얼어붙었다.

"당신은 뭘 원하냐고. 내 비참한 최후로 자기 한을 풀려는 것뿐이잖아."

위무선은 사람들 속에서 의식을 잃은 역위춘을 가리키며 말했다.

"저 사람은 다리를 하나 잃었지만, 나는 갈가리 찢겨 죽었어. 당신은 양친을 잃었지만, 나는 일찍이 가족을 잃고 가문에서 상갓집 개처럼 쫓겨났어. 양친은 뼛가루도 보지 못했고."

위무선이 말을 이었다.

"아직도 온씨 잔당을 증오하나? 당신들이 말하는 그 온씨 잔당은 13년 전에 한 번 죽었어. 그런데 바로 여기서, 조금 전에, 그들은 나를 위해, 또 당신들을 구하기 위해 다시 한번 죽었지. 이번에는 완전히 사라졌다고. 그런데 뭘 더 바라지?"

방몽진은 위무선을 죽일 듯이 노려보다가 한참 뒤 이를 갈며 말했다.

"소용없어. 위무선, 네가 뭘 하든, 내가 널 용서하거나 내 부모님의 원수를 잊는 일은 없을 거다."

그가 큰 소리로 되뇌었다.

"그런 일은 영원히 없을 것이다!"

"아무도 당신더러 나를 용서하라고 하지 않았어. 내가 했던 일은 당신만이 아니라 나도 기억하고 있거든. 당신이 못 잊는다면, 나는 더 못 잊어!"

위무선이 말했다.

한참 동안 위무선을 뚫어지게 쳐다보던 방몽진은 만감이 교차하면서 의욕이 사라지는 것을 느꼈다.

위무선과 다른 몇몇 사람들이 자기 목숨을 구해 준 것은 엄연한 사실이었지만 그에게 맺힌 응어리를 풀기엔 마음이 내키지 않았다. 하지만 위무선에게 복수하고 싶어도 세력이 미미한 자신은 능력이 없었다. 그는 결국 소리를 한 번 지르고는 몸을 돌려 복마동을 빠져나갔다.

그가 나가자 누군가 말했다.

"다시 주시 떼가 몰려들지는 않겠죠? 이번엔 정말 안전한 거죠?"

이 목소리에 사람들은 머리가 터질 것 같았다.

"또 그야!"

섭회상은 주위를 둘러보았다. 아무도 대답하지 않자 그가 다시 물었다.

"그러면 우리도…… 가도 되지 않나요?"

이 말은 적절한 질문이었다. 지금 모두는 날개라도 꽂고 검에 올라 자기 집으로 돌아가고 싶은 마음이 간절했다. 한 여수사가 말했다.

"두 시진이 거의 다 됐는데 여러분 영력이 얼마나 회복됐습니까?"

사람들이 부적을 꺼내 영력으로 부적을 태울 수 있는지 시험해 보았다. 손에 쥔 부적에서 속속 불길이 솟아올랐다.

"저는 2할 정도 돌아왔습니다."

"저는 1할 정도……."

"회복이 정말 더디군요!"

출발할 때만 해도 그들은 13년 전 1차 난장강 토벌 때보다 이번 희생이 더하면 더했지 덜하지 않아 역사에 기록될 것이라고 생각했다. 그러나 산에 올라온 사람과 내려가는 사람 수가 거의 같았다. 이번 2차 '토벌'은 역사에 기록될 터였다. 비장하고 장렬한 전투이기 때문이 아니라, 현문 백가의 행동 가운데 가장 우스꽝스러운 것으로 말이다.

어떤 이는 재난에서 살아남은 것을 기뻐했고, 어떤 이는 변화무쌍한 정세를 개탄했다. 수십 명의 가주가 한데 모여 상의한 결과 일단 안전한 곳으로 가서 영력을 8할 이상 회복한 다음 각자 귀가하기로 했다. 그렇게 해야 뜻하지 않는 일을 예방할 수 있다고 판단한 것이다.

이릉에서 제일 가까운 '안전한 장소' 하면 운몽 강씨의 선부였다. 위무선은 그 사실을 깨닫곤 사람들에게 물었다.

"그래서 여러분은 연화오로 갈 생각입니까?"

"뭐 하러 묻는 것이냐?"

남계인이 경계하며 물었다.

"딱히 뭘 하려는 건 아니고요. 저도 같이 가도 되는지 물어보려는 겁니다."

위무선이 말했다.

"위무선! 오늘 네가 좋은 일을 했다고 하지만 그건 별개의 일이다. 우리가 너와 친교를 맺을 일은 절대 없다는 걸 똑똑히 알아라."

요 종주가 경계하며 말했다.

위무선이 한참 침묵하다가 입을 열었다.

"안심하시죠. 나와 친교를 맺으라고 떠미는 사람은 없으니. 하지만 지금 우리는 같은 진영이라고 할 수 있지 않습니까? 오늘 여러분을 포위해 죽이려고 한 그 거물은 음호부를 쥐고 있는데 여러분이 대적할 수 있겠어요?"

가주들은 서로 얼굴을 쳐다보았다. 위무선의 말은 사실이었고, 그가 가담하면 큰 도움이 될 게 분명했다. 하지만 모두 오랫동안 이릉노조를 죽이겠다고 난리를 쳐왔다. 이렇게 갑자기 그와 협력한다고 하면 체면이 깎이는 일이었다.

"숙부님, 형장에겐 소식이 있었습니까?"

남망기가 남계인에게 물었다.

"없었다."

잠시 침묵한 끝에 남계인이 대답했다.

"택무군은 금광요에게 잡혀 있을지도 모릅니다. 남 선생님, 한 사람이라도 더 힘을 보태야 합니다. 저는 안심이 안 되더라도 함광군은 여러분의 다음 계획에 참여할 수 있도록 해주십시오. 그의 형장이 아닙니까."

위무선이 남계인을 설득했다.

"……."

남계인이 피곤이 역력한 표정으로 남망기에게 말했다.

"따라오고 싶으면 그렇게 해라."

사람들이 즉시 강징을 쳐다봤다. 이 자리에 있는 가장 큰 세 가문의 가주 중에 남계인은 의사를 표시했고 섭회상은 뭐라고 하든 소용이 없으니, 남은 것은 강징뿐이었다. 강징은 영력을 다시 운용해 자전을 시험하고 있던 참이었다. 깜박거리긴 했지만 꺼지지는 않았다. 강징의 얼굴에 자전의 빛이 일렁여 기괴하고 오묘해 보였다. 위무선과 등을 돌린 강 종주가 그를 보기 싫어한다는 것을 모두가 알고 있었기 때문에 다들 글렀다고 생각했다. 그런데 강징이 차갑게 웃으며 말했다.

"네가 감히 연화오로 돌아오겠다고?"

강징은 이런 종잡을 수 없는 말을 던지고 더는 아무 말도 하지 않았다. 사람들은 이게 반대한다는 뜻인지 허락한다는 뜻인지 몰라 어리둥절했다. 그러나 사람들이 출발하자 위무선과 남망기가 대열을 따랐고, 강징은 눈길 한 번 주지 않고 허락도, 반대도 하지 않았다.

산에서 내려왔을 때는 이미 밤이 깊어진 뒤였다. 마을은 전부 불이 꺼져 있고 사위가 조용했다. 모두 심신이 피곤해 방진도 비뚤배뚤 흐트러졌다. 겨우 정신을 차려 사람 수를 세보았더니 다행히 오차가 거의 없었다. 대다수가 영력이 회복되지 않아 어검을 할 수 없었다. 물길이 연화오로 향하는 제일 빠른 길이어서, 천여 명으로 구성된 대열은 이릉 근처의 부두에서 출발하기로 했다. 그러나 급하게 결정한 일이라 근처에서 필요한 만큼의 배를 구할 수가 없었다. 가주들은 부두에 있는 어선까지 모조리 섭외해 각 가문의 자제들을 싣고 물길을 따라 떠났다.

세가 자제 십수 명이 같은 어선에 탔다. 귀하게 자란 소년들은 이렇게 낡고 어두운 데다, 여기저기 더러운 그물과 나무통이 쌓여 있고 생선 비린내가 풍기며 목판이 삐거덕거리는 낡은 어선을 타본 적이 없었다. 밤바람이 거세 배가 심하게 흔들리자 북쪽 지역에서 온 소년들은 멀미를 시작했다. 그들은 참다 참다 결국 뱃머리로 달려가 헛구역질을 했다. 머리가 뱅글뱅글 돌고 눈앞이 캄캄해, 급기야 그들은 갑판에 주저앉았다.

"아이고, 세상에. 속이 뒤집어지는 것 같아! 아, 사추 형, 형도 토해요? 형은 고소 사람 아닙니까? 북방 사람도 아닌데 어째 나보다 뱃멀미를 더 심하게 해요?"

한 소년이 말했다.

남사추가 손을 흔들며 새파래진 얼굴로 말했다.

"나…… 나도 잘 모르겠어. 네다섯 살 때부터 배 타면 이랬어……. 태어날 때부터 그랬나 봐."

남사추는 다시 구역질이 올라와 뱃전을 잡고 일어나 토하려 했다. 그때 뱃전 아래에서 검은 그림자가 물에 몸을 반쯤 담근 채 자기를 똑바로 응시하고 있는 것이 보였다.

남사추는 깜짝 놀란 나머지 토하지도 못하고 헛숨을 들이켰다. 남사추가 칼자루에 손을 대고 정신을 집중해서 보더니 낮은 소리로 말했다.

"귀……."

선실에 있던 금릉이 이 소리를 듣고 검을 들고 튀어나왔다.

"귀신이 있다고? 어디, 내가 죽여 줄게!"

"귀신이 아니라 귀장군입니다!"

남사추가 말했다.

소년들이 갑판 옆으로 몰려들어 남사추가 가리키는 방향을 보았다. 과연, 뱃전 아래에 있는 검은색 그림자는 귀장군 온녕이었다.

그들이 난장강에서 내려온 뒤로 온녕은 보이지 않았었다. 소리 없이 어선을 따라올 줄은 생각하지 못했고, 얼마나 따라왔는지도 알 수 없었다.

방금 난장강에서 온녕은 그들과 어깨를 나란히 하고 싸웠지만,

그때는 사람이 많았고 선배들도 옆에 있었다. 그러나 지금은 깊은 밤이고, 게다가 물 위였다. 온녕이 갑자기 이렇게 기괴한 모습으로 나타나자 소년들은 깜짝 놀랐다. 서로 멀뚱멀뚱 쳐다보다가 구양자진이 먼저 갑판에 앉으며 말했다.

"귀장군이 어떻게 혼자서 우릴 찾아왔지?"

"어쩐지 배가 느리다고 했더니 한 명이 더 타서 무거워서 그랬군."

누군가 중얼거렸다.

"그는…… 저기서 뭘 하는 거지?"

"어쨌든 우리를 해치려는 건 아닐 거야. 아니었으면 낮에 난장강에서 우리를 보호해 주지 않았을 거야."

"하지만 지금은 위험한 상황도 아닌데 왜 또 우리를 찾아왔을까……."

"풉!"

"경의, 왜 웃어?"

"저 모습 좀 봐. 배 옆에 붙어서 꼼짝도 하지 않는 게 꼭 멍청한 바다거북 같잖아!"

남경의가 장난스럽게 말했다.

그 말을 듣고 보니 그럴듯했지만, 웃는 사람은 없었다. 구양자진이 놀라 말했다.

"그가 일어났어!"

과연, 온녕이 물에서 나와 두 손으로 갑판에서 내려온 거친 밧줄을 잡고 천천히 위로 올라왔다. 소년들은 놀라 흩어졌고, 간이 작은 몇몇은 허겁지겁 갑판 위를 뛰어다니며 소리쳤다.

"올라온다, 올라와! 귀장군이 올라온다!"

"뭐가 무서워, 아까도 봐놓고!"

남경의가 말했다.

"어떻게 하지, 사람 불러야 하는 거 아니야?"

흠뻑 젖은 온녕이 뱃전으로 올라와 갑판으로 내려오자 어선이 휘청거렸다. 소년들은 바짝 긴장해 갑판 한쪽으로 모였다. 심장이 쿵쿵 뛰었지만 검을 뽑기도 민망했다. 온녕은 남사추의 얼굴을 뚫어지게 쳐다보면서 그를 향해 걸어갔다. 남사추는 온녕이 자기를 향해 온다는 것을 느끼고 마음을 진정했다.

"이, 이름이 뭐예요?"

온녕이 물었다.

"저는 고소 남씨의 자제이고, 이름은 남원(藍願)입니다."

남사추는 조금 놀랐지만 단정하게 서서 대답했다.

"남원(藍苑)?"

온녕이 말했다.

남사추가 고개를 끄덕였다.

"저기…… 그 이름…… 누가 지어 줬는지 알아요?"

죽은 사람은 분명 표정이 없는데 남사추는 온녕의 눈이 반짝이는 것 같은 느낌이 들었다.

게다가 온녕은 감격한 나머지 말을 더듬는 것처럼 보였다. 미묘하게 가슴이 두근대며, 왠지 오랫동안 봉인됐던 비밀이 곧 밝혀질 것 같은 기분까지 들었다.

"이름은 당연히 부모님이 지어 주셨지요."

남사추가 신중하게 대답했다.

"그러면, 부모님은 아직 살아 계시나요?"

"부모님은 제가 어렸을 때 돌아가셨습니다."

한 소년이 남사추의 소맷자락을 잡으며 작은 소리로 속삭였다.

"사추, 말 너무 많이 하지 마. 조금 이상해."

"사추? 자(字)가 사추?"

온녕이 놀라며 물었다.

"그렇습니다."

남사추가 대답했다.

"누가 지어 줬어요?"

"함광군이요."

온녕이 고개를 숙이고 '사추' 두 자를 소리 없이 되뇌었다. 온녕이 뭔가 깨달은 듯하자 남사추가 말했다.

"장……."

남사추는 그를 장군이라고 부르려고 했지만, 그것도 이상해 다시 말을 바꿨다.

"온 선생님? 제 이름이 왜요?"

"아."

온녕이 고개를 들어 남사추의 얼굴을 응시하면서 엉뚱한 대답을 했다.

"고, 공자가, 제 먼 친척을, 닮아서……."

온녕의 말은 하급 수사나 외성 문하생이 본가 자제에게 친한 척하려고 할 때 하는 말 같았다. 소년들은 점점 무슨 말인지 영문을 몰랐다. 남사추도 어떻게 대답해야 할지 몰랐다.

"정…… 정말요?"

"정말이요!"

온녕이 양쪽 입가의 근육을 올리려 애썼다. 마치 웃는 얼굴을 해 보이려는 것 같았다. '귀장군'의 이런 모습을 보니 남사추의 가슴에 문득 뻐근한 친근감이 밀려왔다. 그리고 어딘가에서 이 얼굴을 본 것 같다는 생각이 들었다. 어떤 호칭이 장애물을 뚫고 곧 튀어나올 것 같았다. 그 호칭이 입에서 나오면 다른 것들도 따라서 터져 나와 눈앞이 환해질 것 같았다.

그러나 바로 그때, 남사추는 옆에 있는 금릉을 발견했다.

금릉은 잔뜩 어두운 표정으로 검을 쥔 손에 힘을 줬다 풀었다 했다. 동시에 손등의 핏줄도 불거졌다 사라지기를 반복했다. 남사추는 그제야 앞에 있는 무해한 듯 보이는 귀장군 온녕이 금릉의 부친을 살해한 원수라는 것이 생각났다.

남사추의 눈길에 온녕의 '웃는 얼굴'이 점점 사라졌다. 그가 천천히 금릉을 향해 고개를 돌렸다.

"금여란 공자?"

"그게 누구지?"

금릉이 차가운 목소리로 물었다.

잠깐 침묵한 다음 온녕이 다시 말했다.

"금릉 작은 공자."

금릉이 온녕을 죽일 듯이 노려보았다. 다른 소년들은 행여 금릉이 충동적으로 행동할까 봐 잔뜩 긴장해서 금릉을 쳐다봤다.

"금 공자……."

남사추가 말했다.

"비켜, 네가 상관할 일 아니야."

금릉이 말했다.

하지만 남사추는 어렴풋하게 이것이 자기와 상관없는 일이 아닐 것이라고 본능적으로 느꼈다. 그가 금릉 앞을 가로막았다.

"금릉, 먼저 검을 거둬……."

신경이 팽팽하게 당겨져 있던 금릉은 남사추가 시선을 차단하자 버럭 소리쳤다.

"막지 마!"

금릉이 손을 뻗어 밀자 남사추의 발이 휘청였다. 그가 뱃전에 부딪쳐, 하마터면 시커먼 밤의 강물 속으로 빠질 뻔했다. 다행히 온녕이 잡아 빠지지 않았다. 소년들이 즉시 달려가 남사추를 부축했다.

"사추 형!"

"남 공자, 괜찮습니까? 아직도 어지러워요?"

온녕이 하얗게 질린 얼굴로 남사추를 쳐다보며 다급하게 말했다.

"금 공자, 저를 공격하신다면 절대 반항하지 않겠습니다. 하지만 아…… 남원 공자는……."

"금릉, 너 어떻게 이럴 수가 있어! 사추가 너에게 뭘 잘못했다고?"

남경의가 큰 소리로 나무랐다.

"사추 형은 네게 잘해 줬는데, 넌 고마워하기는커녕 사람을 밀어?"

금릉도 자기가 너무 세게 밀어 놀라고 있던 참이었다. 이렇게 또래 소년들이 모두 남사추에게 달려가고 자기를 책망하니 과거의 무수한 장면이 겹쳐 보였다. 아버지도 어머니도 없어 제대로 못 배운 탓에 응석받이가 됐고, 성격이 나빠 사람들과 어울리지 못한다는 말을 많이 듣고 자랐다. 금린대에서나 연화오에서나 마음을 터놓고 가까이 지내는 친구가 없었다. 이렇다 보니, 신분은 고귀했지만 어려서부터 금릉과 같이 놀려고 하는 세가 자제가 없었다. 조금 커서는 금릉을 따르겠다는 세가 자제 또한 없었다. 금릉은 생각할 수록 눈물이 쏟아질 것 같아 버럭 소리쳤다.

"그래! 다 내 잘못이다! 난 이렇게 형편없는 사람이다! 그래서 뭐!"

소년들은 금릉이 갑자기 소리를 질러 어리둥절했다. 놀라서 한동안 조용했다가, 누군가 불만스럽게 중얼거렸다.

"뭐야, 자기가 먼저 밀어 놓고……. 왜 도리어 자기가 화를 내."

"너희가 무슨 상관이야? 너희가 뭔데 참견이냐고!"

금릉이 표독스럽게 쏘아붙였다.

위무선과 남망기는 그들에게서 가까운 배에 있었다. 금릉의 목소리에, 선실에 있던 위무선이 깜짝 놀라 뛰어나와 옆에 있는 배를 봤다. 금릉이 검을 쥐고 다른 소년들과 마주하고 있는 것을 보고 물었다.

"무슨 일이야?"

두 사람을 본 남사추는 곤란한 상황이 저절로 해결된 것처럼 기뻐하며 말했다.

"함광군! 위 선배! 빨리 와보세요!"

남망기가 오른손으로 위무선의 허리를 감싸고 피진에 올라 어검해 소년들의 어선으로 날아갔다. 위무선의 몸이 흔들리자 남망기가 부축했다.

"온녕, 무슨 일이야? 그냥 보기만 한다고 하지 않았어?"

"죄송합니다, 공자. 제 잘못입니다. 제가 못 참고……."

온녕이 말했다.

"위선 떨지 말라고!"

금릉이 온녕 쪽으로 검을 돌리며 울부짖었다.

"금릉, 먼저 검 내려놔."

위무선은 금릉을 진정시키려 했다.

"싫어!"

금릉이 말했다.

위무선이 금릉을 더 달래려고 했지만, 금릉이 갑자기 대성통곡하기 시작했다.

금릉의 울음에 모두 멍하니 서 있었다. 위무선이 금릉에게 다가가며 더듬거렸다.

"왜…… 왜 그래?"

금릉은 눈물범벅이 된 얼굴로 목메어 울면서 외쳤다.

"이건 내 아버지의 검이야. 못 내려놔!"

금릉이 품에 꼭 안고 있는 것은 금자헌의 패검, 세화였다. 이 검은 금릉의 아버지가 그에게 남긴 유일한 유품이었다.

사람들 앞에서 큰 소리로 우는 금릉을 보자, 위무선은 예전에 강염리가 극도로 상심해 대성통곡하던 모습을 다시 보는 것 같았다. 금릉만 한 소년 중에는 이미 결혼한 사람도 있었고, 조금 나이가 많은 이들 중에는 아이가 있는 사람도 있었다. 그들에게 우는 것은 치욕스러운 일이었다. 사람들 앞에서 큰 소리로 우는 것은 곧 가슴에 깊은 응어리가 졌다는 뜻이었다.

위무선은 당황스러워 어찌할 바를 몰랐다. 위무선은 도와 달라는 눈빛으로 남망기를 쳐다봤지만, 남망기 또한 어떻게 해야 할지 몰랐다. 바로 그때, 저쪽에서 부르는 소리가 들렸다.

"아릉!"

큰 선박 대여섯 척이 포위할 기세로 어선을 둘러쌌다. 선박은 수사들로 가득했고 뱃머리에 가주가 서 있었다. 운몽 강씨의 선박이 어선 오른쪽에 가까이 와, 거리가 5장 정도밖에 안 됐다. 방금 소리친 사람은 뱃전에 있던 강징이었다. 눈물을 글썽이던 금릉은 흐릿하게 외숙이 보이자 얼른 얼굴을 닦고 콧물을 삼켰다. 이윽고 금릉은 이쪽을 봤다가 다시 저쪽을 보더니 이를 악물고 날아가 강징 옆에 섰다. 강징이 금릉을 붙들고 물었다.

"무슨 일이냐? 누가 널 모욕한 것이냐!"

금릉이 세차게 눈을 비비며 아무 말도 하지 않았다. 강징이 고개를 들어 어둡고 차가운 눈빛으로 어선을 쳐다봤다. 차가운 눈빛으로 온녕을 쏘아보고 위무선에게 시선을 옮겼다. 순간 남망기가 무의식적으로 한 걸음 다가가 위무선의 앞을 가로막았다.

"위무선, 그 배에서 뭐 하는 거지?"

한 가주가 경계하며 물었다.

위무선이 나쁜 생각을 품고 있다고 생각하는 게 분명한 그 말투는 듣는 사람을 몹시 불편하게 만들었다.

"요 종주, 왜 그런 말투로 말씀하십니까? 위 선배가 무슨 일을 할 생각이었다면 사람들이 저렇게 편안하게 앉아 있진 못했을 겁니다."

구양자진이 말했다.

그의 말에 나이 많은 수사들은 조금 민망했다. 그 말은 사실이었지만, 이런 식으로 듣고 싶은 사람은 아무도 없었다.

"자진 말이 맞습니다!"

남사추가 즉시 동의하자, 소년 몇 명도 일제히 같은 말을 했다.

"구양 종주."

강징이 고개를 약간 돌리며 말했다.

심장 박동에 따라 눈꺼풀이 툭툭 튀어 올랐다. 곧 강징의 차가운 목소리가 들려왔다.

"내 기억이 맞는다면 방금 말한 저 소년은 종주의 아드님이지요. 언변이 정말 좋군요."

그 말에 구양 종주가 아들을 향해 다급하게 말했다.

"자진! 이리 와. 아버지 있는 쪽으로 오거라!"

"아버지, 아버지가 귀찮게 하지 말고 저더러 여기 타라고 하셨잖아요?"

구양자진이 이해하지 못하겠다는 듯 툭툭거렸다.

"됐다! 오늘 그렇게 나댄 것으로 모자라느냐. 어서 이리 오거라!"

구양 종주가 땀을 닦으며 아들을 재촉했다.

구양 가문의 기반인 파릉은 운몽과 가깝고 강씨와는 세력이 비교가 안 됐다. 구양 종주는 위무선을 계속 두둔하는 아들 때문에 강징의 눈 밖에 나고 싶지 않았다. 강징은 위무선과 남망기를 한 번 쳐다보곤 금릉의 어깨를 감싸 안으며 선실로 들어갔다. 구양 종주는 한숨을 돌리고 다시 아들에게 소리쳤다.

"너너너! 정말 점점 말을 안 듣는구나! 도대체 올 거냐, 안 올 거냐! 안 오면 내가 잡으러 가겠다!"

"아버지, 아버지도 들어가 쉬세요. 아직 영력 회복 안 되셔서 여기까지 못 오실 거예요. 성급하게 어검하지 마시고요."

구양자진이 친절하게 말했다.

현재 대다수 사람들의 영력이 조금씩 회복되고 있긴 했지만 억지로 어검을 하면 넘어질 게 뻔했다. 그래서 그들이 배를 타고 가는 것이었다. 구양 종주는 체격도 제법 건장한 편이라, 지금은 정말 아들을 잡으러 날아갈 수도 없었다. 그는 화가 머리끝까지 나서 소매를 획 날리며 선실로 들어갔다. 다른 배에 있던 섭회상이 하하 웃자, 다른 가주들이 그를 보고 아무 말도 하지 않고 속속 흩어졌다. 상황을 본 위무선은 깊은 한숨을 내쉬었다. 한숨과 동시에 위무선의 얼굴 위로 갑자기 극도로 피곤한 기색이 덮쳤다. 그의 몸이 옆으로 기울었다.

위무선이 휘청인 것은 어선이 출렁거려서가 아니라 정말 기운이 다 빠져 서 있을 수가 없었기 때문이었다.

소년들은 위무선의 몸에 묻은 핏자국을 꺼리지 않고 아까 남사추를 부축하던 것처럼 우르르 달려들었다. 그러나 그들이 잡기도 전에, 남망기가 허리를 약간 숙여 한 손으로는 위무선의 팔을 감싸 안고 한 손으로는 무릎 뒤를 받쳐 단숨에 들어 안았다.

남망기는 위무선을 안아 들고 선실로 들어갔다. 선실에는 누울 만한 공간은 없고 긴 나무 의자 네 개뿐이었다. 남망기는 한 손으로 위무선의 허리를 감싸고 머리를 자기 어깨에 기대게 한 뒤, 다른 손으로 의자 네 개를 붙이고 위무선을 가볍게 올려놓았다.

문득 남사추는 무언가를 발견했다. 함광군의 온몸은 피투성이였지만, 위무선이 소매를 찢어 상처에 싸매준 붕대는 여전히 그의 왼손 손가락에 잘 묶여 있었다.

아까는 외관에 신경 쓸 여유가 없었기에, 남망기는 지금에서야 손수건을 꺼내 위무선의 얼굴에 말라붙은 혈흔을 천천히 닦아 주었다. 새하얗던 손수건이 암적색으로 물들었다. 남망기는 위무선의 얼굴을 닦아 주고 자기는 닦지 않았다.

"함광군."

남사추가 두 손으로 자기 손수건을 건네며 말했다.

남망기가 건네받은 손수건으로 얼굴을 닦자 얼굴이 깨끗해졌다. 소년들은 그제야 한숨을 돌렸다. 역시, 함광군은 이렇게 눈처럼 하얗고 차가운 얼굴이어야 정상이었다.

"함광군, 위 선배는 왜 쓰러진 거예요?"

구양자진이 물었다.

"지쳐서."

남망기가 말했다.

"위 선배는 평생 지치지 않을 줄 알았는데!"

남경의가 아주 신기하다는 듯 말했다.

다른 소년들도 조금 의외라고 생각했다. 전설 속 이릉노조도 주시들을 상대하느라 지쳐 쓰러지다니. 그들은 이릉노조는 손가락 하나만 까딱해도 다 해결할 수 있는 줄 알았다. 남망기는 고개를 저으며 간단하게 말했다.

"다 사람이야."

다 사람이었다. 지치지 않는 사람이 어디에 있으며, 어떻게 영원히 쓰러지지 않을 수 있겠는가.

남망기가 의자를 다 붙여버려서 소년들은 그저 쭈그리고 앉아 쳐다볼 수밖에 없었다. 위무선이 깨어 있었다면 이 얘기 저 얘기 우스갯소리를 해서 선실이 시끄러웠을 테지만, 지금은 함광군만이 허리를 꼿꼿하게 편 채 위무선 옆에 앉아 있었다. 보통은 누군가 나서서 한두 마디 잡담을 시작해 분위기를 띄울 테지만, 남망기가 한마디도 하지 않자 옆에 있는 사람들도 쉽사리 입을 떼지 못했다.

한참 동안 선실 안에 적막이 흘렀다.

소년들은 속으로 한결같이 '……따분해.' 하고 웅얼거렸다.

그들은 따분한 나머지 눈빛으로 대화하기 시작했다.

'함광군은 왜 한마디도 안 하시지? 위 선배는 왜 아직 안 깨는 거야?'

구양자진이 두 손으로 턱을 괴고 조심스럽게 이것저것 지적했다.

'함광군은 늘 이렇게 한마디도 안 해? 위 선배는 어떻게 그와 하루 종일 같이 있지…….'

남사추가 심각하게 고개를 끄덕여 소리 없이 긍정했다.

'함광군은 늘 이러셨어!'

갑자기, 위무선이 미간을 찌푸리면서 고개를 한쪽으로 떨어뜨렸다. 남망기가 위무선의 목이 틀어지지 않도록 머리를 가볍게 잡아주었다.

"남잠."

위무선이 중얼거렸다.

소년들은 위무선이 깨는 줄 알고 기뻐하며 쳐다보았다. 그런데 위무선은 여전히 두 눈을 꼭 감고 있었다.

"응. 나 여기 있어."

남망기가 평소처럼 말했다.

위무선은 아무 말도 하지 않고 안심한 것처럼 남망기 쪽으로 다가붙으며 계속 잠을 청했다. 멍하니 두 사람을 쳐다보던 소년들은 이유 없이 얼굴을 붉혔다. 남사추가 먼저 일어나며 더듬더듬 말했다.

"함…… 함광군, 저희 먼저 나가겠습니다……."

그들은 도망이라도 치는 것처럼 갑판으로 튀어나왔다. 밤바람을 쐬고 나서야 방금 숨 막힐 것 같은 느낌이 사라졌다.

"무슨 일이야. 우리가 왜 나온 거야! 왜!"

누군가 말했다.

"무슨 일인지 나도 모르겠지만, 갑자기 안에 있으면 안 될 것 같다는 생각이 들었어!"

구양자진이 얼굴을 감싸며 말했다.

"너 왜 얼굴이 빨개!"

소년들이 서로의 얼굴을 지적하며 소리쳤다.

"네 얼굴이 빨개진 걸 보고 나도 빨개진 거야!"

온녕은 처음부터 위무선을 부축하지 않았고 선실에도 들어가지 않은 채 갑판에 웅크리고 앉아 있었다. 소년들은 왜 온녕이 들어가지 않는지 의아했는데, 지금에서야 귀장군이 정말 현명하다고 생각했다.

애초에 그 안은 제삼자를 용납하는 분위기가 전혀 아니었다.

소년들이 나오는 것을 본 온녕은 진작에 예상했다는 듯이 그들이 앉을 자리를 비워 놓고 있었다. 그러나 남사추만 다가가 온녕 옆에 앉았다. 소년들은 다른 쪽에서 중얼거렸다.

"어째 사추와 귀장군이 잘 아는 사이처럼 보이지?"

소년들의 수군거림은 들리지 않는지, 온녕이 남사추에게 물었다.

"남 공자, 제가 아원이라고 불러도 될까요?"

오싹해진 소년들은 속으로 '……귀장군이 붙임성이 좋네!' 하고 생각했다.

"그럼요!"

남사추가 흔쾌히 대답했다.

"아원, 그동안 잘 지냈어요?"

온녕이 물었다.

"전 잘 지냈습니다."

남사추가 말했다.

"함광군께서 분명 잘해 주셨을 테지요."

온녕이 고개를 끄덕이며 말했다.

남사추는 온녕이 존경하는 말투로 남망기를 언급하자 더 친근한 느낌이 들었다.

"함광군은 저에게 형처럼, 아버지처럼 대해 주셨습니다. 제 고금도 함광군이 가르쳐주신 겁니다."

"함광군과 언제부터 함께 지냈나요?"

온녕이 물었다.

조금 생각한 뒤에 남사추가 대답했다.

"저도 잘 기억이 나지 않습니다만 아마 네다섯 살 때부터였을 겁니다. 어릴 때 일은 기억나는 게 없어요. 더 어렸을 때는 함광군도 저를 돌보지 못했을 겁니다. 그때 몇 년 동안 함광군이 폐관 수련을 하셨거든요."

온녕은 함광군이 폐관 수련을 하던 기간에 1차 난장강 토벌이 발생했다는 게 갑자기 생각났다.

선실 안.

남망기는 고개를 들어 소년들이 나가면서 닫았던 문을 바라보고, 다시 고개를 숙여 또 한쪽으로 기울어진 위무선을 바라봤다. 위무선이 다시 미간을 찌푸리더니 불편한 듯 고개를 뒤척였다. 남망기는 자리에서 일어나 나무 문의 빗장을 걸었다. 다시 위무선 옆에 돌아와 앉은 뒤, 그의 어깨를 부드럽게 안아 올려 자신의 품에 기대게 했다.

그러자 흔들리던 위무선의 머리가 멈췄다. 그가 남망기의 가슴 위를 비비적거리며 마침내 편안한 자세를 찾았다.

위무선이 얌전해지자 남망기는 고개를 숙여 품속에 안긴 얼굴을 가만히 지켜봤다. 남망기의 칠흑 같은 장발이 아래로 흘러내렸다. 그 순간 위무선이 눈을 감은 채로 남망기의 옷깃을 붙잡다가 말액을 잡아 버렸다.

남망기가 말액 한쪽을 잡고 당겼지만 위무선이 꼭 붙든 탓에 빠지지 않았다. 오히려 그 동작 때문인지 위무선의 눈썹이 파르르 떨리더니 이내 깨어났다.

위무선은 천천히 두 눈을 떴다. 제일 먼저 선실의 나무 천장이 보였다. 일어나 앉아 주위를 둘러보았다. 남망기는 선실의 나무 창문 앞에 서서 강 끝에 걸려 있는 밝은 달을 바라보고 있었다.

"어, 함광군, 방금 나 기절했어?"

위무선이 물었다.

"응."

남망기가 옆모습을 보이며 차분하게 말했다.

"네 말액은?"

위무선이 다시 물었다.

"……."

남망기는 대답이 없었다. 묻고 나서 위무선은 고개를 숙이며 이상하다는 듯이 말했다.

"어, 이게 무슨 일이야. 이게 왜 내 손에 있지?"

위무선은 의자에서 다리를 빼며 말했다.

“정말 미안해. 내가 잘 때 뭘 끌어안거나 잡는 걸 좋아해서. 미안해, 돌려줄게.”

남망기는 잠시 침묵하다가 위무선이 건네는 말액을 받아 들었다.

“괜찮아.”

하지만 위무선은 웃음을 참느라 내상을 입을 지경이었다. 아까 위무선은 한순간 정말 자고 싶었지만 쓰러질 정도로 허약하진 않았다. 그런데 조금 휘청했을 뿐인데 남망기가 재빨리 잡아주는 게 아닌가. 위무선은 눈을 뜨고 ‘이럴 필요 없어, 나 혼자 설 수 있어.’라고 말하기가 민망했다. 게다가 편안해서 내려오고 싶지 않았다. 다른 사람에게 안길 수 있는데 뭐 하러 서 있겠는가?

위무선은 목을 문질렀다. 내심 아주 기쁘면서도 아쉬움이 밀려왔다.

‘어휴, 남잠 이 사람은 정말……. 진작 알았으면 안 깼을 텐데. 계속 기절해 있었으면 내내 남잠 품에 누워 있을 수 있었잖아.’

—전 4권 · 다음 권에 계속—

마도조사 3

1판 1쇄 발행 2019년 11월 29일
1판 13쇄 발행 2023년 6월 13일
지은이 묵향동후 **옮긴이** 이현아 **펴낸이** 최원영
편집장 김승신 **편집** 원서은 **교정 · 교열** 고고
본문조판 양우연 **마케팅** 김민원
펴낸곳 (주)디앤씨미디어 **출판등록** 2002년 4월 25일 제20-260호
주소 서울시 구로구 디지털로 26길 111 제이앤케이디지털타워 503호
전화번호 02.333.2513 **팩스** 02.333.2514

ISBN 979-11-278-5306-8 04820
ISBN 979-11-278-5143-9 (세트)

정가 14,000원